Pedro Mairal

El Año del Desierto

Edición
Susan Hallstead - Juan Pablo Dabove

© Pedro Mairal - 2005.
Foreword, bibliography & notes © Susan Hallstead - Juan Pablo Dabove
of this edition © Stockcero 2012
1st. Stockcero edition: 2012

ISBN: 978-1-934768-59-4

Library of Congress Control Number: 2012954361

All rights reserved.
This book may not be reproduced, stored in a retrieval system, or transmitted, in whole or in part, in any form or by any means, electronic, mechanical, photocopying, recording, or otherwise, without written permission of Stockcero, Inc.

Set in Linotype Granjon font family typeface
Printed in the United States of America on acid-free paper.

Published by Stockcero, Inc.
3785 N.W. 82nd Avenue
Doral, FL 33166
USA
stockcero@stockcero.com

www.stockcero.com

Pedro Mairal

El Año del Desierto

Índice

Introducción vii
   I. La Intemperie .... *vii*
   II. La novela como alegoría nacional .... *xii*
   III. La selva espesa de lo real .... *xviii*
   IV. La lección del maestro: Cortázar y Borges .... *xxi*
   V. El desierto .... *xxv*
   VI. El viaje .... *xxvii*
   VII. El «idioma» de los argentinos .... *xxxi*
   VIII. Bibliografía de Pedro Mairal .... *xxxiii*

El Año del Desierto

Mapas 1
Suárez & Baitos 3
Como un fuerte 43
Un mismo cuerpo 79
El cometa 103
Ocean Bar 141
La Peregrina 191
Chacal mai 237
Ú 265
En silencio 295

Introducción

Juan Pablo Dabove - Susan Hallstead
University of Colorado Boulder

I. La Intemperie[1]

El año del desierto fue publicada en Buenos Aires en el año 2005. Es la historia de un año en la vida de María Valdés Neylan, narrado por ella misma desde algún lugar de Irlanda o Inglaterra, cinco largos años después de los hechos que la obligaron a abandonar Argentina. *El año del desierto* participa de las cualidades de la novela fantástica (o extraña, dado que la determinación del elemento sobrenatural es, cuando menos, problemática), de la pesadilla, y de la alegoría de índole política o cultural. Como en las novelas de Franz Kafka, esta pluralidad de sentidos es indiscernible y se combina con una narración de *tono* decididamente realista, cuyo rasgo más notorio es una profunda inmersión en la densidad material y cultural del mundo narrado. En esa ambigüedad y en esa hibridez radica gran parte del poder de la novela. Las páginas que siguen tratarán de proveer algunas direcciones para acceder a ella[2].

La novela narra una triple disolución o ruina. Por una parte,

---

[1] Quisiéramos agradecer a Pablo Agrest, de Stockcero, por su paciencia, entusiasmo y profesionalismo. A Pedro Mairal, por su enorme generosidad intelectual. Ha sido un placer trabajar con ellos, y esta edición es mucho más rica gracias a ellos. La responsabilidad por los errores y omisiones que esta edición contenga es, desde luego, enteramente nuestra. Asimismo, quisiéramos agradecer a Peter Elmore que fue quien nos hizo conocer la novela y a Mary Berg, quien nos puso inicialmente en contacto con Stockcero.

[2] Esta edición anotada tiene un destinatario específico (pero no exclusivo): estudiantes y profesores de licenciatura, maestría o doctorado, no necesariamente argentinos, y no necesariamente hispanohablantes. Dado ello, las notas que acompañan el texto caen dentro de tres rúbricas generales: (1) lingüísticas y léxicas; (2) histórico-culturales; y (3) intertextuales (en particular literarias). Algunas de las notas (sobre todo las lingüísticas y léxicas) pueden ser innecesarias o redundantes para un/a argentino/a. Sin embargo, confiamos en que serán de utilidad para una persona no familiarizada con la historia y la cultura argentina.

narra la disolución de la conciencia (y de la trama vital) de la narradora. Por otra, narra la disolución (literal) de una ciudad, Buenos Aires. Finalmente, narra la disolución de una nación (Argentina), de la cual las dos identidades anteriores eran una función. (Como se anota mas adelante, María representa una cierta «idea» del sujeto argentino, y Buenos Aires, una cierta idea del lugar de Argentina en la historia y la geografía cultural de Occidente). El agente de esta disolución es la Intemperie (la novela no lo escribe con mayúscula, pero nosotros lo haremos a lo largo de esta introducción, para enfatizar su ambigua naturaleza). Pero ¿qué es la Intemperie? La novela no provee ninguna definición. No sabemos si es un fenómeno natural, o sobrenatural, o el instrumento de algún designio maligno. Sólo se constatan sus efectos: la gradual (pero acelerada) degradación de los edificios, de las calles, de todo rastro de habitación o de trabajo humanos; su desaparición final y su remplazo por una naturaleza fuera de cauce (los procesos orgánicos —el crecimiento de las plantas, de los hongos, la actuación de las bacterias en la descomposición de la materia— ocurren mucho más rápido de lo normal). Nunca «vemos» la Intemperie: la transformación está por ocurrir, o ya ha ocurrido. No sabemos cuándo, cómo o por qué comenzó. No sabemos nunca si hay un agente detrás del fenómeno, como sí ocurre, por ejemplo, en otras dos narrativas apocalípticas argentinas. En *El Eternauta* (1957-1959), la celebre historieta de Héctor Germán Oesterheld (con la que la novela, sospechamos, tiene más de un punto de contacto), detrás de la nieve mortal que cae sobre Buenos Aires están los «Ellos». En «La lluvia de fuego», el cuento de Leopoldo Lugones (recogido en *Las fuerzas extrañas* en 1906), detrás de la lluvia de cobre incandescente que destruye Gomorra está Dios. Aunque el protagonista/narrador nunca llegue a saberlo en vida, el lector lo sabe de antemano. En *El año*, tampoco sabemos por qué (o si) la Intemperie afecta sólo a Argentina —aunque la lectura alegórica que ensayaremos luego provee una explicación al respecto. Sólo sabemos que la Intemperie viene (el verbo — como todo verbo personal aplicado a la Intemperie supone hipostasiar el fenómeno, lo cual es probablemente erróneo) desde el fondo de la pampa y que rodea y avanza sobre el centro de la ciudad. Por la Intemperie, la ciudad va desapareciendo y el desierto va reconquistando lo que, entendemos luego, fuera desde siempre suyo. (Uno de los epígrafes posibles de la novela –que luego Mairal descartó– era una línea de Santiago Vega «¿Y si la ciudad fuese una gran pradera?» de Santiago Vega). La Intemperie es aceptada por los habitantes de Buenos Aires con una mezcla de temor, fatalismo y naturalidad, como las «cosas raras» (emblema de la pérdida de transparencia de lo social) de las que hablaba Luisa Valenzuela en su cuento de 1975)[3].

La novela empieza *in media res*. El comienzo del relato nos arroja en una Buenos Aires ya fatalmente golpeada por el avance de la Intemperie. Y los efectos de la Intemperie no son solamente físicos. El avance de la Intemperie afecta primero a las zonas exteriores del Gran Buenos Aires (las «orillas») y genera una suerte de guerra civil entre los habitantes de la provincia de Buenos Aires («la Provi») que migran *en masse* a la Capital, y los habitantes de la Capital, que resisten la «invasión». Como veremos luego, este conflicto condensa los conflictos políticos, clasistas y raciales de la historia poscolonial argentina. Pero este conflicto es quizás también un modo de «humanizar» (y así exorcizar) un fenómeno que no sólo parece ser de origen no humano, sino que destruye lo humano: no a los humanos (la Intemperie *per se* no mata a nadie) sino toda huella de la cultura que define a lo humano *qua* humano (objetos, medios de transporte, instituciones), y en particular, la obra máxima de lo humano, la más compleja y la que condensa a todas, la ciudad.

Quizás uno de los aciertos literarios más notables de la novela es que los personajes, incluyendo a María, no comprenden nunca lo que el lector tempranamente comprende: que la Intemperie es

---

3   Luisa Valenzuela aludía a la violencia política de derecha semi-clandestina (oficialmente negada, y por tanto «inexistente»), en su transición de cuerpos parapoliciales más o menos informales (la Alianza Anticomunista Argentina, o Triple A) al terrorismo de estado, centralmente organizado (y, así como María habla de la invasión de la Provi, la narradora de «Aquí pasan cosas raras» habla de «los muchachos que vienen de tierra adentro», en conexión a las «cosas raras» que están ocurriendo). *El año* hace numerosas alusiones (algunas de las cuales indicamos en las notas) al mismo fenómeno, como parte del fenómeno más amplio de la violencia política que dominó argentina entre los años cincuenta y los ochenta.

imparable. Por eso hay reacciones como las «Marchas contra la intemperie», o la elaboración de hipótesis conspirativas (cuyo objeto siempre es el Gobierno, a quien se acusa alternativamente de negar y de exagerar la Intemperie), y sobre todo, el desesperado intento de establecer rutinas en una situación que, por definición, hace imposible esa empresa. Varios de los cuentos de Adolfo Bioy Casares (en particular «El calamar opta por su tinta», que también narra un apocalipsis) están predicados sobre esta «imposibilidad cognitiva». Por el contrario, quizás el mejor cuento de tema apocalíptico jamás escrito en Argentina, «La lluvia de fuego», está predicado sobre la actitud opuesta. El narrador protagonista pronto comprende que el fin de Gomorra (en el cuento, una notoria metáfora del Buenos Aires finisecular) es inevitable, y que él no podrá escapar. En vez de suicidarse de inmediato (tiene los medios para hacerlo y tiene la disposición ética y anímica), decide esperar, para contemplar tanto como le sea posible (es un erudito y un esteta, a fin de cuentas), el advenimiento del Fin.

Pero la Intemperie tiene otro efecto, más decisivo. A medida que el desierto (el sentido de este término será aclarado más tarde) avanza sobre la ciudad, la sociedad que precariamente se sostiene en una grilla urbana en disminución va «involucionando». Literalmente: Argentina va desandando los pasos de su multisecular desarrollo. En la novela, la cronología narrativa avanza (un año, desde el principio al final de la novela), pero la Historia insensiblemente «retrocede» desde el tumultuoso comienzo del siglo XXI a un amanecer extrañamente reminiscente de otro del siglo XVI, cuando los conquistadores españoles llegan al Río de la Plata. En ese final (que es un eco del principio) unos barcos de vela avizoran, por última vez, la costa baja y desolada dónde ya no estaba Buenos Aires. María escapa de un lugar que ya no (todavía no) se llamaba Argentina. Este «retroceso» no es, o no es experimentado como sobrenatural. Los personajes experimentan este proceso como el efecto múltiple y verosímil de la disolución de los lazos sociales y la degradación de las condiciones materiales que provocan

el paso de una sociedad moderna (o posmoderna) a una sociedad nómade; el paso de una sofisticada división social del trabajo, a una horda que retorna al canibalismo, al bandolerismo, y al *homo homini lupus*, el estado original de guerra de todos contra todos[4].
María es testigo, víctima y narradora de este proceso. Al comienzo de la novela, su vida es de una incomparable trivialidad. Es una chica urbana, argentina pero de ancestros inmigrantes (su pelo rojo atestigua la sangre irlandesa que le viene por línea materna). Es miembro de la clase media argentina en declive. Sus máximas aspiraciones son un vestido que ve en una vidriera y que probablemente nunca podrá comprar (el vestido es un leitmotiv en la obra, de sentido no del todo claro), y un novio que representa, desde el punto de vista de la clase media argentina, un obvio descenso social: Alejandro es de piel oscura («morocho»), de clase media baja, no tiene educación y trabaja de repartidor de paquetes en moto. Como tantas jóvenes de su clase y su generación, sus aspiraciones de educación superior debieron ser postergadas o canceladas por la crisis económica crónica que afectó Argentina en el último cuarto del siglo XX. María tiene que salir a trabajar para mantener a su padre desempleado, depresivo, víctima él mismo, como tantos de su clase y su generación, de la desaparición de la industria argentina. Su pelo rojo, su «buena presencia» (el eufemismo de los empleadores argentinos cuando

---

4   El uso del léxico positivista («involución», «desarrollo») es anacrónico y ciertamente, no es una indicación de un supuesto credo positivista de Mairal. Sin embargo, es descriptivo, a dos niveles: (1) El proyecto nacional argentino (y la incorporación de Argentina a la economía y la cultura del occidente capitalista), articulado a mediados del siglo XIX por los intelectuales liberales de la Generación del '37 en adelante, se formuló a partir de una noción evolutiva de la historia (según la cual las sociedades evolucionaban de lo simple a lo complejo, de la tribu nómada sin estado y sin agricultura, a la horda bárbara, a la sociedad urbana agroindustrial) y monista (creencia según la cual todas las sociedades del mundo recorrían un patrón de evolución básicamente similar —el monismo es lo que permitió que las sociedades del Atlántico Norte, dominantes en el siglo XIX, se postularan como la culminación de la evolución humana, y definieran su tarea como la de llevar a las sociedades atrasadas en la vía de la evolución). Esta imagen de la historia, en el siglo XX, se despojó de la arquitectura intelectual positivista, y se recicló como ideología desarrollista primero, y neoliberal luego.; (2) la desintegración de la sociedad argentina, tal como la novela la narra, recorre de manera inversa los tres estadios «clásicos» de la teoría de la evolución social, donde cada sociedad resultante es mas «primitiva» porque es más simple: cualquier semblanza de organización supraterritorial, supracomunitaria va desapareciendo, hasta llegar a los U, que son una comunidad reducida a su mínima expresión, al seno de la cual la narradora, sin embargo, *goes native* y encuentra una precaria felicidad.

quieren contratar a mujeres atractivas) y sus moderadas capacidades como secretaria le aseguran un puesto como recepcionista en Suárez & Baitos, una compañía financiera porteña. La Intemperie, sin embargo, reserva para María una serie de destinos que nunca hubiera imaginado: lavandera, fabricante de velas, basurera, enfermera, sirvienta, prostituta, cantante, asesina, labradora en condiciones de semi-servidumbre, maestra rural, cautiva, esclava sexual, esposa de un indígena «Ú», aterrador emblema de la peste roja en las guerras de los «Ú». En el proceso, María pierde a su familia, a su novio, a sus amigas, su sentido de identidad y finalmente sus dos lenguajes (inglés y castellano), lenguajes que trabajosamente recupera años después.

María no es particularmente valiente, no es particularmente inteligente, no es particularmente apasionada. Quizás su única virtud sobresaliente es su capacidad de adaptación y su incomparable resistencia para sobrellevar situaciones traumáticas. Pero es precisamente esa falta de un rasgo distintivo la que convierte su historia en representativa (bajo el modo de la alegoría) del destino de la Nación. María (cuyo nombre es, no por casualidad, el de la protagonista de *La cautiva*, de Esteban Echeverría) es trivial, pero por ello mismo es un sujeto «modélico» de las aspiraciones (y de las limitaciones) del proyecto nacional argentino. El modo en que en María se «encarna» un relato de crisis o de catástrofe es el objetivo de la siguiente sección.

II. La novela como alegoría nacional

Decía Jorge Luis Borges en 1927: «Vivimos una hora de promisión. Mil novecientos veintisiete: gran víspera argentina» («El idioma de los argentinos» 149). Y confiaba en «la más íntima posesión de todos nosotros [los argentinos]: el porvenir, el gran pasado mañana argentino» («El idioma de los argentinos» 143). Cincuenta, sesenta, setenta años después, estas afirmaciones eran poco menos que incomprensibles. Argentina era en 1927 uno de los países más ricos, más educados, más socialmente homogéneos e integrados del hemisferio, y probablemente del mundo. Pero las brillantes perspectivas de las primeras décadas del siglo XX no dieron el fruto prometido. A partir de la interrupción del orden institucional en 1930 (el golpe militar de José Félix Uriburu: el primero de una larga serie de golpes militares que marcarían la turbulenta historia política del siglo XX argentino) y de la decadencia del modelo de crecimiento basado en el desarrollo de la economía de exportación de insumos agropecuarios[5], la experiencia colectiva de lo nacional argentino se ha definido, primero, a partir de lo que podríamos llamar una «narrativa de crisis» (1930-1975), y luego una «narrativa de fracaso» (1975-2001).[6] La narrativa de fracaso podría definirse como una especie de excepcionalismo argentino a la inversa, a partir de la clara percepción colectiva de que Argentina, caso inédito en la historia moderna, había pasado del «primer» al «tercer» mundo, que el proyecto decimonónico había fracasado, y que los mejores días de Argentina estaban en el pasado.

La larga «crisis» argentina (1930-2003) tuvo manifestaciones diversas, no siempre concurrentes. Resumir el proceso excede los objetivos de este trabajo[7]. Baste decir dos cosas. Como la Intemperie, la crisis se convirtió en una hipóstasis: la Crisis dejó de ser un proceso, o el atributo de un proceso, y se convirtió en un sujeto: «la Crisis», con su propia identidad y *tempo*. Asimismo, ésta fue una crisis de signo plural. Fue, (1) una crisis institucional (con repetidos golpes militares, y más en general, con el establecimiento de una cultura autoritaria a todos los niveles de lo social); (2) una crisis de legitimidad (con gobiernos civiles débiles, incapaces de canalizar la conflictividad social, predicados sobre la exclusión del proceso político de sectores mayoritarios –radicales en los años

---

5   Decadencia revertida en la primera década del siglo XXI, con el aumento sostenido del precio de los productos primarios de exportación, en particular, la soja.
6   Las fechas que damos son del todo tentativas, desde luego.
7   La bibliografía sobre el tema es vastísima. Una presentación accesible, actualizada y rigurosa se encuentra en la serie *Historia de la Argentina* publicada por la editorial Siglo XXI. La serie cubre toda la historia argentina, pero para el período recomendamos, en particular, los volúmenes *1916-1955* de Alejandro Cattaruza y *1955-2010*, de Marcos Novaro, como asimismo *Historia económica de la Argentina en el siglo XX* de Juan Carlos Korol y Claudio Belini.

treinta, peronistas entre 1955 y 1973); (3) una crisis económica entre cuyas manifestaciones podemos mencionar: ciclos recurrentes de inflación hasta 1975, de estanflación a partir de 1975 y de hiperinflación en 1989-1990; recesiones cada vez mas profundas; desocupación cada vez más alta –por ejemplo, en los años noventa la desocupación alcanzó el 30% de la población económicamente activa; desindustrialización; hipoteca de la soberanía económica a los controladores de la gigantesca deuda externa pública y privada (FMI, Banco Mundial, Club de París); la caída de los ingresos reales de vastos sectores sociales; y (4) una crisis de los sistemas colectivos de negociación de conflictos, cuya consecuencia fue la creciente violencia política, y cuyo momento más álgido fue el período 1973-1983 con la insurgencia de izquierda y el terrorismo estatal y paraestatal.

En ese contexto, la crisis económica y política del 2001 fue experimentada como un momento terminal. Una combinación de factores internos y externos causó la explosión del sueño neoliberal que había animado la administración de Carlos Saúl Menem en los años noventa (cuyo emblema era la convertibilidad, uno a uno, del peso y el dólar, que puso un alto –provisorio– a las endémicas corridas contra el peso que marcaron los años ochenta). La crisis de confianza en la prolongación de la convertibilidad comenzó en 1999 y provocó una masiva fuga de capitales. Para detener esa tendencia, el gobierno dispuso la inmovilización de los depósitos bancarios (el así llamado «corralito»). Este avance sobre la propiedad privada, de efectos vastamente disruptivos sobre la actividad económica (y sobre el bienestar de la población) generó en diciembre de 2001 protestas masivas en las principales ciudades, y saqueos que fueron seguidos de una brutal represión que dejó más de una docena de muertos. El sucesor de Menem en 1999, Fernando de la Rúa, huyó en helicóptero de la Casa de Gobierno sitiada por los manifestantes, y la Asamblea legislativa nombró, en una semana, cuatro diferentes presidentes interinos, uno de los cuales duró un día. El dólar cuadruplicó su valor en unos meses, la desocupación y subocupación creció aún mas, la inversión estatal en infraestructura y servicios (en disminución desde hacia décadas) se redujo a niveles insignificantes, y el Producto Bruto Interno se contrajo al menos el 10%. Fracasado el proyecto populista autoritario en sus versiones de izquierda y derecha (el peronismo de los cincuenta y de los setenta respectivamente), el híbrido de corporativismo y neoliberalismo de las dictaduras de los sesenta y setenta, el desarrollismo de los sesenta, la socialdemocracia de los ochenta, y el neoliberalismo formalmente democrático de los noventa, Argentina se enfrentaba a una verosímil imagen del Fin: una democracia avanzada que había retrocedido al Caos. Si leemos la novela como una alegoría, la Intemperie es una metáfora del advenimiento ineluctable de ese Fin y el retroceso temporal una metáfora del desarrollo de esa Crisis[8].

Hay una variante dentro del esquema de interpretación alegórica. La Intemperie no es necesariamente el fin de la Argentina, sino el fin de *una* Argentina (curiosa o necesariamente, la palabra «Argentina» no aparece nunca en el texto: recordemos que la narradora cuenta la historia cinco años luego de los sucesos, cuando Argentina ya no existe). Así, el destino de María es el destino de extinción de un cierto sujeto nacional argentino: la Argentina blanca (esto es, de origen europeo real o imaginado)[9], urbana, culturalmente europeizada o norteamericanizada, formalmente educada, con sueños de movilidad social ascendente. María no muere: emigra, como tantos y tantos argentinos desde los sesenta en adelante. El melancólico fin de María es representativo del fin de toda una clase[10]. Comparemos esta novela con otra novela apo-

---

8 Para aquellos que vivieron la Época de la Crisis (entre los que se cuentan los autores de esta introducción), en particular aquellos que estaban asociados a la universidad o a las instituciones del estado, la metáfora de la intemperie es tan precisa, que casi no es una metáfora: la decadencia edilicia de las instituciones públicas (donde las plantas crecían de las paredes largamente descuidadas) convierte la acelerada decrepitud de la Intemperie en un fenómeno no sólo verosímil, sino cotidiano.

9 A medida que avanza la novela, el ascendente europeo de María se va haciendo más y más notorio. No sólo ella revive la saga de las mujeres de la rama irlandesa de su familia (enfermera como su abuela Rose, prostituta como posiblemente lo fue su bisabuela Evelyn), sino que su pelo se va haciendo de un rojo más y más vivo.

10 La Argentina fue un país receptor de emigrantes hasta los años sesenta / setenta, cuando la violencia política y la crisis económica generó un movimiento de emigración masiva (en particular de las clases profesionales) que se prolongó hasta bien entrada la primera década del siglo XXI. En la actualidad, la resurgencia económica –aunada a la crisis europea– revirtió la tendencia.

calíptica, *Cien años de soledad* (1967) de Gabriel García Márquez. La novela termina con un huracán, que borra a Macondo de la faz de la tierra. Ese huracán es la metáfora del fin de un ciclo. Pero no es el fin de América Latina (cuya historia la novela resume), sino del ciclo histórico de la burguesía criolla, de la Conquista a la Revolución Cubana. En *El año*, el Fin, cuyo heraldo es la Intemperie, es también (quizás) el inicio de un nuevo tiempo, en el que el pasado no se reconocerá. (A diferencia de *Cien años*, *El año* no confía en el poder emancipador de la Historia —por eso, el retroceso. Tampoco confía en el rol del letrado en tanto intérprete del sentido de la historia —María lee, pero su cultura letrada y su bilingüismo, son del todo inútiles para hacerla contemporánea de los sucesos que vive).

La escena penúltima de la novela es coherente con estas dos líneas de interpretación alegórica. Luego de su cautiverio entre los braucos, María encuentra reposo entre los Ú (que por no ser «civilizados», no parecen afectados por la degradación de la Intemperie). Contra el consejo de María, los Ú, que están migrando hacia el sur, van a pasar por Buenos Aires. De Buenos Aires sólo queda un edificio en pie, el Edificio Garay, donde María trabajaba. Como la primera Buenos Aires, fundada por Pedro de Mendoza, sitiada y destruida por los indios, los habitantes del Edificio Garay viven bajo asedio, y han revertido al canibalismo (al endocanibalismo: se comen entre ellos, y al exocanibalismo: se comen a los prisioneros, entre los cuales se cuenta el marido Ú de María, cuando ambos son capturados). Este episodio (que es la reescritura de un hecho histórico, referido por Ulrico Schmidl) nos da una clave: en el fin está el principio, el canibalismo y la violencia son el «pecado original» de Argentina, pecado que la revisita en su episodio último. (La asociación entre canibalismo y capital financiero —Baitos es el dueño de la financiera y el líder de los caníbales sitiados en el Edificio Garay— no es indiferente, desde luego).

En las narrativas apocalípticas suele haber un remanente donde se refugian y concentran las virtudes de la comunidad original. Pensemos, por ejemplo, en *The Road*, de Cormac McCarthy (novela del 2006, esto es, casi estrictamente contemporánea de *El año del desierto*). Como en *El año*, la sociedad revierte al bandolerismo y al canibalismo (los *road agents* que aterrorizan a *the man* y *the kid*, los innominados protagonistas). Cuando *the man* muere, *the kid* es rescatado por una figura que aparece como un ángel, pero que es simplemente uno de los habitantes de los asentamientos fortificados donde los últimos humanos dignos de ese nombre se han refugiado. Lo que queda de humanidad en *The Road*, todavía, contra toda esperanza, *carries the light* (la metáfora es de la novela). El exterior (los caminos, los bosques, las ciudades en ruinas) pertenecen a los bandoleros caníbales. Pero en el interior (los fuertes), las mejores posibilidades de lo humano resisten. Nada de esto es el caso aquí: precisamente *lo que queda de Argentina* es caníbal y bandolera. Significativamente la única instancia en donde María puede escapar del horror es con los Ú (indios imaginarios, pero que participan de muchos de los rasgos de los tupi-guaraní). Los otros «indios» de la obra (los braucos y los guatos) son una sociabilidad «degradada»: hablan las ruinas de un lenguaje (el castellano villero) y usan las ruinas de la cultura material moderna. Los Ú no. Hablan guaraní (y un guaraní que, al menos en apariencia, no tiene ninguna interferencia del castellano, como es habitual), y ninguna de sus costumbres o modos de vida parece guardar memoria de que, alguna vez, hubo algo como la Argentina.

La pertinencia de la lectura alegórica (y de una alegoría de signo nacional) es, creemos, innegable[11]. Sin embargo sería un error reducir *todo* el sentido de *El año del desierto* a una alegoría nacional, del mismo modo que sería un error reducir el sentido de *El Proceso* de Franz Kafka a una alegoría sobre la justicia, o sobre el carácter inhumano de la burocracia moderna[12]. Como las

---

11 Para la noción de alegoría nacional, ver Fredric Jameson, «Third-World Literature in the Era of Multinational Capitalism». La noción, tal como fue formulada por Jameson, desató un vivo debate académico. Una de las críticas más articuladas es la de Aijaz Ahmad: «Jameson's Rhetoric of Otherness and the 'National Allegory'».

12 Nuestra alusión reiterada a Kafka no es inmotivada. Cuando los militares (o paramilitares) confiscan sus libros (ostensiblemente porque necesitan todo el material disponible para construir barricadas contra la invasión de la Provincia), uno de los libros que secuestran es *El Proceso*. La presencia del libro es una clave autorreferencial, creemos. María (como K) vive en un universo que discurre de acuerdo a leyes que se parecen (en su carácter incomprensible) al caos.

novelas de Kafka, *El año del desierto* comparte el impulso sistemático de la alegoría (una alegoría «coja» o incompleta, como señalan Beda Alemann y Marthe Robert) con la lógica enigmática de la pesadilla. Como en las pesadillas, en Kafka –y en *El año del desierto*– las cosas cambian incesante y ominosamente: nada es como era hasta hace un momento.

Asimismo, otro error sería reducir esta a una «novela de época», al reflejo de un cierto *Weltanschauung*, que, dada la resurgencia de la economía argentina (y del nacionalismo argentino), ya habría sido superada. Hay varias razones para no adoptar esta línea interpretativa. La Intemperie es una metáfora del Fin. Pero también es o puede ser una metáfora de la irrealidad o la fragilidad del universo cultural en el que vivimos, de su imperceptible vecindad con la catástrofe. (Que la realidad está «contaminada de irrealidad», para decirlo con Borges, es algo que la conciencia barroca –a falta de un mejor nombre– de los argentinos del siglo XXI acepta. Cualquier conversación con un argentino, en cualquier ciudad de Argentina, hará énfasis en el carácter increíble, irreal, de la actual prosperidad: como el Segismundo de Calderón, todo argentino tiene un temor –basado en una experiencia cultural de décadas– de despertar un día a una horrenda, ya sospechada realidad).

III. La selva espesa de lo real

El año del desierto es un compendio ficcional de la experiencia argentina. No es un mero manual de historia contado a la inversa, sino más bien un archivo de «fábulas» en las que se cifra una identidad, tramadas narrativamente de manera impecable[13]. Es por ello que la novela está habitada por densas referencias de toda índole: materiales (objetos, edificios, calles), culturales (slogans, marcas comerciales, partidos políticos), históricas (eventos cruciales a la historia o a la memoria argentina, y, a veces, personajes

---

13 La noción de «fabula de identidad» pertenece a la crítica cultural Josefina Ludmer. Ver *El cuerpo del delito: un manual*. Para la noción de «archivo» en el sentido en el que aquí lo usamos, ver *Myth and Archive* de Roberto González Echevarría.

históricos), y literarias. Estas referencias han sido incorporadas a la trama con diverso grado de visibilidad. En algunos casos son notorias (y están usualmente aclaradas en las notas de esta edición), en otros (sobre todo en el caso de las referencias literarias) son casi completamente imperceptibles. Ello no disminuye su importancia, más bien al contrario.

A lo largo de la novela, la narradora está particularmente atenta a las dimensiones materiales (y de cultura material) de los fenómenos: ropa y modas distintivas de las épocas que va viviendo, peinados, vehículos, objetos, construcciones, cultivos, alimentos. Por una parte, las referencias materiales funcionan como los índices más directos del «retroceso» de la historia: el reemplazo de las computadoras por máquinas de escribir, de los autos por carros de caballos (y luego, sólo por caballos); de la televisión en color por la televisión en blanco y negro, luego por la radio, luego por los bandos; de las resonancias magnéticas por radiografías, y así. Lo mismo en lo que hace a las referencias socio-históricas. El lector reconoce –a veces directa y otras indirectamente– momentos claves de la experiencia argentina: la crisis económica del 2001; la última dictadura militar (1976-1983); el primer peronismo; el surgimiento del movimiento obrero organizado (y sus ideologías de vanguardia, el anarquismo y el socialismo); la inmigración italiana; las guerras civiles; el rosismo (referido inversamente: Rosas es llamado Celestes); la guerra contra los indios; las invasiones inglesas; la conquista española; para culminar en la primera, desafortunada fundación de Buenos Aires. (Ver, para cada una de estas instancias, las notas a pie de página en el texto de la novela).

María está atenta, dijimos, a estas señales de la realidad. Pero eso no significa que entienda realmente nada de lo que está ocurriendo. La narradora nunca nota que estas sustituciones operan a lo largo de un camino histórico, social, y tecnológico ya recorrido. María advierte lo que ocurre sin excesiva sorpresa, sin rechazo, como uno mismo suele asumir el flujo de la realidad. Pero sobre todo, advierte lo que ocurre sin una plena intelección del sentido de esos cambios. María permanece en la superficie, perdida –para decirlo con Juan José Saer– en «la selva espesa de lo real». Pensemos por un momento: el «fondo» material de nuestra existencia está en constante flujo, en constante disolución y transición en direcciones de las que, en realidad, no sabemos nada. Sin embargo, nuestra percepción cotidiana establece, y necesita establecer, una ilusión de estabilidad que es la que nos permite hacer del mundo, «nuestro» mundo. Los cambios, innumerables y constantes, que ocurren a nuestro alrededor son reducidos por nuestra percepción a unos pocos cambios, en una totalidad que usualmente no experimentamos como súbita o rápidamente cambiante. Esa estabilidad ficticia del mundo es lo que nos permite no «ver» realmente el mundo, sino asumirlo implícitamente[14]. Pero en la novela, la constante mutabilidad de las cosas (en un tiempo peculiar) provoca que para la narradora todo sea constantemente visible, dado que no hay ningún ancla a la que pueda asir su «estar en el mundo». Esa constante visibilidad es testimonio del carácter fugitivo de la realidad, tanto como del intento de aferrarse a fugitivas marcas de la realidad. Como en las pesadillas, el mundo de María es a la vez profundamente familiar, y profundamente extraño: siniestro. María vive, durante la mayor parte de la novela, en el centro de Buenos Aires, en el ojo de un huracán de proporciones históricas. El huracán es la Intemperie. Sin embargo, es imposible para ella «habitar el presente», porque María nunca está presente cuando los eventos ocurren: nunca ve la Intemperie. Nunca ve un edificio desaparecer, nunca ve una casa convertirse en un rancho. Los cambios aún no han ocurrido o ya ocurrieron. Su atención a la materialidad de lo que la rodea es un testimonio de su desesperado intento de «construir realidad», cuando esa realidad está en constante disolución.

---

14   Esa es la tragedia de «Funes el memorioso» el cuento de Borges que narra la historia de Ireneo Funes, un joven que, como resultado de un accidente, obtiene una memoria total. Su memoria total conlleva una capacidad de percepción total. Así, Ireneo no ve, como nosotros, un árbol: ve *para siempre*, cada hoja, rama, brote, cada una de las oscilaciones en el viento de cada hoja, rama, brote, cada sombra o resplandor, el avance de la corrupción o el crecimiento. No ve un árbol: experimenta una miríada de estímulos que permanecerán, vívidos y aislados en su singularidad. Ireneo es, por ende, incapaz de pensar, porque es incapaz de conceptualizar y totalizar la experiencia. No vive en un mundo, sino en un caos de percepciones singulares.

IV. La lección del maestro: Cortázar y Borges

Las referencias literarias de la novela son Legión. Aunque no pertenecen exclusivamente a la literatura argentina, aquellas que sí lo son comprenden la literatura argentina desde los orígenes a la actualidad (de Ulrico Schmidl a Washington Cucurto)[15]. Sin embargo, quizás las referencias de mayor peso en la novela son aquellas que son menos perceptibles: Julio Cortázar y Jorge Luis Borges, quizás los dos narradores más importantes del siglo XX argentino. Y son más que meras referencias o alusiones. Ellos han dejado su marca en la visión y en la construcción de la novela. Por ello, quisiéramos examinar brevemente la diversa presencia de estos autores en la obra. Comenzaremos con Julio Cortázar.

Recordemos un pasaje de la sección «Suárez & Baitos». Acuciados por la necesidad, María y su padre deciden alquilar el comedor de su departamento a gente desplazada por la Intemperie o por los tumultos consecuencia de la Intemperie. Lo alquilan a una pareja de hermanos, entrados en años: «Ella se llamaba Irene, no recuerdo el nombre de él. Irene tejía mucho y dejaba las madejas en la cocina. Les habían ocupado un viejo caserón que tenían sobre la calle Rodríguez Peña y se habían quedado con lo puesto.» Irene reaparece esporádicamente en la novela, pero no juega ningún rol decisivo. A primera vista, parece que la presencia de Irene y su hermano es una manera de mostrar la pluralidad de destinos que se cruzan con el de María (sin dar total cuenta de ellos), dando así densidad a la narrativa (esto es lo que Borges llamó la «postulación de la realidad», en el ensayo homónimo, recogido en *Discusión*). Sin embargo, la vida previa de los hermanos nos es conocida. Tiene un lugar ilustre en la literatura argentina, toda vez que son los protagonistas de «Casa tomada», el cuento de Julio Cortázar (recogido en *Bestiario*). En el cuento, dos hermanos, solterones, viven en el caserón familiar. El cuento da a entender que los hermanos han heredado propiedades rurales cuya renta alcanza sobradamente para los frugales hábitos de la pareja.

---

15 Estas referencias están, hasta donde nos fue posible rastrearlas, en las notas al pie en la novela.

La rutina de los hermanos (un poco opresiva, como el narrador da a entender) es interrumpida cuando la casa es «tomada» poco a poco, por una presencia innominada: Ellos[16]. Ellos avanzan desde los fondos sobre las habitaciones cercanas a la calle hasta que obligan a los hermanos a una huida precipitada en medio de la noche. Irene y su hermano, en la casa de María, son más que un guiño para el deleite del lector informado. La presencia innominada y amenazante de Ellos provee un modelo para la Intemperie. Ellos y la Intemperie toman el espacio familiar (la casa, la ciudad) y lo hacen inhabitable. Ellos y la Intemperie se manifiestan de manera indirecta o mediada: escuchamos un murmullo que no son palabras, o un estruendo sordo al fondo de la casa, del otro lado de la puerta, o a la vuelta de un corredor. El cuento no presenta a Ellos, quizás porque, como la Intemperie, son irrepresentables. Ellos, como la Intemperie, nunca son objeto de especulación: nunca se habla de qué son, de dónde vienen (quizás porque son incognoscibles, quizás porque son demasiado conocidos). Como en «Casa tomada», en *El año del desierto* nunca queda claro si la Intemperie es un fenómeno natural, histórico o sobrenatural (o ninguno de ellos). Así, tanto el cuento de Cortázar como la novela de Mairal pueden ser leídos en clave fantástica, o extraña, u onírica, o como una alegoría política-cultural (o con todas estas claves, simultáneamente). Y finalmente: ambos narradores (las dos narraciones son en primera persona, con un narrador-protagonista) son sujetos casi póstumos, sujetos que han perdido su lugar en el mundo (su casa, su patria), y narran desde un no-lugar. Ambos representan (alegóricamente o no) el fin de una identidad social en decadencia (la clase terrateniente en el caso de «Casa tomada», la Argentina moderna en el caso de *El año*).

Sin embargo, la cohabitación de Irene y su hermano con María en el departamento de Barrio Norte es también una prolongación del cuento, que retoma la historia en el punto en el que Cortázar lo deja (con los hermanos abrazados, encaminándose a un incierto destino). Y este es un procedimiento que nos lleva a la otra gran

---

16 El cuento nunca dice «Ellos» (con mayúscula). Pero se refiere a la presencia intrusa en tercera persona del plural.

«influencia» en la novela: Jorge Luis Borges, algunos de cuyos mejores cuentos recurren al mismo procedimiento de la rescritura y / o prolongación de un clásico. (Podemos mencionar «El fin» y «Biografía de Tadeo Isidoro Cruz», donde Borges reescribe o completa el *Martín Fierro*; o «La noche de los dones», donde rescribe *Juan Moreira*; o «Historia de Rosendo Juárez», donde prolonga su propio cuento «Hombre de la esquina rosada»).

Borges es ubicuo en la novela. Y lo es borgeanamente. La novela menciona muchos libros y escritores, en particular de lengua inglesa (Virigina Woolf, Herman Melville, Sylvia Plath, Lewis Carroll, Jonathan Swift, James Joyce)[17]. Pero nunca a Borges, aunque casi todos los escritores que acabamos de enumerar pertenecen a la «biblioteca» borgeana (esto es, los autores que Borges cita una y otra vez, y sobre los que escribe). Así, Mairal replica la astucia de Ts'ui Pên (del cuento de Borges «El jardín de los senderos que se bifurcan», recogido en *Ficciones*), quien escribe una novela que es un laberinto en la que, deliberadamente, se prescinde de la palabra «laberinto».

Pero no se trata sólo de que hay múltiples alusiones a Borges (muchas de ellas señaladas en las notas que hemos incluido en esta edición), sino que Borges parece definir qué es y cómo se practica la literatura, cuál es la noción de ficción que anima esta novela, y cuál es el mapa de la literatura argentina en el que Mairal se ubica. Esto es: no sólo se alude a las obras de Borges («Emma Zunz», «La intrusa», «Fundación mítica de Buenos Aires», etc.), sino que varios de sus procedimientos son imitados (la mezcla de personajes reales y ficticios, la ya mencionada reescritura de un clásico, la narración de una historia por un narrador-personaje como si este personaje no la entendiera), o se glosan pasajes de su

---

17   La mención de Virginia Woolf (uno de cuyos libros es secuestrado del departamento de la narradora) no es accidental. *Orlando: A Biography* (1928) nos provee una posible dirección de lectura para la novela. Orlando, el protagonista de la novela, atestigua toda la historia de Inglaterra desde el Renacimiento (nace durante el reinado de Isabel I) hasta el siglo XX. Durante su larga saga, experimenta una transformación de género, de hombre a mujer. Ambos eventos, la aparente inmortalidad del protagonista, y su transformación de hombre en mujer, son narrados en la novela sin mayor asombro ni incredulidad. *El año* comparte esas dos características *pero a la inversa*: el cuerpo de la protagonista cambia (su pelo es cada vez más rojo, acercándose así más a más a sus antepasados irlandeses), y ella presencia el devenir argentino de la actualidad a los orígenes.

prosa («Fundación mítica de Buenos Aires», «Emma Zunz»). Muchos de los autores y obras que no son de Borges a los que la novela hace alusión (José Hernández, Ricardo Güiraldes, Estanislao del Campo, Cortázar mismo) están leídos *a través de Borges*, esto es, en secciones o fragmentos que Borges enfatiza en su propia lectura de esas obras (dos ejemplos eminentes: el gringuito cautivo, «que siempre hablaba del barco», cita de José Hernández que Borges considera uno de los momentos más memorables del *Martín Fierro*; y el «overo rosao», un feliz epíteto del *Fausto* de Estanislao del Campo, que Borges incesantemente recuerda).

Asimismo, si Cortázar nos ayuda a definir la Intemperie (que es un fenómeno ávido de espacio) Borges nos ayuda a entender cómo la novela usa el tiempo. La cronología de la novela es, en apariencia, sencilla. El prólogo de la novela ocurre cinco años después de que María abandona el Río de la Plata. Los hechos que componen el cuerpo de la novela transcurren a lo largo de un año (que permanece cronológicamente impreciso, pero que está ubicado entre fines del siglo XX y principios del XXI), desde el dos de enero, a fines de diciembre.

Sin embargo, incluso si dejamos de lado la descomposición de lo material, cuya causalidad puede o no ser sobrenatural o anormal, la involución desde una sociedad compleja tardocapitalista a una en la que sólo sobreviven tribus nómades o seminómades, sin memoria del castellano, no puede ocurrir verosímilmente en un año. «Año», entonces, debe ser entendido como una denominación simbólica (en el mismo sentido de «cien años» en *Cien años de soledad*) para aludir a la compleción de un ciclo. Pero quizás la respuesta está también en Borges, y su lectura de *Bouvard et Pécuchet* («Vindicación de Bouvard y Pécuchet»), la última novela de Gustave Flaubert (publicada póstumamente en 1881). En ella, dos copistas entrados en años reciben una herencia y con el tiempo que el dinero les da, deciden ensayar todas las ramas del conocimiento humano. Después de años de intentos frustrados, abrumados por el desencanto, compran dos escritorios, y vuelven a su humilde oficio de copistas. Como Borges nota, la cronología de Flaubert es inverosímil: Pecuchet ensaya la gimnasia a los 68 años, el mismo año en que conoce el amor. Pero es inverosímil desde un punto de vista realista, no alegórico: en tanto alegoría, el intento de Bouvard y Pécuchet no ocurre en el tiempo, sino en la eternidad.

Otra posible clave para comprender el uso del tiempo en la novela está en este fragmento *Evaristo Carriego* (1930): «Yo afirmo que solamente los países nuevos tienen pasado. (...) El tiempo es de más imprudente circulación en estas repúblicas. Yo no he sentido el liviano tiempo en Granada, a la sombra de torres cientos de veces más antiguas que las higueras, y sí en Pampa y Triunvirato: insípido lugar de tejas anglizantes ahora, de hornos humosos de ladrillos hace tres años, de potreros caóticos hace cinco».

V. El desierto

El título de la novela alude a uno de los paradigmas organizadores/fundadores del imaginario cultural argentino: el desierto, la pampa, *locus* y sinécdoque de la «barbarie» americana, en su lucha multisecular contra la ciudad, a su vez *locus* y sinécdoque de la «civilización» europeizante. En la historia cultural argentina (y latinoamericana) el término «desierto» (y su equivalente portugués: «sertão») no denotan necesariamente una región de baja precipitación pluvial, o desprovista de ríos. Muy al contrario: el «desierto» argentino era una de las llanuras agrarias más fértiles del mundo. Tampoco nombra un lugar despoblado. La pampa argentina estuvo poblada, desde antes de la llegada de los españoles, por tribus cazadoras y recolectoras (en menor medida labradoras) que a la llegada de los españoles adoptaron la cultura del caballo y se convirtieron en expertos jinetes, en feroces y elusivos guerreros, y en el motor de una economía de saqueo de alcance trasandino.

«Desierto», tal como la noción fue acuñada en el siglo XIX, no nombra la austeridad del ecosistema, ni la ausencia de población, sino la ausencia de un tipo particular de población y de sistema económico: las ciudades y los modos de sociabilidad –occidental– asociados en América Latina a las ciudades, como asimismo de la agricultura sedentaria incorporada a un mercado capitalista transatlántico. Desde la así llamada «Generación del 37» en adelante, el desierto ha jugado un rol ambiguo vis-a-vis el proyecto nacional. Por un lado ha sido construido como la némesis del proyecto nacional (un lugar de no-sociabilidad, de violencia, donde no hay producción, ni intercambio, ni mercado y por ende no hay cultura, sino una especie de simulacro de cultura, ej. los gauchos del *Facundo* de Domingo Faustino Sarmiento). En la novela, estos son los braucos. Por otro lado, en otros momentos el desierto ha sido considerado como el reservorio de lo nacional, o en todo caso, de una especie de sublime que excede (y hasta cierto punto justifica) lo nacional[18]. En la novela, estos son los jinetes (mezcla de bandoleros, guerrilleros, justicieros) que, bajo la divisa de Alejo, andan por la pampa («Alejo» es un significante vacío, dado que el verdadero Alejo –el novio de María– ha muerto hace mucho: sus lugartenientes adoptan su nombre para mantener vivo su mito).

El proyecto nacional argentino fue conceptualizado en términos de la lucha irreconciliable entre la barbarie (rural, india o mestiza, americana, iletrada), que viene desde el fondo del desierto, y la civilización (urbana, blanca, europeizante, letrada) que viene desde Europa y se irradia desde la ciudad puerto. El triunfo del proyecto liberal a mediados del siglo XIX, y la incorporación plena de Argentina a la economía capitalista noratlántica como exportadora de materias primas (lana, carne, trigo, soja), significó la desaparición del desierto (su «conquista», tal como se denominó a la expedición de 1879 comandada por Julio Argentino Roca, que avanzó la frontera hasta los márgenes del Río Negro, y eliminó para siempre el poderío de las tribus pampas), y su transformación en «campo», esto es, un espacio incorporado real

---

18 Para la centralidad de la ciudad en la experiencia histórica latinoamericana, ver los clásicos trabajos de Angel Rama (*La ciudad letrada*) y de José Luis Romero (*Latinoamérica: las ciudades y las ideas*). Para las derivas de la oposición civilización / barbarie en Argentina, ver *El dilema argentino: civilización o barbarie: de Sarmiento al revisionismo peronista*, de Maristella Svampa.

y simbólicamente a la nación estado y a sus modos de producción y de circulación de mercaderías, de sociabilidad, de tasación, de control de las personas, de ejercicio de la soberanía.

Aunque esta novela, como dijimos, puede ser considerada una alegoría nacional (o una reactualización de la alegoría nacional), está centrada en Buenos Aires. Hay una sola referencia a que la Intemperie esté afectando las otras ciudades de la Argentina. Pero asumimos que así es, porque desde el siglo XIX esta región (Buenos Aires) resume en el imaginario nacional la totalidad de la experiencia nacional (*El matadero*, por ejemplo, la nouvelle de Esteban Echeverría, se propone como una alegoría de Argentina y su destino en manos de Rosas. No por casualidad, Echeverría elige un espacio –el matadero del Alto– ubicado en la confluencia entre Buenos Aires y la campaña, entre la ciudad y el desierto. Y la tortura y muerte del unitario –que viene de la ciudad– a manos de la chusma federal –que viene de las orillas de la ciudad y de la campaña– es un emblema del avance del desierto sobre la ciudad / nación)[19].

VI. El viaje

El viaje o el mero desplazamiento espacial es un cronotopo de enorme importancia tanto en las tres novelas de Mairal como en varios de sus cuentos. En *Una noche con Sabrina Love* (1998), el viaje de Daniel, ganador del concurso que le permitirá pasar una

---

19   Desde luego, este lugar central de Buenos Aires en el imaginario nacional (lugar repetido incesantemente desde Echeverría en adelante por la *intelligentzia* liberal) no se corresponde enteramente con el desarrollo histórico de la Argentina moderna. Argentina no fue colonizada sólo desde el litoral atlántico, como la novela da a entender (la retirada de los barcos con los últimos emigrantes de Buenos Aires es sinónimo de la cancelación del proyecto nacional argentino). Argentina fue colonizada también –y para muchas regiones: fundamentalmente– desde la zona Nor-noroeste, toda vez que Perú era el centro dinámico del imperio español en América del Sur. Argentina fue una parte –secundaria– del Virreinato del Perú, «orientada» al norte, hasta la creación del Virreinato del Río de la Plata en 1776, que lanzó a Buenos Aires como capital –primero del Virreinato, luego de la nación-estado– y como ciudad-puerto atlántico. Pero al mismo tiempo que Buenos Aires, otras ciudades eran fundadas en el territorio actual de Argentina: Santiago del Estero (1543-1550), Mendoza (1561), Jujuy (1565-1593), Córdoba (1573), Salta (1582), La Rioja (1591). Hasta la segunda mitad del siglo XVIII, el Interior era la zona más poblada y más compleja de la actual Argentina. Es en el siglo XIX que Buenos Aires consolida su posición, no sólo como la ciudad más importante de Argentina, sino como escenario privilegiado del «drama nacional».

noche con la estrella porno, desde Curuguazú (un pueblo ficticio en el noreste argentino) a Buenos Aires es un recorrido de aprendizaje. En *Salvatierra* (2008) el viaje del protagonista hacia el pueblo de su infancia es un doble descubrimiento: del arte, y de los secretos de su infancia y la juventud de su padre. Estos viajes tienen un sentido opuesto al de *El año*: *Una noche* es un viaje hacia el futuro, a una identidad abierta y en definición. *Salvatierra* es un viaje al pasado, al origen y al secreto de la identidad paterna y familiar. Ambos descubrimientos son más o menos decepcionantes (o, si no lo son, es porque se descubre algo diferente a lo que se había ido a buscar).

El viaje en *El año del desierto* carece de ese significado (o tiene un significado negativo: la disolución de la identidad). Los desplazamientos son forzados, accidentales, erráticos. No colaboran a la construcción de una identidad, al enriquecimiento de una experiencia. El cambio constante de la realidad hace imposible la noción misma de experiencia en tanto fundamento de una identidad. Por ejemplo: entre el primer y el tercer viaje de la protagonista a Beccar, su barrio natal, nada es igual. No es un retorno, entonces, sino un viaje a un espacio desconocido. Los desplazamientos son así etapas en la desintegración individual y colectiva. Cada nuevo desplazamiento es una nueva pérdida por parte de la protagonista: de su novio, del empleo, de la casa familiar, del padre, de los amigos, del nombre, de (la propiedad sobre) su cuerpo, del lenguaje. Si la Intemperie avanza sobre la ciudad, desvaneciéndola en la nada, el movimiento de la narradora reproduce ese avance de la Intemperie en su interior. El avance del desierto se replica con un «devenir-nómade» de la narradora, por la cual ella deviene una persona sin afiliación geográfica, casi sin nombre, sin ningún lugar adonde «volver».

Hay dos tipos de menciones geográficas. Por un lado hay las menciones de lugares que no juegan un rol en la narrativa, sino que funcionan como marcadores del avance de la Intemperie. Estas menciones (muy numerosas) se ordenan al modo de círculos concéntricos: al principio de la novela, la Intemperie alcanza los partidos (divisiones político-administrativas) exteriores del Gran Buenos Aires. A medida que la novela progresa, ese círculo se estrecha: la intemperie alcanza los partidos del Gran Buenos Aires inmediatos a la Capital. Cuando «entra» en la capital, se mencionan barrios y calles, cada vez más cerca del centro: de la zona de la Plaza de Mayo, del Bajo. Este avance de la Intemperie reproduce, en rasgos generales (y a la inversa), el patrón histórico de poblamiento de la ciudad, desde su fundación. Por eso, el último edificio en desaparecer, la Torre Garay, está ubicada en la zona más antigua de la ciudad, donde se erigió la ciudad en primera instancia.

El otro tipo de menciones geográficas está relacionado con la experiencia directa de la narradora: los lugares que ella recorre, donde padece, donde trata de sobrevivir. Para la orientación del lector, quisiéramos hacer un sumario de los principales lugares mencionados en la novela y de la principal dirección en la que viaja la narradora.

La novela comienza (luego del prólogo en el exilio) en Beccar, un barrio residencial de clase media (como corresponde al estatus socio-económico de la protagonista al principio de la novela), ubicado al norte de la ciudad de Buenos Aires (en el partido de San Isidro). Desde Beccar María viaja al centro en tren para trabajar en Suárez & Baitos (viaja hasta el Bajo, inmediatamente al norte / este de la Plaza de Mayo, adonde María volverá más tarde en la novela). Suárez y Baitos queda, aparentemente, por calle Reconquista, hacia el norte. María volverá dos veces más a Beccar: para organizar la mudanza al departamento de Barrio Norte (escapando de la Intemperie) y para cobrar la renta de los inquilinos de su casa, alquilada luego de la mudanza. En un par de otras oportunidades (en particular al final de la novela), María cree estar en Beccar —cree reconocer el ombú de su barrio— pero no puede estar segura, toda vez que los edificios han desaparecido.

Desde Beccar, María y su padre se mudan a un apartamento en Barrio Norte. Barrio Norte es un área en el linde entre Recoleta y Palermo, y es una zona tradicional de clase media alta y alta, con una distintiva arquitectura europeizante. El apartamento (una herencia de su abuela Rosa, esto es, de mejores tiempos) queda casi en la esquina de Peña y Agüero, en la manzana que linda hacia el oeste con Austria, a metros del Hospital de Agudos Rivadavia, adonde María llevará a morir a su padre.

Luego de la experiencia en la manzana de Barrio Norte, clausurada al exterior por miedo a la Provi y organizada como una comunidad semi-autónoma (altamente disfuncional), y su período como enfermera *ad hoc* en el hospital, María sale en expedición, por puentes y túneles (no por las calles), hacia el sur sur-oeste, buscando a Alejo, su novio, con quien ha perdido contacto. Su intención es ir hacia el barrio de Almagro (donde Alejo vive o vivía), pasando las avenidas Santa Fé (el cruce del «Puente Santa Fe» es uno de los momentos memorables de la novela) y Córdoba. No mucho más allá de la Avenida Corrientes ya no hay túneles ni puentes: la ciudad allí casi ha desaparecido (y con ellos los enfrentamientos contra la Provi). Aunque impresiona al lector como una larga expedición, no ha recorrido más de veinte cuadras, y no ha salido del centro (que ya no es centro, desde luego).

María no encuentra a Alejo. Intenta volver a su apartamento (ahora caminando por la calle), sin éxito (no la dejan entrar). Ante ello, María se traslada hacia el este, otra vez al Centro y al Bajo. Allí es donde María vive en el Panal (alrededor de la Plaza de Mayo), una suerte de *conventillo* al estilo del siglo XIX y es allí que trabaja en el *Hotel de Emigrantes,* y luego se prostituye en un cabaret / bar de la Recova de la Avenida Leandro Alem / Paseo Colón. Luego de un tiempo como prostituta, asesina a su proxeneta (el Obispo) y, con dos compañeras de prostitución (Catalina y Luma) y el novio de una de ellas (Gabriel) dejan la ciudad, en un carro de caballos. Van hacia el oeste, saliendo por la avenida Rivadavia y luego el Acceso Oeste, siguiendo lo que quedaba de la Ruta 7 hasta Luján, a 68 kilómetros de la capital. Desde Luján, por la ruta 5 (ya desaparecida) van a Mercedes (al Suroeste de

Luján, a unos 38 kilómetros), donde se establecen en una estancia, por un tiempo. Cuando deben irse de allí (un antiguo cliente del Ocean reconoce a María, y el golpe a su reputación la obliga a abandonar el lugar) se encaminan hacia Chivilcoy, más al sur, también por la ruta 5. Nunca llegan, porque cruzando Mercedes, un malón de los braucos rapta a María. La llevan a un lugar no identificado, al sur de Mercedes, donde vive largo tiempo como cautiva (hay indicaciones, pero no del todo decisivas, que la localidad puede ser Carhué). Cuando Víctor, antiguo amigo de Alejandro (y quien lo había reemplazado al mando de la banda) la libera, María va con Alejandro hacia el norte, hasta que alcanzan el Paraná, en un área en el norte de la provincia de Buenos Aires. Para ese momento, ya no quedan rutas o centros poblados que puedan servir de referencia. Luego de convivir con los Ú (y ser feliz con ellos), los Ú bajan por el río hasta llegar a Buenos Aires, de la que queda sólo el Edificio Garay. María es capturada y forzada a abandonar el país (que ya no existe). Así, la novela cumple un recorrido geográfico circular. Comienza en el tren que recorre los barrios de la costa norte del Gran Buenos Aires y Buenos Aires, hacia el Edificio Garay, y allí mismo termina.

VII. El «idioma» de los argentinos

Hemos anotado profusamente la novela. Muchas de esas notas, como indicamos antes, son de índole lingüística (en particular, cuando la palabra es usada en una acepción menos conocida dentro del español estándar). Asimismo, hemos anotado los muchos argentinismos que pueblan las páginas de la novela. No hicimos referencia, sin embargo, a las peculiaridades del habla de los argentinos (o más precisamente, de los habitantes de la ciudad de Buenos Aires y de su área de influencia) por lo que quisiéramos aquí hacer algunas precisiones al respecto, dado que pueden presentar ciertos desafíos para el lector no familiarizado.

El pronombre de sujeto de la segunda persona singular, «tú», no se usa en Argentina, sino que se tiende a usar «vos» (que no hay que confundir con el pronombre de sujeto de la segunda persona plural «vosotros» que es comúnmente utilizado en España).

Usando «vos» para el presente del indicativo, no se cambia la raíz del verbo, y se agrega «ás» para verbos cuyas formas infinitivas son «ar», «és» para verbos cuyas formas infinitivas son «er» e «ís» para verbos cuyo infinitivo es «ir». «Tú hablas», entonces, en Argentina es «vos hablás», «tú tienes» es «vos tenés», «tú puedes» es «vos podés», «tú sales» es «vos salís», etcétera. (El lector notará estas formas sobre todo en los diálogos entre personajes).

La formación del presente del subjuntivo sigue una lógica parecida: «tú hables» es "vos hablés», «tú tengas» es «vos tengás», «tu puedas» es «vos podás», etcétera, (se acentúa la última sílaba cambiando la palabra estándar que es llana a una cuya pronunciación es aguda). Las otras formas verbales (para todas las personas, singulares y plurales) y otros modos tienden a coincidir con el español estándar. El pretérito («tú fuiste» vs. «vos fuiste»), el imperfecto del indicativo («tú ibas» vs. «vos ibas») y el imperfecto del subjuntivo (con la excepción de que en vez de usar la terminación «ra», se usa «se» donde «yo hablara» es «yo hablase», etcétera), las formas perfectas tanto del indicativo como del subjuntivo, el condicional simple y el condicional perfecto son iguales.

Hay, no obstante, grandes diferencias con la formación del imperativo para los mandatos singulares informales (tú vs vos). Consideremos un ejemplo de la novela: «—Abrí el primer cajón, te escondí algo./ —¿Qué?/ —Abrí el primer cajón de tu escritorio, dale que se va a cortar y no tengo más monedas». El mandato para «vos» se forma eliminando la última letra del infinitivo («r») y colocando una tilde sobre la última vocal si no es monosilábica: «Dar» se conviete en «da» (como arriba), «tener» se convierte en «tené», «abrir» se convierte en «abrí».

La colocación de cualquier pronombre de objeto directo o indirecto sigue las reglas estándar: «teneme», «venite», «haceme» con la excepción de que si se agrega más que un pronombre la acentuación del mandato es aguda (en vez de esdrújula), como por ejemplo, «tenemeló» o «hacemeló». También el pronombre dativo y el acusativo cambian (aunque el pronombre de objeto directo sigue siendo «te»): «para ti» es «para vos», «te doy a ti» es «te doy a vos», etcétera.

VIII. Bibliografía de Pedro Mairal

Indicamos a continuación sólo las primeras ediciones de las obras de Mairal. Muchas de ellas han sido traducidas al francés, inglés, italiano, portugués, alemán, griego, holandés, polaco, turco y sueco. Una lista completa de las traducciones puede encontrarse en http://www.pedromairal.blogspot.com/

Novelas
1998. *Una noche con Sabrina Love*. Buenos Aires: Clarin/Aguilar.
2005. *El año del desierto*. Buenos Aires: Interzona.
2008. *Salvatierra*. Buenos Aires: Emece.

Cuentos
2001. *Hoy temprano*. Buenos Aires: Clarín/Aguilar.

Poemas
1996. *Tigre como los pájaros*. Buenos Aires: Botella al mar.
2003. *Consumidor final*. Buenos Aires: Bajo la luna nueva.

Cine
1998. *Una noche con Sabrina Love*. Dirigida por Alejandro Agresti. Adaptación de la novela homónima.
2009. *La ventana*, dirigida por Carlos Sorín, guión de Pedro Mairal y Carlos Sorín.

Blogs

«El señor de abajo» en http://elseniordeabajo.blogspot.com/
«Pedro Mairal» en http://www.pedromairal.blogspot.com/

En ambos blogs se pueden encontrar entrevistas al autor, reseñas de sus libros, ensayos, cuentos, artículos y poemas no recogidos en libro, como asimismo fragmentos de sus obras ya editadas.

Televisión

2011. *Impreso en Argentina*. Conductor. Buenos Aires: Canal Encuentro. Varios capítulos del programa pueden encontrarse en http://pedromairal.blogspot.com.ar/search/label/Capitulos%20On%20Line

El Año del Desierto

Mapas

Divido el pelo en cuatro mechones, cruzo los dos centrales y los aparto al medio en dos pares. Entonces empiezo la trenza. El mechón de la derecha pasa al medio por encima del mechón de al lado; el de la izquierda pasa al medio, pero lo hace por abajo del mechón de al lado y por encima del recién cruzado. Voy explicándola a medida que avanzo. Repito los movimientos una y otra vez hasta llegar a las puntas, hasta que queda una trenza chata con una fila de cuadraditos en medio. Ellas me piden que les enseñe otras trenzas, pero tienen que seguir estudiando y yo tengo que ordenar los libros en los estantes.

Suena el timbre de las doce y la biblioteca queda vacía. Termino de guardar los libros, pongo bien las sillas y voy al cuarto de la mapoteca. Despliego los mapas viejos sobre la mesa, miro los lugares, los nombres, las avenidas. Recorro con el dedo las estaciones de tren y las calles, trato de acordarme de algunas esquinas, algunas cuadras[1] o plazas de esa grilla enorme, inexistente. Las calles de la ciudad donde ahora vivo son menos ordenadas y geométricas, parecen un enredo, algo que fue creciendo de un modo irregular alrededor de catedrales y castillos, como muchas otras ciudades europeas.

Este trabajo me gusta. Me gusta el silencio. Estuve cinco años en silencio, hasta que las palabras volvieron, primero en inglés, de a poco, después en castellano, de golpe, en frases y tonos que me traen de vuelta caras y diálogos. A veces tengo que encerrarme acá para hablar sin que me vean, sin que me oigan, tengo

---

1   *Cuadra:* Espacio de una calle comprendido entre dos esquinas; lado de una manzana (*Diccionario de la Real Academia Española*, de aquí en adelante abreviado como DRAE).

que decir frases que había perdido y que ahora reaparecen y me ayudan a cubrir el pastizal,[2] a superponer la luz de mi lengua natal sobre esta luz traducida donde respiro cada día. Y es como volver sin moverme, volver en castellano, entrar de nuevo a casa. Eso no se deshizo, no se perdió; el desierto[3] no me comió la lengua. Ellos están conmigo si los nombro, incluso las Marías que yo fui, las que tuve que ser, que logré ser, que pude ser. Las agrupo en mi sueño donde todo está a salvo todavía.

El silencio de la biblioteca parece estar fuera del tiempo. Acá las cosas no cambian. Sólo el clima, que en los días de lluvia me hace doler la pierna y hace que la renguera[4] se me note un poco más. Las chicas me bautizaron *the pirate* («la pirata» o, quizá con más crueldad, «*el* pirata»), pero se cuidan de decirlo delante de mí.

Últimamente estoy teniendo un mismo sueño: me pruebo ante el espejo del local el vestido azul que nunca pude comprar. A veces, lo pago con billetes y salgo caminando entre la gente con el vestido puesto; otras veces, no lo pago y salgo corriendo, descalza. A los pocos pasos, descubro que el vestido está todo desgarrado y sucio. Pero siempre tengo la pierna sana en el sueño, y tengo el pelo largo y la ciudad donde nací sigue estando en su lugar.

---

2 *Pastizal:* Terreno vacío, sin construcciones, ni árboles, donde hay solamente pasto (hierba, maleza) y arbustos bajos.
3 *Desierto*: Para la noción de «desierto» en la cultura argentina (y latinoamericana), ver «Introducción».
4 *Renguera*: Cojera. *Rengo:* cojo.

Suárez & Baitos

Era mi último viaje en tren a Capital.[5] Cuando arrancamos en la estación de Beccar,[6] el aire tibio de verano empezó a entrar por las ventanas rotas. No pude leer el libro de Hawthorne que llevaba en el bolso. Miré pasar las estaciones como si viera todo por última vez: San Isidro, Acassuso, Martínez, los árboles enormes, mi colegio, los jardines abandonados, La Lucila, Olivos, los depósitos, Vicente López, Rivadavia, los playones de los supermercados; después Núñez, Belgrano, los caserones antiguos, Lisandro de la Torre, los caballos vareándose en las pistas laterales del hipódromo, las canchas de tenis, los edificios altos,[7] y la llegada cada vez más lenta hasta Retiro.

En el Bajo podía tomarme un colectivo[8] —eran diez cuadras hasta Suárez & Baitos— pero preferí caminar, a pesar del calor. Subí por Reconquista, por las cuadras llenas de puestos de comida rápida, donde surgieron tiempo después tantos prostíbulos, donde Catalina y yo tuvimos que buscar a Benedicta, entre *cafishos*,[9] enanos y olor a frito. Había poca gente por la calle. Ya estábamos en el segundo día de enero y muchos se habían ido de vacaciones.

Entrar en el aire acondicionado del edificio fue un alivio. Me arreglé frente al espejo del ascensor. Cuando se abrieron las puertas, vi una guirnalda sobre mi monitor. Se habían acordado de mi cum-

---

5 *Capital*: Buenos Aires, capital federal de Argentina.
6 *Beccar*: Para esta y subsecuentes localidades, ver en la introducción el apartado sobre las referencias geográficas.
7 *Edificio alto*: Rascacielos, torre de apartamentos.
8 *Colectivo*: (Argentina) autobús.
9 *Cafisho*: (Argentina/ Uruguay) hombre que se dedica a regularizar y promover la prostitución de mujeres (DRAE). El cafisho a la vez protege (de la policía, de los propios clientes) y explota (apropiando sus ganancias) «sus» prostitutas. La relación cafisho / prostituta puede ser voluntaria, coercitiva, o (como en el caso de la novela) estar en una zona intermedia.

pleaños. También encontré una nota pegada en la pantalla. Yo era la única de las secretarias que tenía todavía una computadora en su escritorio. Aunque ya no funcionara el sistema informático, había que aparentar que seguíamos usando la última tecnología. Cuando entraba un cliente, yo simulaba que tipeaba algo en el teclado. En realidad todo eso estaba muerto hacía varios meses.

Suárez & Baitos era una compañía de inversión fundada por dos economistas de cuarenta años que habían sido muy amigos. Las oficinas estaban en los últimos pisos de la Torre Garay,[10] sobre la calle Reconquista, a unas cuadras de la Plaza de Mayo. Lo primero que veían los clientes al salir del ascensor era mi cara detrás del escritorio y eso me obligaba a llegar temprano, estar siempre prolija, discreta y apenas maquillada. Teníamos un *tailleur*[11] azul de uniforme que me quedaba bien. Los hombres de traje y corbata me miraban y las demás secretarias me tenían algo de envidia. Una vez las escuché decir en voz baja «es puro pelo» y, cuando me vieron, cambiaron de tema. De algunas puedo decir que éramos amigas; a veces íbamos a almorzar juntas a las Galerías Pacífico[12] o a los bares irlandeses de la zona. Pero no pasaba de ahí.

La nota pegada en la pantalla decía «Feliz cumple Mery. Pasé temprano, te llamo a las 11». Era de Alejandro; así me llamaba él: «Mery», y así escribía mi nombre. A veces venía hasta la recepción a dejar paquetes para la compañía, y las chicas pasaban curiosas, como yendo a otro piso, pero queriendo, en realidad, comprobar que Alejandro fuera mi novio. Les costaba creer que yo saliera con un motoquero[13] que hacía mensajería, cuando

---

10   Torre Garay: El nombre del edificio no es, como se verá, insignificante, por razones que se comprenderán sobre el final de la novela. Juan De Garay (1528-1583) fue el conquistador español a cargo de la segunda fundación de Buenos Aires, en 1580.
11   *Tauilleur*: Conjunto de vestir de dos piezas (saco y pantalón o saco y pollera). En este caso, es el uniforme de las empleadas, provisto por Suárez & Baitos para enfatizar el prestigio de la institución financiera.
12   *Las Galerías Pacífico*: Centro comercial (un *shopping*) ubicado en las calles Florida y Córdoba en la ciudad de Buenos Aires. Su restauración a principio de los años noventa fue uno de los símbolos (junto con la restauración de Puerto Madero y del mercado de Abasto) de la «nueva ciudad» neoliberal auspiciada por la administración del presidente Carlos Saúl Menem Suárez & Baitos, por su parte, representa el *ethos* neoliberal.
13   *Motoquero*: Motociclista. En particular, una persona que hace de la motocicleta un estilo o un medio de vida (este es caso de Alejandro, que es repartidor de cartas y paquetes en motocicleta en una mensajería—empresa que se especializa en la distribución de cartas y paquetes)

podía quizá seducir a alguno de los tantos hombres de corbata que me rondaban. A mí me gustaba que eso las sorprendiera.

Alejandro era tan buen mozo[14] que las chicas se inquietaban cuando subían con él en el ascensor. No era carilindo. Tenía ojos claros y era morocho,[15] con rasgos fuertes. Se parecía un poco al actor Benicio Del Toro, parecía un tipo duro, pero era buenísimo, muy callado. Cada tanto me miraba como si estuviera a punto de decirme algo, y no decía nada, sonreía, y la cara se le transformaba, despejando el gesto huraño[16], introvertido. La primera vez que me invitó a almorzar me puse violeta, le dije que no podía y traté de ignorarlo como una estúpida. A él también le dio un poco de vergüenza, pero igual otro día se volvió a animar y fuimos a un restorán del Bajo. La mañana de mi cumpleaños, ya hacía casi tres meses que salíamos.

A las once me llamó desde un teléfono público; se oían los autos detrás.

—Abrí el primer cajón, te escondí algo.

—¿Qué?

—Abrí el primer cajón de tu escritorio, dale que se va a cortar y no tengo más monedas.

Adentro encontré una bolsita de terciopelo. La abrí y saqué un anillo de plata con una piedra aguamarina ovalada que habíamos visto el fin de semana en la feria del Parque Centenario. Me lo puse y le agradecí. Me encantaba ese anillo. Lo perdí ese año en los éxodos, cruzando a nado un arroyo.

—¿Pasás hoy? –le pregunté.

—A las seis no puedo, encontrémonos a las siete en el bar de Cerrito y Sarmiento[17].

Yo me acordé de que él quería ir a la marcha contra la intemperie que se iba a hacer esa tarde en Plaza de Mayo.

—¿Vas a ir?

---

14   *Buen mozo*: Atractivo, hermoso. La palabra «mozo» aislada, suele referir en Argentina al camarero de un bar o un restaurante (y así es usada en otros momentos de la novela).
15   *Morocho*: De piel oscura.
16   *Huraño*: Poco sociable.
17   Cerrito y Sarmiento: Nombres de dos calles céntricas de la ciudad de Buenos Aires. La localización del encuentro no es casual. El bar donde Alejandro cita a María está a una cuadra del Obelisco, el edificio icónico de la ciudad de Buenos Aires, y centro simbólico (no geográfico) de la misma, al estilo de Picadilly Circus para Londres o Times Square para Nueva York. Ver «Introducción».

—Sí –me dijo.

Nos quedamos callados un segundo. Él me había querido convencer de que lo acompañara, que no iba a pasar nada; yo lo había querido convencer de que no fuera porque era peligroso; al final, sin decirlo, habíamos llegado a un acuerdo: cada uno dejaba al otro hacer lo que quería.

—Tené cuidado, Ale.

—Sí, nos vemos a las siete. ¿Se mudan mañana? –me preguntó y, cuando le dije que sí, se cortó y no supe si me había oído.

El día pasó un poco más tranquilo que de costumbre. La gente llamaba resignada a que les dijeran que tal o cual asesor no estaba, que seguía de vacaciones; ya no tenían el apuro histérico de antes. Nadie corría con circulares del Banco Central[18], ni por feriados bancarios sorpresivos. La música del juego de la silla se había cortado hacía rato. Sonaba el teléfono, pero no tanto. Yo podía operar con varios llamados a la vez, contestando en castellano o en inglés. Hacía bien mi trabajo, usaba uno de esos *head-phones* para atender sin manos. A veces me daban algo para traducir y lo iba haciendo entre llamado y llamado, pero ahora iba más lento porque tenía que usar la máquina de escribir eléctrica, una IBM verde que parecía un tanque. Tuvimos que acostumbrarnos a escribir primero a mano para poder corregir todo el texto y después recién pasarlo porque si cometías un solo error tenías que empezar todo de nuevo. La única ventaja que les veíamos a esas máquinas era que, al menos, no se colgaban para siempre como las computadoras, llevándose a la tumba de los electrodomésticos toda la memoria de la vida. Como no teníamos más e-mail, hacíamos nosotras mismas el correo interno y así empezamos a vernos otra vez las caras. La gente hablaba más en los pasillos, circulaba, saludaba más. Se notaba que había menos trabajo. Decían que las cosas no estaban bien entre los socios, se rumoreaba muy por lo bajo que Baitos podía llegar a asimilar a Suárez.

A las cuatro llamó papá para decirme que había «disturbios» en el centro, que me volviera temprano. Le dije que iba a ir al cine

---

18 *Circulares del Banco Central*: Anuncios oficiales realizados por el Banco Central de la República Argentina, de naturaleza monetaria o financiera. Las «circulares» adquirieron notoriedad pública en Argentina (notoriedad que aún perdura) durante las turbulencias económico-financieras del período 1975-2001.

con Alejandro y que íbamos para el otro lado, que no se preocupara. Me lo imaginé ahí sentado, con el televisor encendido, entre las cajas y los canastos ya embalados[19] para mudarnos al día siguiente. Papá dormía y veía televisión todo el día, se ponía paranoico porque veía todos los noticieros. Habíamos tenido que suspender el cable y, como el televisor grande no sintonizaba bien los canales abiertos, papá había rescatado del altillo un televisor en blanco y negro, chiquito y rojo, que él le había comprado a mamá los últimos días en el hospital. Lo enchufó y logró sintonizar cuatro canales nacionales. Los canales se cambiaban girando una perilla, pero, de todos modos, papá se quedó con el control remoto del otro televisor en la mano. Apretaba los botones como un tic que no se podía sacar de encima. Cuando se acababa la transmisión, se iba a dormir y no se despertaba hasta que se reanudaba al día siguiente a las once de la mañana. Encaneció, así, en pantuflas y rodeado por ese parpadeo de imágenes y ese fondo de voces y cortinas musicales.

Yo no soportaba ni media hora de televisión. Las emisoras no producían cosas nuevas y estaban recurriendo a los archivos de programas grabados, novelas, películas nacionales; los actores rejuvenecieron, los galanes recuperaron el cabello, y resucitaron los cómicos, las divas volvieron a ser rubias de veinte sin operar, los boxeadores volvieron a pelear, y daban las novelas de mi infancia, *Perla Negra, El infiel, Más allá del horizonte*.[20] Lo bueno es que papá se reía viendo los programas de su época, los chistes sin malas palabras y las películas de escaleras de mármol y conversaciones donde decían frases como «Usted, Martita, nunca volverá a amarme».

A las cinco me cantaron el feliz cumpleaños en la sala grande. Entre todos me regalaron un bolso verde, de playa, muy lindo. Corté la torta de merengue y chocolate que pedíamos siempre a la misma casa de comidas cada vez que alguien de Suárez & Baitos cumplía años. La comimos medio rápido, parados, con vasitos de coca. Por el ventanal se veía el estuario que llegaba hasta

---

19 *Embalar*: Empaquetar, envolver, preparar para enviar.
20 *Perla...*: Telenovelas populares durante los años ochenta («El infiel») y noventa (»Perla negra», «Mas allá del horizonte»).

el horizonte, el puerto con grúas y containers, la dársena norte, los cuatro diques, los demás edificios torre, el pajonal y los camalotes que se habían acumulado en la Costanera Sur y que llamaban la Reserva Ecológica. La altura del piso veinticinco permitía esa mirada geográfica. Era la vista de los hombres poderosos. Por eso habían puesto las salas de reunión hacia ese lado. No era una linda vista, pero parecía perfecta para hacer negocios. Como si fuera un lugar en otro país, lejos del barro nacional, como visto desde un avión. Era la altura de la economía global, de las grandes financieras del aire, donde se establecían a la perfección los contactos telefónicos con las antípodas. Como si, ahí arriba en el mejor oxígeno, en la cima del mundo, pudieran tocarse la punta de los dedos con New York, con Tokio. Eran salas no muy grandes, con tres sillas y un escritorio de madera en medio, con separaciones de vidrio y persianas americanas. No se hablaba fuerte ahí. Eran confesionarios bursátiles, cubículos donde se susurraban las operaciones, las transferencias, los fondos, el perdón de los pecados tributarios. El truco del lugar era la altura, lejos del tercer mundo, el horizonte lejano, diáfano, donde podía verse, en los días más claros, la orilla de enfrente, la salvación *off shore*, el Uruguay, la ciudad de Colonia del Sacramento[21].

***

Un rato antes de salir, pasó Lorena, una de las secretarias, anunciando por todo el piso que podíamos irnos «porque parece que hay quilombo[22]». Siempre que había disturbios en el centro nos dejaban salir más temprano. Alejandro debía estar ahí metido. Me puse unos *jeans* para no llamar la atención por la calle. No me quedaban muy bien, no eran mis Levis buenos, sino unos Tex que me había comprado en el Carrefour cerca de casa porque

---

21 *Colonia del Sacramento*: Ciudad capital del departamento de Colonia en Uruguay. Está frente a Buenos Aires, cruzando el Río de la Plata. Fue una antigua colonia portuguesa (en el marco de la competencia entre las coronas portuguesa y española por el dominio de la cuenca del Río de la Plata). Actualmente es un destino turístico de cierta importancia. Uruguay ha sido, sobre todo desde el comienzo de las turbulencias financieras en Argentina, un destino privilegiado de la fuga de capitales argentinos, de allí la alusión a Uruguay como «la salvación *off shore*».
22 *Quilombo*: Disturbio, caos, desorden. En este caso, situación de violencia.

estaban baratos[23]. Los tenía siempre en el cajón de mi escritorio por cualquier urgencia. Traté de escabullirme sin que me vieran, pero justo apareció Baitos y bajó conmigo en el ascensor. Era un ex *rugbier*[24] economista, que no trataba de caerme simpático. Tenía una oreja medio machucada[25], era retacón[26] y peludo[27]. Cuando entrabas a su oficina, tenías que tener cuidado de no recibir un palazo[28] porque estaba distraído, practicando su *swing* de golf.

—¿Cuántos cumpliste? –me preguntó.

—Veintitrés –le dije y no sé si me oyó, porque le estaba echando una miradita a mis *jeans*.

—Ojo en el colectivo –dijo–, recién escuché por radio que en Constitución dieron vuelta un colectivo y lo quemaron.

Me sentí tentada de decirle «Voy en moto», para descolocarlo, pero, al menos esa tarde, no era cierto. Nos quedamos callados hasta planta baja. Cuando se abrieron las puertas, huimos del silencio incómodo y encaramos apurados los molinetes[29] con la tarjeta de identificación; mi molinete giró y pasé, pero el de Baitos falló y le pegó en seco. Por el rabillo del ojo lo vi que se doblaba. Saludé a la gente de seguridad y fui hasta la puerta. Él, por fin, logró pasar y fue hacia la cochera donde guardaba su auto que, según decían, era blindado[30].

Afuera hacía un calor horrible y lento. El sol todavía picaba en los hombros. Me hubiese gustado que Alejandro me pasara a buscar con la moto como otras veces. Yo me subía y arrancábamos y veía nuestra imagen reflejada en los paneles espejados de la Torre Garay. Mi cara apoyada contra su espalda. Mi pelo volando hacia atrás. Me gustaba ir así. Cerraba los ojos para sentir sola-

---

23 *Carrefour*: Cadena francesa de supermercados de fuerte presencia en Argentina a partir de los años noventa.
24 *Rugbier*: El rugby (como el polo) son en Argentina deportes con connotaciones socioeconómicas y culturales precisas. A diferencia del fútbol (deporte popular en todas las clases sociales) el rugby es un deporte de clase media / alta y clase alta.
25 *Machucada:* Dañada.
26 *Retacón:* De estatura baja y complexión maciza.
27 *Peludo*: Con mucho pelo.
28 *Palazo*: Golpe fuerte con un palo.
29 *Molinete*: Aparato giratorio que controla la entrada y salida de personas en los subterráneos, en estaciones de tren, o –como en este caso– en la entrada de edificios de acceso público.
30 *Blindado*: Protegido con láminas de metal reforzado.

mente la aceleración que me sacaba de ese lugar, que me alejaba, una fuerza, un movimiento que se mezclaba con mis ganas de fugarme, de cambiar de aire.

Subí caminando por Sarmiento. La calle estaba alfombrada con volantes. Agarré uno. Decía: «La intemperie que el Gobierno no quiere ver». Tenían fotos de una cuadra antes y después de la intemperie. En el *antes* había casas, una al lado de la otra, y en el *después* se veían sólo los baldíos[31]. Lo tiré por si me agarraban con eso encima. Pasó un tipo[32] en cuero[33], usando como tambor un tacho de basura de los de plástico. Para el lado de la Plaza se oía el latido enorme de los bombos[34]. Como estaba a tres cuadras, no me preocupé mucho, hasta que vi pasar a la montada. Primero oí el repiqueteo de herraduras contra el asfalto y después vi pasar los caballos alazanes al galope. Los policías ya venían amenazando con el látigo. Vi que los otros corrían y corrí hasta la esquina. Pasaban chicos con la cabeza envuelta en una remera, pasaban tipos de corbata con el saco en la mano, eufóricos. Lo de siempre. En cada marcha contra la intemperie pasaba lo mismo. Me apuré hasta Cerrito. Quería encontrarme con Alejandro y nada más. Unos tipos arrastraban carteles de «Hombres trabajando» para hacer una barricada. Otros trataban de romper un vidrio y no podían; los cascotes[35] y los pedazos de baldosas rebotaban, haciendo ondular el reflejo como si fuese agua. Se oían frenazos de autos y después explosiones o tiros. Ahí me empecé a asustar. Pasaron más tipos corriendo, y chicas también. Yo me quedé al lado de unos fotógrafos. Pasó un camión hidrante y nos escondimos en la entrada de un edificio pero nos mojaron igual.

Crucé la 9 de Julio y casi me pisa un auto porque algunos iban a contramano o giraban rápido en «u». Corrí hasta el bar. Afuera estaban los mozos de saco blanco que habían salido a la vereda

---

31 *Baldío*: Terreno no labrado o construido. En este caso, se refiere a un terreno urbano o suburbano abandonado.
32 *Tipo*: Manera informal de referirse a un hombre.
33 *En cuero*: Desnudo. En este caso, con el torso desnudo.
34 *Bombo*: Tambor, timbal de grandes proporciones. Un bombo puede tener varios pies de diámetro, o de profundidad, según el caso, y produce en consecuencia un sonido grave y resonante. El bombo se usa en la música folklórica argentina, pero es el instrumento icónico de las manifestaciones populares, en particular las asociadas con el peronismo.
35 *Cascote*: Fragmento de alguna construcción derribada o arruinada; conjunto de escombros, usado para otras obras nuevas (DRAE). Más en general, piedra suelta.

para mirar. Me conocían de vista, porque nos encontrábamos seguido en ese bar con Alejandro. Uno de ellos agarró un fierro y empezó a decir:

—¡Que vengan, que vengan!

Los otros se rieron. Parecían contentos. Adentro no había nadie. Todavía no eran las siete. Así que me quedé ahí con los mozos, que me miraban de reojo porque yo tenía la musculosa mojada. Vimos pasar a toda velocidad, hacia el lado de la plaza, unos autos con las ventanas abiertas y caños de armas largas que asomaban hacia afuera. Se oían disparos, vidrios, gritos. Me empezaron a picar los ojos y la garganta. Tardé en darme cuenta de que era el gas que ya se estaba esparciendo por todos lados. Les pedí agua a los del bar y me trajeron un vaso, pero no logré sacarme el gusto ácido de la boca y la garganta. Me dijeron que mojara el pañuelo y me tapara para respirar. Eso me mejoró un poco. A media cuadra del bar, un McBurger estaba en llamas. Los mozos bajaron la persiana de metal para evitar problemas. Cuando estaban cerrando la puertita más baja, me invitaron a meterme dentro con ellos; insistieron bastante, diciendo:

—Dale, rubia.

Preferí quedarme afuera. Pasaron dos chicas, una ayudaba a la otra que tenía sangre en la cara. Alejandro no venía y lo odié por haberme hecho meter ahí. Se oyeron más disparos. Me acurruqué detrás de un árbol, frente a un local. Contra las persianas metálicas golpeaban piedras o pedazos de cosas. Yo pensaba: «No tengo nada que ver, no me puede pasar nada, vengo a encontrarme con mi novio». Hasta que vi pasar una camioneta de la policía con un tipo muerto atrás. Algo me pegó cerca y un vidrio, a mi espalda, se rajó con forma de telaraña. Me vi rota en el reflejo, como hecha pedazos. Me acordé de que no había traído el documento[36]. Entonces escribí en un papelito: «Soy María Valdés Neylan», anoté mi número de documento, la dirección de casa y el teléfono, y me lo guardé en el bolsillo del *jean*. Tenía miedo de que me mataran y que no supieran quién era.

---

36 *Documento*: Documento Nacional de Identidad (DNI) En Argentina el DNI es emitido por el gobierno nacional, y es de portación obligatoria para todos los habitantes.

Hice el gesto de buscar en el bolso mi teléfono celular para llamar a alguien. A veces me olvidaba de que ya no lo tenía, me quedaba el hábito de tenerlo siempre encima. Escuché un ruido, un galope, y pasó a mi lado un caballo de la montada desbocado[37], sin jinete. Alejandro no venía. No sé cuánto tiempo pasó. Pensé en irme. En buscar un baño. Pero no me podía mover. Me quedé ahí en cuclillas, llorando, y me hice pis. Pensé que a Alejandro le había pasado algo, que lo habían llevado preso o que él había llevado a alguien al hospital. No me podía quedar más ahí. Me fui caminando, con una mezcla de pánico y bronca[38]. Se me debía ver el jean mojado. Quería cambiarme, lavarme la cara, debía tener los ojos hinchados y el maquillaje corrido. Me sentía fea, sucia. Llegué hasta Callao pisando vidrios rotos. Llamé por un teléfono público a lo de Alejandro para ver si estaba ahí, pero no me contestaba nadie. Pasaba gente cargada con fardos[39] de ropa nueva, con estéreos, videos, licuadoras[40]. Los dueños de algunos locales estaban armados detrás de las persianas a rombos. En Lavalle me tomé el 60 del Bajo y a las nueve estaba en casa.

***

Esa noche tuve un sueño largo, sin nadie; sólo veía cosas que parecían vivas, materiales que cambiaban. Unos charcos en una azotea y la lluvia que caía, todo mojado, el agua filtrándose en la estructura de hormigón y adentro el hierro oxidándose, largando chorreaduras negras, hinchándose hasta quebrar la mampostería[41]. Veía grietas donde anidaban unas palomas y dejaban semillas que se hacían plantas de raíces expansivas, raíces apretadas que rajaban la losa, arbolitos que se abrían paso en el verdín[42] de una cornisa. Podía ver un arañazo en la pared descascarada, la junta de los ladrillos lavándose en el aguacero, el ácido del tiempo que arruinaba las capas de pintura, las aureolas del óxido creciendo...

---

37 *Desbocado:* Fuera de control (dicho de un caballo, y por extensión de una persona).
38 *Bronca*: Enojo, enfado, rabia.
39 *Fardo*: Paquete, envoltorio, bulto.
40 *Pasaba gente...*: Alusión a los saqueos de fines del 2001 motivados por la crisis económica (ver «Introducción»).
41 *Mampostería*: Cubierta de mezcla de yeso para paredes y cielorrasos.
42 *Verdín*: Capa de moho o musgo que aparece en una superficie (una pared, por ejemplo), como efecto de la humedad y de la falta de mantenimiento.

Sonó el despertador. Ya eran las siete y a las ocho venía el camión. Le toqué la puerta a papá para que se despertara. Desde el teléfono de la cocina, volví a llamarlo a Alejandro y me atendió el hermano.

—¿Está Ale, lo viste?

—No, no vino. Pero me llamó a las seis de la mañana.

—¿De dónde te llamó?

—Desde la calle. La policía le confiscó la moto y ahora se iba a ver si la recuperaba.

Me tomé un café y me puse a guardar las últimas cosas, pensando que, al menos, no lo habían metido preso y que andaría por ahí buscando su moto. Guardé el televisor rojo en una caja, donde entraron también unas bandejas y la cafetera eléctrica. Cosas que habían quedado sin vender en la feria americana el fin de semana anterior. Había puesto unas mesas en el patio de adelante. El departamento donde nos íbamos a mudar era más chico que la casa, y no entrábamos con tantos cachivaches[43]. Papá hizo un gran esfuerzo para no decirme nada, no quería ni ver cuando vacié los placares[44] de mamá. Se arrimaron algunos curiosos y vendí varios portarretratos, mi ampliadora y unas bateas[45] para revelar, unas mesitas de jardín, el juego de chimenea, el microondas, algunos adornos y bastante ropa. Me agarré para mí unos vestidos de mamá, con diseños psicodélicos, y unos soleros medio *hippies* que me vinieron bien porque me estaba quedando sin nada que ponerme. Yo tenía su mismo talle. Si hubiese sido por mí, me hubiese mudado con mi cama, mis libros, mis discos de música celta, un poco de ropa y mi sobre de fotos; no necesitaba más que eso. Quedaron muchas cosas que tuvimos que dejar en la casa porque no entraban en el departamento. Era un tres ambientes[46] en Barrio Norte que había sido de mi abuela Rose y que estaba alquilado desde su muerte hacía varios años. Quedaba casi en la esquina de Peña y Agüero.

Había ido al departamento días atrás para combinar la en-

---

43   *Cachivaches*: Cosas rotas o descartadas por inútiles. Por extensión, cualquier cosa de valor o utilidad dudosa.
44   *Placar*: (Argentina) armario, generalmente empotrado, donde se guarda ropa y otros objetos (DHA).
45   *Batea*: Recipiente, usualmente más ancho que alto, para depositar líquidos.
46   *Tres ambientes*: Apartamento con tres habitaciones para dormir.

trega con los inquilinos, un matrimonio joven, al que papá y yo llamábamos «los Salas»; él era un tipo prolijo[47], de anteojos, y ella una gordita contenta que saludaba siempre desde la cocina mientras arreglábamos las cuentas en el comedor con el marido. Pero esta vez los encontré a los dos esperándome en el living, muy asustados. Me dijeron que habían cambiado de idea. Me pidieron por favor que les renovara el contrato porque no tenían dónde ir; nadie les alquilaba nada en Capital. No había lugar. A mí me dio pena pero, a la vez, papá y yo teníamos derecho a vivir ahí porque éramos los dueños. Al final hablaron por teléfono con papá y él los dejó mudarse a nuestra casa en Beccar por un alquiler bastante bajo.

Cuando estuvo todo cargado en el camión de mudanza, papá dio una última recorrida por la casa vacía, para ver si no nos olvidábamos de nada, y cerró la puerta con llave, tragándose cualquier comentario. Seguimos al camión en un remise[48]. No hablamos una palabra hasta que papá le dijo de mal modo al chofer que pasara al camión porque necesitábamos llegar antes.

—Tenemos que avisarle al portero –me dijo excusándose.

Yo creo que lo puso mal lo mismo que a mí: esa lentitud forzada por tener que seguir a otro auto, y nosotros dos en el asiento de atrás, callados... Se parecía al día del entierro de mamá. Por suerte el remisero aceleró. Cerca del Planetario papá dijo:

—Espero que estemos haciendo bien.

A mí me sonó como «Más te vale que no te hayas equivocado». Porque yo lo había convencido de que teníamos que mudarnos. Fue Alejandro quien me advirtió del avance de la intemperie. Me contó que a su amigo Víctor Rojas se le había desmoronado su casa recién construida en Cañuelas. Me dijo que estaba pasando lo mismo en todo ese cinturón del conurbano, por Florencio Varela, La Matanza, Tigre. «Decile a tu viejo que venda la casa. Si sigue así, en noventa días está por tu barrio», me había dicho.

---

47 *Prolijo*: Arreglado, ordenado.
48 *Remise*: Auto de alquiler. A diferencia del taxi, el remise se contrata sólo por teléfono o en la empresa respectiva (remisería). El remise carece de pintura distintiva (negro y amarillo, por ejemplo es la pintura de los taxis en Buenos Aires), o marcas identificatorias. Usualmente carece de reloj medidor de tiempo / distancia, toda vez que la tarifa se determina por viaje.

Al principio, papá no me quería creer, decía que si no aparecía en la televisión, no era cierto. En algún noticiero se habló del tema, pero no decían la palabra *baldío*, que parecía estar prohibida, decían «área de replanificación». Después se dio cuenta cuando empezaron las publicidades del «Plan de Estabilización de la Vivienda Familiar». Ahí empezó a preocuparse. Anunciaban que se iban a distribuir materiales de construcción de gran durabilidad, pero sólo llegaron unas chapas[49] que la gente trató de unir con alambre. También repartieron, en camiones cisterna, un líquido viscoso con el que aconsejaban recubrir fachadas y medianeras para evitar la erosión. Papá hizo llenar un tacho grande y revistió las paredes sin ganas, porque se dio cuenta de que no era más que un simple barniz. Cuando quisimos vender la casa, ya era tarde. Nadie compraba propiedades fuera de la Capital.

Cuando llegamos en el remise, unos chicos se abalanzaron para abrirnos la puerta, se pelearon. Nos pedían una moneda, comida. Casi no se podía caminar por la vereda, había gente desesperada por todos lados, gente acampando contra las paredes de los edificios, bajo chapas, cartones, toldos[50]. Los ranchos[51] ocupaban toda la vereda y la gente se sentaba y cocinaba en la calle, tratando de no ponerse en el camino de los autos que pasaban despacio para no pisar a nadie.

El camión llegó y empezaron a bajar nuestros muebles a la vereda. Por un rato pareció que nosotros también nos habíamos quedado en la calle. Inquietaba un poco esa transición, el desalojo momentáneo. Parecía que había que hacer las cosas rápido, si no, uno podía quedarse afuera. Los peones de mudanza bajaron del departamento los muebles del matrimonio Salas, los cargaron al camión y subieron los nuestros por el ascensor. Sólo cuando estuvimos dentro y cerré la puerta, pude tranquilizarme un poco.

Iba a llevarnos un tiempo sentirnos cómodos. Yo me agarré el cuarto que había sido de la abuela, y papá armó su cama donde

---

49 *Chapa*: Hoja o lámina de metal. En el uso en la novela, son chapas corrugadas (onduladas) utilizadas para techos de construcciones.
50 *Toldos*: Pabellón o cubierta de tela que se tiende para hacer sombra (DRAE).
51 *Ranchos*: Habitaciones precarias o temporarias, ya sea en zonas rurales o (como en la novela) en asentamientos irregulares. Tradicionalmente los ranchos eran construidos con adobe y paja. En los asentamientos urbanos irregulares (*villas miserias*) pueden ser de cartón, chapa o de materiales de construcción de baja calidad.

había sido el escritorio. Pero los muebles parecían estar fuera de lugar, no coincidían con las manchas amarillas que habían dejado en las paredes los muebles de los Salas. Una mesita que en casa quedaba muy bien en la entrada, ahora parecía diminuta en un rincón, desnuda. Daba frío, casi.

Cuando estábamos deshaciendo las valijas, lo vi a papá mirándome emocionado.

—Estás muy parecida a tu mamá. Recién te vi de reojo, así, con ese vestido, y me pareció verla a ella cuando andaba por la casa ordenando.

Pensé que quería que le diera un abrazo, pero, cuando me acerqué, se dio vuelta para seguir sacando su ropa. Le puse la mano en la espalda.

—Vamos a estar bien acá, Pa.

—Sí –me dijo, sin mirarme. No le gustaba el departamento.

Al rato, mientras yo limpiaba unos cajones forrados con papel de diario, vi una foto de mamá. Saqué la hoja. Era un aviso fúnebre en el diario *The Celtic Cross*, de la colectividad irlandesa. Decía «Margaret Neylan de Valdés (q.e.p.d). Su madre Rose, su esposo Antonio Valdés y su hija María Valdés participan con dolor su fallecimiento y ruegan una oración en su memoria». Me acordé del momento exacto en que me dijeron que mamá había muerto. Yo tenía doce años. Hacía un mes que ella estaba en el hospital aunque a mí me había parecido mucho más. El día de mi cumpleaños me había dejado subirme a la cama con ella. Papá a veces venía a casa, cuando no se quedaba en el hospital a dormir. Aparecía en horarios raros, se bañaba, buscaba ropa y volvía. Para cuidarme, se turnaban mi abuela y una cocinera que se llamaba Vilma, como la de los Picapiedras[52]. Un día volví del colegio y, cuando entré por atrás, por la cocina, Vilma me dijo: «¿Te dijeron que murió tu mami?» Sentí el golpe, el sacudón por dentro, y le dije a Vilma que sí, que sabía, y no era cierto. Subí las escaleras corriendo y me tiré en su lugar de la cama. Lloré hasta que me quedé dormida y me desperté papá cuando ya era de noche.

---

52 *Picapiedras*: Traducción castellana de *Flintstone*, protagonistas de la serie animada americana homónima.

Ahí estaba el recorte con la foto y la fecha. Seguramente lo había guardado mi abuela. El diario habría quedado años en algún placard y los Salas después, sin saber, lo habían usado para forrar los cajones. Lo guardé entre mis cosas, sin mostrárselo a papá. En una semana iba a ser el aniversario de su muerte; sentí ese peso, justo debajo del esternón.

Papá desconectó el portero eléctrico porque constantemente tocaban el timbre para pedir comida, o zapatillas viejas, o preguntaban si alquilábamos un cuarto para pasar la noche. Durante el día, los ruidos de la calle llegaban como un conjunto de voces, motores y bocinas; pero de noche subían hasta ese sexto piso sólo los ruidos de los ranchos: los llantos, las carcajadas, las peleas que parecían estar sucediendo delante de uno, los tachos que se caían o los tiraban, un estruendo de latas y puteadas[53].

***

Varios días estuve sin saber nada de Alejandro. Ya antes habíamos pasado un día o dos sin llamarnos, pero esto era distinto. Fui dos veces a la mensajería donde trabajaba, para ver si lo encontraba, pero me decían que no había ido. Le dejé un mensaje en un papelito doblado: «Ale, llamame, no entiendo qué pasa». Ese silencio me volvía loca, me llenaba la cabeza de palabras y teorías.

Tuve que ir al banco a cambiar unos dólares que papá había guardado en una media. La cola llegaba hasta la puerta, no avanzaba, y yo estaba atascada en mis propias suposiciones. Creía que Alejandro no quería verme más, que se había aburrido de mí. Imaginaba que me decía cosas que nunca me había dicho: que era demasiado cheta[54], que vivía en una burbuja, que me resbalaba todo[55], que me gustaba demasiado el shopping. Y entonces le contestaba, me peleaba con su fantasma, diciéndole que yo lo mantenía a papá y trabajaba todos los días y tenía derecho a com-

---

53 *Puteadas*: Insultos (vulgar).
54 *Cheta*: Persona de clase alta o que pretende ser de clase alta. Despectivamente se utiliza para una persona presumida, malcriada, o *esnob*, cuando esos atributos surgen de la afiliación real o imaginaria a la clase alta y sus costumbres.
55 *Que me resbalaba todo...*: Que no le importaban las cosas, que era indiferente al mundo.

prarme lo que quisiera cuando tenía algo de plata[56] y que, al fin y al cabo, a él le había encantado que yo le regalara ese perfume Armani... O quizá por el cansancio de estar ahí parada, me daba por vencida, porque era mejor así, porque siempre había sabido que algún día se iba a terminar porque no podía durar siendo los dos tan distintos, y cuánto tiempo –hasta empezar a odiarlo o a odiarme– me iba a aguantar ese pellizquito de realidad, ese vértigo, en cada «she» cuando decía *posho* o *pashaso*[57], sólo ese sonido saliendo de su boca que marcaba la distancia que nos separaba, que me dolía, porque era cierto, era un error, pero qué lindo error, qué lindo tipo, el hombre más lindo que había conocido, tan reservado, misterioso, y de golpe estaba segura de que me quería quedar con él, que nada nos iba a separar, que podía funcionar, ¿por qué no?, después de todo...

Pasé varias veces del amor a la bronca, y la fila seguía inmóvil. Para no pensar más, me puse a leer el libro que llevaba en el bolso. La gente se puso más impaciente. Cuando saqué el libro y me sumergí en la historia, los que estaban detrás empezaron a resoplar y a quejarse por la demora. La placidez autista de la lectura provocaba irritación. El hecho de que alguien leyera en la fila parecía demorar aún más las cosas. Quizá cuanto más rápido se le pasaba a uno la espera, más lento se le pasaba a los demás. Al rato, se me acercó el guarda y me dijo:

—No se puede leer en la fila, señorita.

—¿Por qué? –le pregunté, y un tipo que estaba más atrás, con la aprobación de todos, dijo:

—No se puede leer, querida, si estás esperando estás esperando.

Me fui a buscar una casa de cambio con menos gente, pero en todos lados estaba igual. La fila en la que me puse se empezó a deshacer. Alguien se había desmayado, y empezaron a decir que unos se estaban colando[58], entonces otros fueron a tratar de evitarlo, y se adelantaron y se colaron porque, total, todos se estaban colando, y un viejo gritaba que las filas eran dos, pero era un gran

---

56   *Plata*: Dinero.
57   *Posho*...: Transcripción de la pronunciación rioplatense de la doble «l» y la «y» como «sh».
58   *Colarse*: Cortar la fila, no esperar su turno.

embudo de empujones y mal humor frente a la única ventanilla abierta. No se podía organizar ni discutir nada, empezaron los tirones, los manotazos, y quedé atrapada en un enredo de gente que se agarraba de la ropa, dos tipas enfurecidas tirándose del pelo, unos tipos ahorcándose de la corbata, tratando de pegarse rodillazos sin lograrlo, porque en la aglomeración no se sabía bien de quién eran esas piernas o el codo que asomaba y una mano de ahogado, desesperada, que en el forcejeo nadie notaba.

No sé cuántos días pasaron así, entre filas, calor, incertidumbre, hasta que el hermano de Alejandro me llamó para decirme que Ale estaba en Campo de Mayo; lo habían enrolado. No entendí hasta que me dijo que estaba haciendo la conscripción[59]. Me chocó tanto como si me hubiera dicho que se había metido a cura.

—¿Por qué hizo eso?

—No lo hizo, te obligan, ahora el servicio militar es obligatorio —me dijo—. Dentro de poco me toca a mí. Ale me pidió que te avise que está bien, cuando pueda te va a llamar.

No lo podía creer. Yo había querido enfrentarlo a Alejandro, preguntarle qué le pasaba, pelearnos un poco, replantear las cosas, pero esto me dejaba muda, me sentí casi ridícula con mis diálogos mentales girando en falso y para nada, y sin poder evitar que el pobre Alejandro estuviera ahí encerrado, cortando el pasto al sol, o haciendo flexiones, o cosas peores, con armas. No sabía qué pensar.

***

A la mañana, en Suárez & Baitos me crucé con Lorena, que bajaba a comprar carbónicos[60] para tipear cartas en las máquinas viejas, porque no andaban las fotocopiadoras. Después, Baitos le pidió también que lavara las tazas de la sala de reuniones.

—Yo no soy la mucama —me decía, susurrando enojada.

---

59 *Conscripción:* Servicio militar obligatorio (SMO), establecido en Argentina en 1901, por el cual la mayoría de los jóvenes de 18 años debían pasar un año haciendo entrenamiento militar básico en una de las tres fuerzas armadas. El servicio militar obligatorio fue abolido el 31 de agosto de 1994, durante la presidencia de Carlos Menem.

60 *Carbónicos*: Lámina que permite hacer copias simultáneas al utilizar una máquina de escribir, una impresora o en la escritura a mano. La lámina se pone entre dos hojas blancas. Una de las caras de la lámina (la que enfrenta a la segunda página) está impregnada de carbón, que pasa a la segunda hoja bajo la presión de la máquina, impresora o escritura.

—A mí me pidió que cambiara el botellón de agua –le dije yo–. Era tan pesado que me tuvo que ayudar Daniela.

—Si no quieren pagar mantenimiento ni limpieza, que no paguen, pero que no pretendan que hagamos todo nosotras.

Nos quedamos calladas porque venía Baitos por el pasillo con una espada en alto. Se le había roto el tornillo que ajustaba el filo de la guillotina de papel, y estaba recorriendo todo el piso buscando un repuesto con el filo en la mano, haciendo el chiste de que estaba por cortarle la cabeza a alguien.

Al mediodía, comí rápido mi tupper de ensalada en la cocina, mientras Daniela me cubría en la recepción hasta las dos.

—¿Querés venir a Galerías Pacífico? –le pregunté a Lorena.

—No, me da fiaca[61].

—Vamos a mirar, nomás. No compramos nada.

—A las tres viene mi tía, tiene cosas nuevas.

—¿Va a traer de esos pantalones negros?

—Sí, seguro. Pero yo no me puedo comprar nada. Hasta que no baje un gramo no me compro un solo pantalón.

Su tía venía a vender ropa en el baño, y nos pasábamos una hora probándonos minis, pantalones y remeras, paradas sobre la tapa del inodoro para mirarnos bien en el espejo.

Al salir a la calle, el aire caliente me pegó como un enorme secador de pelo. Tenía que entrecerrar los ojos por la luz; el sol parecía brillar desde abajo, desde el resplandor de las veredas y el reflejo de los rieles de tranvía que todavía asomaban en algunas partes bajo el asfalto. Quería probarme un vestido azul que habíamos visto con las chicas y que yo había pensado comprarme para mi cumpleaños. Cuando llegué, la vidriera estaba distinta. Miré bien y ahora el local se llamaba Hendy. Al lado había un cartelito de papel que decía «Ramírez se mudó a Florida 633». Caminé por Florida esquivando gente. Avanzaba despacio porque los vendedores ambulantes habían levantado puestos con caños y lonas en medio de la peatonal. Por fin di con la casa de ropa. Ahí estaba el vestido azul en vidriera.

---

61 *Fiaca*: (Argentina) pereza, desgano (DHA).

Me costó animarme a entrar; tenía que simular que realmente podía comprarlo. Quería ver cómo me quedaba. En la fiesta de fin de año de Suárez & Baitos, me había sentido mal vestida con una pollera[62] lila, una musculosa y sandalias. Hubiese estado muy bien con ese vestido. Faltaba un año para que se repitiera la fiesta y, quizá, si la situación mejoraba... Todavía pensaba cosas así. Entré y puse cara de piedra cuando la vendedora me dijo que costaba doscientos setenta pesos[63]. Calculé que, reservando por mes algo de plata de las clases particulares de inglés que daba, podría pagarlo para diciembre y tenerlo para la fiesta de fin de año. Me lo probé rápido, porque tenía que volver a la oficina, y porque me parecía que oía toses y que me espiaban por los ventiletes del cambiador. Me quedaba casi perfecto, había que tomarlo un poco de la cintura, apenas. Tenía una mariposita verde en uno de los breteles. Pensé en Alejandro, quería que me viera con ese vestido. Me sentí mal. Él atrapado en el ejército y yo probándome ropa para una fiesta imposible. Me fui rápido sin escuchar las explicaciones de la vendedora que me decía que se podía pagar en cuotas[64].

Llegué cinco minutos tarde a la Torre Garay y vi que estaban todos abajo, en la vereda, todo Suárez & Baitos, y los empleados del estudio contable, y unos bomberos, y las secretarias de uniforme *beige* de la compañía de seguros. Pensé que era un simulacro de evacuación, pero había habido una amenaza de bomba.

***

En casa encontré el vidrio de la puerta de calle roto. Subí en ascensor. Se oían discusiones y gritos en todos los pisos. La puerta de nuestro departamento estaba abierta. Papá discutía en el living con unos hombres de traje y una mujer de anteojos, dientuda[65]. Cuando me vio, papá me dijo:

---

62 *Pollera*: Falda.
63 *La vendedora me dijo...*: En el contexto económico previo a la crisis del 2001, 270 pesos equivalían a 270 dólares. El salario de una secretaria como María podía ser, en una compañía como Suárez & Baitos, de 1000 pesos (esta es una estimación muy favorable).
64 *Pagar en cuotas*: Pagar de a poco por medio de entregas regulares (por lo común, mensuales) de dinero.
65 *Dientudo/a:* Con dientes muy grandes o prominentes.

—María, llamá a la policía que esta gente se quiere meter en nuestra casa.

Pero decían que ellos eran la policía, que tenían órdenes de acomodar a familias en casas donde hubiera más de un ambiente por persona. Yo no sabía qué hacer, papá gritaba que estaban invadiendo una propiedad privada y sacudía un cuchillo enorme de cortar verdura. Le pedí que lo bajara. Se notaba que los hombres tenían armas bajo los sacos. Me di cuenta de que la mujer dientuda era en realidad un hombre cuando escuché su voz. Decía que era sólo por una noche. Se oían ruidos en la cocina. Entré. La familia que querían acomodar ya estaba ahí. Eran una mujer y tres chicos que lloraban asustados. Los hombres se fueron y papá empezó a patear los muebles, a dar vuelta la casa con rabia. Nos quedamos en la cocina con la mujer, mirándonos de vez en cuando sin decir nada, esperando que papá terminara de descargar su furia. Cuando escuché que se había calmado, fui al living y lo encontré sentado. Tuve que abrirle la mano dedo por dedo hasta que le saqué el cuchillo.

Esta gente ocupó el comedor. Tenían unos colchones de goma espuma. Usaban el baño de visitas y compartíamos con ellos la cocina en distintos turnos. Podían salir por la puerta de servicio, les dimos instrucciones de que no dejaran entrar a nadie. Pero no salían nunca.

Al final no era tanto lo que habíamos perdido. El comedor nunca lo habíamos usado, comíamos en el living viendo televisión. Nos separaba de ellos una puerta corrediza. No los veíamos pero oíamos los berrinches[66] de los chicos y los retos[67] de la madre que trataba de hacerlos callar. A veces, cuando ella dormía, los chicos abrían un poquito la puerta corrediza para mirar televisión. Papá los chistaba[68] y cerraban, pero al rato volvían a abrir. Tenían comida. Yo les compré jabón, champú y papel higiénico. Estuvieron poco tiempo, hasta que un día vino el marido de ella a buscarlos.

Como ya nos habíamos acostumbrado a no usar el comedor,

---

66   *Berrinche*: Enojo grande (comúnmente el de los niños), manifestado de manera ruidosa y disruptiva (DRAE).
67   *Reto*: Reconvención (usualmente de un superior jerárquico o un adulto a un inferior o a un niño).
68   *Chistar*: Llamar la atención de alguien con el sonido *chist* (DRAE).

decidimos alquilarlo por poca plata ni bien alguien nos preguntó si teníamos lugar. Vinieron unos hermanos, gente mayor, que se notaba que hasta entonces habían tenido un buen pasar. Ella se llamaba Irene, no recuerdo el nombre de él. Irene tejía mucho y dejaba las madejas[69] en la cocina. Les habían ocupado un viejo caserón[70] que tenían sobre la calle Rodríguez Peña y se habían quedado con lo puesto. Eran silenciosos. A veces, parecía que no había nadie, hasta que se oía una tos o el ruido del diario que el hermano de Irene parecía leer y releer[71].

El vidrio de la puerta de calle fue reemplazado por un chapón de acero. Fuimos a la reunión de consorcio[72]. Había una señora que no paraba de lamentarse:

—Éste era un barrio de categoría –repetía, hasta que un tipo se hartó y le contestó:

—Categoría de prostíbulo, señora. Barrio Norte es el lugar donde más putas hay por metro cuadrado, disculpe la expresión.

—Pero son calladitas –dijo ella.

Entre todas las discusiones absurdas, lo que pudieron sacar en limpio fue que en casi todos los edificios del barrio había pasado lo mismo: se habían forzado las casas y se había metido gente. Como se sospechó que nuestro portero había sido cómplice, lo echaron. A partir de ahora un grupo de hombres del edificio se turnaría para hacer guardia en la puerta, con palos y con un arma que ofreció uno de los vecinos.

—Están por todos lados –decían–, parece que al Shopping Alto Palermo lo coparon[73], viven por los pasillos, los locales; es un conventillo[74]...

En casa la heladera estaba vacía. Fui a preguntarle a papá qué quería comer, porque iba a bajar a comprar algo. Estaba dormido.

---

69 *Madeja*: Hilo recogido sobre un torno o aspadera, para que luego se pueda devanar fácilmente (DRAE).
70 *Caserón*: Casa muy grande.
71 *A veces...*: Todo este párrafo es una alusión al cuento «Casa tomada», de Julio Cortázar (el cuento fue recogido en *Bestiario*, de 1951). Ver «Introducción»
72 *Consorcio*: Asociación de propietarios (usualmente de un edificio con múltiples unidades habitacionales o de comercio) con el objetivo de administrar las cuestiones de interés común.
73 *Copar*: Ocupar, instalarse en un lugar de manera forzosa o contra la voluntad del propietario.
74 Conventillo: Vivienda multifamiliar (usualmente un caserón dividido en múltiples unidades, de una sola habitación) típica de los inmigrantes pobres de fines del siglo XIX y principios del XX.

Dormía todo el tiempo que no había televisión. Habían reducido el horario de señal a dos horas: de doce del mediodía a una de la tarde, y de ocho a nueve de la noche, porque decían que estaban haciendo «tareas de mantenimiento en una central eléctrica», pero se sabía que eran cortes programados. Entonces papá dormía casi veinte horas. Se bañaba, veía la televisión del mediodía, después hacía una larga siesta hasta la noche, veía los noticieros cenando conmigo y se volvía a dormir. Yo trataba de dejarle algo preparado para almorzar cuando me iba a la mañana.

El supermercado de la vuelta parecía un almacén[75]. Encontré algunas góndolas vacías y unas marcas que yo nunca había visto: gaseosas Teem o Crush, un vino Trapal que papá terminó tomando, unas medias gruesas y toscas, unas toallitas que venían sin adhesivo, un papel higiénico áspero y de color verde claro; todo con unos envoltorios de cartón con diseños como pintados a mano. No había comida congelada, ni helado en potes. La gente trataba de adelantarse al empleado que remarcaba los productos. Algunas cosas tenían tres o cuatro precios superpuestos[76]. Daban ganas de comprar cualquier cosa que estuviera sin remarcar. Algunos se abalanzaban sobre latas de palmitos, o cajas de té, o compraban aceite para un año. Cualquier cosa que tuviera un cero menos.

En casa puse la fruta en una fuente, sobre la mesa de la cocina. Una de las naranjas me llamó la atención. Si la miraba constantemente, no notaba ningún cambio, pero si la miraba cada diez minutos, notaba que se iba achicharrando[77]. Primero, se desinfló un poco, la cáscara se fue poniendo rugosa, le empezó a salir desde adentro un moretón, que se abrió después en un agujero que fue creciendo con un borde verde y se ahuecó. Antes de que cayera la noche, la naranja era un pellejo seco, irreconocible, sobre la mesa.

***

---

75 *Almacén*: Tienda tradicional (antes del advenimiento de las cadenas de supermercados) donde se venden comestibles.

76 *Superpuestos...*: Alusión a la *stagflación* experimentada en Argentina de 1975 a 1991, y luego en del 2001 al 2003. La década del ochenta fue la que experimentó con más agudeza el fenómeno. Antes del advenimiento de los códigos de barras, los precios se indicaban con una etiqueta impresa, que, durante los períodos de inflación mas agudas, debían ser actualizados semanal y hasta diariamente.

77 *Achicharrarse*: Asumir la apariencia de una materia quemada por la acción del fuego o el calor excesivo.

A la salida del trabajo, fui a ver si encontraba al hermano de Alejandro. Tenía la esperanza de que lo del ejército fuera una mentira y que Alejandro estuviera ahí en su casa, en Almagro. Casi prefería sorprenderlo con otra chica a aceptar que lo habían enrolado. El 92[78] iba doblando en las esquinas y en cada giro se me ocurría otra cosa. Si había otra chica, yo podía increparlo, podía convencerlo de que se quedara conmigo, o al menos intentarlo. En cambio, el ejército era algo contra lo que no podía hacer nada. Avanzábamos despacio. La calle Bulnes estaba casi intransitable por los asentamientos en la vereda. En algunas partes, el colectivo pasaba justo, rozando las casillas de cada lado.

Tuve que tocar un rato largo la puerta de calle hasta que me abrieron y me dejaron pasar. No andaba el ascensor. Había familias durmiendo en el *hall* de cada piso. El hermano me abrió la puerta sorprendido. Me dijo que Alejandro seguía en Campo de Mayo. Me invitó a pasar, pero preferí quedarme en la puerta porque no quería que pensara algo equivocado, no sé, estaba en cuero, se notaba que se había puesto un pantalón de fútbol a las apuradas y tenía mucho aliento a cerveza. O quizá era yo la equivocada. Le pedí que me contara todo lo que sabía. Me dijo que Alejandro había estado detenido con su amigo Víctor por repartir volantes de la intemperie. Los agarraron en la manifestación. La policía, antes de dejarlos ir, los había interrogado, y a Alejandro le retuvieron la moto. Cuando preguntó cuándo la podía ir a buscar, le dijeron que fuera directamente al Regimiento de Patricios[79]. Aunque le pareció raro, ni bien lo largaron, se presentó porque sin la moto no podía trabajar. Lo hicieron esperar en una oficina varias horas hasta que entró un milico[80] y, sin dejarlo hablar, le pidió el documento. Le dijo que estaba dentro de la franja de generaciones convocadas para el servicio militar, que había nuevas medidas, y lo llevó hasta una fila de tipos en el patio. Alejandro se quiso ir pero los soldados que organizaban la fila lo reubicaron a culatazos[81]. Le hicieron una revisión médica de la

---

78 *El 92*: Número de la línea de autobús/colectivo que toma la narradora.
79 *Regimiento de Patricios*: Uno de los regimientos militares de Buenos Aires más antiguos y selectos de Argentina. Existe desde antes de la independencia del país y peleó durante las guerras de Independencia.
80 *Milico*: Término despectivo para referirse a los militares, y en general, a las fuerzas armadas o de seguridad.
81 *Culatazo*: Golpe que se da con la culata de un arma (DRAE).

que salió apto, lo obligaron a afeitarse y lo raparon[82]. Esa misma tarde, lo trasladaron con su batallón a Campo de Mayo. Sólo le habían dejado hacer un llamado.

—¿Y cuándo sale?
—No sé.
—¿Y no puedo visitarlo?
—No, no es una cárcel.

Mientras me volvía caminando, esas palabras me hacían eco. *No es una cárcel*. Es peor. Por la avenida Corrientes, quedé en el fuego cruzado de una pelea entre las casillas de las dos veredas. Volaban cascotazos que estallaban contra las chapas. Corrí calle abajo. Me pareció escuchar silbidos de bala. Ya se estaba haciendo de noche.

Paré un taxi y le dije que doblara por Gallo. Íbamos despacio, en una sola fila de autos entre los asentamientos. Los huecos y ventanas quedaban a la altura de las ventanillas del taxi. Adentro, las familias miraban televisión, había gente durmiendo en catres y colchones.

En la esquina de Ranqueles estaban haciendo un operativo policial. Miraban con linternas dentro de cada auto y pedían documentos. Algunos estaban parados con la ametralladora cruzada contra el pecho. Cuando nos tocó pasar, le pidieron documentos al taxista, le hicieron abrir el baúl, después me pidieron los documentos a mí, me encandilaron con la linterna, iluminándome la cara y todo el cuerpo de arriba abajo varias veces, me preguntaron dónde iba y me dijeron que no me olvidara del toque de queda[83].

En casa no había luz; empecé a subir a tientas por la escalera y, cuando iba por la mitad, volvió de pronto. Lo encontré a papá con el televisor encendido.

—Se está armando la rosca[84] –me dijo.

Las imágenes mostraban gente con metralletas, gente corriendo entre los árboles y un tipo al que lo descolgaban de los pelos por una tapia[85].

---

82 *Rapar*: Cortar el pelo al rape (de manera que no quede pelo en la sección cortada).
83 *En la esquina de Ranqueles...*: El párrafo reconstruye un «operativo policial» característico (pero no exclusivo) de la última dictadura (1976-1983) y del período inmediatamente precedente, caracterizado por una intensa violencia política.
84 *Armarse la rosca*: Desatarse la violencia, el caos.
85 *Tapia*: Pared, muro (también llamado «tapial»). En particular, la pared aislada (no unida a un techo) que separa patios o jardines de dos propiedades. Toda esta

Yo ya no quería saber nada. Me tiré en la cama hasta que se empezó a oír un ruido y salimos al balcón. Unos tanques y una topadora[86] avanzaban sobre las casillas, obligando a la gente a salir. Las familias huían como podían y las máquinas trituraban[87] despacio los asentamientos, sin detenerse. Los vimos pasar por debajo de casa, y por varias horas se siguieron oyendo gritos, corridas y una vibración que hacía temblar el piso. Al día siguiente, camino al trabajo, vi lo que quedaba: parecía que un huracán había arrasado las casillas, y había dejado plazas y calles desiertas con una pila de medio metro de basura y chapas aplastadas.

***

En Suárez & Baitos empezó a verse más movimiento. Algunos asesores volvieron de sus vacaciones en Punta del Este [88]con un bronceado saludable que a la tarde ya se les había transformado en un color hepático y cansado. Había trabajo. Sonaba mucho el teléfono; yo transfería llamados, organizaba las salas de reuniones y pasaba a máquina cartas que intentaban infundir confianza en los inversores.

Algunos asesores y socios, que habían perdido sus casas o estaban a punto de perderlas por la intemperie, se habían mudado al piso 26 de la Torre Garay, justo encima de Suárez & Baitos. Durante un tiempo, el piso 26 había estado en obra para habilitar más oficinas, pero ahora lo había comprado la compañía y habían transformado medio piso en departamentos con habitaciones y un gran living común para los familiares de los dueños. La mujer

---

escena es una alusión a los enfrentamientos entre la derecha y la izquierda peronista en Ezeiza el 20 de Junio de 1973, enfrentamiento conocido como «La masacre de Ezeiza». El enfrentamiento ocurrió en el marco de una enorme manifestación popular reunida para recibir a Juan Domingo Perón, que regresaba de un largo exilio europeo (Perón abandonó el país en 1955, cuando un golpe militar lo derrocó). Una de las imágenes icónicas de la violencia de ese día es la de un joven que es levantado de los pelos, contra su voluntad, hasta el palco donde iba a hablar Perón (quien, en vista de la violencia generalizada, finalmente no desciende en el aeropuerto de Ezeiza, y no se hace presente en el acto). En la novela, dada la lógica regresiva que la anima, el joven es bajado de los pelos, no izado.

86 *Topadora*: Pala mecánica, acoplada frontalmente a un tractor de oruga, que se emplea en tareas de desmonte y nivelación de terrenos (DRAE).
87 *Triturar*: Moler, partir, destruir.
88 *Punta del Este*: Ciudad de la costa atlántica del Uruguay. Es un destino turístico de lujo y uno de los centros financieros del Cono Sur.

y los hijos de Baitos aparecían por las oficinas para usar el teléfono y pasaban sin saludar. Daniela tuvo que llevar un sobre a la azotea; cuando bajó, nos contó que arriba había pileta[89] y helipuerto. Supongo que para ellos la Torre Garay se parecía a esas torres familiares que se habían multiplicado en la Capital desde que la provincia se había vuelto peligrosa. Esas torres como clubes verticales, donde había pileta, solarium, gimnasio, guardería, cine, sauna, y donde la seguridad estaba garantizada por una reja perimetral, dos guardias y, sobre todo, por la lejanía de la altura.

Trajeron un grupo electrógeno para los ascensores y el aire acondicionado. Se encendía automáticamente cuando se cortaba la luz. El paso de una forma de energía a otra se sentía en los ascensores con caídas mínimas, aceleraciones y frenadas. Los clientes aparecían pálidos al abrirse las puertas frente al escritorio de entrada. El primer día que lo instalaron, tuve que buscar una escalera para ayudar a dos americanos a salir, porque el ascensor se detuvo en la mitad de un piso. A pesar de todo, Suárez estaba orgulloso de la adquisición del grupo electrógeno. Entré en su oficina para avisarle que algo estaba andando mal y lo escuché decir por teléfono:

—Quedate tranquilo, de acá no nos movemos. ¿Qué puede pasar? ¿Cortan todas las rutas? Compramos diez helicópteros. ¿Aumenta la temperatura de la tierra? Compramos el aire acondicionado más grosso[90] que exista...

Le hice señas de que después volvía y me pidió que me quedara.

—Pero sí... Escuchame, mientras la cosa se mueva, no levantamos campamento ni en pedo[91].

Hablaba por teléfono y me miraba sin disimular, pasándose la mano por el pelo rizado o tocándose la nuez de adán. Siempre me hacía lo mismo. Como si dijera: «No te vayas, quedate ahí parada que te quiero mirar un rato». A veces le explicaba algo y me daba cuenta de que no me estaba oyendo y me respondía con

---

89   *Pileta*: (Argentina) pileta de natación, piscina (DHA).
90   *Grosso*: Adjetivo que indica una evaluación positiva de algo. La naturaleza exacta de la evaluación puede variar. Puede aludir a algo de gran tamaño, de alta calidad, o de alto precio, entre otras posibilidades. En el uso de la novela, puede aludir a las tres características simultáneamente.
91   *Ni en pedo*: Bajo ninguna circunstancia. Literalmente: ni bajo el efecto del alcohol.

una sonrisita libidinosa, como invitándome a otra cosa. Era un baboso[92]. En la compañía era una celebridad, no tanto por ser uno de los fundadores, ni por ser demasiado inteligente, sino porque ganaba todos los torneos de golf. Era menos trabajador y menos confiable que su socio, Baitos, pero era el mejor golfista y eso le daba un halo de admiración que se percibía cuando llegaba o cuando hacía un chiste. Yo había sido su secretaria hasta que pedí el cambio y Baitos me dejó pasarme a recepción. Me había cansado de la desprolijidad de Suárez, de que me tirara textos mal redactados a última hora, diciéndome: «María, ponele las comas a esto, *please*». Quizá no debería decir estas cosas por la forma terrible en que terminó su vida.

Le hice señas de que ya volvía y me fui a mi escritorio. El teléfono parecía estar sonando hacía rato.

—Suárez & Baitos, buenas tardes.

—Mery.

—¿Ale?

—Escuchame: estoy afuera, no me llames. Nos vemos a las seis y cuarto en Alem y Tucumán –dijo y cortó.

No podía creer que fuera él, me habló tan rápido que tardé en entender lo que me había dicho.

A las seis, salí corriendo. Lo esperé ahí parada en la esquina, asustada por su tono seco, apurado, cifrado. ¿Qué quería decir «Estoy afuera, no me llames»? Me daba bronca que no me hubiera avisado antes, porque me habría gustado ponerme linda, no me había lavado el pelo y lo tenía aplastado.

Por la avenida empezaron a pasar *jeeps* del ejército, con soldados armados. Yo lo buscaba entre las caras, me parecía raro, no sabía si iba a aparecer de civil, caminando por la vereda, o si se iba a bajar de un *jeep* vestido de uniforme, y cómo iba a hacer para que lo dejaran irse. No terminaban de pasar. Un tipo que esperaba para cruzar al lado mío dijo:

—Andaba haciendo falta un poco de orden[93].

---

92 *Baboso*: Enamoradizo y rendidamente obsequioso con las mujeres (DRAE). En Argentina tiene un sentido peyorativo, y puede tener una connotación de estupidez o de agresividad sexual: un baboso es alguien que prosigue sus avances románticos o sexuales incluso cuando esos avances no son bienvenidos.

93 *Andaba haciendo falta...*: Frase hecha que funcionó (con variantes) como justificación usual para las dictaduras o los regímenes autoritarios, endémicos durante el siglo XX en Argentina.

Impresionaba la prepotencia de la caravana; eran como cincuenta *jeeps* que pasaron sin frenar en la esquina y sin fijarse en el semáforo. De uno de los últimos, se bajó un grupo de cuatro soldados, pero ninguno era Alejandro. Se instalaron ahí, en Plaza Roma. Yo lo seguí esperando hasta las siete en esa esquina, pero no apareció. Lo fui a buscar a la mensajería. Estaba cerrada. Se estaban armando barricadas en Sarmiento y San Martín. Pasaban tipos revoleando palos. «Otra vez», pensé. Iban rompiendo vidrios, contagiando a la gente, hasta que empezaron a meterse en los negocios. Era una confusión. Empezaron los cantitos de cancha[94], las patadas en las persianas. Yo doblé corriendo por Florida porque se oyeron gritos:

—¡Vienen, vienen!

Había chicas y tipos bien vestidos metiéndose en los locales de ropa, manoteando lo que fuera. Pasé por delante de la vidriera de Ramírez y vi el vestido azul; lo habían vuelto a poner sobre el maniquí. Ahí estaba, en el local cerrado, tras un vidrio, sin gente. Me quedé parada, el corazón me latió fuerte. Miré a mi alrededor, la gente me esquivaba. Era fácil. Un piedrazo, manotearlo[95] y echarme a correr escondida en la multitud. Pero no me animé. Salí corriendo, huyendo de mi propia idea.

***

Tuve que ir a Beccar al día siguiente a cobrar el alquiler de la casa. Cuando pedí el boleto, el colectivero me advirtió que el recorrido ya no llegaba hasta Tigre. Le pregunté por qué y me dijo:

—Porque no hay nada.

Pasamos un control policial que habían puesto a la altura de General Paz, la avenida que en ese tiempo rodeaba la Capital. Pasamos sin problemas, parecía que controlaban más al entrar a Capital Federal que al salir.

Al bajarme del colectivo, pasé por delante de la fábrica de galletitas Weyl, donde había trabajado papá como jefe de planta.

---

[94] *Cantitos de la cancha*: Canciones que los grupos de aficionados cantan para alentar a su equipo en los estadios de fútbol.
[95] *Manotear*: Arrebatar.

Hacía cinco años que estaba todo inmóvil. Habían querido formar una cooperativa pero no habían podido. Papá me había llevado una vez a ver las máquinas empaquetadoras y las mezcladoras de masa. Me gustaba el olor dulce de los hornos, pero no me gustaban las galletitas. Papá era tan fanático de la empresa que no me dejaba llevar otras galletitas al colegio. Mamá era mi cómplice, me decía en secreto «tienen gusto a ascensor» y me escondía en la mochila unas Melba o unas Merengadas. Vi a unos chicos detrás de la reja tirando piedras, tratando de romper los pocos vidrios sanos que quedaban en la fábrica. Antes los hubiese retado para que se fueran, pero ahora el edificio enorme, con todas las paredes rajadas, parecía estar pidiendo que lo tiraran abajo.

Podía caminar con los ojos cerrados por esas calles, porque eran el espacio de mi infancia, conocía cada esquina, cada entrada, cada perro detrás del cerco. Beccar era un barrio residencial, a media hora del centro, que conservaba viejos naranjos en la vereda y casas con techo de tejas. Pasé frente a la plaza con ese ombú[96] en medio, un árbol viejísimo lleno de raíces, huecos y ramas donde me gustaba esconderme y jugar después del colegio. Sentí la alegría física de estar volviendo a casa, pero apareció la idea del alquiler; pensé en los Salas como usurpadores. Era *mi* casa. Era mamá y la ausencia de mamá, a la vez. La permanencia de todas sus costumbres. Cosas chiquitas. Por ejemplo, el lugar donde poníamos los fósforos en el marco de la ventana de la cocina para que el sol de la mañana les sacara la humedad. Eso lo hacía ella y lo habíamos seguido haciendo papá y yo, por costumbre, sin estar del todo conscientes de que era algo práctico. De ese tipo de cosas estaba llena la casa. Una especie de ternura funcional. Nada de carpetitas o adornos inútiles. Eran detalles inteligentes. También la parrilla al fondo del jardín, que papá había hecho muy baja para poder atizar el fuego sentado en una silla. Papá había comprado esa casa para estar cerca de la fábrica. Tenía

---

[96] *Ombú*: (del guaraní *umbú*): Árbol de América Meridional con la corteza gruesa y blanda, madera fofa, copa muy densa, hojas alternas, elípticas, acuminadas, con pecíolos largos y flores dioicas en racimos más largos que las hojas (DRAE). El ombú es el árbol icónico de la pampa (toda vez que es uno de los pocos árboles que los colonizadores encontraron en la pampa, que era abrumadoramente una llanura sin árboles).

dos pisos. Abajo, el living, el comedor y la cocina; arriba, dos habitaciones, un cuarto lleno de cosas que papá llamaba *baulera*[97] y yo *escritorio*, y una terraza donde me tiraba a tomar sol.

Me recibió con sus ladridos la perra de los vecinos, a la que llamaban Anit, Negra y no sé qué otros nombres.[98] No paraba de ladrar, como si estuviera advirtiéndome todo lo que me iba a pasar en los meses siguientes, todas las penurias que íbamos a terminar pasando juntas. Era raro porque siempre le ladraba a papá y no a mí; esa mañana parecía realmente querer decirme algo.

Cuando vi nuestra casa me sorprendió lo descuidada que estaba. ¿Cómo habían dejado que se viniera así abajo? Las paredes estaban enmohecidas, la reja estaba desvencijada, faltaban tejas[99] y el jardín era un yuyal[100]. Los Salas parecían cansados, como si no hubieran dormido en meses. No me hicieron pasar. Pensé que era porque estaban avergonzados por el estado de la casa, pero fue por miedo. Desde la puerta, él me dio la plata del alquiler y me dijo en voz baja algo que no entendí por los ladridos.

—¿Qué?

Salas, antes de repetirlo, levantó una piedra y amagó[101] tirársela a la perra que salió corriendo. Estaba muy nervioso. Después me dijo:

—Te vino a buscar una gente. Parecían policías de civil. Les dijimos que no vivías más acá y que no sabíamos dónde te habías mudado.

—Gracias –le dije.

Miró por sobre mi hombro y alrededor, y agregó:

—Nosotros no queremos tener problemas.

—Sí, claro.

Me despedí y me alejé rápido.

No me quedaron dudas de que Alejandro había desertado. Lo estaban buscando. Pero ¿cómo sabían que yo era su novia, y

---

97 *Baulera*: Espacio donde se guardan los objetos domésticos de uso poco frecuente (*Diccionario del habla de los Argentinos* de aquí en adelante abreviado como DHA).
98 «Anit, Negra». Leído al revés, es «Argentina»
99 *Teja*: Pieza de barro cocido (en forma acanalada) que forma parte de los techos y que recibe y deja escurrir el agua de la lluvia (DRAE).
100 *Yuyal:* Lugar lleno de maleza (plantas que crecen en lugares abandonados, no cuidados).
101 *Amagar*: Mostrar intención o disposición de hacer algo próxima o inmediatamente (DRAE).

cómo sabían mi dirección? Por suerte no había hecho el cambio de domicilio[102] ni había avisado de la mudanza en el trabajo. También pensé que quizá no habían sido policías, sino Alejandro que me había pasado a buscar con Víctor; quizá él no estaba seguro si me había mudado y no sabía mi nueva dirección. No era muy probable, pero me gustó pensar que había sido así. Salas había dicho que parecían policías de civil, y Alejandro no parecía policía, aunque quizá, ahora, con el pelo tan corto... No había manera de saberlo. Su amigo, Víctor Rojas, era pelado[103]; lo había conocido en Año Nuevo en una fiesta. Podía volver a preguntarle a Salas si uno de los tipos era pelado, pero seguí caminando.

Me puse a mirar para atrás a cada rato, me parecía que todos me seguían, que todos estaban disfrazados de personas comunes: la señora con las compras, el chico en bicicleta, el mendigo. Traté de volver a Capital sin pasar por una avenida principal para eludir los controles, pero era imposible. Me bajé unas cuadras antes de la General Paz y fui bordeando las entradas. En todas las calles, por más mínimas que fueran, había barreras con gendarmes y, en algunas, los vecinos mismos estaban levantando barricadas con lo que tuvieran a mano: autos viejos, pedazos de alambrados, cajones, tablas.

Decidí pasar como había hecho antes, en colectivo y por una avenida. Los controles demoraban el tránsito. Estuvimos una hora avanzando a paso de hombre. Todos los semáforos titilaban en amarillo. Del colectivo de adelante hicieron bajar a cinco tipos y los hicieron acostar boca abajo en la vereda con las manos en la nuca. Cuando se subieron los gendarmes a nuestro colectivo, empezaron a pedir documentos. A una mujer la bajaron; ella lloraba diciendo que tenía dos hijos en el centro, rogaba que la dejaran pasar.

—Señora, tiene que tener algún documento que acredite que vive o trabaja en Capital –le dijeron y la hicieron ponerse a un lado para que no estorbara[104].

Yo mostré la tarjeta magnética para ingresar a Suárez & Baitos donde estaba la dirección, y el gendarme me preguntó para qué iba

---

102 *Cambio de domicilio*: Declaración oficial obligatoria (ante las autoridades policiales —y por extensión municipales, provinciales y federales) sobre el cambio de dirección del habitante, utilizada con fines electorales e impositivos.
103 *Pelado*: Calvo, sin pelo.
104 *Estorbar*: Incomodar, obstaculizar.

un sábado a trabajar. Le dije que tenía que hacer una guardia telefónica en la recepción y me devolvió mis documentos. Quizá la palabra *guardia* le despertó compasión. Nos dejaron seguir y respiré aliviada porque, al menos hasta el próximo mes, cuando volviera a Beccar para cobrar el alquiler, no tendría que pasar por ahí.

En casa subí por la escalera; durante el día era raro que hubiera luz. La energía volvía de noche y duraba hasta no más tarde de las doce, cuando la volvían a cortar. Fue difícil acostumbrarse a no tener luz. Al principio apretaba el interruptor al entrar al baño, o el botón del ascensor, o la manivela de la tostadora, y me quedaba un instante detenida ante los aparatos muertos. Era como si el mundo hubiera dejado de girar.

En el cuarto piso había una chica de mi edad tratando en vano de meter por la puerta una biblioteca vacía. Tenía botas hasta la rodilla, pollera larga y unos enormes anteojos ahumados y verdes. Le pregunté si quería que la ayudara y me dijo que sí. Dentro del departamento había plantas por todos lados y pilas de libros. Siempre me sorprendió lo que hace la gente dentro de su casa. En esos dos ambientes casi no se podía caminar por la cantidad de plantas, era una selva de ficus, potus, helechos, palos de agua, que crecían desde macetas hasta el techo, caían desde estantes, se enredaban. Intimidaban un poco.

—Son las plantas de mi tía, los libros son míos —me dijo.
—¿Estudiás Letras?
—Sí, ¿vos también?
—No, hice el traductorado. Pero me gusta leer —le dije.
—¿Y no escribís?
—No. ¿Vos sí?
—Sí, algo —me dijo con un poco de vergüenza.
—¿Te mudás acá?
—Sí, mi casa en Ensenada se estaba viniendo abajo.
—Yo soy María, vivo en el sexto, cualquier cosa que necesites...
—Gracias, yo me llamo Laura.
Vi que tenía *Mrs. Dalloway*, *Moby Dick* y otros libros en inglés,

y nos pusimos a hablar de Virginia Woolf, pero, como suele pasar, cada una había leído justo las novelas que no había leído la otra, y toda la conversación fue una serie de desencuentros y comentarios como «Ah, ésa justo no la leí». De todos modos, nos caímos bien y quedamos en intercambiar libros en cualquier momento.

El domingo, como ya me estaba volviendo loca por estar encerrada, quise ir a caminar, a tomar un poco de sol a la plaza de la biblioteca. Le toqué la puerta a papá para ver si quería venir. No contestó. Abrí. Estaba dormido. Se levantaba al anochecer, justo para ver el noticiero durante la única hora de televisión que daban por día. Comía un poco a la cena y se volvía a acostar hasta la noche siguiente. A veces me olvidaba de que él estaba.

Salí sola. En la plaza no me animé a desplegar la lona[105], tuve una sensación extraña. No había nadie. Ni chicos jugando al fútbol, ni chicas tomando sol, ni gente con sus perros, ni ciclistas, ni viejitos sentados en los bancos. Nadie. Era un domingo de sol y la plaza estaba vacía. Y no era demasiado temprano. De vez en cuando, pasaba un auto por la avenida. Di una vuelta por Plaza Francia, por La Recoleta. Todo estaba impecable, el pasto cortado, los canteros con flores. En el café La Biela estaban las sillas vacías bajo las ramas del gomero[106] inmenso. Los mozos sentados en los taburetes de la barra se espantaban las moscas con el repasador[107]. Volví a casa rápido.

***

La semana laboral empezó con esa calma extraña. Durante el día, había movimiento sólo a las horas pico, cuando la gente iba o volvía de trabajar, el resto del tiempo había silencio y todo estaba muy ordenado, pocos autos en la calle, pocos peatones. Casi no había motos. (Lo noté porque, cada vez que pasaba una moto, yo me fijaba si era Alejandro. Ya no se veían dos o tres motoqueros por cuadra como antes.) En varios edificios grandes del centro,

---

105 *Desplegar la lona*: Poner una frazada o una tela en el suelo para sentarse.
106 *Gomero*: (Argentina) árbol ornamental de la familia de las Moráceas, de copa ancha y hojas de color verde luciente en la cara superior y más claro en la inferior, oblongas, grandes, y con fuertes nervaduras amarillentas (DRAE).
107 *Repasador*: (*Argentina, Paraguay y Uruguay*) paño de cocina, lienzo para secar la vajilla (DRAE).

habían enrejado los recovecos[108] de la fachada para que no los usaran como refugio. Las veredas estaban barridas, no había afiches[109] pegados ni arrancados.

La calma contrastaba con el tono paranoico de los diarios que informaban que iba a haber desabastecimiento porque varios camiones que traían hacienda y mercadería a la Capital habían sido interceptados y robados. Describían la situación en provincia como «un caos de grupos armados y muchedumbres descontroladas». Y se hablaba de la importancia de fortalecer el perímetro de la ciudad. Incluso desde casa oímos altoparlantes que hacían campaña con música alentadora para que la gente se sumara a la tarea. Se pedían materiales de cualquier tipo: ladrillos, cal, arena, madera. Vimos que algunos sacaban a la calle lo que tenían y los gendarmes se lo llevaban en camiones para construir la muralla. Montones de cosas viejas que se usaron para tapiar[110] las esquinas perimetrales de la Capital.

Con Laura sintonizábamos una radio clandestina que se oía muy mal y que informaba sobre el avance de la intemperie. Decían que en Córdoba, Mendoza y Santa Fe también estaba pasando lo mismo. En algunas zonas, el gobierno distribuía comida y chapas. A mí, por momentos, me parecía todo una gran exageración. Las cosas no podían estar tan mal, porque yo podía ir al trabajo y volver sin problemas. Pero Laura parecía más preocupada. Una tarde fui a buscarla para escuchar la radio y devolverle un libro. Me abrió la tía y me dijo que entrara en su cuarto, porque no había querido levantarse.

—A veces le pasa —me dijo.

Yo nunca fui muy buena para levantarle el ánimo a nadie y no la conocía tanto como para entrar en su cuarto, pero su tía insistió. La encontré sentada en la cama, abrazándose las rodillas, fumando en penumbras. No tenía puestos los anteojos verdes que tanto le gustaban. Me senté en el borde de la cama. Le pregunté cómo estaba y me empezó a hablar muy bajito. Me dijo que había que irse lo antes posible.

---

108   *Recoveco*: Sitio escondido o en este caso, elaboraciones de la fachada con recesos.
109   *Afiche*: Cartel, póster.
110   *Tapiar*: Cerrar o bloquear algún hueco por medio de la construcción de una pared.

—Se llevan a la gente –me dijo–. A una amiga mía la llevaron por error.
Parecía estar en trance cuando me lo empezó a contar. De vez en cuando, hacía una pausa y apoyaba la frente contra las rodillas.
—Mi amiga estaba en el subte, en la estación, y la agarraron tres tipos. La hicieron salir. La metieron en un auto, agachada en el piso, y le taparon la cabeza con un buzo. La llevaron a un lugar que ella cree que era un sótano, porque bajó escaleras. Le sacaron todas sus cosas, la cartera, la agenda, y la hicieron desnudar. Hablaban como policías. La dejaron ahí dos horas y después la llevaron a otra habitación donde empezaron a darle descargas eléctricas y a preguntarle quién era Sylvia Plath[111].
Yo no entendía nada; por la oscuridad del cuarto, no le veía bien la cara cuando me contaba estas cosas. Me siguió contando:
—Mi amiga les decía a los tipos que Sylvia Plath era una poeta yanqui y no le creían. No entendía por qué le hacían esa pregunta: «¿Quién es Sylvia Plath?», le gritaban. Ella trataba de no repetir lo mismo, trataba de explicarles quién era esa poeta, qué había escrito. Pero igual la picaneaban[112]. Como un examen, pero con tortura. La dejaron ahí tirada. Después se acordó que ese día había anotado «Sylvia Plath» en su agenda porque a la tarde tenía un curso de poesía sobre Sylvia Plath al que había empezado a ir. Los tipos le habían revisado la agenda y creían que ésa era una cita clave con alguna persona metida[113]...
—¿Metida en dónde?
—...en la Provi[114]. Trató de explicarles que era un error, pero

---

111 *Sylvia Plath*: Poeta estadounidense (1932-1963) conocida por sus dos colecciones *The Colossus and Other Poems* y *Ariel*. Antes de su muerte publicó *The Bell Jar*, una novela semi-autobiográfica. Se suicidó debido a la depresión y a una separación matrimonial. Más allá de la referencia literaria, el episodio es la *reductio ad absurdum* de una práctica común durante la última dictadura militar. La presencia del nombre de una persona en la agenda de alguien reputado como subversivo convertía a esa persona inmediatamente en sospechosa.
112 *Picanear*: Dar un *shock* eléctrico con una picana (vara que da una carga eléctrica al hacer contacto con una superficie). Utilizada originalmente para ganado, fue una forma de tortura común durante la dictadura de 1976-1983, de la cual devino un emblema.
113 *Estar metido*: Participar en actividades políticas clandestinas.
114 *Provi*: abreviatura para Provincia de Buenos Aires. Sin embargo, el conflicto entre la Capital y «la Provi» es una síntesis de conflictos que recorren la historia argentina. En particular dos: federales (provincia) contra unitarios (capital), y peronistas (provincia) contra antiperonistas (capital). Más en general, alude a la lucha

nadie la oía. Al día siguiente le dijeron que ya no hacía falta que les dijera quién era porque la habían encontrado. «Tu amiga Plath está en el pozo de al lado», le dijeron. Del otro lado de la pared, oyó gemir y llorar a una mujer toda la noche. Le gritó varias veces preguntándole quién era pero no contestó. A ella la largaron a los tres días en Longchamps y nunca supo quién era ni qué le pasó a esa mujer.

***

Papá no se volvió a levantar de la cama. Cuando anularon la única hora de televisión diaria, empezó a dormir literalmente todo el día. Pasé mi cama a su cuarto y puse el living en alquiler. Necesitábamos plata, porque lo que teníamos cada vez valía menos.

Alquilaron el living dos hombres, uno de cincuenta años y otro de treinta y cinco. Los dos se llamaban Sergio. Eran muy limpios y prolijos. Compartían el baño con nosotros. Yo dividí las alacenas en la cocina. Una para Irene y su hermano, otra para los dos hombres y otra para nosotros. Nos entendíamos todos bien, cocinando por turnos, usando el baño y limpiándolo día por medio cada uno. El único inconveniente era que Sergio, el mayor, roncaba y Sergio, el menor, hablaba dormido o le pedía enojado al otro que parara de roncar.

Me quedaba en cama con los ojos abiertos oyendo esos ruidos, extrañando a Alejandro que tenía una respiración muy serena, como una playa lejos, cuando dormía. En diciembre habíamos dicho que podíamos ir a acampar a la costa algún fin de semana de febrero y yo seguía pensando en eso a pesar de que ya fuera imposible. Quería verlo, aunque no pudiéramos viajar, quería abrazarlo, subirme a la moto y que me llevara como siempre hasta Beccar, por el Bajo, pasando por el colegio donde cursé el secundario, por la parte donde empezaban los árboles en Acassuso, y después esa parte donde la Avenida del Libertador se volvía una

---

étnica, política y clasista entre lo que podríamos llamar las «dos Argentinas»: la Argentina blanca, europeizante, urbana, de clase media o alta y la Argentina mestiza, rural, de clase media baja o baja.

cuadra empedrada, en San Isidro, la Catedral, la subida otra vez a la avenida... O las veces que íbamos por la calle que bordea el Tren de la Costa, hasta los bares a la orilla del río. Me desvelaba pensando dónde estaría, cómo se habría escapado, por qué no llamaba una vez más para encontrarnos. Papá dormía muy profundo en la cama de al lado, como si se hubiese acaparado[115] todo el sueño disponible. Yo casi no dormía. Me quedaba en la cama por rutina, en vela hasta el día siguiente, esperando despierta que sucediera de una vez lo que tuviera que suceder.

El día de la invasión, u ocupación, o reconquista (muchos nombres se le dieron), fue el día en que no lo pude despertar a papá. Me extrañó que alguien tuviera ánimo para tirar fuegos artificiales. Cuando se oyeron gritos, entendí: eran disparos. Me asomé al balcón. Pasaban grupos de dos o tres conscriptos corriendo con el fusil en la mano. Cuando entré un segundo a buscar algo, escuché un grito horrible. Al parecer, una camioneta levantó a un conscripto rezagado[116] y, cuando el conscripto se subió, la camioneta aceleró y el chico no pudo sostenerse; cayó al asfalto y lo pisó el camión que venía detrás. No se detuvieron a pesar de que los otros soldados gritaron. Lo habían dejado ahí tirado. Bajamos y los vecinos de planta baja lo estaban asistiendo. Lo llevaron al hospital que estaba a una cuadra, pero ya parecía muerto.

En la escalera se oyeron voces.

—¡Pasaron la General Paz! –decía alguien desde arriba.

Así nos enteramos de que los bandos de la Provincia estaban cerca. El ejército había podido detenerlos a la altura de la línea que formaban los barrios de Belgrano, Flores y Constitución. Se oyeron tiros durante todo el día. Yo traté de despertarlo a papá, pero no reaccionaba. Lo único que me tranquilizaba era que respiraba bien. Llamé a nuestra obra social[117], pero cuando les describí lo que le pasaba a papá me dijeron que era un tema siquiátrico y que el plan no cubría esa área; me recordaron además que debíamos tres cuotas. Insulté a la operadora hasta que me cortó.

---

115 *Acaparar*: Monopolizar la propiedad o el uso de algo.
116 *Rezagarse*: Quedar atrás.
117 *Obra social*: Seguro médico privado. La obra social suele estar asociada a un ramo de ocupación y/o a un sindicato.

Tuve que averiguar con distinta gente, hasta conseguir que viniera un médico de la cuadra a verlo. Nadie quería salir a la calle. Al final, el médico joven que vino lo auscultó despacio.

—¿Por qué tiene el control remoto en la mano? –me preguntó intrigado.

—No lo quiere soltar. Duerme así, agarrado al control.

Se quedó un rato pensando. Intentó darle una cucharada de agua y papá la tragó sin esfuerzo. Le diagnosticó un estado semicomatoso, muy poco profundo, del cual, según me dijo, podría salir solo, en unos días. Me indicó que le diera mucha agua y papillas[118].

Pasó un camión con altoparlantes pidiendo que bajáramos a la vereda cosas que pudieran servir para hacer unas nuevas defensas y barricadas. Muebles, puertas, libros. Se pedía un gesto patriótico a toda la población. Yo escondí mis libros por las dudas. Los puse todos debajo de mi cama y dejé la frazada colgando, para taparlos. Quise avisarle a Laura para que escondiera los suyos, pero no me contestaron cuando golpeé la puerta.

Antes del anochecer aparecieron los soldados. Entraron y sacaron todas las puertas del departamento (hasta las de los placares) y las bajaron para apilarlas en un camión. Por el balcón vimos que estaban haciendo lo mismo en todos los edificios de la cuadra. También nos sacaron un gran aparador[119]. Nos dejaron las camas y las alacenas. Cuando se estaban yendo, uno de ellos entró y miró debajo de mi cama.

—Por favor, dejame los libros –le supliqué.

Pero se los llevó sin mirarme a los ojos, cargándolos arriba de una puerta con otro soldado. Ahí se iban los libros de inglés de mamá de cuando era profesora, los mismos que yo había usado para dar clases particulares y que tenían anotaciones de ella en lápiz en los márgenes. Había uno que, en la primera página, tenía un sello que decía «Margaret Neylan, Escuela San Patricio, 1975». También se llevaron un libro con grabados de anatomía, de mi abuela Rose, que había sido enfermera en el Hospital Bri-

---

118 *Papilla*: Comida blanda que típicamente se da a los niños o a personas enfermas que tiene una consistencia de una pasta fina.
119 *Aparador*: Mueble donde se guarda o contiene lo necesario para el servicio de la mesa (DRAE).

tánico, y que siempre había estado orgullosa de ese trabajo, sobre todo porque gracias a eso su hija había llegado a ser profesora. A través de ellas me llegaba el inglés y esos libros que ahora se llevaban los soldados. Tres novelas de Virginia Woolf, todo Shakespeare en un tomo azul que yo leía salteado y con dificultad, *The sound and the fury* en una edición de Vintage, *El proceso*, los cuentos y el teatro de Chéjov, varios Penguin que me había ido regalando mi abuela en cada cumpleaños, como *Gulliver's Travels*, *Alice in Wonderland*, incluso algunos que todavía no había leído, como los cuentos de Hawthorne, y otros que no me gustaban tanto, pero que eran míos.

Salí con Irene a la puerta de servicio. Algún vecino que todavía tenía pilas había encendido la radio a todo volumen. La voz del locutor se amplificaba por el tirabuzón de la escalera hacia los distintos pisos, como dentro de un caracol gigante. Nos fuimos juntando para escuchar. Se anunciaba que había habido muchos muertos y heridos. Se prohibía salir a la calle. Dos días estuvo la Capital sitiada, después las líneas de la Provincia se infiltraron.

Como un fuerte

—¿Por qué nos van a hacer algo? –preguntaba Sergio el mayor, tratando de convencerse. Estaba pálido. Le habían dado un candelabro de bronce como garrote, para hacer guardia, lo tenía en la mano y no se decidía a bajar. Un vecino del séptimo, sentado en el descanso de la escalera, lo apuraba:
—Si no nos defendemos nosotros, no nos defiende nadie.
—Para mí, son grupitos aislados. No van a entrar –decía el otro Sergio.
—¿Qué «aislados»? Están organizados –decía el del séptimo–. Los dirigen todos los punteros[120] del Gran Buenos Aires. Saben perfecto cómo hacer.
De arriba pidieron silencio para escuchar la radio: «El ejército y los grupos capitalinos no han podido frenar las líneas de la Provincia», dijo el locutor y sólo se oyeron las toses en la escalera, nadie hablaba. «Grupos revolucionarios han ingresado en la Capital por los barrios de Núñez y Paternal.» Eso fue todo lo que repitieron por un rato. Los dos Sergios tuvieron que bajar a hacer guardia. La radio decía que la defensa había cedido porque era imposible cerrar herméticamente toda la línea de esquinas y porque había mucha gente dentro de la Capital a favor de la toma. Pasaron un comunicado –primero desmentido y después corroborado– sobre varios edificios copados por la Provincia, en los que habían sacado a todos los vecinos. Parecía que, en cualquier momento, se iba a escuchar una ola de gente por la calle. Pero no se oía nada. No querían abrir las persianas del lado de

---

120 *Puntero*: Caudillo electoral local, o aquel que hace efectivas las directivas del caudillo electoral.

afuera, y el hecho de no poder salir a mirar lo hacía peor.

Esa noche hubo mucho movimiento en el edificio. Tapiaron desde adentro todas las aberturas de la planta baja y el primer piso, y reforzaron la guardia. Se oían conversaciones y martillazos. No podía dormir. Si Ale hubiera estado conmigo, me habría tranquilizado.

A las dos de la mañana, se empezó a oír una melodía, que salía de altavoces, o parlantes. No supe si venía de adentro o de afuera, hasta que levanté un poquito la persiana. Venía de afuera. Era una zamba[121] cantada, con una melodía muy pegadiza[122]. Se acercaba resonando por el cajón de la calle, con voces agudas como de megáfono. Era una grabación, sonaban guitarras y el repiqueteo de un bombo. Debe haber sido un auto con parlantes en el techo.

> Ya venimos para el centro,
> Capital, capitalistas,
> los vamos a degollar,
> por la santa reconquista.
> Ya entramos en la ciudad,
> Capital, capitalinos,
> nosotros somos la patria,
> ustedes son asesinos.

La canción se alejó despacio, hasta que no supe si seguía sonando lejos o si se me había quedado pegada, sonándome en la cabeza. Después hubo un silencio total. Como si todos estuviéramos tratando de escuchar. No entendía quiénes serían exactamente los capitalinos, si el ejército que combatía a la Provincia o cualquier persona que viviera en un departamento en Capital. Después de todo, yo había vivido siempre en la provincia. Pero eso no servía para tranquilizarme. ¿Qué nos iban a hacer? ¿Qué le harían a papá si entraban? ¿El hecho de haber quedado atrapados en un bando nos convertía en personas odiadas? No estaba segura si el odio alcanzaba a las mujeres y los niños, o si era un asunto entre hombres. Era un odio hacia cualquiera del bando

---

121 *Zamba*: Estilo de música folkórica. Es originaria del noroeste de Argentina y es considerada la danza nacional argentina.
122 *Melodía muy pegadiza*: Melodía que se puede memorizar con facilidad.

opuesto. Eso era lo peor. Era un odio al voleo[123], un odio anónimo. Me pasé de cama, y me acosté al lado de papá. Si él hubiera estado consciente y despierto, eso lo habría incomodado bastante. Me escondí contra su hombro y me dormí.

Al día siguiente, hubo una reunión de consorcio en la azotea. Abajo, en la calle, no se veía a nadie. Ya no hacía tanto calor. El mes de febrero había terminado. Estuvimos ahí parados discutiendo al sol, enceguecidos por el brillo plateado de la membrana asfáltica, entre los tanques de agua y las cosas desechadas: una pileta de plástico, sillas rotas, un triciclo, maceteros[124] vacíos; restos de varios intentos fallidos por hacer de la azotea un rincón más natural. Vimos gente en otras azoteas, que saludaban de lejos como náufragos. Algunos en nuestra misma cuadra hicieron señas de que nos reuniéramos en el pulmón de manzana[125].

Bajamos al patio de los vecinos de Planta Baja B. Iba saliendo gente a los balcones internos de toda la manzana. Un tipo de otro edificio se trepó a la tapia y habló para todos. Era un tipo petiso[126], canoso y de anteojos. Dijo cosas coherentes, propuso que nos organizáramos para hacer un fondo común de alimentos, de remedios y servicios. Alguien tuvo la idea de tirar abajo las tapias del pulmón de manzana para hacer un espacio común. Empezaron a llover ideas desde todos lados. Era un griterío de opiniones desesperadas:

—¡Hay que juntar agua!

—¡Primero tenemos que armarnos!

—¡Hay que llevar a los chicos a los pisos más altos!

El tipo de anteojos, a quien tiempo después mataron, pidió silencio y convocó para la tarde una reunión con los presidentes de consejo de cada consorcio. A todos les pareció bien. Cada edificio tenía que mandar a sus presidentes de consejo y, si no los tenían, nombrarlos para que fueran a la reunión. Una vez decidido eso, nos empezamos a retirar cada uno a su departamento.

Llamé a Suárez & Baitos. Tuve que usar el teléfono de la

---

123 *Al voleo*: De una manera arbitraria o sin criterio (DRAE).
124 *Macetero*: Recipiente para poner plantas.
125 *Manzana*: Espacio urbano, edificado o destinado a la edificación, generalmente cuadrangular, delimitado por calles por todos sus lados (DRAE). El pulmón es el centro de ese espacio.
126 *Petiso*: De escasa estatura.

vecina del B porque el nuestro no andaba. Decían que la telefónica había habilitado sólo un teléfono por piso, pero nadie estaba seguro. Cada mañana levantaba nuestro auricular para probar si había vuelto el tono. Pero no volvió. El teléfono de la vecina andaba de a ratos. Cuando había tono, ella me avisaba y yo llamaba desde su casa. En Suárez & Baitos me atendió una chica que yo no conocía.

—El personal fue reemplazado temporariamente por personal suplente[127] –me dijo.

—¿Me podés pasar con Daniela o con Lorena? –pensé que la chica estaba equivocada.

—No se encuentran. Están todos de licencia[128]. Hay personal de emergencia, solamente.

—¿Qué personal?

—Gente que vive en las inmediaciones.

—¿En la torre?

—Sí.

—¿Y a mí me van a seguir pagando?

—Desconozco. Pero se les va a informar.

Me sonó muy mal esa frase.

—¿Vos quién sos? –le pregunté.

—Trabajo de recepcionista.

—No, estás equivocada, la recepcionista soy yo –le dije y me cortó.

Volví a llamar, pero siempre me atendía la misma chica y, como el teléfono de la vecina era a disco, no podía marcar los internos o las opciones que proponía el primer contestador automático.

Me senté en mi cama y pensé: no puedo ir a trabajar, no tengo que ir, me puedo quedar acá, no es mi decisión. Estaba confundida, un poco contenta. Como esas mañanas antes de que sonara el despertador para ir al colegio, cuando iba al cuarto de papá y le decía «Pa, me duele la panza, ¿puedo faltar?», y él me decía «Bueno, quedate» y me volvía a la cama saltando, pero a las

---

127 *Suplente*: Sustituto, reemplazante.
128 *Licencia*: Vacaciones, ausencia permitida del trabajo o la escuela.

dos horas ya no sabía qué hacer y miraba las rayas de colores de la señal de ajuste antes de que empezaran los programas de televisión. Me duró poco el alivio del asueto[129]. Enseguida me empecé a preocupar.

Hice unas cortinas con sábanas viejas para separar los ambientes donde antes habían estado las puertas. Donde estaba la puerta del baño puse una sábana con un velcro en el borde que se adhería al marco. Me ponía muy inquieta la posibilidad de que alguien entrara de golpe al baño mientras estaba dentro. Ahora los ronquidos de Sergio el mayor sonaban como si estuviese durmiendo en la cama de al lado, y los gritos de las pesadillas de Sergio el menor parecían peleas que sucedían frente a mi cara, en el calor de la oscuridad.

Lo alimenté a papá con purés de todo tipo. Tenía que limpiarlo y bañarlo. No conseguí afeitadoras de plástico, sólo unas hojas Gillette de acero, sueltas, que tenía que atornillar en una afeitadora oxidada que encontré en su placard. Lo afeitaba con jabón. A veces mientras lo hacía le hablaba y trataba de despertarlo, pero no reaccionaba. Por un lado quería que se despertara, pero por otro me parecía que, si las cosas seguían así, era mejor que siguiera durmiendo por encima de toda esa realidad. Se me ocurrió que sabía o intuía todo lo que estaba pasando y prefería no despertarse. Hasta llegué a envidiarlo por poder pasarla así, durmiendo, sin enterarse de una sola de todas esas penurias[130]. Llegué a fantasear con hacerme la loca, deambular por los departamentos hablando sola, con frases apocalípticas y reveladoras; quería ser irresponsable como los locos, entregar el mando y dejarme llevar para que otro se ocupara de todo, de papá, de limpiar, de cocinar, de tener miedo, de vestirme, de comer.

***

Tiraron abajo las tapias del pulmón de manzana para hacer un espacio en común. Nuestra manzana quedó como un fuerte

---

129   *Asueto*: Vacaciones, licencia.
130   *Penuria*: Dificultad.

con murallas de cuarenta metros de alto, porque en ninguna de las cuatro cuadras que formaban los costados había casas bajas. Eran todos edificios; el más bajo tenía ocho pisos. Decían que en la calle, a un par de cuadras, se estaban armando grandes ranchadas[131] con toldos que colgaban de vereda a vereda. A veces se oían golpes en las persianas de planta baja. También decían que habían entrado a la peluquería que daba sobre Peña, así que un grupo vigilaba en los departamentos vecinos para que no hicieran un boquete[132] por ese lado.

La tía de Laura nos pidió que juntáramos agua por si llegaba a haber cortes. Le hicimos caso porque era nuestra presidenta de Consejo. Abrimos las canillas y llenamos las bañaderas, los lavatorios, juntamos agua en botellas, baldes, cacerolas y ensaladeras. Pero los cortes no sucedieron hasta bastante después, cuando ya no los esperábamos.

A las siete de la tarde, nos pusimos a escuchar la radio sentadas en la escalera con Irene y con Laura, que también había perdido sus libros. El hermano de Irene y los dos Sergios se sentaron un poco más arriba. En otros pisos, se veía gente también escuchando. Sin libros y sin televisión, escuchar la radio era la única distracción posible. Se parecía un poco a la lectura porque había que imaginar las cosas que los locutores contaban. Algunos vecinos pusieron almohadoncitos en los escalones; era como un living en declive[133]. En la pared del descanso, el hermano de Irene clavó un mapa del Gran Buenos Aires donde fue marcando el avance de la intemperie según lo informaban los noticieros. Ahora había llegado al kilómetro 30 y enumeraban las zonas afectadas: «San Antonio de Padua, El Talar de Pacheco, González Catán, Bella Vista...»

Era como una lista de muertos. Mencionaban las cuadras que ya eran baldíos y alguien en la escalera decía por ejemplo:

—Ahí estaba el Club Atlético Rojas.

—Ahí estaba la Escuela Técnica Lagos, mi hermano vivía cerca.

---

131 *Ranchadas*: Agrupaciones de ranchos (véase nota anterior «ranchos»).
132 *Boquete*: Agujero practicado en una pared.
133 *Declive*: Pendiente, cuesta o inclinación de un terreno o de una superficie.

Pasaban informes desde Aeroparque[134]. Las pistas de aterrizaje del Aeropuerto Ezeiza[135] habían quedado inutilizables. Sólo entraban al país algunos vuelos internacionales que aterrizaban en Aeroparque y volvían a despegar repletos de gente que quería irse de una vez por todas sin importarle si tenían que irse con lo puesto.

El domingo se juntaron los hombres a escuchar River-Boca[136]. Decían que el partido se jugaba sin público, a puertas cerradas. Los locutores Macaya y Ferrabás[137] llenaron toda la tarde con comentarios. Eran famosos, los chicos que jugaban al fútbol en el patio de planta baja los imitaban, comentando su propio partido. Los goles retumbaron por las manzanas. Tiraron papelitos por el aire y luz.

—¿Será verdad? —me dijo Sergio el menor, dudando de la radio—. Imaginate que es todo mentira. Mirá si no hay fútbol y en realidad lo inventan estos tipos. Y mirá si las noticias también son mentira, quizá se puede salir y no pasa nada y afuera está todo igual que siempre.

—¿Para qué van a hacer eso?

—¡Qué sé yo! Para que la gente no salga, para que nos quedemos encerrados.

Sergio no era el único que pensaba eso. Otros también dudaban de todo. Estábamos acostumbrados a creer sólo en los hechos que veíamos por la pantalla. Lo demás parecía no existir. Pasó algo parecido con la plata. Desde el principio anduvo mal el intento de hacer un fondo comunitario de comida porque la gente no había perdido la confianza en el poder de sus pesos;

---

134 *Aeroparque*: Aeropuerto de la ciudad de Buenos Aires, dedicado principalmente a vuelos domésticos o regionales.
135 *Ezeiza*: Aeropuerto de la ciudad de Buenos Aires dedicado a vuelos internacionales (además de domésticos).
136 *River-Boca*: Dos de los equipos de fútbol más importantes de Argentina cuya rivalidad es legendaria.
137 *Macaya y Ferrabás*: Enrique Macaya Márquez es un periodista deportivo argentino. Ferrabás, por su parte, es un personaje de «Esse est percipi» crónica de Bustos Domecq (seudónimo adoptado por Jorge Luis Borges y Adolfo Bioy Casares para su trabajo en colaboración). El argumento de la crónica es recogido en la novela: los partidos de fútbol, ya no existen como tales (los estados mismos ya no existen) y se han convertido «en un género dramático», donde los partidos son meras creaciones verbales de los locutores (o coreografías ante un camarógrafo). Ferrabás es un comentarista de radio, que participa de esta ficción colectiva.

había venta clandestina de provisiones. Muchos habían dado al fondo común lo que no querían, o les sobraba, pero habían escondido otras cosas. Yo escondí cinco latas de arvejas porque era lo único con lo que podía darle a papá algún puré de verdura. Al principio el almacén estuvo en Norte 4 Planta Baja B (a cada costado de la manzana se le asignó el nombre de su punto cardinal y se numeró los edificios; nuestro departamento era Sur 2, 6°A).

Hicieron un censo. En la manzana había veintidós edificios y más de cuatrocientos departamentos. La tía de Laura anotaba todo en un cuaderno y el canoso de anteojos hacía preguntas. Iban piso por piso en nuestro edificio. A él lo habían nombrado Presidente de Consorcios, y la tía de Laura era su secretaria.

—¿Qué sabés hacer?

—Sé traducir y enseñar inglés –dije–, y escribir a máquina, hacer archivos, usar un procesador de textos...

No anotaron nada. Me di cuenta de que, aunque yo me creía una persona capacitada, mis habilidades en la nueva situación no servían de mucho.

—Sé hacer tortas, velas, sacar fotos... –agregué.

Vi que ella anotó junto a mi nombre: «Hace velas», como si yo fuese capaz de fabricar velas de la nada para iluminar toda la manzana.

—¿Tiene a alguien a su cargo? –me preguntó él.

—Sí, a mi papá.

—¿Qué le pasa?

—Está enfermo. No se puede levantar de la cama.

Pasaron a verlo. Cuando entramos al cuarto, papá estaba tarareando algo, casi sin mover la boca. Traté de despertarlo, lo sacudí. Le grité. Le abrí los párpados; tenía los ojos en blanco. Parecía estar soñando muy profundo y no paraba de tararear o más bien de gemir esa melodía que me sonaba conocida. Escuché con atención. Era la música de Telenoche[138]. Volví a zamarrearlo[139]

---

138   *Telenoche*: Programa televisivo de noticias y comentario. Es uno de los programas más antiguos de la televisión argentina (comenzó a emitirse en 1966) y uno de los noticieros mejor considerados del medio. Se emite diariamente, a las 8 de la noche, por el Canal 13 de Buenos Aires. Sus conductores icónicos fueron César Mascetti y Mónica Cahen D'Anvers que trabajaron en el programa desde 1971 hasta 2004 (y corresponden, por ende, a la cronología de la novela).

139   *Zamarrear*: Sacudir. En este caso tratar de despertar a alguien de un estado catatónico.

y se calló. La tía de Laura y el canoso de anteojos nos miraban fijo, como si estuviéramos los dos locos.

—El médico me dijo que está en coma, pero que en cualquier momento se puede despertar –traté de explicarles.

Los acompañé a la puerta. La tía de Laura me dijo que había mucha gente que necesitaba ayuda: mujeres embarazadas, gente en silla de ruedas, viejitos que no salían de su departamento, o que estaban también en cama. Algunos quizá habían tenido enfermeras que no habrían podido llegar.

—Si tenés algún ratito libre para cuidar a alguien más, te lo agradecería.

Le dije que sí, pero sin demasiado entusiasmo. Ya me veía que me iban a poner a atender a todos los enfermos de la cuadra. Volví con papá. Le hablé, le canté la misma melodía al oído para ver si la repetía, pero no tuvo ninguna reacción.

El censo de la manzana dio un total cercano a las mil doscientas personas. Éramos muchos. Por los pasillos decían que en una semana se iban a terminar los víveres. Las opiniones estaban divididas. Discutían si lo que estábamos viviendo era un sitio a la Capital, o si no era más que gente que había migrado a las calles del centro para huir de la intemperie y mendigar comida. Unos decían que había que salir; otros, que había que aguantar adentro. Al final, en toda nuestra manzana, el miedo y la desconfianza tuvieron más poder. La idea de abrir la puerta de calle se descartó. Se oían tiros y gente que pasaba cantando a los gritos la zamba de La Provincial. La guardia en Planta Baja se duplicó y nos enseñaron un sistema de alarmas en cadena por si alguien de afuera intentaba forzar la puerta.

El encierro se empezó a hacer notar. Las mismas caras encontradas a cada rato se volvían irritantes, y había que soportar la fila frente al almacén para conseguir comida, la espera de algo terrible, los comentarios...

—Nos van a envenenar el agua.

—Dicen que se cuelgan por los balcones.

—Ya coparon toda la avenida 9 de Julio. Un rancho al lado del otro.

El Consejo de consorcios se comunicó por teléfono con gente de otras cuadras. Los vecinos estaban implementando soluciones de emergencia bastante parecidas. Habían clausurado las puertas a la calle y estaban tratando de subsistir con lo que tenían. Algunas manzanas se habían unido con túneles que pasaban por debajo de la calle. Ya había un túnel excavado bajo la calle Gutiérrez, hecho por la gente que había querido llegar a la manzana del supermercado.

El Consejo decidió empezar una excavación en el sótano, coordinada con la gente de la manzana de enfrente, hacia el lado este. La organizaron dos ingenieros que terminaron teniendo un papel muy importante en distintos proyectos (vivían en el mismo edificio y no se conocían más que de vista). Buscaron dos departamentos, uno a cada lado de la calle, que tuvieran sótanos o cocheras profundas, y empezaron a cavar. Trabajaron todos los hombres sanos.

Los dos Sergios colaboraron. Al principio se notaba que no les gustaba ensuciarse con la tierra. Cuando terminaban su turno de excavación, se bañaban hasta sacarse la última peca de polvo. Pero después empezaron a acostumbrarse y estaban tan cansados que no sólo no se bañaban sino que ni tenían fuerza para cocinar. Con Irene nos apiadamos y les dejábamos algo preparado para que comieran.

Tuvimos que juntar cosas que pudieran servir para cavar. Un grupo les daba forma de palas. Doblaban las asaderas[140], cortaban en diagonal las latas de aceite y los tambores de lavarropas. Para hacer mangos y asas, se usaron palos de escoba, patas de muebles, caños de cochecitos de bebé, pedazos de lámpara. Todo se transformaba en herramientas. Con la tierra extraída, bloquearon algunas puertas y ventanas de la planta baja que daban a la calle. No pararon de trabajar hasta el sexto día cuando, con un error de apenas medio metro, se unieron los dos túneles por debajo del pa-

---

140 *Asadera*: Bandeja de metal que se usa para cocinar carne en el horno.

vimento. Una vez que el túnel estuvo bien unido y apuntalado, nos invitaron a festejar de noche a la otra manzana.

***

Convencí a Laura de que me acompañara. Yo quería ir por curiosidad, con tal de salir de esa especie de caja gigante que ya me estaba dando claustrofobia. Para pasar por el túnel había que agacharse y avanzar casi gateando hasta salir a un garaje y, de ahí, por una escalera al patio central de la otra cuadra. Salimos a un pulmón de manzana más grande que el nuestro; hasta tenía un árbol en uno de los rincones. Saludábamos y les sonreíamos a esas personas con las que, quince días antes, nos ignorábamos y pisoteábamos en la cola del supermercado. Había vino en un balde que se servía en *bowls* y vasitos; y unos chicos cantaron con guitarra y violín. Algunos se pusieron a bailar.

El patio central se fue llenando. Un chico nos empezó a hablar a mí y a Laura. Tenía los ojos vidriosos y se nos tiraba un poco encima, acaparándonos.

—A un primo segundo mío lo mataron –nos dijo–. Quiso ir al aeropuerto en el auto. Cuando salió, aceleró porque trataron de frenarlo y pisó a varios. Le dieron vuelta el auto y lo prendieron fuego con él adentro. Era arquitecto.

No supimos qué decir. Él tampoco sabía muy bien de qué hablarnos. Quizá creía que nos gustaban los cuentos horribles porque siguió:

—Y allá, para el lado de la avenida Las Heras, hay dos ahorcados, colgados de un balcón. Tres tipos forzaron una persiana de la calle y los mataron cuando entraron. A uno lo empujaron a la vereda desde la azotea y a los otros dos los colgaron, para que sirva de ejemplo. Desde mi ventana se ven. ¿Quieren subir a verlos?

—No, gracias –le dijimos; no sabíamos si era cierto o si era una mentira para hacernos subir a su cuarto.

Entre la gente que bailaba, se oyó que alguien levantaba la voz. Se paró la música. Vimos varios tipos forcejeando[141]. Unos se peleaban y otros se suponía que separaban la pelea, pero revoleaban trompadas[142]. Sonó un balazo que alguien tiró al aire y se desbandó la fiesta. Nos fuimos un poco eufóricas, mareadas por el vino, cruzando el túnel con otra gente.

Dividieron las tareas comunitarias en turnos de cuatro horas. No exigían hacer más de un turno por día, pero había que hacerlo porque, si no, según decían, te podían expulsar. A mí me tocó juntar velas para poner en la escalera y después volverlas a fundir en moldes con pabilos para hacer otras nuevas. Pero no tenía el ácido esteárico que endurece la cera, y me quedaban unos velones sosos[143] que se terminaban apagando. Cuando eso se acabó, la tía de Laura me dijo:

—Podés cuidar chicos o lavar ropa o seleccionar basura.

—¿Enseñar a los chicos?

—No, enseñar no. Esto sería trabajo de niñera.

—Y la ropa, ¿hay que lavarla a mano? –le pregunté.

—¿Y cómo la vas a lavar si no?

Elegí seleccionar basura. Gracias a ese trabajo, pude conseguir champú. Me había puesto muy nerviosa el hecho de no poder lavarme el pelo en semanas. Pero con los frascos de champú que se desechaban hacía un truco fácil que me había enseñado mamá: llenaba el frasco con un poco de agua y lo agitaba, con lo cual conseguía hacerlo rendir[144] uno o dos lavados más. Así pude tener el pelo limpio por bastante tiempo.

Las bolsas de basura llegaban a planta baja y las vaciábamos sobre unas bateas. Había que separar por un lado las cosas orgánicas, incomibles. Por otro, los envases. Por otro, el papel. Por otro, la ropa y los trapos. Lo que no servía para nada se incineraba. En algunos pisos se volvieron a habilitar los incineradores que tenían los edificios y flotaba en el aire un hollín que ensuciaba las paredes y la piel. Después de seleccionar, yo tenía que hacer la distribución por los departamentos. Era lo más cansador. Subía escaleras con

---

141 *Forcejear*: Disputar físicamente, con empujones o tomas.
142 *Trompada*: Golpes de puño.
143 *Soso*: Sin gusto. En este caso, por extensión, sin un carácter definido.
144 *Rendir*: Dar fruto o utilidad (DRAE).

bolsas que al principio parecían livianas pero a los cinco pisos parecían de plomo. Llevaba lo orgánico para fertilizar las huertas de los balcones internos. Un señor que fumaba en pipa recibía las botellas y frascos de vidrio y con eso hacía vasos. Las biromes[145] y las hojas de papel escritas de un solo lado iban a la escuela que se había formado en el Oeste 5. Un grupo de señoras recibía la ropa vieja. Hacían torceduras de género para hacer mantas, o le daban vuelta el cuello a las camisas, o hacían ropa con sábanas viejas. Vi a varias personas con camisas o vestidos que quedaban raros, con estampados de barcos o con grandes rayas naranjas.

Después tuve que empezar a lavar ropa porque la cantidad de basura fue disminuyendo y ya no había casi trabajo. Nadie compraba nada, así que había cada vez menos cosas para tirar. Nos estábamos comiendo todas las provisiones. La radio decía que habían llegado donaciones de alimentos que se iban a distribuir en helicópteros del ejército por las azoteas. Varias veces oímos el ruido de un helicóptero pero, cuando subimos a ver, ya estaba fuera de alcance. En otras manzanas habían recibido comida pero nosotros todavía no habíamos tenido suerte. La vecina del B juraba haber visto desde la azotea un helicóptero que llevaba colgando una vaca viva. El resto de las noticias no nos interesaban demasiado. Era lo mismo de siempre: la intemperie había avanzado sobre Hurlingham, San Miguel, Almirante Brown... Decían que las construcciones más nuevas eran las que más rápido se deterioraban, mientras que las viejas casas de los barrios se mantenían en pie durante más tiempo.

***

Cuando estuvieron abiertos los túneles hacia el lado sur y oeste, empezó a circular gente desconocida por los pisos, y tuvieron que controlar las tres entradas y las puertas internas de planta baja. El túnel del lado norte no se pudo hacer por los grandes desagües que corrían bajo la calle Austria.

---

145 *Birome*: Bolígrafo.

Laura tuvo otro de sus bajones[146]. La invité a escuchar los radioteatros que nos habíamos puesto a seguir por esos días, pero no quiso. Acostada en su cama, me dijo:

—Nos vamos a morir.

Susurraba fuerte, como los chicos, como los actores cuando secretean para que se oiga. Decía que la intemperie iba a llegar tarde o temprano y nos íbamos a quedar en la calle y nos iban a degollar o a violar o nos iba a agarrar la policía militar y nos iban a tirar al río desde un avión, atadas a un bloque de cemento. Nos iban a abandonar atadas en un sótano, nos iban a cortar en pedazos y a sepultar en fosas comunes y nadie se iba a dar cuenta de nuestra ausencia. Me empezó a leer cosas que había garabateado en un cuaderno que después me prestó para que hojeara. Eran páginas llenas de imágenes apocalípticas y frases extrañas, un collage de poemas manuscritos. Leyó susurrando:

> ¿Y fue por este río de sueñera y de sangre
> que los vuelos vinieron a arruinarme la patria?
> Irían con sus chumbos[147] los milicos pintados
> arrojando los cuerpos a la corriente zaina[148].

Todo el poema estaba reescrito así. Me fue contagiando un cansancio profundo. Yo me quería ir. Todavía tenía muchas cosas que hacer y, mientras ella leía, yo pensaba: «¿Y ésta por qué no trabaja?, ¿porque es la sobrina de la presidenta del consorcio?, ¿porque está deprimida?»

—¿Querés venir a ayudarme con la ropa? –le pregunté cuando terminó–. Te va a hacer bien levantarte.

—No puedo.

Le dije que en un rato volvía y me fui. En los pasillos, frente a la puerta de los departamentos, los hombres jugaban al truco y

---

146 *Bajón*: Un episodio de depresión o de poca energía.
147 *Chumbo*: Revólver o pistola (vulgar).
148 *Arrojando los cuerpos...*: Este fragmento es una rescritura de la primera estrofa del poema «Fundación mítica de Buenos Aires», de Jorge Luis Borges, incluido en *Cuaderno San Martín*. La primera estrofa del poema dice: «¿Y fue por este río de sueñera y de barro / que las proas vinieron a fundarme la patria? / Irían a los tumbos los barquitos pintados / entre los camalotes de la corriente zaina». La rescritura hace referencia al terrorismo de estado de 1975-1983, en particular a los «vuelos de la muerte», donde aviones de las fuerzas armadas sobrevolaban el Río de la Plata, y arrojaban cuerpos de opositores (en muchos casos, aún vivos) al río.

las mujeres a la canasta[149]. Ya no contaban los puntos con porotos[150]. Todo lo comestible había ido a parar[151] a la olla. Alguna gente se había comido el arroz que servía de relleno para las muñecas o los collares de fideos que habían hecho los chicos en el jardín de infantes. Las mascotas se habían vuelto desconfiadas como si tuvieran miedo de que alguien se las fuera a comer en un guiso. Los perros se habían puesto esquivos como los gatos; y los gatos huían como ratones.

En planta baja caminé sorteando los charcos. Estaban llenando de agua una habitación para que sirviera de tanque de reserva, pero se filtraba por alguna rendija[152]. Sospechábamos que iban a empezar los cortes porque el agua estaba saliendo muy turbia[153].

Descolgué la ropa de la soga tendida a lo largo de uno de los pasillos. Hubiese preferido hacer trabajos de hombre, como cavar, porque al menos ahí se veía algún progreso a medida que avanzaban hacia adelante en el túnel. En cambio, con la ropa, encaraba[154] todos los días una tarea infinita; lavaba y fregaba con cepillo y jabón Federal[155], colgaba todo a secar, lo descolgaba, lo doblaba, lo guardaba y después me volvía a caer encima la misma avalancha de ropa sucia. Y a veces tenía que aguantarme las quejas porque me decían que manchaba las camisas blancas. Lo que pasaba era que me robaban los broches de plástico y me los cambiaban por unos de madera que tenían los resortes oxidados. No era mi culpa.

Desde lo de mi vecina, llamé a casa de Lorena, para ver si ella sabía algo de nuestro trabajo en Suárez. Atendió alguien que yo no conocía y tuve que esperar un rato, oyendo al fondo una discusión en italiano (quizá eran sus abuelos), hasta que Lorena llegó al teléfono. Me contó que en su barrio, en Caballito, estaba pasando lo mismo. No se podía salir. Había entrado un día la Provincia.

---

149 *Truco/canasta*: Juegos de naipes típicos en Argentina. El truco se juega entre hombres (por lo general) y la canasta entre mujeres.
150 *Porotos*: Frijoles.
151 *Ir a parar*: Terminar en algún lugar o hacer algo diferente de lo que hacía.
152 *Rendija*: Raja o abertura.
153 *Turbio*: Oscuro, lleno de sedimento o tierra.
154 *Encarar*: Enfrentar a un problema o iniciar una tarea.
155 *Jabón Federal*: Jabón argentino tradicional en barra, para lavar ropa, que data de los primeros años de la década del treinta.

—No te puedo contar mucho –me dijo, incómoda, y cambió de tema–. Parece que en Suárez están trabajando sólo con cinco secretarias que viven en la torre. Están achicando todo. Algunos socios se abrieron y formaron un inversora en Uruguay.

—¿Y no nos tomarán cuando se pueda salir?

—No creo. Olvidate de ese trabajo, María.

Nos deseamos suerte. Le dije que me llamara cuando quisiera y le di el nuevo número.

Fui a hablar con la tía de Laura y le pedí que me cambiara por otro trabajo que no fuera lavar ropa. Me dijo que, si seguía con la ropa una semana más, después podría dar clases en la escuelita del Oeste 5.

Cuando volví, en el cuarto que había sido mío y que ahora usábamos de depósito, había una chica con su hijo de cinco años. Le pregunté si buscaba a alguien y apareció Sergio el mayor para explicarme que era su sobrina que no tenía dónde quedarse y necesitaba alquilar ese cuarto. Yo acepté con la condición de que pagara cada semana y estuvo de acuerdo. De todos modos, a los quince días dejó de pagarme y ya no la pude echar. Ella se llamaba Carmen y el hijo Ramón.

Al día siguiente, Sergio el menor murió por una pelea en las excavaciones. Un chico pelirrojo le partió la cabeza con la pala. No pudimos llevarlo al hospital porque, aunque estábamos a una cuadra, del lado norte los desagües habían impedido la construcción del túnel, y desde la manzana vecina todavía no habían abierto un túnel hacia la manzana del Hospital Rivadavia[156]. Murió a las pocas horas, a pesar de que un médico del Norte 2 le cosió la herida con hilo de pescar. Me hicieron lavar la ropa ensangrentada. El piletón[157] se tiñó de rojo pero las manchas no salieron. Sergio el mayor lo vistió con un traje de él, demasiado grande para el cuerpo de su compañero. Lo velamos sobre su cama, en lo que había sido el living. Con esa ropa enorme, parecía que el cuerpo se había empezado a encoger.

---

156 *Hospital Rivadavia*: Hospital General de Agudos Bernardino Rivadavia, ubicado en la manzana comprendida por Las Heras, Austria, Sánchez de Bustamante y Pacheco de Melo. La narradora vive en las inmediaciones del mismo, y una sección importante de la novela transcurrirá allí.

157 *Piletón*: Pila de cocina o de lavar (DRAE). Si es una pileta para lavar la ropa, puede (y suele) estar ubicada en el exterior de la residencia, en un patio interno hacia los fondos de la casa o en una dependencia de servicio.

La muerte de Sergio el menor provocó algunos cambios. A partir de entonces, se empezó a hablar de los puentes, se decidió hacer cremaciones y se preparó la primera cárcel.

Encerraron al pelirrojo en un sótano del Este 5. Le dieron a elegir entre echarlo a la calle o quedar preso tres meses, y el chico eligió quedar preso. Más tarde lo acompañaron en la cárcel-sótano unos vecinos que habían incautado[158] la comida de las donaciones. Según supimos más tarde, los helicópteros habían dejado varias veces comida en una azotea, pero esta gente la había escondido para repartirla entre sí.

En una azotea al lado de nuestro edificio, construyeron una caja de hierro sobre unas grandes hornallas[159] a gas. Era una construcción elevada para evitar el olor. Pusieron el cuerpo de Sergio ahí dentro y lo cremaron. Sergio el mayor no quiso salir de su habitación por una semana ni juntar las cenizas de Sergio el menor, así que se guardaron en la azotea en un frasco de esos de vidrio de café, con una etiqueta con su nombre y sus dos fechas.

Yo no aguantaba más el encierro. Una noche soñé que llenaban todo el edificio de agua y yo buceaba por el pasillo hasta mi cuarto para rescatar mis fotos que me había olvidado ahí. Podía respirar bajo el agua sin problemas, nadaba despacio, el pelo me ondulaba como un manojo de algas, encontraba otra vez mis libros y había un televisor encendido en Fashion TV. Me ponía a mirar hasta que pensaba que era imposible respirar bajo el agua, así que tenía que apurarme para salir a la superficie pero estaba el cielo raso[160], entonces buscaba la ventana pero estaba cerrada, nadaba hasta la escalera, y subía agarrándome a los escalones pero avanzaba muy lento, muy lento, me iba a ahogar ahí dentro de ese edificio que era todo como un gran tanque de agua, sin una sola burbuja de aire. Me desperté jadeando[161], sentada en la cama en medio de la oscuridad.

***

---

158   *Incautar*: Apoderarse, en este caso, de manera clandestina para obtener más alimentos.
159   *Hornalla*: La flor de una cocina por donde sale el gas.
160   *Cielo raso*: En el interior de los edificios, techo de superficie plana y lisa (DRAE).
161   *Jadear*: Respirar fuerte como por agotamiento.

El Presidente de Consorcios organizó los distintos trabajos para la construcción del puente. Tuvimos que juntar tablas, estantes de placares y tiras de persiana. En los pisos más bajos no nos dejaban entrar o nos trataban mal. Una portera me dijo:
—Díganle al viejo fruncido[162] ese que las va a pagar.
Llevamos todo hasta el lado Norte donde había unos tipos bajando unos cables desde la azotea. Se gritaban indicaciones con otros que trabajaban en un balcón en la manzana de enfrente. Estaban tendiendo un puente colgante sobre la calle Austria en el sexto piso. Los ingenieros lo diseñaron lo suficientemente alto como para que no lo alcanzaran con piedrazos desde la calle, y lo suficientemente bajo como para no obligarse a subir y bajar muchas escaleras. Con tiras de persiana unieron varios elásticos de acero de las camas, y usaron los estantes y las tablas para hacer el piso. Lo armaron primero de nuestro lado, lo amuraron al balcón y, después, al balcón del otro lado. El puente quedó extendido sobre la calle, a la altura del sexto piso, entre los balcones enfrentados. Colgaba de unos cables cruzados en equis desde las azoteas, unos cables de alta resistencia que habían servido para sostener las antenas.
El ingeniero más joven fue el primero en cruzar. Subimos a la azotea para ver. Desde la calle un grupo de gente le gritaba cosas para asustarlo y le tiraron algunos cascotazos. Pisó con confianza, dando un paso sobre cada tabla. Lo recibieron los vecinos del otro lado. Hubo grandes aplausos y vivas. Ahora se podría llegar al hospital. Cuando dio los primeros pasos para cruzar de vuelta, desde abajo le empezaron a disparar. Se vio que le temblaban las piernas y daba unos pasos dudosos.
—¡Son salvas! –gritó alguien de arriba para tranquilizarlo, pero se oía el silbido de las balas. Por suerte, ninguna le pegó.
Después cruzó el Presidente de Consorcios y se dio la mano con el representante de la otra manzana. Cruzaron juntos para nuestro lado y el puente quedó inaugurado.
Fue tan exitoso que se usó como modelo para construir

---

162 *Fruncido*: Antipático, malhumorado (vulgar), pretencioso.

muchos de los puentes que vinieron después. Una vez construido, parecía tan obvio y sencillo que costaba entender por qué no se les había ocurrido antes, en lugar de hacer esos túneles tan trabajosos. Para llegar al hospital había que cruzar el puente, bajar la escalera del otro lado, salir al pulmón de manzana y pasar por un túnel hacia el lado Este. Era complicado pero, al menos, podía hacerlo en caso de que papá necesitara atención médica.

Por otro lado, el puente también permitió que llegara la policía. Yo me los encontré en mi cuarto: dos de uniforme, acompañados por un gordo de traje gris y portafolio, y otro tipo de mameluco[163] azul con una caja de herramientas.

—¿Qué pasa?

—Policía interior –dijo uno.

No quise preguntar qué significaba eso.

—Estamos cobrando el impuesto municipal, el gas y el teléfono.

—¿En todos los pisos?

—Sí.

Los dejé que cortaran el teléfono que ya no andaba. Pero cuando el de mameluco quiso cortar el gas, todos en el sexto juntamos los pocos pesos que teníamos para pagar las dos cuotas atrasadas. Sobre la mesa de la cocina, el gordo selló un recibo y me lo dio. Podía ser todo falso. Pero logramos que no cortaran el gas. En otros edificios donde lo cortaron, la gente cocinó y calentó agua usando como leña la madera del piso.

Cuando se fueron, el hermano de Irene nos dijo que la «policía interior» era para los vecinos de las manzanas y la «policía exterior» para luchar en la calle contra la Provincia. En planta baja los insultaron desde los balcones y les tiraron piedras. Se metieron en el túnel para cruzar a la otra manzana y les cerraron las dos entradas. Los dejaron a oscuras un buen rato para que no volvieran más.

Pero siguieron viniendo y en grupos cada vez más grandes, más armados, con equipo de montaña, borceguíes[164], sogas y

---

163 *Mameluco*: Prenda de vestir de una sola pieza, de tela fuerte, que consta de cuerpo y pantalón, especialmente la utilizada en diversos oficios como traje de faena (DRAE).
164 *Borceguíes*: Botas militares o de montaña (DRAE).

palas. Conversaban con los porteros y el grupo de hombres que se estaba encargando de la seguridad en la manzana. Se ganaron enseguida su confianza. Se instalaban en los sótanos, hacían interrogatorios. A veces se oían gritos en la noche. Al día siguiente nadie decía nada.

—¿Por qué no tienen encargado[165]? –le preguntaron a Sergio.

—Cuando yo vine a vivir acá, ya no había encargado.

—Que usted no haya estado no quiere decir que no pueda saber.

—Tengo entendido que lo echaron antes de que cerraran la manzana.

Sergio nos contó ese diálogo. Todos en nuestro edificio nos convertimos en sospechosos porque no teníamos «encargado» (no se podía decir «portero» porque era despectivo). Cuando Sergio quiso ir a cumplir con su turno en los túneles, no lo dejaron pasar. El grupo que organizaba a los tuneleros y a la vigilancia había decidido cortar la rotación de tareas y quedarse con las armas. Hubo peleas con el Presidente de Consorcios y su gente, un grupo de profesionales –ingenieros, médicos, arquitectos, sicólogos– al que llamaban «los puentistas». Los puentistas les dieron veinticuatro horas a los tuneleros para devolver las armas.

Una noche un grupo de vecinas representó *La casa de Bernarda Alba* en el pulmón de manzana. Eran mujeres de distintas edades que habían estado ensayando varias semanas. Montaron un escenario en el medio; la gente se reunió alrededor en planta baja y salió a mirar por los balcones internos que no estaban ocupados con huertas. Tengo que decir que actuaban bastante mal. Y el público no ayudó. Los que estaban abajo hablaban en voz alta mientras tomaban algo, sin prestar demasiada atención a la obra, y desde los balcones los otros les chistaban para que se callaran porque no se oía casi nada. Laura vino a sentarse a mi lado en el balcón; hacía días que no la veía, porque se quedaba encerrada en su cuarto. Apareció cuando la obra ya había empezado. Se sentó como un fantasma, sin saludarme, sin apartarse el pelo

---

165 *Encargado*: Portero de un edificio de propiedad horizontal.

de la cara, y se puso a susurrar el texto un segundo antes de que lo dijeran. Me ponía un poco nerviosa. En el último acto, Bernarda no llegó a decir lo que susurró a mi lado Laura:

—Abre. No creas que los muros defienden de la vergüenza.

—¡Lo mataron! ¡Lo mataron! –gritó una mujer desde un balcón.

Hubo un momento de duda; parecía que la obra seguía por los balcones como en el teatro moderno, pero la mujer actuaba tanto mejor que primero nos hizo poner la piel de gallina y después nos despertó de nuestro ensueño de espectadores. Esto era cierto. Hubo un revuelo[166]. Un montón de gente subió corriendo las escaleras. Habían estrangulado al Presidente de Consorcios con el cable de una licuadora.

***

—Se sabe que fueron ellos –dijo en voz baja la tía de Laura.

—¿Y no se puede probar?

—¿Qué vas a probar si la «interior» ya los interrogó? Desde acá se oían las risas. Son amigos.

Yo me acordaba de la amenaza de esa portera: «Díganle al viejo fruncido ese...» A pesar de todo, algunos en la manzana insistían con que había sido gente de afuera. No podían aceptar que hubiera pasado puertas adentro, donde se suponía que habían quedado los «vecinos respetables», los que nos ayudábamos entre nosotros y compartíamos todo. Ahora se susurraba en los pasillos, se confabulaba en los balcones. Teníamos miedo cuando andábamos solas por las escaleras. Yo empecé a dormir con un palo de amasar bajo la cama, y estaba dispuesta a partírselo en la cabeza a cualquiera que quisiera hacerme algo. Tenía ganas de irme. Me imaginaba que salía a buscar a Alejandro, que avanzaba por la ciudad atravesando los edificios, preguntando, mostrando su foto. ¿Hasta dónde podría llegar por los puentes y los túneles?

La tía de Laura me pidió que la acompañara a la misa que se

---

166 *Revuelo*: Turbación, agitación de gente.

hizo a la semana por la muerte del Presidente de Consorcios. Iba a ser una misa especial. Hasta entonces, había dado la misa del domingo a la mañana el Padre Luis, un español que había estado a la cabeza de una parroquia cercana. Desde un balcón interno del primer piso, daba sus sermones simples para toda la gente que se reunía en el patio central, y unos chicos cantaban con dos guitarras una mezcla de folk norteamericano y zambas católicas, que eran para mí el peor momento del domingo porque subían hasta el departamento por el pulmón de manzana las estrofas dudosas, empezadas por una sola voz que sabía la letra y terminadas por una suma de voces desentonadas y llenas de buena voluntad. Pero esto iba a ser distinto. Iba a dar la misa un tal Monseñor Aschiacino en el living de la madre de uno de los líderes puentistas, una mujer muy devota. La tía de Laura me sugirió que fuera de pollera y con el pelo recogido.

Subimos hasta el séptimo piso del Norte 4 y entramos en un gran living donde habían puesto hileras[167] de sillas, una mesa con un mantel blanco y dos cirios pascuales[168] que se habían salvado de mis requisas cuando buscaba velas por toda la manzana. En primera fila había una señora en silla de ruedas, sosteniendo un rosario. Fueron llegando los puentistas, afeitados y prolijos, de traje y corbata negra por el luto. Algunos, quizá por la falta de gotas lagrimales, habían suplantado las lentes de contacto por unos anteojos pesados, de marco grueso. En secreto, no los llamaban «puentistas» sino «pontífices». Pasó un edecán con un peine mugriento y un frasco de gomina Lord Cheselin[169] y obligó a peinarse a dos chicos que estaban con el pelo revuelto. Quedaron con la cabeza brillante. El edecán se acercó a un grupo de gente de mi edad. Eran los chicos del coro. No los dejó desenfundar las guitarras y les explicó que en las misas de Monseñor no se cantaban canciones. Yo me puse cerca de la ventana y vi que ya venía Monseñor Aschiacino cruzando el puente colgante, acompañado

---

167 *Hilera*: Formación en línea.
168 *Cirio Pascual*: Vela grande que se enciende en la Vigilia Pascual (en la tradición católica) en la noche de Sábado Santo.
169 *Gomina, etcétera*: gel o fijador de cabello de uso masculino. Lord Cheseline (en la novela, castellanizado en Lord Cheselin) fue una de las marcas más populares de fijador. El nombre «gomina» deriva a su vez de una marca de fijador, que por extensión se aplicó al producto mismo.

por un monaguillo[170] que trataba de protegerlo con un paraguas de la llovizna oblicua que castigaba las azoteas. La sotana le flameaba por el viento de la altura. Cruzó con cuidado, Monseñor Aschiacino, medio obeso, con su gran cruz de plata que se movía a cada paso por las oscilaciones del puente. Cuando entró, se hizo silencio. Dio la misa en latín, de espaldas[171], y ofreció la comunión con galletitas Rex. No había otra cosa.

Solía pasar eso con la comida. Una vez, por ejemplo, sólo hubo galletitas Minitost[172], quizá porque alguien había conseguido varias cajas. Durante días era lo único que había para comer. Todos tenían Minitost. No podíamos canjearlas por otra cosa porque nos daban una lata de arvejas a cambio de veinte cajas de Minitost. Entonces las molíamos y las mezclábamos con agua para hacer una masa como un puré. O aparecía un tomate medio verde cultivado en las huertas de los balcones. O dejaban sobre la azotea comida de ayuda humanitaria y comíamos durante cuatro días pulpo enlatado, o sardinas portuguesas, o barras de chocolate mexicano, o tomábamos jugo de naranja en polvo que, mezclado con el agua turbia, se ponía casi rojo. Yo soñaba que recorría las góndolas de un supermercado[173] eligiendo fruta fresca, verdura, y también compraba champú, toallitas, algodón, cremas. En ese sueño estaba mamá empujando el carrito y las góndolas llegaban hasta el horizonte.

***

En Semana Santa, Monseñor Aschiacino dio misa todos los días. Yo fui un par de veces más y después dejé de ir. En uno de sus sermones, hizo un gran llamado a la abstinencia y la contención de los pecados de la carne, que pareció cubrir con un manto erótico a toda la manzana. Propuso que en los departamentos donde no

---

170 *Monaguillo*: Niño que ayuda al sacerdote oficiante durante los servicios de la misa católica y/o servicios adicionales relevantes a la Iglesia.
171 *De espaldas...*: Antes del Concilio Vaticano Segundo (1962-1965), la misa (con la excepción del sermón a los fieles) era en latín, y el sacerdote miraba hacia la Cruz, como el resto de los fieles.
172 *Galletitas Rex y Minitost*: Marcas populares de galletitas (saladas) en Argentina.
173 *Góndola de supermercado:* Estructura de metal, de largo variable, con estantes a ambos lados, donde se exhiben las mercaderías a la venta y de donde los clientes las seleccionan. Un supermercado tiene un número variable de góndolas, dispuestas en forma paralela.

había familias, separaran a los hombres en el sector A y a las mujeres en el sector B. Cuando la gente hizo fila para comulgar, Monseñor Aschiacino se negó a darle la comunión a una mujer. Le dijo algo al oído y la mujer se fue, con la cara roja, mirando el suelo. La puso en evidencia frente a todos, porque decían que se acostaba[174] con uno de los líderes puentistas, que era casado.

La tía de Laura vino una tarde a ver si quería acompañarla a misa, pero le dije que tenía que ocuparme de papá. La vi muy alterada; le tenía miedo a los tuneleros.

—Nos pusieron un portero –me dijo por lo bajo–. No quieren que yo coordine más. Dicen que ahora van a coordinar ellos desde las porterías.

—Deben estar enojados por los puentes. Porque ahora no pueden controlar lo que entra y lo que sale. Antes, cuando controlaban los túneles, cobraban peaje de todo –dije.

Me miró asintiendo y me dijo:—Yo ya no bajo. Del tercero para abajo me miran mal. Hago todo por los pisos de arriba.

—¿Laura cómo está? –cambié de tema.

—Ahí anda. Habla sola.

—¿Dormida?

—No, pobrecita. Dice cosas... ¿Tu papá sigue igual?

—Sí. Desde esa vez que cantó dormido no volvió a hacer nada.

—A una señora del Sur 4 le pasa parecido. Está en cama, como dormida. Y me dijo la hija que a veces canta la música de «La familia Falcón»[175].

—...

—¿Estás segura que no querés venir a misa? Van a estar los chicos.

—No puedo. Le tengo que dar de comer a papá.

—Vos estás muy sola, nena.

Supongo que la tía de Laura tenía buenas intenciones, pero yo sentía que estaba tratando de hacer conmigo lo que no había podido hacer con su sobrina. Fueron sus últimos intentos por integrarme al grupo de jóvenes puentistas.

---

174 *Acostarse con*: Mantener una relación sexual con alguien (DRAE).
175 *La Familia Falcón:* Una de las primeras telenovelas argentinas. Fue emitida por Canal 13 entre 1962 y 1969. Alcanzó gran popularidad por su presentación del estereotipo de la familia argentina de clase media.

De pronto escuchamos unos golpes en la pared del baño. Algo pesado y metálico golpeaba la pared cada vez más fuerte. Fuimos a ver. Estaban Carmen, Ramón y Sergio mirando caer pedazos de azulejo dentro de la bañadera vacía. Con cada golpe, estallaba la pared hacia adentro. Tuvimos que protegernos de los pedazos de azulejo. Se hizo un agujero y asomó una maza de hierro, después vi el ojo de un tipo que miraba.

—¿Qué hace?

—Hay que abrir un pasillo por todos los sextos pisos. Cuidado —dijo.

Siguió trabajando hasta que pudo pasar el cuerpo entero. Nuestro baño y mi cuarto quedaron partidos en dos por el nuevo pasillo; ahora se iba a poder dar toda la vuelta a la manzana, a la altura del sexto. Hicieron la otra abertura en la pared contra la cual estaba la cabecera de nuestras dos camas. Pensé que papá por fin se despertaría con ese estruendo de mazazos[176] junto a su cabeza, pero no: siguió durmiendo sabiamente, como si se riera de todos nosotros.

Cuando estuvo hecha la abertura, me asomé. Del otro lado había una habitación que parecía pertenecer a un chico, con trofeos deportivos, posters desplegables de mujeres y equipos de fútbol. La altura de los pisos no coincidía del todo, había que dar un saltito hacia abajo para pasar al otro edificio. Me sorprendió que eso hubiera estado siempre ahí. Toda esa otra vida desarrollándose insospechada, a treinta centímetros de mi cama.

Por la abertura, se asomó el chico que vivía al lado, tenía unos dieciséis años. Yo lo había visto deambular por planta baja con otros chicos de su edad. Era muy tímido y me hablaba apenas, como escondiéndose. Para separar su habitación de la mía, puse una cortina hecha con los vestidos sicodélicos de mamá que ya se me habían roto. Esa noche me desperté en la oscuridad con la sensación de que me habían tocado por abajo de la remera[177] larga que usaba de camisón.

Alguien estaba sentado al borde de la cama. Grité y agarré el

---

176 *Mazazo*: Golpe fuerte dado con una maza (martillo de gran tamaño, usado para demolición, entre otras funciones).
177 *Remera*: Prenda de punto, de cuello redondo o en forma de «V», que cubre el torso (DHA).

palo de amasar, tiré unos golpes. A alguien le di. Oí la voz asustada de mi nuevo vecino que dijo:

—Estoy perdido, no sé dónde estoy.

Le dije que si me volvía a tocar lo mataba. Se oyó un vozarrón[178]:

—¡Ya volvemos!

Era papá. Encendí un fósforo. El chico se escabullía[179] detrás de la cortina. Papá seguía durmiendo.

—Papá —dije—, ¿papá?

Lo sacudí varias veces, pero no me contestó. A partir de entonces, me acostumbré a tener siempre a mano un cuchillo Tramontina[180] de esos con serrucho; de noche lo dejaba escondido entre el colchón y la pared; cuando me levantaba, lo llevaba contra el muslo derecho, sostenido con un elástico.

Durante el día, la gente pasaba por mi cuarto para llegar a los puentes que nos conectaban con las cuatro manzanas alrededor. Eran varias las manzanas que tenían puentes en el sexto piso y se podía recorrer el barrio casi sin bajar la escalera. Pasaban y saludaban con un «Buenas», sin pedir permiso, o me preguntaban cómo llegar a tal lado. Sorprendí a varios hombres tratando de espiar cuando Carmen se metía en el baño. Deambulaban con una mirada embrutecida, con mucho olor. Había un hambre nuevo en el aire, quizá porque no había televisión, no había chicas en tanga[181] moviendo las caderas en programas de música tropical, ni películas eróticas, ni desfiles de bikinis. Los tipos buscaban mujeres solas por los pisos, miraban, volvían a pasar. Me querían dar charla, me hacían preguntas. Yo me empecé a tapar más. Me vestí con cosas largas hasta la pantorrilla y me até el pelo en un rodete. De las otras chicas que me cruzaba por los pisos, ninguna se animaba a usar remeras cortas ni minis ni pantalones ajustados. Había que cuidarse sola y no era cuestión de estar atrayendo miradas.

---

178 *Vozarrón*: Voz fuerte y ronca.
179 *Escabullirse*: Huir, escaparse, esconderse.
180 *Cuchillo Tramontina*: Una marca corriente (y económica) de cuchillos, tenedores y cucharas, que se introdujo en Argentina en los años setenta, desde Brasil. El cuchillo al que se refiere la narradora es un cuchillo pequeño, de mango de madera, con la hoja serrada, comúnmente utilizado por un comensal (no por el cocinero) para cortar carne ya servida.
181 *Tanga*: Prenda de baño que por delante cubre sólo la zona genital y por detrás consiste en una cinta estrecha (DRAE).

Ramón, el hijo de cinco años de Carmen, pasaba a cada rato para meterse en el cuarto del vecino a hojear las revistas porno. La madre lo llamaba:

—¡Ramón!, Ramón, vení para acá –y Ramón pasaba de vuelta, se paraba, petisito, junto a mi cama, y me hacía preguntas impresionantes:

—¿Vos también tenés esa lastimadura entre las piernas?

Tuve que poner cortinas frente a cada cama. Las colgué de dos alambres que me puso Sergio a cada lado del pasillo que se había formado en medio de mi cuarto. Así podía estar en la cama y que no me vieran los transeúntes, ni lo vieran a papá. Lo que más me desagradaba era que me miraran dormir, abrir los ojos y descubrir que algún tipo había estado mirándome. A veces volvía al cuarto y encontraba a alguien curioseando entre mis cosas. Nos robaban la ropa tendida, sobre todo corpiños, porque los que se conseguían nuevos eran unos muy malos que, en lugar de sostener, te hacían dos conos puntiagudos. Las que más robaban ropa eran las mujeres.

En nuestro edificio quedaba sólo una radio General Electric que hacían andar con baterías de auto. Tratábamos de escuchar qué estaba pasando, porque se oyeron durante todo un día aviones volando bajo y algunas explosiones. Decían que había caído una bomba ahí cerca, en Las Heras y Pueyrredón.[182] Pero los noticieros sólo hablaban de incendios en el centro y del descontrol de la provincia donde había malones de camionetas que iban a campo traviesa, cortando alambrados y eludiendo las barricadas. Había campos tomados por grandes bandas. Irene y su hermano comentaron esto por lo bajo. Al parecer habían tenido algunos campos que les daban rentas, pero no las cobraban hacía meses ni sabían qué había sido de todo eso. Ahora se estaban enterando.

La radio seguía pasando la lista de los lugares afectados por la intemperie: Berazategui, Monte Grande, Don Torcuato, San Fernando... El hermano de Irene los iba agregando al mapa y se veía

---

182 Alusión a la «Masacre de Plaza de Mayo», ocurrida el 16 de junio de 1955. Ese día, varios escuadrones de aviones de la Aviación Naval bombardearon y ametrallaron la Plaza de Mayo, la Casa Rosada, el edificio de la Confederación General del Trabajo y la residencia presidencial. El ataque, parte de un fallido intento de golpe cívico-militar para deponer y/o asesinar al presidente Perón, dejó 308 víctimas fatales y más de 700 heridos. En esa época, la residencia presidencial estaba ubicada en la intersección de las avenidas Libertador y Austria, esto es, muy cerca del departamento de María.

el desplazamiento como círculos concéntricos que avanzaban hacia la Capital. La intemperie ya estaba en el kilómetro 25, cerca de nuestra casa, en Beccar.

***

Una tarde estaba en mi cuarto oyendo la lluvia. Empezaba a anochecer. Las sombras crecían de un modo horrible en los departamentos, eran como algo denso que caía filtrándose para siempre en todos los ambientes, en las camas, en el cuerpo. Nos quedábamos quietos, sin una chispa de luz eléctrica que hiciera retroceder la oscuridad con un solo *clic* como hacíamos antes cuando se iluminaba todo de golpe con sólo rozar una tecla en la pared. Ahora, aunque volviera algún día la luz, no nos íbamos a enterar porque habían arrancado todo el sistema de cables para armar los puentes.

Me quedé oyendo el viento que parecía romperse contra los balcones y las medianeras. Oí la voz de Sergio que me decía:

—María, te trajeron esto.

Me dio un sobre arrugado que decía «María Valdés» y nuestra nueva dirección. Lo abrí al lado del farol, era una carta de tres páginas que empezaba diciendo: «Mery, soy yo.» Salí corriendo, le pregunté a Sergio quién la había traído y me dijo que la vecina del séptimo piso. La alcancé en la escalera y me dijo que había encontrado el sobre atado a una piedra en su balcón que daba a la calle. Volví al cuarto. Levanté la persiana y salí a mirar por nuestro balcón, pero no vi a nadie, sólo unos ranchos en medio de la calle. Me metí en la cama con el farol, cerré la cortina y me puse a leer. Sabía que era de Alejandro, aunque no tuviera firma. Pensé que debía haber querido tirarla en nuestro balcón y se pasó un piso. Me di cuenta de que yo estaba adentro y él afuera. Conservé la carta conmigo unas semanas, ya gastada de tanto leerla, hasta que tuve que quemarla.

Lo primero que me decía Alejandro era que habían matado

a su hermano. Lo habían llevado como conscripto a Campo de Mayo, donde lo tomaron de punto por ser hermano de un desertor. «Me lo contó un flaco[183] que estuvo con él y se escapó», decía. «Estaban trabajando, apuntalando las paredes de un cuartel que se venía abajo, y él se puso a silbar la melodía de La Provincial sin darse cuenta. Un cabo[184] lo escuchó y lo mandó a encerrar. Lo mataron a golpes tratando de sacarle información. Ya sé el nombre del cabo.»

Me decía que había matanzas, que en Puente Alsina había visto que hacían cruzar a nado el Riachuelo[185] a una multitud, asustándolos con ráfagas de ametralladora para que no volvieran a la Capital[186]. Algunos se habían ahogado porque no sabían nadar. Para despejar asentamientos en el centro, decía, levantaban a la gente en camiones, los llevaban tierra adentro y los hacían bajar en medio del campo para que se arreglaran solos. También habían usado un gas que arruinaba los pulmones. Había enormes fosas comunes en los pozos que habían sido piletas de natación. «No saben ni disimular, caen en trucos estúpidos. En Lanús, una noche, forzamos la puerta de una casa abandonada para escondernos y, cuando entramos, vimos que no había casa, había un baldío con ruinas que ocupaba toda la manzana. Para ocultar la intemperie, levantan sólo las fachadas de la cuadra, como un decorado de cine.»

No me decía qué estaba haciendo él, pero como usaba ese plural de «nosotros» tal cosa y «ellos» tal otra, yo supuse que estaría con las filas de La Provincia. «Tengo el pelo tan largo que, si me tuvieras enfrente, no me reconocerías», decía. Después trataba de convencerme de que estaba bien. Se había conseguido otra moto, una Honda no sé cuánto, de color negro; me contaba detalles de la potencia, la amortiguación y las dificultades para conseguir nafta[187]. «De a ratos vivo en casa y de a ratos en una

---

183 *Un flaco*: (Coloquial) hombre, persona joven (DHA).
184 *Cabo*: Graduación más baja entre los suboficiales de cualquiera de las tres divisiones (Ejército, Armada, Fuerza Aérea) de las fuerzas armadas argentinas.
185 *Riachuelo*: Río que forma el límite sur de la ciudad de Buenos Aires.
186 *Para que no volvieran a la Capital...*: Alusión (invertida) al 17 de octubre de 1945, cuando manifestantes en apoyo al entonces preso coronel Juan Domingo Perón cruzaron a nado y en balsas el Riachuelo (los puentes habían sido levantados) para acudir a la manifestación en Plaza de Mayo, que consiguió la libertad de Perón, y su posterior ascenso a la presidencia.
187 *Nafta*: (Argentina, Paraguay y Uruguay) gasolina.

pensión con Víctor. Hay lugares secretos por donde se puede entrar y salir de las manzanas.» Me hablaba de los campamentos que se habían levantado en los bosques de Palermo, donde estaban cortando los árboles para hacer leña y estaban haciendo una granja modelo para enseñarle a la gente a cultivar y a cuidar animales. En algunas calles, habían levantado el asfalto para sacar a la luz los viejos rieles del tranvía. Por la falta de gasoil, habían puesto a rodar los colectivos con ruedas de tren, que funcionaban con un tendido eléctrico improvisado. «Se robaron los animales del zoológico, algunos se escaparon. Se comieron los búfalos y las gacelas. Por unos días, anduvo circulando una carne muy negra y salada que estoy seguro que debe haber sido algún bicho de ésos.» Decía que los leones y otros animales habían reaparecido en un estadio de fútbol donde se convocó a tipos jóvenes para ver si se animaban a enfrentarlos a cambio de un premio. «El fútbol está suspendido porque colgaron a un árbitro. Los partidos que pasan en la radio son inventados. No sé si ahí adentro ya se habrán dado cuenta de que los locutores inventan todo.» Parece que los domingos la cancha se llenaba de curiosos y nostálgicos que iban a ver las luchas. Alejandro había estado entre el público mirando. Me daba detalles de los leones raquíticos que se echaban al suelo y bostezaban. La gente los provocaba con patadas[188], con rebencazos[189] y no pasaba nada. «Hay jineteadas[190] y, a veces, meten adentro un toro. Tendrías que verlo, Mery.» Parecía entusiasmado con todo eso, y a mí me daban ganas de salir y acompañarlo, estar con él y caminar por la calle otra vez y que él me protegiera. Pero tenía que cuidarlo a papá, tenía que quedarme ahí. Empecé mentalmente una carta donde le explicaba lo que estaba pasando adentro. Nunca la escribí. «Acá el viento grita María», me decía al final de la carta. Me hablaba de esa canción de Hendrix, *The wind cries Mary*, que él me había pedido que le tradujera. «Llevo el papel doblado en el bolsillo de la camisa. Me hace bien sentir que lo tengo ahí. Estoy pensando mucho en la idea de irnos a Córdoba a buscar trabajo cuando todo esto pase.

---

188 *Patada*: Golpe que se da con el pie.
189 *Rebencazo*: Golpe que se da con un rebenque (cinta de cuero que se usa para castigar o azuzar a un caballo u otro animal).
190 *Jineteadas*: Celebraciones donde los jinetes demuestran sus destrezas y habilidades con el caballo.

Las cosas van a estar bien. Yo me agarro de ese sueño con vos y me agarro del amor de mi hermano muerto. Tenés que quedarte tranquila. Esperame. El departamento por ahora es el lugar más seguro donde podés estar. Víctor va a pasar por ahí cerca de tu edificio y va a ver si te puede hacer llegar esta carta. Quemala después de leerla. Te dejo porque ya sale. En agosto todo va a cambiar. Aguantá que voy a ir a buscarte.»

Me dormí abrazando la carta y soñé que él venía, que le tocaba la barba, y que tenía el pelo largo, negro y tupido, pero no estaba segura si era él. Hablábamos susurrando; él me decía «estás más pelirroja», y yo le decía «es por la luz de la llama», y lo sentía desnudo al lado mío y no sabía cómo hacer para que no se diera cuenta de que estaba sin depilar.

***

Me despertó Ramón.

—En los caños vive un animal-persona –me dijo.

—¿Qué?

—¿Estás dormida?

—Estaba.

—En los caños de acá vive un animal-persona. Es verde y resbaloso, con un solo ojo, y muy largo.

—¿Y cómo es de ancho? –le pregunté para seguirle el juego.

—Así –dijo, haciendo un círculo con las manitos–, como el caño. Y te espía por el agujero donde se va el agua. Habla muy bajito. Me pide cosas.

—Ah, ¿sí?, ¿y qué te pide?

—Que le dé de comer.

—¿Y qué come?

—Come pelo y jabón.

Vi que tenía una zapatilla rota. Se le escapaban los dedos. Yo también necesitaba zapatos. Me vestí y le dije a Carmen que lo llevaba un rato conmigo. A Ramón le gustaba acompañarme.

Siempre quería ir a los puentes. Bajaba y subía las escaleras a los saltos. Fuimos a las tiendas que había todavía en planta baja, en el patio central, donde se había formado como una plaza de pueblo, rodeada por el almacén, la mercería[191], la zapatería, la farmacia, el Consejo y la cárcel. En la zapatería, que no era más que dos baúles llenos de zapatos huérfanos, conseguí unas zapatillas para él y unos zapatos negros de hombre para mí, que parecían haber sido de algún chico cuando tomó la comunión. Me costaron cuatro turnos de lavar ropa, eran cómodos, pero me los robaron unos meses después.

En el patio había una reunión de puentistas y tuneleros que se estaban tirando bronca. Un puentista levantaba la voz, quería hablar, pero los tuneleros lo abucheaban. Era curioso cómo se habían ido diferenciando tuneleros y puentistas, incluso físicamente. Los tuneleros, quizá por el trabajo pesado, tenían algo de topos[192], con la camisa arremangada y los brazos peludos, con grandes manos de tanto cavar, espaldas anchas, medio encorvados. Y los puentistas, flacos y huesudos, tenían algo de pajarracos[193] con sus trajes, sus anteojos, con unos peinados mal engominados, como pirinchos[194], y tics nerviosos, eléctricos. Quizá su costado ornitológico se debía a que en los pisos altos, aunque nadie lo aceptara abiertamente, se estaban comiendo las palomas.[195]

Era todo una pérdida de tiempo, todos esos tipos discutiendo. La mayoría de las tareas las hacíamos las mujeres. Se suponía que ellos trabajaban en experimentos con motores en el garaje, que hacían trabajos duros, pero se sabía que se pasaban la tarde apostando a los dados en las cocheras húmedas, casi a oscuras.

La bronca entre ellos venía por el tema de los baños. Como los inodoros ya no andaban, usábamos un balde y lo vaciábamos en

---

191 *Mercería*: Tienda tradicional donde se venden ropas, botones, medias, cintas, alfileres, etcétera.
192 *Topo*: Mamífero, del tamaño de un ratón, que socava y remueve tierra para hacer túneles donde habita.
193 *Pajarraco*: Pájaro grande.
194 *Pirincho*: Dicho del pelo, mechón de pelo erizado y sin peinar.
195 La divergencia evolutiva entre los tuneleros y los puentistas puede ser una alusión (indirecta) a The Time Machine (1897) de H.G.Wells. Esa novela (que es, como *El año*, una novela apocalíptica, y un viaje en el tiempo –en el caso de Wells, literal, y hacia el futuro), las condiciones de vida establecen, hacia el año 802.701 que la humanidad se divida en dos especies enemigas: los Eloi (que viven en la superficie) y los Morlocks (que viven en fábricas subterráneas).

un pozo de aire y luz, al que llamaban el «mierda y luz». En el patio de planta baja, se acumulaba la mugre. Usábamos guías telefónicas como papel higiénico y, una vez usado el balde, lo sacábamos por un ventanuco y lo vaciábamos. Se echaban de vez en cuando paladas de cal sobre la inmundicia, pero el olor se sentía igual, aunque era más fuerte en los pisos bajos, donde vivía la mayoría de los tuneleros.

Cuando terminé de ponerle las zapatillas a Ramón, la discusión se convirtió en insultos y voló una silla. Me llevé a Ramón para el departamento. Atrás se oía la pelea.

—¿Qué nos van a hacer? –me preguntaba Ramón en la escalera.

—Nada. Se pelean entre ellos.

—Yo no tengo miedo –me decía.

—Yo tampoco.

Las cosas se estaban pudriendo[196]. Ya a nadie le importaba lo que pasaba afuera, era como una pelea de chicos en medio de una guerra. No importaba si había cambiado otra vez el presidente o si había enfrentamientos entre el ejército y los grupos armados de la Provincia. Sabíamos que seguían los problemas porque veíamos que la policía interior venía seguido[197], en grupos que revisaban el edificio. A veces, temprano a la mañana, me abrían la cortina de la cama con la punta de un fusil, se asomaba un gendarme, me miraba, me preguntaba mi nombre y seguía su camino. Yo no decía que me llamaba Valdés Neylan sino Hill, como el apellido de soltera de mi abuela. Cuando se estableció un nuevo censo de Capital para elaborar nuevos padrones y documentos de identidad para la gente de las manzanas, me cambié el nombre y no se dieron cuenta. Dije que había perdido mis documentos anteriores (los quemé junto a la carta de Alejandro) y me pidieron que dos personas atestiguaran mi identidad. Les dije a Irene y a la tía de Laura que atestiguaran que mi apellido era Hill y entendieron «Gil», con lo cual pasé a tener una libreta cívica[198], con el número 3.063.691, a nombre de «María Rosa Gil».

---

196 *Las cosas se estaban pudriendo...*: Metáfora por «la situación era ya insostenible».
197 *Seguido*: con frecuencia.
198 *Libreta Cívica*: Forma de identificación exclusiva para mujeres (el equivalente para los hombres era la Libreta de Enrolamiento) que precedió al Documento Nacional de Identidad.

Ese era mi nuevo salvoconducto. Las personas que no llevaban su libreta encima pasaban a ser inmediatamente sospechosas de pertenecer a los grupos revolucionarios de la Provincia.

***

Poco antes de irme de la manzana, hubo un casamiento en el patio central, con baile y orquesta. Se casaba el hijo de uno de los líderes puentistas con una chica de la cuadra que, como había llegado a tercer año de odontología, sacaba muelas en el baño de su casa (a Sergio le sacó una muela que no lo dejaba dormir). Estaba invitado Monseñor Aschiacino. Había una orquesta vecinal, con violín, un contrabajo, un saxo y un piano de estudio que descolgaron con sogas por un balcón. En medio del vals algunas mujeres tuneleras vaciaron desde un balcón baldazos de mierda sobre los invitados, gritando «¡A ver si les gusta que les hagan eso!».

Las atraparon y las tuvieron encerradas en una baulera en la azotea. El grupo de seguridad buscó a los maridos de las mujeres y los encerró en lugar de ellas. Toda la noche se oyeron discusiones fuertes. Yo me metí en la cama. Los de seguridad me pasaron por al lado, buscando a alguien. Cada vez estaban más prepotentes. Ahora defendían a los líderes puentistas, los sucesores del Presidente de Consorcios, a quien ellos mismos habían matado. Era todo muy confuso y arbitrario. En el segundo piso, sacaron de los pelos a alguien que estaba durmiendo y nadie hizo nada. Nos quedamos todos en silencio adentro de la cama.

A la mañana siguiente, papá dejó de tragar, perdió el reflejo. Le ponía puré o agua en la boca y se babeaba. Fui a buscar a la tía de Laura, para ver qué podía hacer. Por el camino, en la escalera, un chico que a veces me perseguía sin decir nada me agarró del tobillo para retenerme. Traté de patearlo en las pelotas. De tanto subir y bajar escaleras, se me habían puesto las piernas más fuertes y había desarrollado una patada de burro que era bastante disuasiva. Pero erré, le pegué en el muslo y sólo lo hice trastabillar[199]. Se me vino encima. Cuando me empezó a levantar el vestido, saqué el Tramontina y se lo puse en la garganta. Me asustó la posibilidad real de tener que usarlo o de que él me lo sacara y lo usara contra mí. Pero no me tembló el pulso. Cuando lo sintió y lo vio, se fue para atrás y desapareció.

Entré en lo de Laura, corrí apenas la cortina (no había timbre ni puerta para golpear), y vi a su tía y al portero nuevo de nuestro edificio, que hacía reparaciones, abrazándola por detrás, en la cocina, los dos sofocados, con la ropa apenas desabrochada. Por suerte no me vieron. Tuve que volver más tarde. No sabía qué hacer. Busqué al médico de la cuadra, pero no lo encontré. No me quedó más remedio que llevar a papá al hospital.

---

199 *Trastabillar*: Tropezar.

Un mismo cuerpo

Lo llevamos entre Sergio, un vecino del octavo y yo, atado en un carrito alto de cargar garrafas. Tuvimos que pasar por el puente; no fue tan difícil. Hacía unos días se había caído un tipo que llevaba una carretilla con arroz. Un cable del puente se había aflojado y el tipo perdió el equilibrio y cayó desde el piso seis con la carretilla. Abajo la gente recogía el arroz desparramado alrededor del cadáver. Lo llevamos a papá con mucho cuidado. Lo envolví en una frazada porque hacía un poco de frío. Ya estábamos en mayo.

Al salir por el túnel de la otra manzana, nos paró un guarda en la entrada del hospital.

—Puede ingresar el enfermo y un solo familiar. Cuando sale, vivo o muerto, tiene que salir por la misma puerta que entró.

El Hospital era un territorio neutral donde se curaba a civiles y a soldados de ambos bandos.

—Voy yo –le dije.

—No hay cama –me dijo, dándome el pase.

—¿Cómo no hay cama?

—Tiene que traerse su cama.

Sergio tuvo que desarmar y traerme la cama de papá. Primero me trajo el elástico, después hizo otro viaje con el marco, cruzando el puente de una manzana a otra, bajando la escalera, atravesando el túnel... No sé qué habría hecho si no me hubiera ayudado él.

Pude armar la cama en un pabellón donde todavía quedaba

algo de lugar. Las camas estaban ubicadas una al lado de la otra, apenas con espacio entre medio para pasar de costado y atender a los enfermos. La gente se había venido a los hospitales más viejos, en Capital, porque los hospitales más nuevos en provincia se estaban derrumbando. Al principio, nadie me prestaba atención. Me mandaban de acá para allá. Después de hacer tres horas de cola, conseguí que le dieran suero. Los consultorios eran un tumulto. En la guardia había un cartel que me sacaba de quicio[200] porque decía «Los pacientes deben ser pacientes». No logré que lo atendiera un médico, pero conseguí que una enfermera le pusiera el suero. Le pedí a la enfermera que me mostrara cómo se hacía y le pregunté si se le podía hacer algún estudio para saber si tenía algo en el cerebro.

—De medicina por imágenes ya no se hace nada, sólo rayos –me dijo.

Me quedé en una silla al pie de su cama, aburrida dentro del eco de las toses de la sala. Pasó un médico y le pedí que lo viera. Se fijó si el suero estaba bien puesto, pero casi no prestó atención a lo que le expliqué.

—Sí –me dijo sin mirarme–. Hay mucha gente que está igual.

Pasé esa noche sentada en la silla, cabeceando[201]. Volví al departamento para comer algo. Al cruzar el puente, sentí el sol. Me quedé un instante ahí parada. Hacía mucho que no veía el sol. Todos estábamos pálidos. Tenía ganas de salir, hacer lo que hacía antes, no ocuparme de nadie más que de mí, caminar por la calle, viajar en tren, mirar vidrieras. Seguí caminando, apurada. Me dio miedo que nos robaran el lugar, volver y que papá no estuviera ahí.

Ramón se puso a seguirme cuando volvía hacia el hospital. Lo mandaba de vuelta y al rato escuchaba sus saltitos por la escalera.

—¡Ramón, andá para tu casa!

—¡Chau, María! –me contestaba y al rato volvía a seguirme. Lo vi cruzar el puente y escupir para abajo, asomado a la baranda.

—¡Ramón, volvé con tu mamá!

---

200 *Sacar del quicio*: Exasperar, irritar al punto de la pérdida de control.
201 *Cabecear*: Dar cabezadas o inclinar la cabeza hacia el pecho cuando, de pie o sentado, se va durmiendo (DRAE).

—¡Chau, María! –repetía y hacía como que pegaba la vuelta[202].

No sé cómo lo dejaron entrar al hospital. Quizá conocía algún pasadizo, porque últimamente se juntaba con una banda de chicos de entre seis y trece años, que deambulaban por los edificios y las manzanas; había dos de cabeza rapada que sólo después de un rato de verlos me di cuenta de que eran chicas; pasaban todos como una jauría, gritando, robando, inhalando pegamento, peleándose entre ellos. Y Ramón se les sumaba. Se escabullían por huecos mínimos.

Me tranquilicé cuando lo vi a papá ahí en su cama. Nadie lo había movido. Le repuse el suero. Ramón deambuló por el pabellón saltando entre el ajedrezado de las baldosas. A cada rato tenía que llamarlo para que dejara tranquila a la gente. Se paraba por turno junto a cada cama para preguntarle a los enfermos:

—¿Vos estás muerto?

Lo lavé a papá. Ramón agarró el control remoto, que yo le había puesto a papá en el bolsillo del pijama, y estuvo jugando, apretando los botones. Lo dejé, porque así, al menos, no molestaba a los otros. Fui a vaciar el balde y, por el camino, me quedé hablando con una enfermera que era jefa de sala. Cuando volví, Ramón estaba muy concentrado, al pie de la cama; le apuntaba el control remoto a papá y apretaba los botones. Me frené en seco. Papá hacía muecas mínimas, con breves intervalos, sin abrir los ojos. Cada mueca coincidía con el momento en que Ramón apretaba el botón del control remoto. Se lo saqué de la mano, asustada. Después, un poco temerosa, probé yo. Efectivamente, cada vez que apretaba la flechita para cambiar de canal, o los botones con los números, papá hacía un tic con la cara y movía apenas la cabeza. Probé con otros botones pero no pasaba nada, sólo reaccionaba con los de cambiar de canal. No me animé a apretar el botón de encendido, por las dudas. ¿Qué podría ser eso? Llamé a la enfermera y le mostré; la enfermera llamó al médico. Todos probaron a apretar los botones. Les pedí por favor

---

202 *Pegar la vuelta*: Volver.

que no apretaran el botón de encendido. No tenían una explicación. El médico les hizo lo mismo a algunos pacientes del pabellón que tenían los mismos síntomas de estados semicomatosos; algunos reaccionaron igual. Era como si les cambiaran de canal los sueños.

Los médicos llamaron a eso «coma catódico»[203]. Descubrieron que todos los casos eran de televidentes compulsivos, personas que habían pasado gran parte de su vida frente al televisor y que, al interrumpirse la programación, fueron entrando lentamente en un coma que parecía de intensa actividad cerebral, como si soñaran su propia televisión. No se sabía qué les sucedía exactamente dentro de la cabeza ni había una manera de curarlos. Me pregunté miles de veces qué pasaría si apretaba el botón de encendido. Papá podría despertarse, o morir, o no pasaría nada. Decidí esconder el control remoto y no pensar más en eso.

La jefa de sala vio que yo estaba siempre sentada al pie de la cama y me empezó a pedir que a tal hora le diera una pastilla a un paciente del pabellón, o si surgía una emergencia, que terminara de darle de comer en la boca a algún enfermo. Faltaba personal y no daban abasto[204]. Llegaban muchos con heridas de Tramontina por peleas que había ahí cerca, en los prostíbulos del Pasaje Bollini[205]. Eran unas heridas reconocibles porque solían tener un borde dentado y cicatrizaban rápido. Algunos morían con los órganos internos totalmente desgarrados. Por esos días, vi llegar gente con las tripas[206] en la mano, me sorprendieron los colores que tenemos dentro y que no vemos nunca: el páncreas amarillo, las vísceras blancuzcas y rosadas, la bilis verde.

---

203 *Coma catódico*: Condición médica inexistente, pero derivada de *tubo de rayos catódicos*, el tubo de cristal en cuyo interior se produce un haz de electrones de dirección e intensidad controladas, que al incidir sobre una pantalla electroluminiscente reproduce gráficos e imágenes. Era el sistema utilizado en los televisores antes del advenimiento de las pantallas planas.

204 *Dar abasto*: Satisfacer la demanda de algo.

205 *Pasaje Bollini*: Pasaje en el barrio de Recoleta, a espaldas del Hospital Rivadavia. Su rol en el contexto de la novela es doble. Por una parte, en esta zona vivieron algunos de los primeros inmigrantes italianos. Por otro lado, aparece en la obra de Jorge Luis Borges, por ejemplo, en el texto «La cortada de Bollini», en *Atlas* (1985). Ubicado en la zona antes denominada «La tierra del fuego» (una geografía icónica en la obra de Borges), el Pasaje Bollini fue escenario de numerosos duelos a cuchillo, entre fines del siglo XIX y principios del siglo XX.

206 *Tripa*: Intestino, usualmente de animal. En este caso, por extensión, los órganos internos de un ser humano.

La jefa era una tipa cuadrada y fuerte, capaz de sujetar con un solo brazo a los heridos más desesperados; con una mano, los limpiaba y, con la otra, los apretaba contra la camilla como a un insecto contra el telgopor.
—Si me ayudás, podés comer acá –me dijo.
Acepté, así no tenía que volver al departamento para comer. La tía de Laura nunca me había llamado para dar clases y se suponía que yo tenía que seguir lavando ropa, pero había dejado de hacerlo. La jefa me encomendó primero tareas fáciles, como vaciar chatas[207] o hacer camas vacías, después, de a poco, algunas otras de mayor responsabilidad. Me mostró cómo cambiar vendajes, cómo dar inyecciones intramusculares, cómo cambiar las sábanas de un enfermo sin sacarlo de la cama.
Una noche, una mujer me dijo:
—Enfermera, ¿dónde hay mantas?
Sin explicarle que no era enfermera, le traje mantas de un armario que conocía bien porque ya había buscado mantas para papá. Estaba haciendo frío en esos ambientes altos y enormes.
Fui temprano a buscar algunas cosas al departamento. En el espacio donde había estado la cama de papá, había un viejita sobre un colchón. En mi cama había dos chicos durmiendo. No dije nada. Sin hacer ruido, junté mis cosas, algo de ropa y algunas cosas de papá. En el hospital tenía un casillero para dejar mi bolso, podía dormir sobre una camilla en la sala de enfermeras, y me daban un plato de comida caliente.
—Voy con vos, María.
Me di vuelta. Ahí estaba Ramón, con un avión de lata en la mano.
—No –le dije–. Y no me sigas.
Me empezó a seguir. No me hacía caso. Cuando lo vi cruzar el puente, me harté[208] y le dije:
—¡Andá para allá!, no podés seguirme. Yo no te puedo andar cuidando, ¿entendés?
—Pero...

---

207 *Chata*: Recipiente usado de urinal de cama.
208 *Hartarse*: Frustrarse, cansarse.

—Pero nada, Ramón. Andá con tu mamá. No te quiero ver más.

Se dio vuelta y se fue llorando.

***

En la sala, tuvimos que poner baldes para atajar las goteras que caían por todas partes. La jefa me dio un impermeable transparente para usar dentro del pabellón porque los goterones pesados nos empapaban. Con pedazos de toldos viejos desviamos el agua que caía sobre un grupo de camas en el rincón. El agua chorreaba sobre unos cables pelados, se veían chispas y fallaban, por unos segundos, los grupos electrógenos. Se formaban charcos sobre las baldosas rotas. Al parecer las raíces de los gomeros del patio llegaban hasta abajo del piso y levantaban las baldosas. Los múltiples arreglos del piso habían dejado un mapa de la desidia[209] y la falta de continuidad en los programas de salud pública. Según donde se tropezara, la jefa insultaba al gobierno responsable de la reparación. Así fui entendiendo que las baldosas ajedrezadas eran originales de los tiempos del presidente Roca[210]; las celestes, de los tiempos de Perón; las de cerámica, de la Revolución Libertadora[211]; unas medio *beige*, del final de la dictadura[212]; las de vinilo símil madera curvadas por la humedad, del tiempo del segundo fracaso radical[213]; y los arreglos con parches de cemento

---

209 *Desidia*: Negligencia, falta de cuidado.
210 *Roca*: Julio Argentino Roca, presidente de Argentina de 1880 a 1886 y de 1898 a 1904. Es responsable por la controvertida *Campaña del desierto* que terminó en 1880 con el casi exterminio de los indígenas que ocupaban las pampas hasta el Río Negro (un proceso que la novela revierte). Asimismo, fue el presidente emblemático del proceso de consolidación del estado nacional (traducido en la creación de infraestructura, instituciones estatales—como el hospital que la novela menciona, el sistema de educación común, etc.)
211 *Revolución Libertadora*: Rebelión cívico-militar que derrocó a Perón el 16 de septiembre de 1955.
212 *La dictadura*: Gobierno militar de 1976 a 1983. Aunque Argentina tuvo varios gobiernos militares surgidos de golpes de estado entre 1930 y 1983, «La dictadura» suele referir únicamente al último de ellos.
213 *Segundo fracaso radical*: Probablemente, alusión al gobierno de Raúl Alfonsín (1984-1989), perteneciente a la Unión Cívica Radical. Aunque Alfonsín fue responsable de la reinstauración de las instituciones republicanas, y del juicio a los militares responsables de la dictadura de 1976-1983, gobernó en un contexto de constante crisis económica y social, que culminó en la hiperinflación de 1989-1990, los saqueos de 1989, y el traspaso adelantado del mando al presidente electo en 1989, Carlos Saúl Menem.

pelado, de los peronistas de los últimos años[214]. Otra puteada que le gustaba soltar a la jefa cada vez que algo no funcionaba era:

—Me recago[215] en la Ley del Sistema Nacional del Seguro de la Salud[216], carajo.

No había dos cosas iguales en todo el hospital, todo era de distintas épocas. Los grupos electrógenos hacían funcionar las máquinas de diálisis, los rayos X, los respiradores, los electrocardiógrafos y las heladeras donde se guardaban los medicamentos y la sangre. La jefa se preguntaba qué iba a pasar cuando se acabara el combustible para el motor. Los dentistas estaban trabajando con tornos a pedal, y un grupo de médicos pensaba hacer algo similar para los respiradores. Se hacía lo que se podía. Uno veía a los enfermos sin más remedio que someter su cuerpo a esas incoherencias, esas interrupciones, esos olvidos, esos sustos.

Me costaba mucho endurecerme, hacerme el estómago para soportar el asco que me daba todo. Era menos dura de lo que creía. Empecé a fumar. Necesitaba escaparme unos minutos al jardín a prender un cigarrillo o a llorar donde no me vieran. Descansaba cinco minutos en ese banco de piedra bajo un gomero inmenso, el mismo árbol centenario que levantaba con sus raíces las baldosas del pabellón. Me recordaba al ombú de la plaza de Beccar donde me llevaba mamá a jugar a la tarde, después del colegio. Me sentía protegida ahí, debajo de esas ramas gigantes. Pensaba en nuestra casa en Beccar. ¿Cómo estaría todo eso ahora? La última vez que había mirado el mapa que llevaba el hermano de Irene, la intemperie estaba en el kilómetro 20, en las zonas de Boulogne, Adrogué, Isidro Casanova. A esa misma altura estaba Beccar. Cuando me agarraba la desesperanza y el hartazgo, empezaba a desear que la intemperie siguiera avanzando hasta arrasar con todo de una vez. Fumaba y trataba de tranquilizarme, mirando los pájaros, la vegetación que estaba totalmente fuera de

---

214 *Peronistas de los últimos años*: Alusión al gobierno de Carlos Saúl Menem, que desmanteló el estado de bienestar. Para el valor simbólico de esta superposición de materiales, ver «Introducción».
215 *Me recago...*: Expresión de rechazo y disgusto (vulgar, del verbo *cagar*, defecar). En Argentina, el prefijo «re» es común como forma de énfasis, en particular en las expresiones de disgusto o en las injurias.
216 *Ley del Sistema Nacional del Seguro de la Salud*: Ley sancionada el 29 de diciembre de 1988 (y promulgada el 5 de enero de 1989) donde se establece el derecho a la salud para todos los habitantes de Argentina sin excepción (es decir, sin poder discriminar social, cultural, geográfica o económicamente).

control y se comía el edificio; las enredaderas habían cubierto de hojas rojas las paredes, como si le chuparan la sangre al hospital; el pasto asomaba entre las baldosas de las vereditas[217], había musgo en los rincones meados por los gatos, y unos yuyos[218] como varas largas crecían entre las rajaduras.

Fumaba también en los turnos de la noche, para pasar todas esas horas, no diría «en blanco» sino «en negro», sentada en la banqueta del pasillo oscuro, al final de la sala. Cuando escuchaba un grito, tenía que levantarme para ir a ver. Por ese tiempo, me habían dado el delantal y la cofia; aunque no estuviera diplomada, ya era enfermera. Los insomnes deambulaban. Un viejito me dijo una noche:

—Dígame que estoy soñando.

—Está soñando –le dije.

—No, usted no me entiende, señorita. Dígame *qué* estoy soñando.

—Ah, está soñando que está en el hospital preguntándome qué está soñando.

—No, se equivoca, estoy soñando que usted se mete desnuda en mi cama.

—Entonces siga soñando –le dije y se fue contento.

El hospital funcionaba en parte como clínica siquiátrica, con gente que había dejado de tomar la medicación. Mientras no fueran violentos, los enfermos mentales podían quedarse. Cuando las luces amagaban con apagarse y bajaba la tensión, sabíamos que estaban aplicando electroshock.

Papá no mejoraba y eran preocupantes su flacura y su fragilidad. Cuando lo rotaba para que no se le hicieran escaras, notaba que estaba cada vez más liviano. Lo único que se había mantenido del mismo tamaño era su cráneo. Todo su cuerpo era como una raíz, chupada, pegada al bulbo de la cabeza. Los médicos no creían que volviera a despertarse, y pronto habría que ponerle un respirador. Yo miraba el control remoto, pensando en apretar el botón, para ver qué pasaba, pero lo volvía a esconder, con culpa por lo que había estado pensando.

---

217 *Vereditas*: Acera (vereda) pequeña o estrecha.
218 *Yuyo*: (Argentina, Bolivia, Chile, Paraguay, Uruguay) mala hierba (DRAE).

***

Una mañana, cuando ya habían pasado las lluvias, trajeron a un hombre que habían encontrado medio muerto en la calle cerca del hospital. Después supimos que había llegado caminando más de trescientos kilómetros desde Olavarría para hacerse curar una infección en el brazo porque en un hospital de campaña habían querido amputárselo. Caminó varias semanas hasta Buenos Aires y, cuando estaba a dos cuadras del hospital, justo antes de llegar, una banda lo apaleó[219] y lo dejó ahí tirado. Estaba muy mal, con fracturas en una pierna y en varias costillas. Los médicos lo vieron y dijeron que había casos con más posibilidades de salvarse, que lo dejáramos morir. Lo abandonaron sobre el tablón en que lo habían traído, en la punta de nuestro pabellón. La jefa me mandó a buscar hielo a las heladeras del sótano. Cuando volví, lo estaba limpiando, sacándole la ropa mugrienta[220]. Lo desinfectamos. Le pusimos hielo para bajarle la fiebre. Le saqué los zapatos destruidos. Tenía los pies en carne viva. Tenía una herida mal cicatrizada que le atravesaba la panza y le descubrimos también un balazo en el sacro. A pesar de todo eso, no estaba muerto. Entre la jefa y yo lo fuimos vendando. Pusimos a dos pacientes comatosos en una misma cama y, en la cama sobrante, lo pusimos a este hombre. La jefa me mandó al jardín a llenar unas bolsas con tierra, sin decirme para qué eran. Después las usó para hacerle una tracción en la pierna fracturada. Tuvimos que acomodarle el hueso roto, entre las dos, a los tirones. Por el dolor, el hombre empezó a despertarse, a quejarse. Una vez que le bajó la fiebre, lo enyesamos.

Se llamaba Juan Ayala. Nos dijo su nombre en cuanto abrió los ojos. Yo me encargaba de limpiarle la mano que se le fue curando con las inyecciones de antibióticos. Hervíamos unas jeringas de vidrio y las agujas en un anafe [221]que había al final del pasillo. No quedaba material descartable. Yo tenía que estar bien parada, con buena cara, para limpiarle la mano, porque olía muy mal y a él mismo le daba asco.

---

219 *Apalear*: Dar una paliza.
220 *Mugriento*: Sucio, lleno de mugre.
221 *Anafe*: Hornillo portátil (a gas, a kerosén o a alcohol de quemar) que se usa para calendar agua o comida.

Más adelante los médicos le sacaron la bala de la espalda. Tuvieron que dormirlo con cloroformo porque no se conseguía anestesia.

Ayala estaba curtido como si hubiese pasado mucho tiempo bajo el sol. Mientras le curaba la herida, me contó de su viaje. Me dijo que había visto miles de personas caminando hacia los puertos de Bahía Blanca y de la Capital porque querían salir del país. Unos grupos iban a campo traviesa[222] y otros por la ruta para no perderse. Algunos se caían muertos en la banquina[223]. Pasaban camiones cargados con gente hasta en el techo. Quise que me hablara de Olavarría, para que pensara en otra cosa. Me hablaba de caballos. Soñaba con caballos. De noche se despertaba gritando por el dolor de la mano. Me contó que tenía siempre la misma pesadilla: un caballo del carro que había tenido, «un colorado grandote y manso», le pisaba la mano en medio del campo y él no podía sacarla debajo del peso terrible porque el animal no se movía. La falta de calmantes y el dolor de la infección en la mano le hacían soñar esas cosas.

Poco a poco, Ayala se fue mejorando. Ya casi no usaba el papagayo[224]; se levantaba con muletas, iba al baño solo, caminaba un rato y volvía a su cama. Le daba vergüenza levantarse casi desnudo con el camisolín, así que le di un pijama que yo le había regalado a papá, pero que él nunca se había puesto –ni yo había querido ponerle– porque me había dicho que no le gustaba el poliéster. A Ayala le quedaba bien. Una tarde me pidió que lo afeitara y le cortara el pelo. Mientras lo hacía, me miraba con ojos de nene asombrado, a pesar de que tendría treinta y cinco años. Después noté que tenía una erección.

Se lo conté a la jefa y me dijo que era buen signo, que ya se estaba curando. Lo habíamos revivido y le habíamos salvado la mano. Ayala a cada rato me pedía agua, o me llamaba para saber si estaba bien su vendaje. Una vez, mientras lo revisaba, me agarró del brazo con su mano sana. Yo me solté despacio, mirándolo a los ojos.

---

222 *Campo traviesa*: Cruzando por el campo, fuera de los caminos prexistentes.
223 *Banquina*: Margen de una ruta o autopista.
224 *Papagayo*: Botella que se usa para orinar, típicamente de pacientes en el hospital, etcétera; urinal portátil (DRAE).

—¿Qué pasa, Ayala?
Quería decirme algo, pero no se animaba.
Un cardiólogo joven me mandó una vez a buscar Atenolol[225]. Yo busqué y pregunté por todo el hospital; me decían que se había acabado. Volví con las manos vacías y el cardiólogo me empezó a decir que era una inútil, que no servía para nada, que cómo se iba a acabar el Atenolol. Cada vez levantaba más la voz y me trataba de estúpida.

—¿Qué vamos a hacer? –decía–, ¿le vamos a hacer un sangrado al señor porque *vos* no encontrás el medicamento?

Apareció la jefa y me mandó a hacer algo. Cuando me alejaba, la escuché decirle que no se le ocurriera insultarme nunca más en su vida, que yo era una de sus mejores enfermeras. Eso dijo. Y le dijo que hacía días que se había acabado el Atenolol y que, efectivamente, en otros pisos se habían empezado a practicar sangrados para los hipertensos.

Un ruido de pasos interrumpió la conversación. Me asomé y vi a tres hombres armados preguntándole algo a la jefa. Tenían botas y un uniforme gris que nunca antes había visto. Después se acercaron, prepotentes, caminaron entre las camas y lo sacaron a Ayala, levantándolo de los sobacos. La jefa les preguntó cuál era el problema.

—Este hombre es desertor de las fuerzas liberadoras –dijo uno.

Cuando pasaron al lado mío, Ayala me miró, se miró la mano curada y me sonrió, como si le importara más su mano que lo que le estaba sucediendo. Se lo llevaron. La jefa los quiso frenar, pero la apartaron de un empujón. Los seguimos hasta la salida. Por la ventana, vimos que lo hicieron parar sobre la doble raya amarilla en medio de la avenida desierta y ahí se quedó Ayala, quieto, con las manos colgando a los costados, sin tratar de huir. Un grupo de cinco hombres se alineó, hombro con hombro y le apuntaron con sus rifles. Yo no quise mirar. Se oyó un grito de fuego y los disparos. Así lo fusilaron a Ayala, sin taparle los ojos, en pijama.

---

225 *Atenolol*: Medicamento beta bloqueante que se usa para tratar enfermedades cardiovasculares.

Yo apenas podía caminar. La jefa me llevó de vuelta al pabellón y me sacudió.

—¡María, hay que seguir trabajando!

Me temblaron las piernas el resto del día. Así de rápido mataron a ese hombre que nosotras habíamos salvado. Como si lo hubiésemos curado para que pudiera morir entero, con las dos manos, de pie y de cara a las balas.

Se oyeron más tiros y del lado de los departamentos empezaron a llegar heridos. Se habían tiroteado los tuneleros contra el grupo de seguridad de los puentistas. Trajeron cinco heridos de bala. Yo estaba agotada, con esa sensación de estar reparando en vano lo que afuera los hombres destruían. Sentía que los cuerpos que lavaba y cuidaba eran siempre el mismo cuerpo. Un mismo cuerpo que ayudaba a curar para que pudiera irse y que reaparecía enfermo, baleado, humillado, sucio, y otra vez había que limpiarlo, desinfectarlo, atenderlo para que volviera a salir y lo volvieran a mandar destrozado.

***

La junta médica resolvió una especie de eutanasia para los enfermos en estado vegetativo, que se llevaría a cabo en forma gradual. Por el desborde de enfermos que llegaban de las provincias y los heridos de los enfrentamientos en Capital, decidieron darle prioridad a los pacientes con posibilidades de recuperarse. La jefa me dio la noticia. Cuando me quedé sola, lo miré a papá y miré las caras de los que estaban como él, en coma catódico. La mayoría habían sido abandonados ahí por sus familiares. Miré las caras plácidas que no necesitaban nada del mundo horrible que había quedado del cráneo para afuera, algunos hasta parecían sonreír. Era como si estuvieran diciéndome algo, desde su tranquilidad, algo, estamos bien, somos sólo esto, somos la materia de la que está hecha la televisión. Quizá decían eso, en silencio.

Vino un grupo de tres médicos a pedirme el control remoto.

Empezaron a hacer la prueba de apuntarlo hacia una mujer comatosa y apretar el botón de encendido y apagado. La mujer no hizo una sola mueca, pero, antes de la media hora, había dejado de respirar. Fueron haciéndolo con otros en la sala, y todos reaccionaron igual, algunos vivían hasta tres horas después. Cuando se acercaron a la cama de papá, yo les dije que era mi padre y que lo iba a hacer yo misma. Entonces me dieron el control remoto y yo lo apunté hacia papá y apreté el botón rojo. Sólo Dios, algún día, me dirá si hice lo correcto. Me senté con él, en el borde de la cama y le agarré la mano; a los cuarenta minutos, dejó de respirar.

Como no quise que lo enterraran en las fosas comunes del Cementerio de la Chacarita[226], lo llevé a la azotea vecina de nuestro edificio. Estaba tan flaquito que pude llevarlo yo misma en brazos, como me llevaba él hasta mi cuarto cuando me dormía en su cama viendo tele. Durante la cremación, me acompañaron Irene y Sergio. Nos quedamos mirando las altas llamaradas azules que salían del cajón de hierro. Unos chicos, sentados cerca, en uno de los tanques de agua, tomaban vino y se reían, olfateaban el viento y gritaban:

—¡Se le está pasando el asado, maestro!

El encargado de manejar el crematorio los empezó a echar con insultos y pedradas; le tuve que pedir a este hombre que parara porque eso hacía todo más grotesco. Era cierto que al principio había olor, después no se sintió más. Ahí se estaba quemando el cuerpo de mi padre, Antonio Valdés, nacido en Buenos Aires en 1945. Pensé en su vida (las cosas que yo sabía de su vida): su infancia de hijo único en Flores, en el colegio de curas, sus veranos en Mar del Plata con mis abuelos, a quienes sólo conocí a través de fotos y de cuentos, su trabajo como jefe de planta en Weyl S.A., su casamiento con mamá, también hija única, el Peugeot 404 que tuvieron antes de que yo naciera, el Renault 12[227] celeste que tuvimos después, con el que íbamos los domingos a una parrilla de la costanera y con el que viajamos varias veces al sur, el verano en que

---

226 *Cementerio de la Chacarita*: Cementerio en la ciudad de Buenos Aires fundado en 1871 debido a una epidemia de fiebre amarilla (el cementerio de la Recoleta no recibía a personas muertas por la fiebre).
227 *Peugeot 404* y *Renault* 12: Dos de los automóviles emblemáticos de la clase media (o aspirantes a la clase media) argentina en los años 60 y 70. El auto que indicaba una pertenencia más definida a la clase media, media alta era el Ford Falcon.

se dejó la barba mientras levantaba él mismo el quincho[228] al fondo del jardín, su viudez, su depresión, el tipo desconfiado que vino a comprarnos el auto, los clasificados con teléfonos contorneados en birome, los años buscando trabajo, los años sin buscar, la forma en que lloró cuando salí el primer día a trabajar, la forma en que se fue apagando sin ser un hombre viejo. Ahí estaban quemándose los restos de papá, su cuerpo disolviéndose en el humo que subía y se enredaba en las antenas y se perdía en el cielo estrellado.

Al día siguiente, me dieron las cenizas en un frasco de vidrio. Cuando bajaba con el frasco, en la radio de la escalera pasaron ese aviso que decía «Venga del aire o del sol, del vino de la cerveza, cualquier dolor de cabeza, se cura con un Geniol[229]». Que todas las estupideces de la vida cotidiana continuaran indiferentes a la muerte de papá me dolía más que los comentarios de esos chicos en la azotea.

Fui a ver a Laura y la encontré en su cuarto, en la cama, susurrando dormida, enredada en sus pesadillas con el camisón enroscado al cuerpo. Traté de despertarla.

—Laura —le dije—, Laura.

La sacudí por los hombros. Abrió los ojos y me escupió. Se incorporó y me empezó a decir cada vez más rápido y más fuerte:

—Conchuda, hija de puta, hija de mil puta. Hija de una recontramilputa. La puta que te parió. La puta madre que te recontra mil parió. Reverenda hija de la reputísima madre que te parió, hija de puta[230].

Me asustó. Me pareció que me iba a decir «Mataste a tu viejo» o algo así. Me quedé parada mirándola. Le pregunté qué le pasaba y siguió ladrándome, sin reconocerme. Entró su tía y me sacó de un brazo. Me dijo que hacía rato que estaba así. Habían querido llevarla a una clínica en la manzana de French, pero mordió a los camilleros. El padre Luis había querido exorcizarla y se asustó tanto que terminó tirándole de lejos un baldazo de agua bendita.

La tía de Laura me vio con el frasco de cenizas y me dijo:

---

228   *Quincho*: Cobertizo (usualmente con un techo de paja) que sirve de protección, amparo en el patio de una casa, un edificio o un club. En Argentina es un lugar privilegiado de socialización, donde se hacen asados o reuniones familiares o de amigos.
229   *Geniol*: Marca de analgésico para tratar dolor (aspirina). La novela reproduce el texto de un aviso comercial de los años treinta.
230   *Conchuda, etcétera*: Modos múltiples de insultar, expresar frustración (vulgar).

—Ahora ocupate un poco de vos, nena.

Le agradecí y seguí mi camino. Parecía tener razón, pero ¿quién era yo? De golpe me recibía a mí misma como a una desconocida que no tenía ganas de conocer. Estaba ahí, pero no era nadie, ¿cómo ocuparse de alguien que uno no sabe quién es? Tenía que bañarme, alimentarme y mantenerme viva. Eso que había aprendido a hacer por los demás, ahora tenía que hacerlo conmigo. Lo único que sabía sobre mí era que me había quedado huérfana. Aunque había estado cuidándolo yo a papá, ahora sin él me sentía más desprotegida, más frágil. Sólo tenía que mantenerme en movimiento, sin preguntarme tantas cosas.

En el espacio donde había estado mi cama, encontré unas camas cuchetas[231]. Había alguien viviendo en el balcón. En el otro cuarto, otra gente que nunca había visto. Carmen ya no estaba, se había ido con Ramón a otro lado. ¿Y yo era la dueña de ese departamento? ¿Qué pasaría si echaba a todos para quedarme sola en los dos ambientes que no estaban atravesados por el pasillo? Yo sola. Y construía nuevas puertas y cerraba con llave cuando quisiera, para que nadie me molestara. Quizá ya no tenía derecho a hacerlo. Tampoco tenía ganas, ni fuerzas.

***

En el hospital no faltaba trabajo. Quedaron en nuestra sala nueve camas libres, pero enseguida se llenaron con enfermos. Hubo que hacer divisiones para la gente con sarampión, otra para la gente con rubeola. Algunas enfermeras y un par de médicos se contagiaron. Las enfermeras estábamos en mayor peligro de contagio por la cercanía con los pacientes. Empezamos a usar barbijos[232] durante todo el día.

La falta de suministros y de fondos llegó a tal punto que el hospital tuvo que pasar a depender de la Sociedad de Beneficencia de las Damas de Caridad.[233] Algunas cosas anduvieron

---

231 *Cama cucheta*: Cama doble (o triple), donde cada cama individual está por encima de la otra.
232 *Barbijo*: Mascarilla que se usa para tapar la boca y la nariz, para evitar contagios o contaminaciones de transmisión aérea.
233 La Sociedad de Beneficencia (creada por Bernardino Rivadavia en el siglo XIX) estuvo en su momento a cargo del Hospital Rivadavia (anteriormente, Hospital de Mujeres). Las enfermeras (como era el caso en muchos hospitales, públicos y privados) eran monjas.

mejor. Un pediatra rescató un proyector y unos rollos, y los fueron haciendo circular por los pabellones para pasar películas sobre una gran sábana colgada en la punta de las salas. Cada vez que la jefa o yo entrábamos o salíamos, se arrugaba la sábana que hacía de pantalla o las imágenes se proyectaban sobre nuestro delantal y todos chiflaban. Era bastante gracioso y a la gente la distraía. En las salas de pacientes que no podían incorporarse, se proyectaban las películas en el techo.

Vino un grupo de monjas enfermeras a ayudarnos pero, a pesar de todo el trabajo, se multiplicaban los enfermos, se oxidaba lo inoxidable, crecía la humedad en las paredes, se desprendía el revoque y se veían los ladrillos debajo. Una tarde me pareció ver una cara en una de las manchas de humedad, junto a un armario. Sin prestarle demasiada atención, puse agua a hervir para esterilizar instrumental, fui a buscar más cosas y cuando volví, la cara no estaba y la mancha había crecido. Me puse a mirarla de cerca y noté que variaba lentamente, transformándose. Se oscurecían las motas de los hongos, avanzaba el borde en aureolas, casi en forma imperceptible, el verde se hacía más oscuro. Parecía algo que venía del corazón del material, como un sudor profundo del cemento fatigado.

Me acordé de que un oncólogo le había hablado a una enfermera de la velocidad que habían adquirido los virus bajo el microscopio, el avance de los tumores malignos, el modo en que los organismos se devoraban unos a otros; se había enardecido esa batalla, era cada vez más voraz; se había acelerado todo: los metabolismos, los períodos de incubación, las gestaciones.

Las epidemias se propagaron y los enfermos empezaron a desbordar la guardia que ya estaba desbordada. A muchos los mandaban a su casa, pero otros se quedaban. Llegamos a poner camas en los patios.[234] El hospital se convirtió en un foco infeccioso. No había vacunas y no se podía hacer demasiado para prevenir el contagio. Una enfermera que me regalaba cigarrillos murió de una hepatitis severa. Se morían veinte, a veces hasta treinta personas por día.

---

234 Alusión a la epidemia de polio del verano de 1956. La epidemia desbordó la capacidad de los hospitales locales, y obligó a colocar camas en los patios. La epidemia cobró más de dos mil muertos, solo en Buenos Aires, la mayor parte niños.

Cuando no entregaron más drogas ni antibióticos, recurrimos a remedios caseros que las monjas conocían: las ventosas[235] en la espalda para los enfermos de los pulmones, los emplastos[236] de cebolla y miel para curar forúnculos y abscesos, los enemas purgantes con melaza de remolacha... No siempre funcionaban, pero era lo único que había. La falta de material de radiología hizo que los médicos tuvieran que hacer sus diagnósticos por deducción. La falta de anticoagulantes hizo que se dejaran de hacer transfusiones y muchos pacientes morían desangrados en las operaciones. Por el apuro y la desesperación, ni se tomaban precauciones de asepsia y se amputaban miembros con serruchos de carpintero que apenas se enjuagaban en la misma agua sangrienta de los piletones de la sala de cirugía.

La jefa se enfermó. No se sabía qué tenía; sería posiblemente alguna de las tantas pestes que andaban circulando. No podía caminar. Yo me ocupaba de cuidarla. Cuando le estaba tomando la temperatura un mediodía, me dijo que me acercara porque quería decirme un secreto. Me incliné sobre ella y me sacó la cofia. El pelo se me soltó. Le pregunté qué hacía y me desabrochó un botón del delantal.

—Andate –me dijo–, quiero ver que te vayas, tenés que irte.

Yo la miré inmóvil, sin entender.

—Te vas a morir acá si no te vas, andate.

—No –le dije.

—Sos una pendeja[237] estúpida, andate, rajá de acá.

Le dije que no me iba a ir a ningún lado, que me iba a quedar cuidándola, y entonces me cruzó la cara de un cachetazo. Me quedé helada, con el oído zumbando, parada junto a la cama.

—Andate –me dijo, y me fui.

Me di vuelta y me alejé, primero caminando y después corriendo por los pasillos del hospital.

***

---

235 *Ventosa*: Vaso o campana, comúnmente de vidrio, que se aplica sobre un aparte cualquiera de los tegumentos, enrareciendo el aire en su interior al quemar una cerilla o una estopa (DRAE).
236 *Emplasto*: Preparado farmacéutico de uso tópico, sólido, moldeable y adhesivo.
237 *Pendeja*: (Argentina y Uruguay) chica, adolescente (vulgar) (DRAE).

Me fui por los puentes a buscar a Alejandro. Él me había pedido en su carta que lo esperara hasta agosto, pero faltaban cuatro meses. No tenía más que el bolso de playa que me habían regalado para mi cumpleaños en Suárez & Baitos, era un bolso marinero, de lona verde, que se cerraba con una soga y que a mí me gustaba usar en bandolera. Dentro tenía algo de ropa, mi sobre de fotos, mi cámara rota, la libreta cívica y las cenizas de papá. Subí la escalera de la manzana vecina hacia el primer puente. No sabía cómo iba a hacer para llegar al barrio de Almagro. Por afuera eran casi treinta cuadras, pero por adentro, por los túneles y los puentes, sería como atravesar las montañas.

Hacía meses que no me alejaba más de una manzana. Pasé a la cuadra vecina y de ahí crucé un puente sobre Juncal, que nunca había atravesado. En algunas manzanas, en lugar de haber un pasillo que la rodeara por adentro de los departamentos, había una pasarela[238] hecha por los balcones externos. Los distintos desniveles y brechas se sorteaban con escaleritas y planchadas de tablas. Había que tener cuidado. En algunas ventanas, en lugar de estar la persiana baja, había negocios donde se vendía y se hacía trueque de cualquier cosa. La gente circulaba por los balcones y se saludaba. Era una feria en el aire. Abajo, las calles eran un misterio, en muchas partes estaban totalmente techadas con lonas y cartones a la altura de un primer piso. Algunos puentes eran más precarios que otros, como si los hubiesen hecho a desgano. Crucé por uno que se bamboleaba[239] en cada paso y en el que había que atarse una soga a la cintura, por las dudas. En algunas cuadras no había puente y había que bajar hasta planta baja, al patio central, y meterse por uno de los túneles. Cuando bajé, traté de ir por abajo para no subir, pero no se podía. Era extraño cruzar los túneles y reaparecer en un pulmón de manzana igual y, a la vez, distinto a los otros. Había uno con un gran árbol en medio del que colgaban hamacas de ruedas de auto donde jugaban los chicos, otro donde había un mercado, otro donde creí ver unos juegos para chicos pero descubrí que era un patíbulo[240] con horcas[241] vacías.

---

238   *Pasarela*: Puente pequeño o provisional.
239   *Bambolear*: Hacer que alguien o algo oscile de forma compasada con un movimiento de vaivén (DRAE).
240   *Patíbulo*: Lugar donde se ejerce la pena de muerte.
241   *Horca*: Estructura, usualmente de madera, que se usa para ejercer la pena de muerte vía ahorcamiento.

Pasar por los patios fue como deambular por los inventarios de las pesadillas: me ladraron los perros, me silbaron los hombres, me piropearon, me dijeron «Te chupo la concha»[242] y me lo volvieron a decir en otra manzana; pasé entre gente sentada jugando a las cartas, al ajedrez, tomando mate; entre ropa tendida, entre muebles rengos equilibrados con un ladrillo sobre una caja sobre un banquito; una canilla[243] atada con trapos y alambres; todo remendado, enclenque, improvisado; pasé entre gallinas, depósitos de cajas y lavarropas apilados y heladeras y televisores y calefones[244] tirados; vi un tipo tratando de hacer sonar una trompeta, un gordo encadenado a una pared, un cantero con cuatro tumbas, un patio con una fuente en medio, mujeres lavando ropa, chicos de pantalón corto peleando con palos... Al llegar a la avenida Santa Fe, tuve que volver a subir porque no había túnel.

—No hay ningún túnel para ese lado porque está el subte [245]–me dijo una chica embarazada.

—¿Y cómo paso para allá?

—Hay un puente que cruza Santa Fe a la altura de Billinghurst.

Tuve que cruzar dos túneles más y subir hasta un piso diez. Estaba muy cansada, pero la idea de volver a ver a Alejandro me daba fuerza. Encontré una flecha pintada a mano que decía *Puente Santa Fe*. La fila para cruzar llegaba hasta el piso nueve. Como era uno de los puentes más largos, podía cruzar una persona por vez. En veinte minutos llegó mi turno y me asomé al balcón.

Vi el cielo iluminado por el atardecer. Di los primeros pasos por el largo puente colgante, agarrada de los dos cables que hacían de baranda. Era como flotar, como cruzar volando de edificio a edificio, por el espacio enorme. Antes de llegar al medio, el puente empezó a moverse mucho. Me quedé quieta. Miré el cielo rosado, se veía hasta Plaza Italia, se veían todos los otros puentes, algunos más altos, que iban de torre a torre, la gente cruzando por una ciudad arriba, en la altura, entre las antenas y el humo de las chi-

---

242   *Concha:* Genitales femeninos.
243   *Canilla*: Grifo, tubería por donde pasa agua.
244   *Calefón*: (Argentina, Bolivia, Paraguay y Uruguay) aparato a través de cuyo serpentín circula el agua que se calienta para uso generalmente doméstico (DRAE).
245   *Subte*: (Argentina) tren subterráneo, metro.

meneas. Había un incendio en un edificio hacia el lado del Jardín Botánico, una luz solar y roja, y gente en los balcones como rezándole al gran globo del sol. Los edificios parecían templos, tallos de plantas disputándose la luz.[246] El puente no paraba de moverse, aunque yo estuviera quieta. Corría un viento fuerte por el cañón de la avenida. Miré para abajo. Santa Fe ya no era mano única hacia el Bajo, sino doble mano. Unos pocos autos transitaban en ambos sentidos, separados por unos islotes de cemento en medio.

—¡Dale, nena! –me gritaron del otro lado.

Dando pasitos cortos, terminé de cruzar.

Tuve que volver a bajar a planta baja. Después de la avenida casi todo estaba comunicado por túneles. Había algunos puentes, pero no de pisos muy altos. Se hizo de noche y recién estaba a mitad de camino de Almagro. En una de las manzanas me dijeron que se estaban por cerrar los túneles. Cerraban a las diez. Estaba en medio de un patio, tenía ganas de tirarme a dormir en el piso. Me puse un suéter que llevaba en el bolso. Le pregunté a una mujer, que pasaba con una damajuana[247] vacía:

—¿Dónde puedo dormir?

—*Vuole mangiare*[248]?

—No, dormir, quiero dormir –le dije.

Me mandó al carajo[249] con un gesto de hachazo hacia arriba[250]. Después me acerqué a un hombre viejo que estaba arreglando un calentador. Me dijo que esperara un momento y, cuando terminó, me indicó que lo siguiera.

Entramos en un departamento y bajamos una escalerita hasta

---

246 Todo esta «visión» de María de la ciudad desde el puente, alude a (o está inspirada en) la pintura de Xul Solar (1887-1963) pintor, escultor y escritor argentino de vanguardia, una de las personalidades más brillantes y singulares de la cultura argentina del siglo XX. Xul Solar —cuyo nombre está aludido en «luz solar y roja»— pintó a lo largo de su carrera varios cuadros con visiones urbanas (llamarlos «paisajes» sería erróneo), que la novela indirectamente recoge. Ver, entre otros cuadros, *Vuel Villa* (1936), *Celdas difíciles* (1948), *Bancas melódicas* (1948), *Rua Ruini* (1949), *País Rojo Teti* (1949), *Zodiaco Titi* (1949) y *Ruinas* (1950).

247 *Damajuana*: Recipiente de barro o vidrio (en la novela, de vidrio, de cinco litros) que sirve para contener líquidos (usualmente, vino de mesa).

248 *Vuole mangiare*: Italiano por «quiere comer».

249 *Mandar al carajo*: Rechazar a alguien con insolencia y desdén (DRAE).

250 *Gesto de hachazo*: Un gesto muy común en Argentina (probablemente de origen italiano, de allí la aparición en este punto de la novela) para insultar a alguien o hacer que se vaya. *Corte de manga*.

un lugar que parecía una caldera[251] en desuso. Había otra gente. El viejo me dijo que me acomodara donde quisiera.

Hice un colchón con mi ropa sobre una tabla, para que no subiera la humedad del piso, y me tiré a dormir.

***

A las tres de la mañana, me desperté con frío y con hambre. Era un frío metálico, de caños y herramientas, un frío interno que se sentía en los huesos. Me arrepentí de no haberle aceptado a esa mujer italiana el ofrecimiento de comer. Me puse encima toda la ropa que había desparramado sobre la tabla y, cuando me paré, me golpeé la cabeza contra una viga[252]. Ahí estaba, tiritando, parada, en la oscuridad total, con un chichón[253] que parecía ir creciendo entre latidos. Se oía una gota que caía de vez en cuando, como un segundero[254] muy lento, y la respiración de los demás, o alguien que hablaba dentro de los malhumores del sueño:

—Ustedes son unos crotos,[255] nosotros lo tenemos a Labruna[256].

Era un vozarrón espantoso, que aparecía cada tanto, cuando ya no se lo esperaba, y se insultaba con alguien que no estaba ahí, como si se escuchara un solo lado de una larga conversación telefónica.

Y había otro ruido que parecía ser un hombre que se acomodaba y se volvía a acomodar, sin encontrar la postura adecuada, irritado, desplegando su esqueleto, rotando el culo, probando para acá, para allá, un ruido como si desplomara su cadera, insomne y fastidiado, chistando al otro que se peleaba en sueños,

---

251 *Caldera*: Recipiente metálico dotado de una fuente de calor, donde se calienta el agua que circula por los tubos y radiadores de la calefacción de un edificio (DRAE). Por extensión, la habitación donde se aloja el artefacto. Este es el sentido que tiene en la novela, donde «caldera» significa «habitación de calderas».
252 *Viga*: Madera o hierro que sirve para sostener el techo.
253 *Chichón*: Bulto que de resultas de un golpe se hace en el cuero de la cabeza (DRAE).
254 *Segundero*: Manecilla que señala los segundos en el reloj (DRAE).
255 *Croto*: (Argentina) vagabundo y por extensión persona sucia, mal cuidada (DHA).
256 *Labruna*: Ángel Labruna (1918-1983), jugador y entrenador de fútbol, considerado uno de los mejores jugadores sudamericanos de todos los tiempos. Tuvo su apogeo como jugador entre 1939 y 1959, en el club River Plate.

acomodando las mantas con ese modo animal que tenemos de anidar, ovillándonos en una repetición exasperante.

Pasé varias horas ahí dentro, en ese mundo ciego, de ruidos humanos. Cuando por fin alguien prendió un fósforo, fue como un rayo del día que venía a salvarme, a cortar la oscuridad. Escuché que subían la escalera y abrían la puerta. Se vio un rectángulo gris. Estaba amaneciendo. Vi la llama de un calentador. Me acerqué despacio.

—Buen día –dije.

Dos hombres me saludaron un poco sorprendidos, tapándose el resplandor de la luz de la llama para evitar encandilarse y poder verme. Me ofrecieron un mate. Otra gente se fue despertando, eran una mujer que parecía embarazada y dos chicos. En un momento en que la llama creció y el sótano se iluminó un poco más, vi algo raro, incomprensible: un cuerpo doblado, pero al revés, hacia atrás; parecía una nena con la cabeza entre los tobillos. ¿Era deforme? La llama bajó y no pude ver más. Se oía que revolvían bolsitas y sonaban jarros enlozados. Yo no tenía jarro, sólo había llevado una cuchara y mi cuchillo. Ahora, esa gente que apenas se adivinaba entre las sombras me ofrecía mates bien calientes y bizcochos, sin preguntarme quién era. Después entendí que ellos también estaban de paso. Eran una familia de acróbatas que iban de patio en patio haciendo su número.

A las ocho de la mañana, estaba en un patio por Ranqueles y Anasagasti. Seguí cruzando túneles. Vi gente despertándose, metiendo la cabeza bajo la canilla helada, hombres con overol azul, mujeres baldeando el piso. Cada tanto me perdía; si los patios tenían alguna vuelta o algún pasillo interno, me quedaba dudando cuál túnel tomar. El edificio de Alejandro estaba sobre la calle Perón.

—¿De qué lado está Perón? –pregunté.

Una señora me miró como si estuviera loca. Volví a preguntar a otra gente, pero nadie sabía. Cambié la pregunta:

—La calle después de Sarmiento, ¿para dónde es?

—¿Cangallo? –me dijeron.
Le habían cambiado el nombre. A medida que avanzaba, los patios tenían más cielo, ya no había departamentos muy altos. Algunas tapias que daban a la calle tenían arriba pedazos de vidrio roto. En un patio esquivé sábanas tendidas al sol y me retaron.
—No se pasa más por acá –me dijo una mujer que llevaba naranjas en el delantal recogido.
Seguí avanzando. Antes de llegar a la avenida Corrientes, en un patio estaban las puertas abiertas de una casa y se veía hacia afuera. Me alarmé. Era una filtración. Podían entrar por ahí. ¿Cómo no cerraban? Un hombre salió con su bicicleta y no cerró la puerta. Me quedé atrás de una pared, mirando hacia la calle; se veía el empedrado y la vereda. Estaba abierto y a nadie le preocupaba. Por las dudas, pasé otro túnel. En el patio siguiente, había un baldío, directamente faltaba una casa, como un hueco en el cerco. Me pareció un descuido absoluto. Busqué el túnel siguiente y no lo encontré. En la ventana de una casa, había una chica de mi edad. Me acerqué. Estaba mirándose la media[257] corrida. Tenía tacos y una pollera tubo, la cintura apretada, como si se hubiera puesto una faja[258]. Ni me miró cuando la saludé. Tenía la boca muy pintada.
—¿No se mete la gente por ese agujero? –le pregunté.
Se miró el agujero en la media y me miró.
—¿Qué decís?
—Si no se mete nadie. ¿No entra la gente? ¿Qué pasa que está abierto?
No me contestaba.
—¿Se puede salir por ahí?
—Sí –me dijo–, no pasa nada. Hace rato que no pasa nada.
Me asomé despacio a la calle. ¿Y las hordas de la Provincia? Pasaba gente caminando. Empecé a correr con una mezcla de miedo y alegría, porque estaba ahí, pisando realmente la vereda, corriendo por la calle Medrano, y tenía pánico de que alguien me agarrara, estaba indefensa, como desnuda, en la calle, afuera.

---

257 *Media*: Prenda de punto, seda, nailon, etcétera que cubre el pie y la pierna hasta la rodilla o más arriba; calcetín (DRAE).
258 *Faja*: Tira de tela o tejido con que se rodea el cuerpo por la cintura, dándole una o varias vueltas (DRAE).

Cuando empecé a cruzar la avenida, me tocaron bocina y un auto que venía a contramano, me tuvo que esquivar. Pasó otro auto. En realidad, la equivocada era yo. Los autos circulaban por la mano izquierda. Faltaban pocas cuadras para lo de Alejandro. Habían convertido el templo evangelista en un mercado de flores. Pasé por la veterinaria, por la remisería, por el bar al que íbamos a comprar empanadas. Todos me miraban extrañados, creo que hasta les daba un poco de miedo mi actitud.

Llegué a la esquina, fui hasta el edificio y encontré la puerta abierta. Subí por la escalera y toqué la puerta. El corazón me latía fuerte.

—¿Quién es?
—Soy yo, soy María.

Abrió un tipo con un mostacho tupido, tenía el diario en la mano.

—¿Qué quiere?
—¿Está Alejandro?
—¿Qué Alejandro? Acá no vive ningún Alejandro.
—Alejandro Pereira, un chico morocho, con el pelo largo.
—¿Alejandra? ¿Una muchacha? –me preguntó él.
—No, un chico, un... hombre. De veintipico[259]... Vivía acá con el hermano.
—No sé, nena, no sé –dijo el tipo y cerró la puerta.

Me quedé ahí parada. Me fijé si estaba en el piso correcto. Toqué la puerta de un vecino. Salió una viejita, le pregunté por Alejandro y me dijo que hacía rato no vivía más ahí. Bajé la escalera despacio, tratando de entender. Hacía unos días –¿cuántos?– Alejandro me había dicho en su carta que seguía viviendo ahí. ¿Me había mentido?

Salí a la calle. Hacía frío. Los árboles tenían las ramas peladas. Iba pisando las hojas mojadas en la vereda. ¿Adónde iba a ir? No tenía un centavo. No tenía ni la menor idea de dónde encontrar a Alejandro. No sabía hasta dónde podría caminar por la calle sin que me pasara nada.

---

259 *Veintipico*: Un poco más de veinte años. «Y pico» puede ser añadido a cualquier cuantificación, para indicar «algo más de...».

El cometa

Almagro estaba tranquilo. Había locutorios[260] de Internet vacíos, abandonados, kioscos sin persiana con los estantes pelados, autos estacionados pudriéndose, sin ruedas, apoyados sobre ladrillos. No quedaban semáforos. En algunas cuadras el asfalto se había roto y asomaba el empedrado; entre los adoquines crecían los yuyos y había veredas cubiertas por la tierra acumulada. Circulaba muy poca gente, había chicos jugando al fútbol en la calle. De vez en cuando, pasaba un auto despacio y los perros salían a ladrarle.

Caminé hasta la parada del 92, pero no estaba ahí ni estaba la verdulería de la esquina de Medrano ni el Blockbuster donde alquilábamos películas algunos sábados a la noche; ahora, en su lugar, había una casa de muebles de madera. Vi algunos colectivos destartalados[261] que avanzaban con chispazos sobre el techo. Miré bien y noté que andaban sin neumáticos, con ruedas de hierro sobre los rieles del tranvía, como me había contado Alejandro.

Me senté en un umbral para calentarme al sol, me estiré el suéter sobre las rodillas. Quería tener billetes en la mano y comprar cosas, pagarme un almuerzo, un hotel, bañarme con agua caliente. Traté de pensar qué hacer. Estaba sola con mis latidos en ese mundito propio que se hace cuando uno se ovilla[262] hacia adentro. Necesitaba hacer eso, era como intentar reunir mis pedazos. Soy mi madre y mi padre, pensé, soy mi propia hija, soy la hermana que no tengo. Eso me tranquilizó. Me debo haber quedado dormida un buen rato; cuando me desperté, pasaba una

---

260 *Locutorio*: Comercio con cabinas telefónicas para hacer llamadas o terminales de computadora para acceder a la Internet.
261 *Destartalado*: Descompuesto, desproporcionado y sin orden (DRAE).
262 *Hacerse un ovillo*: Encogerse, acurrucarse por miedo.

multitud en un cortejo fúnebre. Al principio creí que era una manifestación, pero después vi flores pisoteadas en la vereda. Muchos iban llorando y algunos llevaban luto. El cielo estaba tapado de nubes grises.

Cuando terminó de pasar ese río de gente, seguí caminando por Corrientes, con el cuerpo pesado. En el Shopping Abasto, ahora funcionaba un mercado[263]. Adentro había un olor ácido y un ruido de carretillas y gritos. Vi naranjas, mandarinas, manzanas; parecían jugosas y ricas. Le dije a una vendedora que estaba con su hijo, un chico de gorra:

—No tengo nada para comer...

—¿Cómo? —no me escucharon porque la gente gritaba.

—¿No me daría una manzana? —tuve que decir fuerte.

—No —dijo la mujer, y ahí se me vino la vergüenza encima.

Su cara de desprecio me hizo sentir despreciable. Me di cuenta de que estaba mendigando. Me empecé a alejar. La cercanía de la comida me tentaba con tragarme el orgullo. Se me ocurrió manotear una fruta y correr, pero no lo hice. Iba a trabajar de lo que fuera; de alguna manera iba a conseguir comida sin pedirla. Cuando estaba saliendo, apareció el chico de la gorra y, a escondidas, sin mirarme, me puso una manzana en la mano.

—Disimulá —dijo y se fue.

Me alejé rápido, como un perro cuando consigue un hueso.

A una cuadra, se había juntado gente que miraba para arriba en la entrada de un supermercado Coto[264], abandonado. Había un loco colgado del cartel, pataleando en el aire como si fuera a caerse.

—¡El Señor nos ama! —gritaba.

—Largate —le decían—, largate.

Pero seguía gritando:

—¡El Señor nos ama!

Terminó de decir eso y manoteó un cable, la letra O del cartel dio un chispazo y el tipo se vino al suelo como una bolsa, electrocutado. Parecía que había quedado muerto en la vereda. Cuando

---

263 *Shopping Abasto*: Centro comercial ubicado en el antiguo edificio del Abasto de Buenos Aires, un mercado central de frutas y verduras entre 1893 y 1984.
264 *Coto*: Cadena de supermercados e hipermercados.

lo fueron a socorrer se levantó y salió corriendo con la ropa humeante. Algunos lo siguieron y se acabó el espectáculo.[265]

Seguí caminando, comiendo la manzana. Hacía tiempo que no comía fruta. Quizá por eso me cayó tan mal. Caminé casi doblada por el dolor de panza. Estaba bajando hacia Las Heras, hacia el departamento, como si buscara mi cama para morirme ahí. Había muchas cuadras tomadas por donde no se podía pasar, estaban tapadas de ranchos y tenían un pasillo en medio para pasar de una esquina a otra. Me tuve que ir abriendo hacia el norte hasta llegar a Coronel Díaz. Sobre la plaza Las Heras, había una construcción enorme, rodeada por un paredón[266]. Parecía una cárcel. Antes la gente tomaba sol en ese mismo lugar, paseaba los perros, había juegos para chicos, una pista de patinaje, una calesita. Ahora se veía el paredón perimetral y, detrás, unas alas del edificio.

Se puso oscuro y empezó a llover. Me refugié en un kiosco de revistas vacío, en una esquina. Miré las medianeras[267] altísimas, los edificios con las persianas bajas. Pensé en toda esa gente ahí metida, temiéndole a algo que ya no estaba más. Todos encerrados en el sistema de fortificaciones y de túneles, sin saber que ya se podía salir a la calle. Seguí caminando; quería avisarlos, al menos a los de mi manzana, de que se podía salir.

Pasé por el lugar donde lo habían fusilado a Juan Ayala. Bordeé el hospital y me paré frente a la puerta cerrada, que tenía un cartel que decía «Atención. Epidemia». No quise entrar. Subí por Agüero hasta nuestra cuadra.

Los edificios parecían vacíos, pero yo sabía que estaba toda la gente ahí dentro como hormigas en un hormiguero. Empecé a golpear la chapa que bloqueaba la puerta principal de nuestro edificio, golpeé las persianas, llamando a algunos vecinos por los nombres. Sabía que todos los departamentos de ese lado de planta baja estaban rellenos con tierra, pero igual llamaba. Gritaba hacia arriba:

—¡Ya se puede salir! ¡Irene!, ¡Sergio, ya se puede salir!

---

265   Toda la escena del hombre que se cuelga del cartel de Coto para predicar el amor divino es una alusión al poema de Washington Cucurto (1973-) «Papá se incendia».

266   *Había una construcción enorme...*: Alusión a la Penitenciaría Nacional, ubicada durante el siglo XIX y hasta la demolición del edificio en 1962 en el lugar que ahora ocupa la Plaza Las Heras. .

267   *Medianera*: Pared que separa una casa de otra, o una propiedad de otra.

Mi voz quedaba chiquita, se agotaba en las medianeras, no parecía alcanzar la altura de los edificios enormes. Pensé en la cantidad de veces que escuchábamos gritos que venían de la calle y no les prestábamos atención. Di la vuelta a la manzana golpeando con un palo las chapas de las puertas de entrada.

—¡Irene, Sergio!

Nada. Quería que me dejaran entrar, a lo mejor podían tirarme una soga y subirme hasta un primer piso. Pero el sistema de defensa que habíamos elaborado funcionaba demasiado bien. Realmente eso era una fortaleza. No había manera de entrar.

—Tené cuidado.

Me di vuelta. Era un viejo con un manojo de escobas al hombro.

—No vaya a ser que te tiren un piedrazo –me dijo.

—Quiero ver si me abren. Yo vivía en este edificio.

—No te van a abrir. Está todo cerrado acá. Hasta la avenida 9 de Julio, para allá está todo igual, y para allá hasta después de Santa Fe.

—¿No sale nadie? –le pregunté.

—No... qué van a salir si ya se acostumbraron así.

—¿Y la gente que estaba acá, en la calle?

—Se fueron todos. No había ni para mendigar. Se fueron a las fábricas o a las afueras a ver si cultivan o algo. Y muchos se están yendo a la mierda[268] –dijo, con un gesto que indicaba algún lugar lejano.

Después, como vio que yo me quedaba sin decir nada, me preguntó:

—¿Me comprás una escoba?

—No tengo plata –le dije.

Tampoco tenía un solo metro cuadrado para barrer.

El viejo se alejó y yo seguí llamando hacia arriba hasta que alguien se asomó en la azotea; una cabecita. Le grité:

—¡Ya se puede salir!, ¡no hay más peligro!, ¡avisale a los de adentro!

---

268 *Irse a la mierda*: En este caso, dejar la ciudad abandonando todo en búsqueda de mejores condiciones.

Se volvieron a asomar y de golpe se rompió a mis pies un cascote de escombro. Me moví unos metros. De la manzana de enfrente también asomó una cabeza. Al rato, volvieron a caer piedras grandes. Una sola de esas piedras hubiera bastado para matarme. Me alejé con bronca. Que se pudran todos ahí adentro. Si quería entrar, tenía que volver a Almagro, buscar la cuadra que estaba abierta y hacer de nuevo todo ese camino por túneles y puentes. No tenía ganas de hacerlo. Me sentía enferma, con los huesos doloridos bajo la ropa húmeda. ¿Dónde iba a pasar la noche? Ya había oscurecido. La calle estaba vacía.

***

Me fui acercando al centro, donde me pareció que podía estar más protegida. Estaba cansada, lejos de mí, caída adentro, al fondo de mi cuerpo, con la punta de los pies y de las manos a kilómetros de distancia. Pero igual caminaba. Me crucé con poca gente. Un chico en muletas me siguió varias cuadras tratando de venderme unos collares. Yo le decía que no tenía plata, pero él insistía. Había calles donde no me animé a pasar porque no se veía nada. La avenida 9 de Julio estaba tapada con asentamientos. Habían quedado abiertas sólo las dos calles paralelas, Cerrito y Carlos Pellegrini.

Después se veía más gente por la calle. Incluso, vi varios sulkys[269] con ruedas de auto, tirados por caballitos flacos que pasaban al trote haciendo sonar el empedrado. En una esquina me paró un policía de gran mostacho negro.

—¿Qué andás haciendo sola por acá?

—Me quedé sin casa.

Me miró desconfiado y, después, mirando hacia un costado, me dijo:

—Rajá. Y atate el pelo. Que no te vuelva a ver por acá.

No entendía la violencia del tipo, pero me fui sin decir nada porque tenía miedo de que me pidiera documentos o me llevara

---

269 *Sulky*: Carruaje pequeño usado para transportar a uno o dos pasajeros; son comunes sobre todo en ámbitos rurales.

detenida. Cada tres cuadras había un policía; de vez en cuando, daban largos silbatazos comunicándose entre sí. Me acordé de la jefa que también me había sacado rajando[270]. ¿Cuándo había sido eso? Había sido ayer.

Me até el pelo con una hebilla[271]. Estuve en la calle toda la noche, caminando por Reconquista, por Mitre, llegué hasta Maipú. No había policías. Varias prostitutas caminaban despacio, sin ir a ningún lado. El policía del mostacho debía haber pensado que yo también estaba haciendo la calle.

No quería dormir por miedo a que me atacaran. Me senté en un umbral hasta que un sereno[272] me echó, después en otro, hasta que empecé a cabecear de sueño, me paré y seguí. En Diagonal Norte había cuadras enteras a medio construir, un desorden de medianeras, montañas de escombros y huecos en la tierra. Había olor a nafta, a goma quemada. Y los carteles de neón fallaban, con zumbidos eléctricos. Uno amarillo decía «Casita Dorada» con letras cursivas, en medio de una calle oscura. En una playa de estacionamiento vacía, unos tipos con los pantalones arremangados jugaban a la paleta contra la medianera. Había obreros trabajando, un movimiento que no paraba, no se entendía si estaban construyendo, demoliendo o tratando de apuntalar lo que se derrumbaba solo.

Cerca de la medianoche, antes de llegar a la calle Suipacha, escuché tres detonaciones. El ruido se repitió. Dos tipos pasaron caminando rápido, en sentido contrario, dos sombras. Mirando hacia atrás, uno dijo:

—Andá a saber qué inmundicia venía pensando el muy *cafisho*.[273]

Seguí caminando desconfiada. Más adelante estaban asistiendo a un hombre tirado en el suelo. Lo que yo había escuchado eran disparos. Lo habían asesinado. Quise correr, pero sólo pude caminar rápido. En Reconquista tuve que frenar para recuperar el aliento. Podían estar matando gente al azar, así de esa forma. Me

---

270   *Sacar rajando*: Echar a alguien a la fuerza o de manera apurada.
271   *Hebilla*: Broche de metal para el pelo.
272   *Sereno*: Guardián que vigila una calle, esquina, barrio o edificio para evitar robos violencia o vandalismo.
273   Alusión al asesinato del Rufián Melancólico, uno de los personajes de *Los siete locos / Los lanzallamas* (1929-1931), de Roberto Arlt (1900-1942). El asesinato ocurre en *Los lanzallamas*, en el capítulo «Haffner Cae».

escondí en una puerta y me tapé con un cartón. El frío de la piedra me subía por el muslo, por los huesos de la cadera. Tenía tanto miedo que no dejé de estar vigilante y despierta ni un solo segundo.

Cuando amaneció, seguía sin haber dormido. Estaba al pie de la Torre Garay, que se elevaba hasta las nubes como un enorme monolito de vidrio y acero. Me sentía débil. Esperé cerca de la escalera de entrada para ver si llegaba alguien conocido. Pasaban oficinistas, con traje cruzado, bigotito y pelo engominado, pero ninguno entraba en la torre. A las diez de la mañana no había entrado ni salido nadie. Había movimiento en la calle. En un momento entró al garaje a toda velocidad un auto acorazado que parecía una tanqueta. No se veía quién iba dentro. El portón de garaje se abrió apenas lo necesario para que entrara y se volvió a cerrar.

Fui hasta la puerta. Estaba trabada. Toqué el timbre. No me contestaban o quizá no andaba. Golpeé el vidrio hasta que apareció un hombre de seguridad con una escopeta. Sin abrir, me preguntó qué quería, con una mirada y un movimiento de cabeza.

—Trabajo acá –le dije fuerte y vocalizando para que me entendiera mejor–. Déjeme subir a Suárez & Baitos. Trabajo ahí.

Me indicó con el índice que no. Me hizo un gesto de que me fuera.

—Déjeme hablar con el señor Suárez –le supliqué.

El hombre me dio la espalda y se fue. Lo insulté y lloré contra el vidrio. Cuando miraba para arriba, parecía que el edificio se me caía encima, las nubes se movían apenas, se reflejaban en todo el frente. Me sentía como un insecto al pie de esa gran torre de espejos. Tenía tanto frío que tiritaba.

Deambulé por el centro, con fiebre, sin estar del todo ahí. Por pura inercia, fui a los dos locales de mensajería donde había trabajado Alejandro, pero en uno encontré una casa de telas y, en otro, una pastelería donde el dueño se me puso a hablar en árabe o en turco. Caminé por Florida; la habían despejado y adornado bastante, ya no tenía la feria en medio. Habían abierto la gran tienda Harrods[274]; en la puerta había un enano vestido de botones recibiendo a las señoras que entraban. Más adelante, me topé con mi vestido azul (no era mío, pero lo sentía menos ajeno que las cosas que me rodeaban). La tienda ahora se llamaba Sastrería Ramírez. Me quedé un rato largo mirándolo, mirando el color que seguía igual, sin desteñirse, y la mariposa verde en el bretel. Estaba mareada, el frío me entraba por el cuello y las piernas. Me dolían los pulmones y las costillas. Miré hacia arriba, tratando de respirar hondo, y vi en el cielo entre los edificios un zeppelín extraño y largo como un cigarro.[275]

Bajé por Viamonte. Pasaba gente en bicicleta, cargando cosas. Por Alem pasaban tranvías y autos. A pesar de que ya era casi el mediodía, había una luz oblicua, cansada, que no llegaba a calentarme el cuerpo. Tenía escalofríos, tenía ganas de desmayarme en algún lado. Ganas de entregarme a los brazos de esa buena conciencia general de la gente que recoge a los desmayados en la calle. Quería que alguien me hablara. Me sentía invisible.

No sé cuántas cosas vi que me parecieron irreales por el cansancio: perros de raza, sueltos y perdidos; bares automáticos con sándwiches de milanesa y flanes detrás de un vidrio, que bajaban hasta una abertura con sólo meter una moneda; policías dirigiendo el tránsito desde garitas en medio de las avenidas donde no andaban los semáforos; un caballo muerto contra el cordón de la vereda y un viejo cortándole las crines con un cuchillo.

En una vidriera, vi fotos y cámaras. Era una casa de fotografía. Pensé en tratar de vender mi cámara que estaba rota, o quizá podían darme trabajo. Como estaba cerrado, me senté en el escalón de la puerta a esperar y me quedé inmediatamente dormida. Abrí los ojos y vi encima de mí las caras de muchos chicos, que salieron corriendo. Les quise gritar pero apenas me salió la voz. No me podía levantar. Sólo podía quedarme ahí, donde estaba. Me despertó con sacudones un tipo que tenía puesto un sombrero.

—Mi negocio, no dormida, mi negocio –me decía.

---

274 *Harrods*: Gran tienda de origen inglés, originalmente de mucho lujo, fundada en 1914 en la calle Florida.
275 *Un zeppelín extraño y largo..*: Alusión a la visita del dirigible Graf Zeppelin (LZ 127) a Buenos Aires, en junio de 1934.

Traté de pararme y él me tuvo que ayudar.

—Quiero trabajo –le dije–, sé sacar fotos y revelar.

El tipo me miraba, tenía bigote rubio y ojos azules, llevaba una cámara para sacar fotos en las plazas, de esas de cajón, con trípode. Yo me agaché, saqué mi cámara del bolso y el piso se me acercó de golpe. Él me tuvo que sostener porque me estaba cayendo. Abrió la puerta de calle y me llevó dentro. Me hizo sentar en un sofá, o una especie de *chaise longue*. Había aparatos en vitrinas y fotos de matrimonios pintadas a mano. Traté de hablarle, de pedirle disculpas por haberme dormido en la puerta de su local, pero él no sé si me entendía; me castañeteaban los dientes. Le mostraba mi cámara pero no podía ni hablar. Me puse a llorar. Se quedó parado sin saber qué hacer. Después prendió un calentador y me preparó una taza de café. Yo me recosté. Sentí el olor a vinagre de los químicos de revelar, vi la vitrina con cámaras Leica y me dormí.

***

No sé cuánto tiempo pasó. Me despertaba apenas un rato y entreabría los ojos, boca abajo. La respiración me quemaba la nariz. Por momentos me acordaba de dónde estaba, pero no quería despertarme del todo, quería seguir en ese limbo borroso, sin saber quién era ese hombre que se había apiadado de mí; no quería hablar con nadie, ni acordarme de mi situación, ni saber nada, ni tener ninguna responsabilidad sobre mi persona. Pensé que me había agarrado alguna de las pestes del hospital. No me morí porque mi cuerpo no quiso morirse, porque si hubiera dependido de mi voluntad, no hubiera sobrevivido.

Cuando no dormía, me daba cuenta de que estaba desnuda, tapada con una manta. Volaba de fiebre y creo que llegué a gritar cosas. Soñé que yo era una barbie en manos de una nena villera, que un perro me tenía entre sus dientes y que alguien, jugando, me quemaba todo el pelo con un encendedor.

Pueden haber pasado tres días o uno, no sé. El tipo, que tendría unos cincuenta años, me trajo un par de veces una sopa y, mientras yo la tomaba tapándome hasta el cuello con la manta, él me miraba y repetía una frase en alemán:

—*Es ist ein Engel in mein Haus gefallen.*

A veces entraba gente en la habitación de al lado, ruido de familias, chicos y señoras. Yo no los veía porque estaba detrás de un biombo con un dibujo horrible de lagos y cisnes. Seguramente venían a hacerse un retrato y el alemán los acomodaba, dándoles indicaciones, hasta que decía:

—No mueve, no mueve... Listo.

A medida que fui cobrando lucidez, me empezó a asustar la idea de que sin duda él me había desnudado y que quizá me había encerrado en ese lugar. Una noche en que no podía aguantar las ganas de hacer pis, me levanté y busqué mi ropa. Ya estaba vestida y con mi bolso, buscando la salida, cuando apareció el alemán con un farol en la mano. Me preguntó algo que no entendí. Le dije que quería salir. Me volvió a decir algo incomprensible. Caminé hacia la puerta. Él se desesperó, decía cosas, me hablaba con lágrimas en los ojos como si me insultara o me suplicara algo. Me tocaba el pelo como enternecido y, a la vez, parecía que me iba a matar. Le dije que me tenía que ir, que le agradecía; estaba muy asustada. Fui hasta la puerta y salí. Desde afuera, en la quietud de la calle, oí que lloraba con unos lamentos horribles.

Caminé media cuadra y, asegurándome de que no pasara nadie, hice pis en la oscuridad, sentada en el cordón. Era la segunda vez en el año que hacía pis en la calle. Me di cuenta de que mi cámara había quedado ahí dentro, pero no quería volver a buscarla. De todos modos, estaba rota y no tenía plata para hacerla arreglar. Todavía estaba débil, podía caminar pero con pesadez, como si estuviera demasiado consciente de cada movimiento de las piernas. Tenía que dormir en algún lugar caliente. Pregunté por un hotel barato y me indicaron uno en Bolívar y Belgrano. Pero en ese lugar me cerraron la puerta en la cara en cuanto pregunté si podía quedarme a cuenta hasta conseguir trabajo. Esto se repitió una vez más en otro lugar en Piedras y Carlos Calvo, hasta que decidí cambiar de táctica. Me dijeron que había una casa a la que le decían «El Panal», una calle después de Victoria. Pregunté cuál era Victoria y me dijeron que era la calle que bordeaba la Plaza de Mayo.

Era en Alsina al 400. La puerta estaba abierta. Entré en un pasillo sobre el que daban varios cuartos en hilera, había mucha gente. Para pasar tuve que esperar que se movieran unas nenas que estaban saltando a la soga. Me metí en el primer cuarto; parecía la cocina, estaba lleno de gente; un bebé lloraba y el aire estaba viciado. Justo antes de saludar, sentí el cansancio de entrar en otro grupo de gente, con otros códigos, volver a adaptarme a eso, a hacerme conocer, defenderme. Una mujer que cocinaba me preguntó qué andaba buscando. Le pregunté si sabía dónde podía conseguir trabajo. Me miró.

—¿Sabe limpiar?

—Sí –le dije.

—Véngase mañana por acá a las seis.

Una vez que supe que podría trabajar, le pregunté si tenía un lugar donde quedarme a dormir, podría pagarlo en cuanto me pagaran el trabajo. Me miró con desconfianza, dudó, y después gritó llamando a una tal Catalina. Apareció una chica de mi edad, morocha y culona[276], un poco más alta que yo, con un olor a transpiración muy fuerte, un olor sexual, oscuro.

—Mostrale dónde dormir y mañana van juntas al Hotel[277].

Catalina llevó un farol y me mostró un cuarto al fondo donde había tres pisos de camas, una al lado de la otra; entendí por qué le decían «el panal». A las camas de arriba se subía por unos peldaños tallados en las patas de madera. Me tocaba una de arriba. Parecía un criadero de pulgas y de chinches, pero no me quedaba más remedio. Me metí en la cama que ella me mostró. Era como meterse en un hueco; puse la cabeza hacia afuera para que no me diera tanta claustrofobia. Me dormí vestida, como estaba, sólo me

---

276 *Culona*: De trasero ancho y/o protuberante.
277 *Hotel (de Emigrantes)*: Alusión invertida al Hotel de Inmigrantes (hoy día Museo de la Inmigración) construido a principios del siglo XX para proveer alojamiento y servicios a los inmigrantes recién llegados.

saqué los zapatos. Escuché que entraban otros; se oían voces de chicos y de mujeres que cuchicheaban al verme; los chicos no se querían ir a dormir y las madres los retaban. Había llantos, toses. Aunque no abrí los ojos, me di cuenta de que habían apagado el farol. Al rato, todo se silenció. Cada vez que giraba para cambiar de posición, el cerebro parecía darme una vuelta entera en el cráneo, perdía absolutamente el equilibrio, incluso estando acostada. Pero ya no tenía fiebre.

***

—Son las seis –me dijo Catalina, sacudiéndome por el hombro.

Salí de la cama y me puse los zapatos. Había unas puertas de madera al fondo del pasillo.

—Éste es el *muiodoro* –me mostró.

—¿El inodoro? –la corregí.

—No, el *muy* odoro –dijo y, para que yo entendiera, abrió la puerta de una letrina hedionda.

Era como un placard dentro del cual había un cajón con un agujero redondo en medio. En unos piletones en el patio, me lavé la cara con agua helada. Salimos sin desayunar (al menos yo no desayuné) y caminamos hacia el puerto. Todavía no había amanecido. Con nosotras venían dos chicas y también un grupo de tipos con unas bolsas de arpillera en los hombros. Una de las bolsas decía *Weyl S.A.* y me llamó la atención porque ésa era la fábrica de galletitas donde había trabajado papá, y hacía años que estaba cerrada. Uno de los tipos se daba vuelta cada tanto para mirarla a Catalina.

—¿Quiénes son esos?

—Estibadores –me dijo Catalina–. Cargan la carne congelada en los barcos de las exportadoras[278].

—¿Y ése te mira a vos?

—Sí, se llama Gabriel –dijo y entendí que era su novio.

---

278 *Cargan la carne...*: La producción y exportación de carne (antiguamente salada, luego refrigerada, congelada o enlatada) fue hasta muy recientemente una de las principales industrias de Argentina.

—¿Es estibador?
—Sí, pero antes era analista de sistemas –me dijo orgullosa.
—¿Analista de sistemas?
—Sí.
—Yo soy secretaria... O era... –le dije.
—Yo trabajaba en un peaje.
—¿En cuál?
—En el de la autopista a Ezeiza.

Bordeamos Alem, todos exhalando vapor, en el frío de la madrugada, esquivando los baldazos de los mozos que barrían la vereda frente a unos bares y cabarets nuevos que había en la Recova del Bajo. Doblamos en la avenida Córdoba y los hombres se fueron hacia el puerto.

—¿Dónde vamos? –le pregunté.
—Al Hotel de Emigrantes –me dijo Catalina–. ¿Lo conocés?
—No.
—Es donde pasan la última noche los que se van del país. Los despiertan a las cinco. Los barcos salen cuando amanece.

Llegamos a un edificio enorme al lado de la Dársena Norte. En los alrededores, la gente acarreaba sus bolsos, trastos y baúles. Miles de personas trataban de organizarse, asustados y ansiosos por subirse a un barco y partir a buscar nuevas oportunidades en otros continentes. Familias enteras con abuelos, con bebés recién nacidos. Salían del Hotel y se iban ubicando en los muelles.

Vi la cara de incertidumbre de toda esa gente, a merced de las indicaciones y la organización del personal de Migraciones. Las caras de los padres de familia, esperando la señal para embarcar, para no perderse, con miedo a quedarse atrás, tratando de entender toda esa gran confusión, sin sacarle los ojos de encima a la familia. Las mujeres sentadas en sus valijas, los chicos arriba de las bolsas. La pasividad de todos, la resignación de tener que irse.

Cuando estábamos pasando por ahí en medio, una chica me llamó por mi nombre. Me costó reconocerla: era Lorena Algiero. Me abrazó y sonrió con vergüenza. Tenía todos los dientes picados. Me explicó que se iban. Hablaba con mucho acento. Me dijo que se le había pegado por estar encerrada con su familia hablando sólo italiano todos esos meses. Se iban a Calabria; tenían parientes allá. Catalina me dijo que nos estábamos retrasando. Le deseé suerte a Lorena y nos dimos un abrazo. Se nos llenaron los ojos de lágrimas aunque nunca fuimos muy amigas. Pensé que me hubiese gustado conocerla mejor, quizás en el trabajo debía haber aceptado más seguido sus invitaciones a almorzar, para que me contara algo de ella, de su familia italiana y me pasara la receta de un pan dulce que llevaba cada tanto a la oficina. Ahora probablemente no la volvería a ver nunca más. Me fui y después me di vuelta para mirarla otra vez; se estaba secando las lágrimas con las puntas de un pañuelo amarillo que llevaba atado a la cabeza.

Catalina me hizo entrar en la oficina donde tuve que dar mis datos a un oficial de Migraciones. Si trabajaba bien ese día, me contratarían como personal de limpieza por treinta pesos al mes. Me hicieron firmar en un libro gigante. Todo tenía un tamaño demasiado grande, cansador, me agobiaba pensar lo que iba a tener que limpiar. La seguí a Catalina. Me dieron un balde de lata, unos trapos, cepillos y jabón. Entramos en un pabellón repleto de camas cuchetas, donde los ruidos retumbaban como en una cancha de básquet. Tuve ganas de pegar la vuelta y alejarme. Alguna gente todavía estaba armando sus paquetes.

Empezamos a sacudir las mantas de cada cama y a limpiar el piso donde había vómitos, meadas y escupitajos. Era tan asqueroso que entendí enseguida por qué el puesto estaba vacante. Cada vez que me agachaba o me paraba de golpe, de nuevo el cerebro se quedaba atrás; tenía que agarrarme de las camas para no caerme.

Había que orear los colchones rellenos de lana apelmazada[279]; forcejeaba hasta sacarlos de los catres y colgarlos de la baranda de la cama; con cada tirón me dolían más los dedos. Por suerte después los reemplazaron por unas lonas que se enganchaban al marco de hierro de las cuchetas.

---

279 *Apelmazado*: Aplastado, hecho chato por el uso. Antiguamente los colchones se rellenaban con lana y había que orear, esponjar y limpiar la lana periódicamente.

—¿Cuántas camas hay?, le pregunté a Catalina.
—Cuatro mil.
Me vio la cara y se rio. Me aclaró que a nosotras nos tocaba hacer dos dormitorios con doscientas camas cada uno.
—Trabajá, no seas floja que no te van a tomar.
Por momentos me parecía que no iba a poder. Catalina era mucho más fuerte que yo. Revoleaba los colchones como si fueran mantas, levantaba las camas con una mano y barría debajo con la otra. No era alta, pero tenía algo de giganta terrestre y pesada.

A las doce, nos dieron pan y sopa en el comedor. Teníamos diez minutos para engullirlo todo y seguir trabajando hasta las cinco. Había que juntar en un tacho con ruedas la basura que dejaba la gente detrás: carozos y cáscaras de fruta, puchos[280] apagados, botellas, latas, hojas de afeitar, revistas despedazadas, diarios. Era una basura distinta de la que yo había visto en los departamentos, todo estaba más deteriorado, no había nada de plástico.

Debajo de una cama, encontré un caballito de juguete. Me imaginé al nene llorando, mar adentro, por su juguete irrecuperable; me imaginé que salía corriendo hasta el muelle y se lo alcanzaba justo antes de zarpar, entonces sus padres me invitaban a bordo y me dejaban ir con ellos como niñera y, una vez allá, me escapaba y me conseguía otro trabajo mejor.

Justo antes de terminar, vino una mujer con una planilla a verificar cómo habíamos limpiado. La miró a Catalina y me pareció que ella le hizo una seña de aprobación, porque la mujer me miró a mí y me dijo:
—Bueno, vuelva mañana. Tiene el puesto.

Las últimas cepilladas del piso las di ahogando el llanto por el cansancio. Nunca antes había llorado de cansancio. Cuando salimos, yo estaba tan débil y me dolía tanto la espalda, que Catalina tenía que dejar de caminar y esperarme. Muy en el fondo, debajo de todo ese peso del cuerpo, me sentía contenta por haber conseguido un trabajo.

Afuera estaba esperando la gente que iba llegando al Hotel

---

280 *Pucho*: (Argentina) colilla de cigarrillo (DHA). «Pucho» puede también referir al cigarrillo entero, pero en este caso está utilizado en su uso más convencional de «colilla».

ese día. Todavía no los dejaban entrar en las habitaciones. Muchos cambiaban por comida, ahí mismo en el playón de entrada, las cosas que no se iban a poder llevar en el barco: algunos muebles, sus bicicletas o sus carros. Volvimos al Panal. Soplaba desde el río un viento helado.

Al llegar, me senté en una silla de la cocina, cerca de la estufa. No tenía ganas de hablar con nadie. Doña Justa, la madre de Catalina, me vio y me preguntó:

—¿Te dieron el trabajo?

—Sí.

—Muy bien. Pero acá no podés andar sentada al pedo[281]. Si querés comer, tenés que hacer mandados[282].

Salí con la lista y la bolsa. Catalina me alcanzó a la media cuadra, con la plata. Fuimos al mercado en Plaza Dorrego; en los puestos ya no vendían antigüedades sino huevos, verdura y fruta que se pudría de mirarla. Parecía que las antigüedades ya no le interesaban a nadie salvo que tuvieran alguna nueva utilidad, como los calentadores Primus[283] que habían suplantado a algunas cocinas a gas, o los faroles a querosén, o los fonógrafos a manija para escuchar algo de música sin depender de la electricidad. Nos metimos en el gran Mercado de San Telmo[284]. No había productos de marca, ni enlatados ni envasados; todo se vendía fragmentado en hojas de diario que manchaban los alimentos húmedos con letras de tinta. Volvimos por Defensa, medio a oscuras, cargando las bolsas pesadas con la comida para todos los inquilinos del Panal.

***

Cada mañana que entrábamos a limpiar los dormitorios del Hotel de Emigrantes, se me caía el alma al piso; todo estaba revuelto otra vez, lleno de basura. Despreciaba a la humanidad por

---

281 *Estar al pedo*: (Argentina) estar ocioso, sin ocupación.
282 *Hacer mandados*: Salir de la casa para comprar comestibles o provisiones.
283 *Calentadores Primus*: Marca de hornalla a alcohol. Estuvieron en uso hasta muy entrado el siglo XX. Fueron muy utilizados por las clases populares en Argentina, hasta la masificación de las redes de gas.
284 *Gran Mercado de San Telmo*: Mercado de verduras, frutas, carnes, etcétera ubicado en el barrio de San Telmo. Hoy día sirve de mercado de antigüedades, aunque conserva algunos puestos de comestibles.

esa incapacidad de mantener limpio su lugar, esa facilidad para manchar y arruinar cada lugar que toca, pisotear, arrugar, dejar su huella inmunda. El recuerdo borroso de esos días es una acumulación de dolores de espalda, frío en las manos agarrotadas[285], multitudes a los gritos, toda esa gente que para mí era siempre la misma pero siempre cambiaba. Sonaban las bocinas enormes y por las ventanas del segundo piso veíamos los barcos alejándose llenos, los pasajeros que sacudían pañuelos, llevándose de vuelta sus secretos, sus oficios, sus religiones, sus costumbres. ¿Quiénes íbamos a quedar ahí? ¿Cuántos?

Al llegar y al irnos del Hotel cada día, atravesábamos la multitud y yo buscaba entre las caras a Alejandro, me imaginaba que me lo encontraba y que nos íbamos juntos. Limpiaba, volvía cansada al Panal, hacía los mandados, comía en silencio y, por fin, me iba a dormir. Dormir era lo único que realmente quería hacer.

Había dos turnos para cenar en el Panal. Al principio, cenaba en el primero y ayudaba en el segundo. Los hombres hablaban de la posibilidad de perder el trabajo si llegaba a cortarse definitivamente la energía eléctrica. Si no se podía congelar la carne, no se iba a poder seguir exportando. A mí se me ocurrió decir:

—¿Y por qué no se carnea en el frigorífico del barco y congelan la carne ahí mismo?

Se quedaron todos con la cuchara en el aire, mirándome. Era la primera vez que yo decía algo durante la cena. Después siguieron hablando. Catalina miró para abajo. Me di cuenta de que no se acostumbraba que las mujeres participaran de la conversación en la mesa. No quedaba más remedio que imaginarse las acotaciones que una podía hacer. Yo extrañaba poder decir algo, hacer un chiste, poner en ridículo a alguno de esos tipos más chicos que yo que se creían importantes porque repetían ideas anarquistas que habían escuchado por ahí[286]. Hablaban de po-

---

285 *Agarrotado*: Dicho de un miembro, quedarse rígido o inmóvil por efecto del frío o por otra causa (DRAE).
286 *Ideas anarquistas...*: Alusión a la llegada de esta filosofía política a la Argentina con las olas inmigratorias a fines del siglo XIX. El anarquismo en la Argentina tuvo mucha influencia en la organización del movimiento obrero, por ejemplo en la fundación de la Federación Obrera Regional Argentina. Asimismo, algunos sonados atentados (como la muerte del comisario Falcón) y robos de bancos estuvieron ligados al movimiento anarquista de principios de siglo (los llamados «anarquistas expropiadores»). El ascenso del comunismo después de la Revolución Rusa y luego el peronismo acabaron con la influencia anarquista.

lítica, de las elecciones que se venían porque el gobierno militar, según decían, estaba dando sus últimos pasos. Algunos querían votar a los radicales.

Con los días, fueron llegando más familias que habían tenido que abandonar los barrios donde estaban avanzando los baldíos. Venían de Liniers, Devoto y Saavedra. La intemperie había entrado en la Capital Federal. Vino tanta gente que hubo que poner colchones en el patio. Algunos hombres dormían parados junto a las camas, colgados de las axilas con dos correas. Llegó a haber más de doscientas personas en el Panal. Como había más hombres para cenar, las mujeres ya no nos sentábamos a la mesa. Comíamos paradas, picando algo mientras ayudábamos en la cocina o, si no, después, una vez que habíamos levantado todo. En la cocina podíamos hablar tranquilas. Yo escuchaba lo que decían sobre cremas y jarabes milagrosos. Catalina quería ahorrar plata para comprarse la crema lechuga Beauchamps[287] que le iba a dejar el cutis como una actriz de cine. Doña Justa, los primeros días, decía que me veía débil y me quería dar un tónico para limpiar la sangre. Hablábamos de enfermedades, de accidentes, del brote de polio que informaban por la radio. Alguien contó que un tranvía había caído al Riachuelo, porque el conductor no había visto que el puente estaba levantado para que pasara un barco[288]. Sólo se había salvado un canillita[289] que había saltado a tiempo. Habían muerto cincuenta y seis personas. Catalina conocía a una de las chicas que había muerto; trabajaba en una fábrica de medias en Barracas.

Recién el tercer día pude bañarme. Había un cuartito al fondo, un lugar diminuto, con traba en la puerta y una pileta de lavar con agua fría. A pesar del verdín y la penumbra, el cuartucho me parecía un lujo porque tenía privacidad; ahí podía llorar sin que nadie me viera, podía desnudarme y soltarme el pelo. Hacía meses que no podía desnudarme sin sentir que me es-

---

287 *Crema...*: Crema para la piel, popular en Argentina a principios del siglo veinte.
288 *El Puente...*: Puente Pueyrredón, que se construyó entre 1862 y 1871 y que se volvió a construir en 1903 (esta vez hecho de hierro) para poder cruzar el Riachuelo y conectar Buenos Aires con la ciudad de Avellaneda. La novela alude a la caída de un tranvía al Riachuelo en 1930. El motorman no vió que se estaba activando el puente levadizo.
289 *Canillita*: Vendedor ambulante de periódicos.

piaban ni soltarme el pelo sin sentir que se alborotaban los hombres a mi alrededor. Me bañé parada dentro de una gran palangana[290] de metal. Pude lavarme el pelo con jabón, tirarme agua, aunque fuera helada. Algunos dejaban al sol todo el día una manguera llena, enrollada en el patio, para que el agua estuviera tibia cuando se bañaban a la tarde. En cuanto me dijeron que el baño estaba libre, no quise esperar a calentar el agua.

En esa época, lavarme el pelo era un ritual importante. Mi pelo largo era mi pertenencia a una larga cadena de mujeres que me volvía más fuerte. Primero las celtas antiguas, pelirrojas. Después mi bisabuela, Eveline Hill, que cerca de 1910 se embarcó sola en Dublin, en el estuario del Liffey, y cruzó el mar, buscando a su novio irlandés que supuestamente la esperaba en Buenos Aires. Habrá mirado por primera vez el Río de la Plata desde la cubierta, arreglándose el pelo medio desatado al viento. No encontró a su novio en Buenos Aires, pero quiso quedarse. Sobrevivió como pudo y, con algún hombre del que nunca supimos nada, tuvo a su única hija, Rose. Así, su pelo fluyó hasta mi abuela como un salto de agua derramado de madre a hija por el declive de las generaciones, un solo río adornado con hebillas, cintas, flores, todo ese pelo cobrizo en la foto de mi abuela en una terraza cuando era joven, riéndose, sin la cofia de enfermera, el pelo suelto al sol. Y ese cauce de mechones pesados atravesó los años y las manos de mi abuelo, Charles Neylan, hasta caer en mi madre, en remolinos rubios que después se volcaron en arroyos hasta mí, hasta las mañanas cuando mamá me peinaba para ir al colegio, las tardes cuando me deshacía las trenzas, su pelo igual que el mío. Todas esas mujeres llegaban hasta mi propio pelo, hasta las puntas en donde yo sentí que terminaba, o quizá fuera otro salto, ahora que el agua me caía por los mechones empapados, quizá yo alguna vez tendría una hija, y así seguiría fluyendo esa cascada, o quizá no, quizá el agua caía simplemente a ese fuentón de hojalata que yo iba a vaciar en el desagüe oscuro hacia la mugre de las cloacas, hacia el Riachuelo donde todavía

---

290 *Palangana*: Vasija en forma de taza, de gran diámetro y poca profundidad, que sirve principalmente para lavarse la cara y las manos o para acumular agua con diversos usos (DRAE).

estaría bajo el agua esa chica atrapada en el tranvía. Abrí los ojos porque tocaron la puerta. Se me había acabado el tiempo. Estaba tiritando.

***

El primer domingo a la tarde que tuve libre, Catalina y su novio me invitaron a un parque de diversiones en el Bajo, cerca de la avenida Callao. Tuvieron que arrastrarme porque yo no quería ir; en el Hotel me habían pagado la primera semana de trabajo, pero no quería gastar plata. Catalina me dijo que Gabriel conocía a alguien que nos dejaba entrar gratis. Me insistieron; yo no estaba para diversiones, pero me convencieron. Nos encontramos en la puerta con un amigo de Gabriel, petiso y tímido. El parque tenía un trencito bastante pavo[291] que daba vueltas dentro de una montaña artificial. Catalina y Gabriel aprovechaban la oscuridad para besarse. Cuando pasábamos por alguna luz, los veía estrangulándose en el carrito de adelante.

Después pasamos frente a unos espejos que nos deformaban. El amigo de Gabriel, disimulando, pasó varias veces frente a un espejo que lo hacía más alto. Gabriel se robó dos alfajores[292] y nos metimos a comerlos en una carpa donde hubo varios números. Cuando bajaron las luces, entraron unos acróbatas que me sonaban conocidos. Dos hombres de muslos enormes, acostados de espaldas, se lanzaban entre sí —usando sólo las piernas— a dos mujeres que parecían livianitas, como si tuvieran huesos de pájaro, las hacían volar acurrucadas en el aire y ellas se desovillaban de golpe en la cima del salto, estiraban los brazos y las piernas, planeando como clavadistas hasta caer perfectamente en las piernas del otro hombre. Una de ellas, la más joven, también hizo contorsionismo. Se empezó a arquear hacia atrás, hasta tener la cabeza entre los tobillos, y fumó un cigarrillo con los pies. Ahí los reconocí: era la familia de acróbatas con la que había dormido en el sótano mientras iba por los túneles a casa de Alejandro.

---

291 *Pavo*: Tonto, ridículo, insignificante.
292 *Alfajor*: Golosina tradicional de argentina de varios gustos. Son dos galletas dulces blandas o crocantes con un relleno de dulce de leche o de jalea de frutas, a veces bañadas en chocolate.

Quise contarle a Catalina que los conocía, pero no me dieron ganas de explicar tantas cosas. Cuando salieron y empezaron los aplausos, simulé que aplaudía, pero no lo hice porque me dolían las manos partidas.

Más tarde, los chicos quisieron probar su puntería en el tiro al blanco, con los rifles de aire comprimido. Tenían que reventar globos que giraban en una rueda o voltear un ñandú[293], un puma y un peludo de lata que pasaban una y otra vez. Se entusiasmaron, se les calentó la sangre con el juego. Parecían nenes, levantaban los rifles en cada acierto.

Fuimos todos a caminar por la plaza y bordeamos las vías. Entre los pastos, saltó una liebre de orejas cortas, que debía ser del zoológico. No entendía bien por qué íbamos para ese lado, hasta que vi que Catalina y Gabriel se tumbaban entre los pastos, riéndose. El amigo de Gabriel y yo nos sentamos de espaldas a un paredón medio derrumbado. Hablamos un rato, con baches[294] bastante incómodos, porque se oían detrás los gemidos de los enamorados.

—¿Trabajás en el Hotel? –me preguntó.

—Sí. ¿Y vos?

—En el puerto. Antes trabajaba en diseño gráfico. Y me quejaba. Mirá cómo tengo las manos ahora. Parecen guantes.

Lo miraba y pensaba que debía haber muchos tipos así, que habían tenido trabajos más o menos rentables y cómodos, y ahora parecían arruinados por tanto hombrear[295] peso muerto en las dársenas, rotosos, con esas gorras que usaban para taparse el pelo mugriento. No le quise mostrar mis manos. Las escondí bajo las rodillas.

—Yo era secretaria.

—¿Tenés familia?

—No.

---

293 *Ñandú*: Ave corredora americana, muy veloz, que habita las grandes llanuras, se alimenta de plantas e insectos y anida, como el avestruz, en depresiones del terreno (DRAE).

294 *Bache*: Hoyo en el pavimento de calles, carreteras o caminos, producido por el uso u otras causas (DRAE).

295 *Hombrear*: Llevar algo sobre los hombros. En el caso de los trabajadores del puerto (estibadores), como Gabriel y su amigo, hombrear es transportar bolsas de cereal o cortes de carne para exportación entre los depósitos y las bodegas del barco.

—Yo sí, pero se fueron todos a España.

—¿Y te quedaste vos solo acá?

—Sí. Quiero quedarme acá hasta que las cosas mejoren y, si no mejoran, hasta que se termine todo.

Hacía mucho frío y, por habernos quedado quietos, se me enfriaron los pies. Le dije que por qué no volvíamos. A lo lejos, se escucharon tiros.

—Debe ser por las elecciones –dijo.

—¿Cómo las elecciones? ¿No eran el otro domingo?

—No, eran hoy, las adelantaron.

Aparecieron Catalina y Gabriel, con pasto en el suéter. Catalina se acomodaba el pelo para atrás y se enderezaba la ropa, sin mirarme.

—Seguro se armó quilombo por las elecciones –dijo Gabriel.

Yo dije que me hubiera gustado ir a votar y se empezaron a reír los tres.

—¿Qué pasa? ¿De qué se ríen?

—Hace rato que las mujeres no votamos más –dijo Catalina[296].

—¿Cómo que no?

—No, no podemos votar. Tendrías que estar enrolada, tendrías que hacer el servicio militar, y no te dejan hacerlo.

Pensé que me estaba cargando. Más tarde supe que era cierto. Gabriel le dijo a su amigo que quería ir a ver qué pasaba. Quisieron convencernos a Catalina y a mí, para que fuéramos. Yo, con el tiroteo del día de mi cumpleaños, había tenido suficiente. Catalina se enojó, le pidió a Gabriel que se quedara, pero se fueron igual. Subieron por avenida Callao, en dirección al ruido. Tuve que soportarla a Catalina todo el camino de vuelta al Panal, insultándolo a Gabriel.

—Al final te usan como una cosa –decía.

Me pidió que le sacara el pasto del suéter; si la veía doña Justa, le iba a decir que se había andado revolcando por ahí.

En Retiro pasaron grupos de tipos engominados, empuñando

---

296 *Hace rato...*: En Argentina, el sufragio femenino fue implementado en 1947, durante el primer gobierno de Juan Domingo Perón.

escopetas y banderas nacionales. Vimos fuego en algunas bocacalles, pilas de urnas y gomas. De los bares y cabarets del Bajo salían marineros curiosos y tipos borrachos que disparaban armas al aire. Toda la noche se oyeron disparos. El parque donde habíamos estado esa tarde se incendió.

***

Una mañana Catalina se atrasó con el tendido de las camas. Era raro que yo trabajara más rápido que ella. Me acerqué y, cuando le pregunté qué le pasaba, vomitó dentro del balde. La encargada de la limpieza nos vio. Se acercó y, cuando la miró a Catalina, se le endureció la cara. Catalina se paró con dificultad. La encargada le miró el vientre plano como si pudiera ver a través de las cosas. Catalina no pudo evitar tocarse la panza y bajar la mirada.
—Vos estás embarazada, nena.
—Algo le cayó mal –disimulé yo.
La volvió a mirar a Catalina y le dijo:
—Hoy es el último día que trabajás acá. Mañana no vengas.
Cuando se estaba yendo, yo la desafié:
—Si ella se va, yo también me voy.
—Se van las dos, entonces –dijo la mujer, sin darse vuelta, y salió del pabellón.
Catalina temblaba. Era raro verla así, tan frágil, a ella que siempre estaba entera y bien plantada. Hicimos el cuarto a medias y nos fuimos. Nos quedamos hasta las cinco dando vueltas por el puerto, entre los puestos de choripán[297] armados con tablones y caballetes al aire libre. No quería volver antes de tiempo al Panal porque su madre se iba a dar cuenta de que había perdido el trabajo. Lloró frente al río, sentada en el murallón de la Costanera Sur, con la mirada perdida en el agua turbia. Yo no sabía qué más decirle para consolarla. Ella decía que iba a abortar. Que si Gabriel no quería tenerlo, se iba a hacer un aborto.
—¿Con quién?

---

297 *Choripán*: Sándwich de chorizo cocinado a la brasa y pan francés.

—Yo sola –me dijo.

Lo único que atiné a aconsejarle fue que hirviera cualquier cosa que se fuera a meter, porque había visto infecciones horribles en el hospital por abortos mal hechos. Estuvimos así, un rato largo; me tuve que sentar de espaldas al río. No soportaba esa vista. El agua estaba creciendo. Lo que antes era la Reserva Ecológica ahora estaba cubierta por la crecida. Decían que estaba lloviendo mucho en el Norte y el Paraná bajaba con mucho caudal, otros decían que era por el derretimiento de los glaciares[298]. El agua estaba avanzando sobre los terrenos ganados al río. Esta ciudad le da la espalda al río, decían como reprochándole algo. Pero había que ver lo que era eso, un río sin orilla de enfrente, sin esperanza de otro lado, sin escape, un río oceánico y barroso, sucio, infinito. ¿Cómo no darle la espalda?, ¿cómo no taparse los ojos y darse vuelta? La hice sentar a Catalina como estaba yo, mirando para el otro lado hacia la ciudad, y al rato se sintió mejor. Desde ahí se veía el perfil de los edificios y las torres. Ahí estaba la Torre Garay. No era de las más altas, pero se veía siempre de todos lados.

Lo esperamos a Gabriel en una plaza del Bajo y cuando lo vimos aparecer, me alejé un poco. Venía con sus compañeros del puerto, distraído, la vio a Catalina y frenó. Les dijo a los otros que siguieran. Ella habló con la cabeza gacha[299] hasta que él la abrazó. Pareció tomarse bien la noticia. Cuando se me acercaron, Gabriel estaba blanco como un papel.

A la mañana siguiente, doña Justa me vino a despertar muy temprano para preguntarme dónde podía estar Catalina; Gabriel tampoco estaba. Se habían escapado juntos. Yo no tenía ni idea dónde podrían estar. Me alegré por ellos, pero me sentí sola. Catalina me había ayudado mucho los primeros días y yo me había hecho a la idea de estar juntas en las tareas diarias.

Salí temprano para simular que iba al Hotel y que todavía tenía trabajo, porque doña Justa podía echarme del Panal si se enteraba. Durante varios días hice esa rutina de salir temprano y

---

298 *El Paraná bajaba...*: El Río Paraná (como todos los ríos de la Cuenca del Plata) no se alimenta de glaciares, sino de las lluvias en sus nacientes, en las regiones tropicales y subtropicales del sudeste de América del Sur cercanas al trópico de Capricornio. El obvio error puede indicar la disolución de la visión moderna del mundo, fenómeno que se acentúa posteriormente.

299 *Gacha*: Encorvada, inclinada hacia la tierra (DRAE).

volver a la hora en que se suponía que terminaba la limpieza en el Hotel. Así podía comer una vez al día en el Panal y no estar todo el tiempo ahí adentro soportando a los chicos, las peleas, los perritos, los gatitos sarnosos, la ropa, la humedad, los enfermos del corazón, de los pulmones, del hígado... Prefería deambular por el centro.

En la calle, distinguía enseguida a los que estaban en mi misma situación. Era una cuestión de actitud. Había mucha gente —sobre todo, hombres— parados en las esquinas, apoyados contra la pared, o contra los quioscos, metidos en otra velocidad distinta del apuro urbano, quietos pero, a la vez, buscando algo, un pucho, una moneda, un descuido, mirando a la gente para ver si les podían sacar algo, una oportunidad que los salvara, alguien que saliera de sí y los mirara a los ojos un instante, haciendo contacto, para poder seguirlo unos metros y pedirle algo. A veces, si me sentaba en la entrada de un edificio, se me acercaba alguno de estos tipos y me echaba.

—Ésta es mi cuadra —me decían, o si no:
—Te doy dos pesos si me la chupás[300].
Yo me paraba y me iba, sin mirarlos a los ojos.

En la 9 de Julio, en el lugar donde había estado el Obelisco, estaban levantando una enorme Iglesia. Unas señoras con una alcancía de lata pedían donaciones.

—¡Colabore en la construcción del templo para que Dios frene el avance del desierto! ¡Colabore en la construcción del templo!

Había un ruido distinto en las calles. Se oían menos motores. Circulaban menos autos porque había poca nafta. Ya no prohibían la tracción a sangre[301]; se veían muchos carros de dos caballos, llevando materiales. Se oían las ruedas de madera y de metal repiqueteando en el asfalto y las pisadas de los cascos. Al principio ese ruido y la bosta por las calles me recordaban a la represión de la montada del dos de enero; después, me acostumbré. La velocidad de los caballos era un poco traicionera; yo calculaba

---

300 *Si me la chupás*: Alusión vulgar a la felación (sexo oral).
301 *Tracción a sangre*: Forma de movilizar vehículos donde la tracción no la provee un motor de combustión interna, sino un caballo, un buey, una mula u otro animal de tiro.

que el carro venía despacio y me largaba a cruzar porque lo veía lejos, pero, de golpe, el caballo con todos sus resoplidos se me venía encima y tenía los belfos en la oreja. Más de una vez me pasaron raspando las ruedas enormes.

Se veía menos gente en el centro. La emigración se estaba haciendo notar. Y sin embargo la avenida Corrientes, por ejemplo, se había angostado hasta ser una calle de un solo carril por los puestos y los negocios que se habían instalado sobre la vereda y la calzada. Deambulé por esas calles, preguntándome a quién pedirle trabajo. Quizá podía ir a la fábrica Weyl, en Beccar, donde había trabajado papá. Había visto muchas bolsas nuevas con el mismo logo, un poco más redondeado, pero casi igual. Parecía haber vuelto a funcionar. Pero para eso tendría que ir hasta Beccar y, además, no se acordarían de papá.

Di vueltas, tratando de meterme en edificios donde parecían funcionar empresas. A veces los porteros no me dejaban entrar. Quizá lo que les resultaba sospechoso no era tanto mi aspecto, sino mi actitud demasiado suplicante. Me ofrecí como traductora de inglés en el diario La Prensa[302] y en una compañía naviera. Pero me dijeron que no necesitaban traductores de inglés, sino de francés[303]. Me paré frente a varios edificios de oficinas, les preguntaba a los ejecutivos:

—¿No necesitan una secretaria?

Algunos me miraban mal, otros decían que no; seguían de largo.

Fui a la casa del fotógrafo alemán para recuperar mi cámara y venderla. Toqué la puerta. Se asomó por la vidriera y se escondió asustado. No entendí por qué reaccionó así. Volví a golpear la puerta, traté de abrir. Estaba cerrado.

—¡Quiero mi cámara!

Esperé ahí parada, pero no me abrió.

Me metí en Harrods para ofrecerme como vendedora, pero

---

302 *La Prensa*: Uno de los diarios más antiguos de Argentina, fundado en 1869.
303 *No necesitaban...*: En el siglo XIX y durante la primera parte del siglo XX, el idioma de prestigio en Argentina era el francés. Aunque las relaciones con Inglaterra y el capital inglés eran estrechas (las relaciones culturales y económicas con Estados Unidos no fueron decisivas en Argentina hasta la segunda posguerra), el inglés era un idioma reservado sobre todo al mundo de los negocios, las finanzas y las profesiones (por ejemplo, la administración de los ferrocarriles, en manos de capitales ingleses).

no había vacantes. Entré en Gath & Chávez, en La Imperial, unas tiendas nuevas, enormes, donde no había trabajo para mí, pero donde, al menos, podía mirar, refugiándome un rato del frío de la calle. Aunque no me gustaba la ropa que vendían, si hubiese tenido plata me hubiera comprado todo. Me hubiera comprado esas medias largas de muselina que vendían en lugar de las de nylon que no se importaban más. O esas otras que había que ajustar con portaligas. Todo se estaba volviendo tan formal ese invierno, no había ropa *sport*, estaban usando una telas pesadas, de lana azul, con botones, sin elásticos, las polleras venían cada vez más largas, tableadas, y hacía tanto frío que se vendieron mucho unos sombreritos encasquetados a los que llamaban *cloches*. Eran unas campanas de fieltro que yo misma usé, porque una de esas tardes de viento, una mujer perdió el sombrero al subirse al tranvía y lo agarré antes de que lo pisara un caballo. Me lo puse a las pocas cuadras, preguntándome si empezaría a pensar las mismas cosas que ella. Era verde y me abrigaba la cabeza. Lo conservé varios meses.

***

Como doña Justa creía que yo le ocultaba dónde estaba Catalina, me empezó a tratar mal, me mandaba a hacer la cola interminable para el querosén fraccionado, a tirar cal en el pozo de la letrina para atenuar el olor, a subirme a una escalera enclenque para sacar los yuyos que crecían cada dos días en las rajaduras de la fachada. Una tarde, cuando volví simulando que venía del trabajo, doña Justa se me cuadró frente a la puerta con los brazos en jarra[304]:

—Vos no estás trabajando más.

No le contesté. Me había mandado seguir por uno de los chicos cuando salía a la mañana, para ver si la visitaba a Catalina en algún lugar. Así supo que yo no trabajaba más en el Hotel.

—Estoy buscando trabajo en alguna tienda.

---

304 *Brazos en jarras*: Con las manos apoyadas en las caderas y los codos separados del cuerpo, como las asas de una jarra de doble asa.

—Que te escriban una nota y me la traés —me dijo sin moverse del lugar.

—El viernes, si no conseguí trabajo, me voy.

Con cara de carcelera, se hizo a un lado para dejarme pasar.

Difícilmente iba a conseguir trabajo. Había despidos y recortes todos los días. Los hombres a la noche se quejaban porque los empleadores habían ampliado la jornada de ocho a once horas y querían sacar el descanso del domingo[305]. Hubo huelgas multitudinarias de empleados metalúrgicos y marítimos. Una mañana oímos el traqueteo de una máquina, parecía un martillo neumático. Alguien entró corriendo al Panal a decir que estaban ametrallando a los huelguistas. La represión duró varios días. En el cementerio, ametrallaron a los obreros que estaban enterrando a los muertos. Los muertos caían sobre los muertos. Yo no lo vi, pero sí vi por San Telmo los ataúdes de lata, fabricados de urgencia, con carteles arrancados. Vi cómo los apilaban cubriendo toda una vereda; los féretros parecían auspiciados por marcas de alfajores, de cigarrillos, de aceite. Vi una ametralladora con trípode, apostada en medio del empedrado, vi grupos de policías y bomberos en las esquinas[306].

A la noche, tres tipos jóvenes, con palos y escopetas, quisieron entrar en el Panal a buscar a dos anarquistas, un ruso[307] y un catalán, que —según decían— se refugiaban ahí. Doña Justa los enfrentó en la puerta con la cuchilla grande de cortar papas y les dijo:

---

305 *Quería sacar el descanso...*: Diversos sindicatos fueron obteniendo la jornada de ocho horas para los trabajadores en relación de dependencia a partir de la primera década del siglo XX. La ley 11544, de septiembre de 1929, da fuerza de ley y alcance federal a esa conquista laboral, imponiendo asimismo un tope en la cantidad semanal de horas trabajadas (cuarenta y ocho).

306 *Vi grupos de policías...*: Este pasaje alude indirectamente a la llamada Semana Trágica de enero de 1919. Los hechos comenzaron el 7 de enero con una huelga en los Talleres Metalúrgicos Vasena que fue violentamente reprimida por la policía, con cuatro obreros muertos. La movilización obrera y la represión que sucedieron a esto duraron varios días, dejando un saldo final oficial de 40 muertos y numerosos heridos (aunque estimaciones no oficiales hablan de más de 100 muertos).

307 *Ruso*: Actualmente refiere a judío, toda vez que una proporción muy alta de judíos llegaron a la Argentina desde Rusia y desde las regiones (ahora repúblicas independientes) que formaban parte del Imperio Ruso antes de su disolución en 1917. «Ruso» puede asimismo referirse (además de a un ruso, propiamente) a cualquier habitante de la Europa oriental eslava. Rusos, judíos y catalanes fueron notorios en las primeras décadas del siglo XX por su alto grado de activismo político, en particular en las filas del socialismo y del anarquismo. La novela parece indicar (dado que los miembros de la Liga van a una sinagoga) que «ruso» aquí significa «judío».

—Acá no hay rusos ni catalanes.
—Deme un listado con las nacionalidades de los pensionistas –dijo uno que tenía brazalete.
—No tenemos ningún listado. ¿Ustedes quiénes son? –preguntó Doña Justa.
—Somos de la Liga Patriótica[308], señora.
—Ustedes son unos mocosos de mierda y se me mandan mudar –les dijo y les cerró la puerta en la cara.
Se oyeron escopetazos, vidrios rotos. Venían más tipos bajando por la calle.
—¡Al sindicato! –gritaban–. ¡A la sinagoga!
Los oímos que pasaban por Alsina hasta el Bajo.
Algunos obreros que dormían en el Panal se escondieron en el techo. Después pasó el ejército. Forzaron la puerta y se metieron en las habitaciones. Se llevaron a dos relojeros italianos que no sabían ni lo que era una huelga. Los que estaban en el techo bajaron a las cinco de la mañana, medio congelados.
La ciudad amaneció con mucho frío y una calma opresiva. Los que todavía tenían trabajo en el puerto no hablaron más del tema. Parecían avergonzados. Se había declarado el estado de sitio. Habían quedado prohibidas las huelgas y las manifestaciones públicas bajo amenaza de muerte. Ya no sonaron más tiros y, en el silencio de las tres de la tarde, empezó a nevar[309]. Nevó toda la tarde hasta la noche, sobre las veredas, y los techos, sobre las plazas, sobre las estatuas que quedaban. Todo se cubrió de un manto blanco. Yo crucé Plaza de Mayo y, cuando miré para atrás, vi mis huellas negras recortadas en la nieve, los chicos tiraban bolas de nieve como en las películas. Era la primera vez en mi vida que veía nevar en Buenos Aires. Eso fue el veintidós de junio.

---

308 *La Liga Patriótica Argentina*: Grupo de extrema derecha que se creó a fines de 1918 y principio de 1919 como respuesta a las huelgas de la época. La Liga se componía de organizaciones paramilitares además de otros círculos sociales formales que actuaban para impedir las acciones de trabajadores en huelga, inmigrantes y sindicatos. La Liga Patriótica tuvo un papel significante en los eventos de la Semana Trágica, además de la Patagonia Rebelde y el golpe de estado contra Irigoyen en 1930.
309 *Empezó a nevar*: acontecimiento casi inédito en Buenos Aires. La nevada a la que la novela refiere ocurrió en el invierno de 1918. No volvería a nevar en Buenos Aires hasta julio del 2007 (posterior a la escritura y publicación de la novela).

***

El hermano de doña Justa vino a vivir al Panal. Habían tenido que cerrar, por peligro de derrumbe, el inquilinato que dirigía en Parque Peuser. Era un gallego de mostacho enrulado que ni bien llegó revisó las cuentas y, sin oír excusas ni ruegos de enfermos, empezó a echar a todos los que no pagaban. Entre los piletones del patio, unos se quejaban de la mugre, del frío, del amontonamiento, y tramaban una huelga para no pagar el alquiler[310]; otros decían que era inútil porque doña Justa y su hermano iban a cerrar pronto el Panal para irse de vuelta a España.

Yo me quedé ahí dentro el tiempo que pude, obediente, haciendo todos los mandados y tratando de pasar inadvertida, ocupando un lugar de hija que Catalina había dejado vacante, hasta que el gallego supo de mi situación y me dijo que me mandara mudar. Doña Justa no me quiso mirar a los ojos. Me fui sin saludar. Y esa mañana estuve a punto de morirme por mi propia estupidez. Estaba caminando aturdida por una vía muerta del Bajo cuando noté que algunas personas gritaban, se detenían y sacudían los brazos haciéndole señas a alguien.

Cuando entendí que me advertían algo a mí, me di vuelta y me aparté justo a tiempo para que pasara una locomotora.

La vía del Bajo había dejado de ser una vía muerta. Habían vuelto a pasar los trenes. Entre la gente que se me quedó mirando, había una cara conocida. Era Gabriel. Se quiso alejar, pero lo alcancé. Le pregunté dónde estaba Catalina y no me quiso decir.

—Ya no estamos juntos –me dijo.

—¿Y el bebé?

Gabriel levantó los hombros.

—Preguntale a ella.

Tuve que agarrarlo del brazo para que me dijera dónde estaba.

—Buscala en el Ocean, quizá está ahí –me dijo con desprecio.

El Ocean Bar era uno de los cabarets del Bajo.

---

310 *Para no pagar el alquiler*: Indirectamente, este pasaje alude a la huelga de inquilinos que ocurrió en 1907. Se oponía al incremento de los alquileres en lugares conocidos como conventillos o inquilinatos. Empezó en Agosto de 1907, duró por 3 meses y tuvo una participación importante de anarquistas y socialistas.

Era cerca del mediodía cuando entré. Adelante había un gran salón con una barra, las sillas puestas al revés arriba de las mesas y un escenario al costado. No había nadie y la luz de la calle entraba por la puerta en diagonal transparentando el polvillo del aire. Tosí, golpeé las manos para ver si aparecía alguien. Las paredes estaban pintadas de azul, como si el salón estuviera en el fondo del mar, con pulpos, sirenas y tiburones mal dibujados. Al rato cruzó, llevando un termo, una chica descalza, en camisón y con varios collares largos. Me mostró dónde estaba Catalina y pasé al fondo por un pasillo mojado, entre escenografías de cartón y ladrillos verdes. Había varias puertas y, al fondo, una escalera por donde se subía a otro piso con más puertas que daban a un balconcito; toqué la tercera, la empujé despacio y la encontré a Catalina durmiendo boca abajo.

Se incorporó un poco y me saludó. Me senté en el borde de la cama y no hizo falta que le preguntara qué había pasado. Tenía los ojos hinchados y la voz medio ronca.

—Tu mamá te anda buscando. ¿No querés volver para el Panal?

—Ya me fui.

No me dijo cómo se había hecho el aborto. Sólo me dijo que Gabriel había perdido el trabajo antes de la huelga general y se había echado atrás, diciendo que no podían tener un hijo. Ya no lloraba, parecía demasiado cansada para llorar.

—¿Y si nos vamos a la provincia, al campo? –le dije–. Dicen que la gente está cultivando su propia comida.

No me contestaba. Se me quedaba mirando como si le hablara de ir a la Luna.

—Quedate acá —me dijo—. Podés trabajar en el montón, en la orquesta. Hay una orquesta de chicas trompetistas, pero no tocamos, hacemos como que tocamos. Sólo tenés que moverte un poco en el escenario, después quizá podés dormir acá...

Se oyó una tos pesada, de hombre.

—Escondete atrás de la puerta.

Me escondí. Oí los pasos. Apareció una sombra que hizo una pausa ante la puerta abierta y la cerró. Catalina se había hecho la dormida[311]. Cuando se alejaron los pasos, me susurró:

—Es el Obispo; le decimos así.

Catalina vio que yo llevaba mi bolso y quiso saber adónde me iba a ir. Le dije que no sabía, aunque ya tenía pensado ir a Beccar a buscar la casa y a ver si me empleaban en la fábrica donde había trabajado papá. Me pidió que la pasara a visitar de vez en cuando.

—Así, como ahora, al mediodía, podés venir. Tenés que entrar con cuidado para no cruzártelo al Obispo.

Salí del lugar, pasando otra vez por el salón vacío hacia la calle. Si ella no quería dejar ese lugar, yo no podía sacarla a la fuerza. Me fui a la estación de Retiro para tomarme el tren a Beccar. No hacía ese trayecto desde enero.

***

Había poca gente en el vagón y nadie miraba por la ventana. La intemperie había arrasado con casas a la altura del barrio de Núñez y, en Belgrano, aparecían algunos huecos. Las calles cerca de la estación estaban tapadas de tierra. En Vicente López, empezaba el descampado, se veían los baldíos. De vez en cuando, había una quinta con terrenos labrados, pero en general había maleza y montañas de escombros. En Olivos alguna gente andaba a caballo, levantando una polvareda por lo que había sido la Avenida del Libertador; sólo quedaba un camino angosto bordeado de árboles. En Martínez, donde había estado mi colegio, había un depósito con vagones, que parecía del ferrocarril. No sé cómo pensaba encontrar mi casa. Me resistía a creer que no estuviera más en pie. Tenía que verla con mis propios ojos. Faltaban dos estaciones. Todo estaba irreconocible. Me daban ganas de hacer como la señora que iba sentada delante de mí, que no miraba hacia los costados, bajaba la vista y se alisaba las arrugas de la pollera.

---

311 *Hacerse la dormida:* Simular dormir. «Hacerse el/ la» se utiliza con una variedad de adjetivos sustantivados para indicar simular ser / hacer algo.

Fui la única en bajar en la estación de Beccar. Había perros dormidos en el andén y unos sulkys para llevar pasajeros. Uno de los hombres me ofreció llevarme y le agradecí, le dije que quería caminar. Cerca de la estación, se veía el viejo edificio de la fábrica de galletitas Weyl; seguía en pie. Me fui acercando y noté que había movimiento. Durante años, al pasar caminando por ahí, había visto a través de las rejas la fábrica desierta y algún gato que cruzaba los playones de cemento vacíos.

Cuando entré, vi operarios y unas máquinas funcionando. Fui hasta las oficinas. A pesar del ruido escuché que unos tipos me silbaban. Toqué la puerta y me abrió un hombre flaco, de camisa y moñito, sorprendido. Me hizo pasar porque no se oía lo que yo le estaba preguntando. Cuando cerró la puerta y escuchó que yo le estaba preguntando si se acordaba de Antonio Valdés, se puso serio.

—Él trabajaba para los dueños anteriores. Ellos vendieron –me dijo.

Cuando le pregunté si tenía trabajo para mí, interrumpió el gesto de ofrecerme una silla. Me explicó que no había trabajo. Ya no fabricaban más galletitas sino que estaban procesando las harinas, y eran trabajos duros, para hombres.

—Además –me dijo–, hasta hace unos días podíamos aceptar mujeres para trabajos administrativos con autorización del padre o del marido, pero ahora han cambiado la disposición.

—¿Ni con autorización puedo trabajar? –le pregunté.

—No –me dijo–. Están tratando de disminuir primero el desempleo masculino.

Supongo que me vio la cara que puse, porque cerró el tema diciendo:

—La ley lo dispone así, señorita.

Cuando salía, me volvieron a silbar y les eché una puteada que creo que se oyó por encima del ruido de las máquinas.

Caminé hacia la casa. El asfalto estaba comido como por un ácido y sólo quedaban algunos parches duros entre la tierra que había avanzado sobre todo. De las veredas quedaban sólo algunas baldosas entre los yuyos. Y había pocas casas. Empecé a correr, asustada. Algunas calles estaban borradas bajo el pasto y se adivinaban apenas por las zanjas de los costados. Un alambrado flojo delimitaba las manzanas. En lugar del supermercado, ahora había un potrero[312] con unas vaquitas negras. En lugar del club, un corralón[313] de materiales. No se veía a ningún vecino. La mayoría de las ruinas que quedaban estaban abandonadas. Crucé frente a unas casillas de chapa con gente que no conocía. Me dio miedo de que me agarraran en uno de esos descampados. Pasé rápido. Me costaba orientarme, el lugar parecía otro. Cuando llegué a la cuadra de casa dejé de correr.

De lejos vi el hueco en el aire, la ausencia de lo que había estado ahí. No se veía nuestra casa ni las de los costados. Caminé despacio. Calculé la distancia desde la esquina. Tenía que ser ahí. Vi los cipreses del fondo del jardín. Estaba parada exactamente frente al lugar donde había estado nuestra casa. Quedaban sólo dos pedazos de pared en pie, era un rincón del living. Reconocí un tramo torcido de la reja tirado en el pasto amarillo, junto a una pila de escombros. Alguien había levantado una especie de toldito de arpillera contra el rincón que aún quedaba.

Empecé a entrar al terreno y me asustó un tipo barbudo que apareció de abajo del toldo.

—¡Se dejan de joder[314]! –me ladró.

Tenía un solo vidrio del anteojo y un impermeable hecho con bolsas de basura. Sacó algo que parecía una escopeta.

—¡Se van a la mierda! –me gritaba.

Estaba loco. Di algunos pasos hacia atrás, pidiéndole disculpas. Pensé que era un tipo que se había puesto a acampar ahí y que yo me estaba metiendo en su territorio. Pero cuando lo miré bien me di cuenta de que era Salas, el que nos alquilaba la casa, y lo que tenía en la mano no era una escopeta sino mi palo de hockey. Yo lo había dejado en el placard debajo de la escalera. Salas levantaba el palo amenazándome, esperando que me fuera.

---

312   *Potrero*: (Argentina, Bolivia y Perú) terreno inculto y sin edificar, donde suelen jugar los muchachos (DRAE).
313   *Corralón*: Depósito al aire libre.
314   *Dejar de joder*: Dejar de molestar o fastidiar.

—¿Salas? –le dije.

No contestó. Me siguió gritando y me empezó a tirar cascotazos. Tuve que esconderme atrás de uno de los arbolitos.

—¡Dejá las naranjas! –me decía.

El arbolito había dado fruto, como todos los inviernos. Él pensaba que se las quería robar. Estaba furioso.

—Salas, soy María, la hija de Antonio, el dueño de la casa –le dije tratando de comunicarme, pero no me oía–. ¿Y su esposa, Salas?

Me siguió tirando cosas.

—¡Andate de acá! –gritaba, lo repetía y lo volvía a repetir.

Empezó a decirlo llorando, tirándose del pelo. Mi presencia lo perturbaba mucho. Como ya no encontraba cascotes, escarbaba la tierra y me tiraba puñados de piedras. No había forma de comunicarse con él. Estaba ido, metido dentro de su pesadilla.

***

Caminé hasta la plaza donde sólo quedaban las palmeras y el ombú, en medio. El ombú enorme, intacto, igualito. Me senté en un hueco entre las raíces que se levantaban de la tierra como una gran piedra llena de recovecos y salientes. Cuando era chica, me escondía en ese ombú, y mamá se hacía la que no me encontraba, daba vueltas buscándome y hacía que no me veía y, de pronto, no me buscaba más y era yo la que empezaba a buscarla a ella.

Hubiera querido que el ombú me tragara, que las raíces se cerraran sobre mí, como en los cuentos para chicos; hubiera querido caerme en un pozo con mamá y papá, en una oscuridad total como un abrazo. Pero, a pesar de todo, el cuerpo sigue estando en el último lugar donde uno lo dejó, y sigue respirando y solicitando cosas: agua, comida, sueño. Me tendí de costado, contra las hojas secas. ¿A quién le iba a pedir ayuda? No había conseguido trabajo, mi casa no existía, mi antiguo colegio no existía, no tenía familiares ni amigos… Quería quedarme en el árbol, hacer del árbol mi casa, acampar en el lugar, como estaba haciendo Salas en las ruinas. No fue algo que decidí en un momento, me fui quedando. Pasé tres noches en el ombú. O, más bien, que pasaron sobre mí tres noches larguísimas, pasaron sobre mí los cielos enormes de un azul muy frío. Horas y horas oyendo los ladridos que parecían retumbar[315] en las estrellas.

Estábamos en julio y el frío no aflojaba ni al mediodía. Con unos diarios que junté y con mi propia ropa, me hice una cama entre dos raíces. Quedaba atrapada entre la humedad profunda del suelo y el rocío de la mañana. Tenía que caminar al sol para entrar en calor. Escondí mi bolso y mi anillo de plata en uno de los huecos del tronco. Dormía de a ratos durante el día, porque me daba menos miedo, y comía unas naranjas que cortaba de los árboles de la calle, al amanecer. Las noches las pasaba despierta, tiritando, con las manos entre las rodillas, rezando sin fe, para no pensar en otra cosa. No hacía fuego. No quería que me vieran. Todo el tiempo escuchaba ruidos, pisadas cercanas, y me quedaba alerta con el Tramontina al alcance de la mano. Después descubrí que había un bicho dentro del tronco. Un bicho horrible. Una comadreja[316]. Un atardecer me pasó por al lado sin inmutarse, apenas aceleró el paso cuando la espanté.

Me venían imágenes cada vez más claras de mis juegos de chica en ese árbol. «¡Éste es el living, Ma, acá pongo la mesa y éste es el sillón!» Y mamá sentada en el banco pintado de verde que ya no estaba más, fumando, sonriendo, poniendo la cara un poco al sol.

Una tarde me despertaron unos gruñidos. Del otro lado del árbol, un perro gemía y escarbaba la tierra y la madera podrida. Después mordió algo. Lo aparté y vi las crías de la comadreja, temblando, rosadas, y ciegas. Le tuve que dar al perro una patada en las costillas para que no se las comiera. Me di cuenta de que era la perra de los vecinos, que siempre le ladraba a papá cuando caminaba al lado del cerco. La espanté y volví a tapar la cueva. No sé si tenía derecho a meterme en medio de esa manera, pero me daba mucha impresión que se comiera a esas crías. La perra

---

315 *Retumbar*: Resonar, hacer un ruido fuerte.
316 *Comadreja*: Mamífero nocturno que caza ratones, topos y otros animales pequeños (DRAE). Asimismo, caza gallinas y otras aves de corral.

se quedó cerca. Era negra y flaca, con tetas de loba romana[317]. Aunque yo la había pateado, se empezó a quedar a mi lado. No tenía nada para darle.

En una de mis siestas, sentí que me tiraban de los tobillos y me arrastraban un par de metros. Pensé que era la perra. Quise levantarme, pero me pisaron el cuello. Eran un hombre y una mujer. Los vi recortados contra el cielo.

—¿Qué hacés acá? –me dijo el tipo.

—No tengo dónde ir. Soltame.

La chica me sacó los zapatos, con dos movimientos rápidos y me dijo:

—No me mires.

—Dejame los zapatos, te lo pido por favor.

El tipo me sacó el pie del cuello y me dijo:

—Quedate piola[318], guachita[319].

Se alejaron despacio, dándose vuelta para mirarme, revoleando como un trofeo esos zapatos negros de hombre, que me habían costado cuatro turnos en las tienditas del edificio. La perra estaba parada a unos metros mirando entusiasmada, como si hubiera empezado un juego que no terminaba de entender.

Esa noche vi pasar un cometa enorme y cercano con una cola blanca que ocupaba la mitad del cielo[320]. Estiré los brazos, parecía que podía tocarlo. Miré alrededor, me froté los ojos, los cerré, volví a mirar: seguía ahí. Me asustó la idea de estar delirando. Cuando desapareció, quedó todo tan oscuro que pensé que me iba a morir ahí, que nunca iba a amanecer. Tenía tanto frío y me sentía tan enferma del estómago, que estaba segura de que si me quedaba ahí me moría. Me fui caminando a la estación, sorteando las piedras que me lastimaban los pies. La perra se subió conmigo al furgón del último tren que iba para el centro.

---

317 *Loba romana*: El texto alude a la muy conocida escultura de la Loba Capitolina, amamantando a Rómulo y Remo, fundadores míticos de Roma. Rómulo y Remo eran hijos de Rhea Silvia (hija de Numitor, rey de Albalonga) y el dios Marte. Cuando los hermanos nacieron, el usurpador Amuliuo obligó a Rhea Silvia a abandonar a sus hijos en la orilla del Tíber, donde fueron encontrados por una loba que los amamantó.

318 *Quedarse piola*: (Argentina) abstenerse de actuar, generalmente para no comprometerse (DHA).

319 *Guachita*: (Argentina) malnacida (vulgar) (DHA).

320 *Un cometa...*: Alusión al cometa Halley, que apareció en 1910 y aparece cada 75 a 76 años.

Antes de llegar, un tipo que estaba con su bicicleta dijo que la estación de Retiro se había destruido con un incendio. El tren tomaba un desvío de emergencia y frenaba un poco más allá, en una estación precaria a la altura de la calle Mitre. Parecía que el tren se convertía en un taxi que me llevaba al lugar donde yo ya había decidido ir. A las doce de la noche entré, descalza y sucia, al Ocean Bar.

Ocean Bar

Catalina estaba riéndose, sentada en las rodillas de un tipo, cuando me vio. Por la forma en que le cambió la cara, supe que mi aspecto debía ser lamentable. Había tanto ruido y confusión que no escuché lo que me dijo. Me agarró de la mano y me llevó al fondo. Me escondió en un cuarto mínimo, con la luz apagada.

—Después vengo –me dijo y cerró la puerta.

Agarré un cubrecama, me envolví los pies con un suéter y me dormí. En un momento, me desperté y, cuando quise darme vuelta, choqué con alguien que dormía conmigo en la cama; era una chica. Escuché que rezongaba un poco y se daba vuelta. A la mañana siguiente, ya no estaba. Nadie tenía su propia cama en ese lugar, se dormía donde se podía, a veces de a dos o, incluso, de a tres.

Nos despertó un gato que maullaba del otro lado de la puerta. Una chica, que estaba tirada sobre unas mantas en el piso, se levantó y le abrió. Era la Paraguaya, una chica bajita y tetona, que se llamaba Vanesa. El gato se metió con ella entre las mantas. Apareció Catalina con una palangana de agua tibia para que yo pudiera lavarme un poco. Después me trajo a escondidas un plato de arroz. Les conté lo que me había pasado, les dije que la intemperie ya llegaba a Belgrano y pronto iba a llegar al centro.

—¡Qué exagerada! –me decían.

No me querían escuchar, quizá porque en Buenos Aires lo que pasaba a más de veinte cuadras parecía no existir. Nunca se veía lejos, siempre se estaba dentro de la ciudad, dentro de una cuadra, dentro de una grieta en el llano. La única manera de conocer el estado de un barrio era yendo hasta ahí o escuchando lo que los otros contaban al respecto.

—¿Viste el cometa? –me preguntó Catalina.

—Ah, pensé que estaba delirando.

—No, se veía clarito. Acá todos decían que era el fin del mundo.

—En frente al Atlantic se mató un tipo –dijo la Paraguaya.

—Vinieron de todos lados. Los bares estaban que rebalsaban. Y chuparon[321] que daba miedo. Todos en pedo[322] porque se acababa el mundo y acá estamos. No pasó nada.

La Paraguaya me miró:

—¿Vas a trabajar?

—No sé –le contesté.

—¿Y si no, qué vas a hacer? –me dijo Catalina–. Ahora, cuando salga el Obispo de su cuarto, te lo presento y le decís que querés trabajar en las coreografías.

—¿No puedo trabajar en limpieza, mejor?

—La limpieza la hacemos entre todas –dijo la Paraguaya.

Empezaron a entrar más chicas. Algunas me saludaban con simpatía, otras con desconfianza. Me prestaron un par de zapatos; tenían taco, eran abotinados con cordones. Me quedaban perfectos, aunque hacía rato que no caminaba con tacos. En eso se oyó la tos del Obispo. Me escondieron detrás de la puerta y oí la voz ronca que saludaba.

—¿Qué pasa? –dijo.

Nadie decía nada.

—¿Qué hay?

Las caras y el silencio me estaban delatando. El Obispo entró con cautela y me vio tras la puerta.

—¿Quién sos vos?

Quise irme para atrás, pero estaba arrinconada. Era un tipo blanco y pelado, con labios de mujer y una gran panza.

—Me llamo María –le contesté.

---

321 *Chupar*: Tomar alcohol, emborracharse.
322 *Todos en pedo*: Todos borrachos.

—¿Y qué hacés acá?
—Quiere trabajar —dijo Catalina.
—¿Trabajar de qué?
—En los números —dijo Catalina.
—¿Y por qué estabas escondida?
—Porque quería vestirme bien para presentarme.
—¿Qué sabés hacer?
—Sé cantar —contesté; no se me ocurrió otra cosa.
—A ver, cantá algo.

Ahí, donde estaba, respiré hondo y me largué a cantar, con la voz temblorosa, la única canción que me sabía entera, una canción que me cantaba mi abuela para que dejara de llorar cuando me caía y me lastimaba:

> In Dublin's fair city,
> where the girls are so pretty
> I first set my eyes on sweet Molly Malone[323]

Algunas hicieron unas risitas nerviosas cuando empecé, pero yo seguí con la voz cada vez más segura:

> She wheeled her wheel-barrow
> through streets broad and narrow
> crying 'Cockles and mussels, alive, alive oh'

Cuando me largué con el estribillo, ya estaban todos serios, escuchando. Canté bien plantada sobre esos zapatos que me hacían sentir más alta, con una emoción que me vino de lejos a través de esa letra que quizá nadie entendía y que trata sobre una vendedora ambulante de Dublin que muere por una fiebre y su fantasma sigue caminando por las calles ofreciendo berberechos y mejillones.

> Now her ghost wheels her barrow
> through streets broad and narrow
> crying 'Cockles and mussels, alive, alive oh'

---

323 *Molly Malone*: Canción que cuenta la historia (no se sabe si es ficticia o verdadera) de una vendedora de pescado dublinesa, del mismo nombre, que murió joven de una fiebre. Muchas veces es representada como pescadora de día y prostituta de noche.

Canté como si yo misma caminara por las calles vendiendo algo invisible, algo en el aire por las calles anchas y angostas, como si me elevara sobre la avenida Leandro Alem que ahora llamaban el Paseo de Julio, por encima de los arcos de la Recova, arriba en el invierno más frío de mi vida, y sin embargo inmóvil y con la mirada clavada en los pies descalzos de una de las chicas que se había arrimado para mirar. Aunque no se entendieran las palabras, algo pasó. Nadie dijo nada. Canté la canción hasta el final y, en el silencio, lo vi al Obispo mirándome impávido[324], como si estuviera a punto de abrazarme o de darme un cachetazo.

—¿Qué, es en inglés eso?
—Sí –le dije.
Se empezó a reír.
—¿Y vos te creés que con esa cancioncita de mierda yo te voy a dar trabajo a vos?
—Vienen un montón de marineros ingleses –dijo alguien.
—¿Por qué no te callás un poquito, nena? –le dijo el Obispo y me miró dos veces de arriba a abajo.
—Si viene algún inglés hoy, la cantás. Y hacés el bar, también. Después vemos –dijo, y se fue.

Les pregunté a las chicas qué quería decir «hacer el bar» y me dijeron que era sentarse con los hombres para hacerlos consumir. Yo sospechaba que implicaba un poco más, pero me quedé callada.

A la tarde, me presentaron al pianista, un tipo narigón[325] y melancólico. Había sido tecladista de una banda que se llamaba «La fauna cadavérica». Al lado del piano, había un afiche pegado donde se lo veía con los otros integrantes, todos con el pelo por los hombros.

—¿Ése sos vos? –le pregunté.
—Sí –me dijo, con una mezcla de pudor y de tristeza.

Quién sabe qué habría pasado con la banda. Le canté la melodía de la letra de «Molly Malone» y enseguida improvisó una introducción. Anotó la cantidad de estrofas, la practicamos una sola vez y dijo:

---

324 *Impávido*: Sereno, tranquilo o con un asombro silencioso (DRAE).
325 *Narigón*: Con una nariz grande.

—Listo.

Entre varias chicas, ensayamos un numerito donde se suponía que tocábamos trompetas y violines. Una ridiculez, con pasos para un lado y para el otro. Al anochecer, Catalina y una chica a la que le decían Jackie me ayudaron a maquillarme y me enseñaron a hacerme un peinado con unos bucles[326]. Me mojaron los mechones con clara de huevo diluida y después los envolvieron en tirabuzón[327] alrededor de una barra de hierro calentada sobre la estufa. Era una barra como una cachiporra que andaba dando vueltas por los cuartos y que se usaba para provocar ese efecto en los peinados. Quedaban unos bucles perfectos. Me dio miedo de que el peinado fuera demasiado llamativo. Hacía semanas que no me miraba bien en el espejo. Parecía más pelirroja. Estaba nerviosa, medio asfixiada dentro de un vestido celeste con corsé. El Obispo pasó a mirarnos.

—Quiero la cinturita de avispa[328], todas con cinturita de avispa –decía.

Tuvimos que salir al patio y nos miró una por una. A mí no me dijo nada. Abrió la puerta y ordenó:

—Al salón, vamos.

***

Todavía no había nadie. Catalina me había dado tantas indicaciones para el trato con los hombres, que yo estaba totalmente confundida. Que les sonriera un poco, pero no mucho. Que me acercara pronto, pero no «como una muerta de hambre». Que insistiera, pero que no me pusiera pesada. Que les pidiera el whisky más caro aunque no me gustara. Que los dejara «palpar, pero no hurgar».

Cuando empezaron a merodear[329] por la vereda y se asomaron un poco, el pianista empezó a tocar «La morocha»[330]. Algunas

---

326 *Bucle*: Rizo de cabello en forma helicoidal (DRAE).
327 *Tirabuzón*: Rizo de cabello, largo y pendiente en espiral (DRAE).
328 *Cintura de avispa*: Alusión al uso del corsé en el siglo XIX que más tarde vuelve con el *new look* de Christian Dior popular en los años '40 y '50 del siglo XX.
329 *Merodear*: Vagar por las inmediaciones de algún lugar, en general con malos fines (DRAE).
330 *La morocha*: Tango de 1905, con música de Enrique Saborido y letra de Ángel Villoldo. Este tango fue de los primeros en tener una difusión significativa en Europa y tuvo mucho éxito en Argentina.

chicas se pusieron a bailar, las demás ocupamos un par de mesas, y el Obispo y el barman, a quien llamaban «el Bombero», se sentaron en los taburetes de la barra para que el lugar no pareciera vacío. La perra que me había seguido estaba echada bajo uno de los arcos de la Recova, de vez en cuando levantaba la cabeza para mirarme. Algunos hombres ponían monedas en las máquinas que había afuera contra la pared y se inclinaban para ver dentro por un visor, girando la manivela. Orillaban. Dudaban. Amagaban. Eran casi las nueve cuando empezaron a entrar.

Se sentaron cautelosos en las mesas, algunos en la barra. Catalina me llevó a una mesa donde había dos tipos grises, cada uno con un lengüetazo de vaca en la cabeza. No se sabía si era gomina o si era la misma mugre de la semana sin bañarse. Nos sentamos apenas con un saludo.

—¿Me pagás un caballito? –le preguntó Catalina.
—Whisky no –dijo el más flaco.
—¿Y un cívico? Tengo sed.
—Bueno, un cívico para las chicas, mozo.

Había que pedirlo así; se suponía que quedaba más elegante pedir «un cívico» que pedir «una cerveza». El barman trajo las bebidas y me saludó muy amable. Después supe que había sido el jefe de bomberos de un cuartel del centro y que antes se ocupaba de los simulacros de incendio y las evacuaciones de la Torre Garay. Estábamos a cinco cuadras de la torre.

Los dos tipos miraban con desconfianza a cada uno que entraba. Apenas hablaban.

—¿No conocen ningún rusito tirabombas ustedes?
—No –dijo Catalina–, pero conozco una rusita tiragomas[331].

No se rieron. Se quedaron callados. Yo quería ver cómo Catalina llevaba las cosas adelante, sólo esperaba no tener que sentarme en las rodillas de ninguno de los dos. Cuando cada cliente consumía algo, le anotaban la hora en un cartoncito. Si pasaba una hora sin consumir, se tenía que retirar. El Bombero, cada tanto, rondaba por las mesas para controlar. Se me ocurrió que

---

331 *Tiragomas*: Tirar la goma es una manera vulgar de referirse al sexo oral o a la masturbación del hombre por la mujer.

quizá estos dos tipos eran los que habían asesinado a ese hombre en el cruce de Diagonal Norte y Suipacha, la primera noche que pasé en el centro, los que habían dicho al pasar «Andá a saber qué inmundicia vendría pensando el muy cafisho». No sé por qué pensé eso. No tenía ningún indicio, no les había visto la cara a los asesinos. Pero empecé a tener miedo. Uno tenía la cara toda poceada. Irme al fondo, a una de las piezas, con uno de esos tipos implicaría no sólo aceptar callada una violación, sino quizás quedar en manos de un asesino. Por suerte, los tipos no quisieron pagarnos otro trago y entendimos que querían que nos fuéramos. Nos sentamos en la barra.

Hablé con el barman. Me dijo que el cuartel de bomberos había cerrado y que se había conseguido ese trabajo, primero de lavacopas y después en la barra. Me dijo que esos dos tipos grises eran canas[332] que estaban buscando cómplices del atentado.

—¿Un atentado?

—Sí, el ruso que le metió la bomba al jefe de policía[333], ¿dónde estabas vos?

—En Beccar, estuve unos días allá.

Me fue mostrando fotos de sus tiempos de bombero, que había puesto en la pared. En una estaba todo el cuerpo de bomberos, con uniforme y casco en un cuarto de hospital, junto a la cama de un gordo enorme.

—Trescientos kilos pesaba, tuvimos que sacarlo entre todos y moverlo sobre una plataforma con ruedas.

El hombre inmenso estaba lívido y agradecido, respirando dentro de una máscara de oxígeno. El escuadrón formó a su lado para la foto. Había otra foto de una locomotora descarrilada en Puente Pacífico[334], incrustada en una playa de estacionamiento.

Otra de un elefante muerto en medio de la calle Carlos Pellegrini.

---

332 *Cana*: (Argentina) agente de policía (DHA).
333 *Le metió la bomba...*: Alusión al atentado que cobró la vida del coronel Ramón Lorenzo Falcón. El atentado tuvo lugar el 14 de noviembre de 1909, poco después de la brutal represión (dirigida por él) contra la manifestación obrera del 1 de mayo de 1909. El responsable del atentado fue el anarquista ruso Simón Radowisky.
334 *Puente Pacífico*: Puente ferroviario construido en 1914 que da nombre a la zona de Palermo conocida como «Barrio Pacífico».

—Lo chocó un colectivo después que se escapó del circo Sarrasani que estaba acá en Retiro. El colectivo quedó peor.

Contaba con orgullo esas historias; incluso se las contaba a marineros que miraban curiosos las fotos y no entendían ni una palabra de lo que les estaba diciendo.

Antes de las once, hicimos el número de las falsas trompetistas. Por suerte, había chicas que recordaban los pasos peor que yo. Tres chicas que acababan de llegar tocaban de verdad, el resto teníamos unas trompetas de madera, pintadas de dorado, y hacíamos que tocábamos. A los hombres lo único que les importaba era que levantáramos un poco más la pierna.

Las tres trompetistas reales tenían otro arreglo. Entraban, pasaban al fondo, se cambiaban, actuaban en los números y se iban. No se les exigía «hacer el bar». Yo quería tener ese privilegio. Tuve que sentarme en las rodillas de unos marineros yugoslavos que me decían al oído cosas incomprensibles y llenas de vino. Me subían las manos por los muslos y se las tenía que estar atajando. Decían cosas de nosotras que no se entendían. Y entraban más hombres al Ocean. Tipos del puerto, marineros que ya venían borrachos, adolescentes alucinados, tipos callados, tipos insoportables, tipos tímidos, algunos no tan feos, otros horribles, con caras de mono, con pelos hasta en las orejas, con papadas rosadas, con olores agrios, envenenados por las hormonas, sedientos; los veía entrar, los ojos muy abiertos, un poco blancos, casi asustados de tanta soledad acumulada.

El lugar empezaba a ser irrespirable por la suma de alientos alcohólicos, el humo del tabaco y el olor a querosén de las estufas. En el piso había puchos pisados entre el aserrín que se desparramaba para barrer los escupitajos. A mí me empezó a marear la cerveza y la mezcla con el whisky que me costaba tragar. Escuché gritos en inglés que venían de una mesa de marineros. No dije nada, pero al rato Catalina los oyó, me rescató de las braguetas de los yugoslavos y me hizo parar junto al piano. Catalina sacudió una campana que se usaba para pedir silencio, pero no se callaron hasta que empezaron a sonar los primeros acordes de *Molly Malone*. Y entonces canté. Los marineros, que resultaron ser escoceses, corearon los tres estribillos chocando sus porrones y derramando cerveza. Antes de terminar la canción, el Obispo se asomó por la puerta del fondo y volvió a meterse. Me aplaudieron y tuve que volver a cantarla más tarde.

—*Hey, Molly Malone, com'ere* —me llamaron y me senté un rato con ellos.

Me regalaron cigarrillos y una boquilla larga. Tenían perfumes, medias. Eran de uno de esos barcos ingleses que descargaban mercadería manufacturada y esperaban ser llenados con cueros y lana[335]. Me compraron más cerveza y me puse a fumar, cosa que no hacía desde que había dejado el hospital. Catalina se acercó y se asombraron con el tamaño de su culo.

—*Measure this* —se decían y se la pasaban de las rodillas de uno al otro para medirla, sentir su peso y su fuerza.

Les gustaba que fuera fuerte.

—*She is a trooper* —decían.

La hicieron pulsear con el más flaquito y al tipo le costó ganarle.

A mí, un chico de orejas rojas que no tendría más de veinte años me tuvo en sus rodillas, abrazada por la cintura. No se animaba a mirarme a los ojos. Cada tanto me decía al oído «*Sleeping beauty*», y yo no sabía qué tendría que ver yo con «La bella durmiente». Me preguntaron si sabía alguna otra canción y cuando les dije que no, me empezaron a cantar canciones que según ellos tenía que saber. Eso me pasó varias veces y así fui agrandando mi repertorio. Cantaba *Loch Lomond*, una canción tristísima que a los escoceses los dejaba mansos y en estado de gracia por un rato, hasta que volvían los puñetazos en la mesa y las carcajadas violentas.

A medida que crecía la mala mezcla de calentura y alcohol, los tipos se ponían más inesperados, podían matar a alguien en medio de una discusión que hasta entonces había parecido graciosa. Se

---

335 *Cueros y lana*: Dos de las principales exportaciones argentinas en el siglo XIX.

les exageraba la amistad, se ponían eufóricos, prepotentes. El alcohol los convertía en bestias. Sobre todo, en cerdos, en hienas revolcadas en el suelo por la risa, en gorilas que se agarraban a trompadas y manotazos torpes. Primero había pica entre ingleses que trataban de idiotas a los irlandeses o de tacaños a los escoceses, o escoceses que trataban de cobardes y blandos a los ingleses. Hasta que se aliaban todos los foráneos contra los locales. Después de la medianoche, se definían esos bandos de tipos del centro y del puerto contra los marinos extranjeros. Se armaban unas peleas que el Bombero trataba de alejar hacia la puerta, pero que muchas veces sucedían ahí dentro. Era común encontrar un diente en el aserrín a la mañana siguiente, mientras barríamos el piso.

Esa primera noche, el chico de las orejas rojas me quiso llevar para el fondo. Me arrastró hasta la puerta de atrás.

—*I'm sick* —le decía—, estoy enferma —pero no me soltaba la mano.

Catalina cruzó hacia atrás con otro tipo; en eso apareció el Obispo y me preguntó qué me pasaba.

—Estoy con la regla[336] —le dije y el Obispo me miró con asco y con desconfianza.

Le hizo señas al chico de que «no» y el chico nos insultó con un *fucking* no sé cuánto. El Obispo le cerró la puerta en la cara.

Quedé frente a frente con el Obispo en la sombra del patio, ya fuera del ruido del salón. El muy asqueroso me arrinconó y me dijo:

—Mostrame la sangre.

Yo lo miré con odio y lamenté no tener conmigo el Tramontina. Me apretó el cuello y me lo repitió. Aunque me dolían los ovarios, yo no estaba segura si ya me había bajado sangre, pero me metí un dedo y me crucé la cara con mi propia humedad.

—Por esta vez te salvaste —me dijo soltándome y se fue.

Después, en el espejo de uno de los cuartos, a la luz de la llama de querosén, me vi una raya roja que me cruzaba la cara. Yo misma me asusté de mi imagen.

---

336 *Estar con la regla*: Menstruar.

La Paraguaya tuvo que prestarme un paño. Le pregunté si a ella también se le habían acortado los ciclos menstruales y me dijo que sí, que a todas les estaba pasando lo mismo. Y lo peor era que no se conseguían tampones, ni toallitas. Había que usar unos paños doblados muchas veces para hacerlos más absorbentes.

Recién a las cinco de la mañana nos fuimos a descansar. Dormíamos varias en una misma cama, sobre sábanas sudorosas, manchadas de semen. A veces me desvelaba, medio asfixiada, abrazada por los cuerpos calientes. Ya bastante impresionante es el propio cuerpo como para encima sumarse a varios cuerpos más, abrazarse, multiplicar ese calor, esa cosa mamífera y peluda que tenemos los seres humanos. Cuando cerraba los ojos, veía imágenes horribles, animales de sangre caliente alimentando garrapatas y piojos, con pliegues en las axilas, ingles, pelos, cuero rosado, liendres[337], granos, pensamientos así, con sarnas y costras. Y me picaba todo, alrededor de las orejas, los brazos, arriba de los tobillos. Trataba de no rascarme y de quedarme quieta para dormirme y era peor, tenía que rascarme y me movía y alguna protestaba y nos dábamos vuelta todas a la vez, como poniéndonos de acuerdo.

Quedaba horas atrapada en la repetición de mis propias ideas, con ganas de olvidarme y salir a caminar por la calle fría y ver amanecer. Al final, me dormía. Así me fui acostumbrando, no sólo a fuerza de cansancio, sino porque fui conociendo a las demás y, de a poco, se volvieron compañeras de cama menos extrañas; nos contábamos cosas susurradas en la oscuridad hasta que una ya no contestaba, dormida, o alguna chistaba, y había risas, burlas. Dormíamos entrelazadas como hermanas secretas con Catalina, que seguía enamorada de Gabriel; con la Paraguaya, que jugaba a la lotería y me hablaba de los hombres infieles de la ciudad de Asunción; con Anabel, que me contaba de su amiga presa que había envenenado a una tal Dolly y de un amigovio[338] que le traducía las cartas de los marinos; con Tanka, una polaca de ojos celestes, que soñaba con irse a Brasil; con Jackie, que extrañaba los

---

337 *Liendre*: El huevo del piojo.
338 *Amigovio*: Combinación de *amigo* y *novio*, en este caso también es cliente regular.

tiempos en que trabajaba sola en su departamento, poniendo su foto en una página de *escorts* en internet; con Benedicta, que rezaba el rosario y que apareció muerta al poco tiempo, bajo el muelle de pasajeros; con Baby, que hablaba interminablemente de sus problemas intestinales y era alcohólica;[339] con la negra Luma, que tenía un ojo de vidrio y quería volver con su hermano a Salvador de Bahía. Luma, La Paraguaya y Tanka siempre hablaban de embarcarse en un vapor de esos que remontaban el río Paraná hasta la triple frontera[340].

***

Hubo una semana de viento. Un ventarrón sucio sopló de tierra adentro con remolinos y ráfagas que se enloquecían entre los arcos y que hicieron retirar el río en una gran bajante. Se sacudían las puertas y ventanas. Se acumuló tierra en las calles que ya nadie barría.

El nueve hubo un gran acto en el Paseo de Julio, casi enfrente del Ocean, con discursos y desfiles de lo que quedaba del ejército y la policía. Rellenaron con mucho cañón y caballo porque no había nafta para los tanques que se oxidaban en los cuarteles. Vimos pasar el Regimiento de Granaderos, el Regimiento de Patricios con su pluma en la galera, y una banda militar que, por el fuerte viento, sonaba como a un costado de sí misma y a la que se le llenaron las tubas de arena. Tocaron una versión del Himno Nacional con estrofas interminables que nadie sabía cantar[341]. Nos llegaban pedazos de música, pedazos de discursos que llamaban a la unión nacional, al sacrificio. Se hablaba con tono bí-

---

[339] Los nombres de varias estas prostitutas son alusiones a otras de la literatura argentina. Tanka alude a Tanka Charowa, la prostitua polaca que da nombre a la novela de Lorenzo Stanchina, de 1934. Benedicta, por su parte, es un personaje en «Responso para el alma de una figuranta», poema de Raúl González Tuñón recogido en el libro *A la sombra de los barrios amados,* de 1957. Anabel, por su parte, es un personaje de «Diario para un cuento», de Julio Cortázar. Baby, finalmente, aparece en la novela *El sueño de los héroes,* de Adolfo Bioy Casares, de 1954.

[340] *Triple frontera*: Frontera entre Argentina, Paraguay y Brasil. La ciudad principal del área es Ciudad del Este en Paraguay y la zona es legendaria como núcleo de contrabando y de venta de mercadería falsificada.

[341] *Himno Nacional...*: Alusión la versión original del Himno Nacional Argentino. Esta versión es mucho más larga y de intenso contenido anti-español (fue compuesto durante las guerras de independencia hispanoamericanas, y alude a muchos episodios de esas guerras). Hoy en día se canta una versión abreviada.

blico del azote de las plagas de langostas que arruinaban cosechas y del carbunclo[342] que mataba a los animales. Hicieron sus discursos un subsecretario de no sé qué organismo y un Almirante de las Fuerzas Armadas de la Nación.

—Estamos viviendo las consecuencias funestas de años de políticas populistas –decían, y hablaban de reformas y proyectos delirantes–. La Provincia ha decidido que el municipio de la Capital ya no tenga dieciocho mil hectáreas sino cuatro mil. Pues bien, si así lo quieren... que se queden con la nada. Haremos un canal de circunvalación que unirá el arroyo Maldonado con el Riachuelo, un canal navegable que les dejará bien en claro dónde empieza la ciudad civilizada y dónde el campo embrutecido.

Se oían aplausos. Hablaron de cerrar Avenida de Mayo:

—Esa avenida que encauzó la chusma[343], la patota[344] nacional, la violencia de las masas enceguecidas de ignorancia. Vamos a lograr que la Plaza vuelva a ser de la gente de buena voluntad, de los argentinos hacedores de una República. Habremos de mirar hacia adelante con el ímpetu y el coraje que nos caracteriza, porque el futuro nos augura...

Pero ni las gitanas veían el futuro. Las adivinas del Bajo nos agarraban la mano y podían adivinarnos todos los detalles de nuestro pasado, pero no eran capaces ni de decirnos si nos íbamos a morir al día siguiente.

Parte del ejército, para vigilar cualquier intento de huelga de los portuarios, permaneció en la zona, como si el desfile se hubiera quedado infinitamente dando vueltas por ahí, sonámbulo y disperso. El Bombero nos dijo, avergonzado, que varias dotaciones de bomberos habían rodeado el Congreso porque el Presidente lo mandó clausurar hasta que le aprobaran el presupuesto exigido.

Y entonces volvió el río, pero volvió con furia de sudestada[345], con una alta marea que nunca más se fue, y tapó todas las calles del puerto y sus nombres de mujeres ilustres. Lograron salvar la

---

342 *Carbunclo*: Enfermedad contagiosa que afecta principalmente a los animales pero que puede contagiarse entre humanos.
343 *Chusma*: Forma despectiva de referirse a personas de baja condición social.
344 *Patota:* Grupo de hombres reunidos para cometer actos violentos, de intimidación o vandalismo (de allí el verbo «patotear»: intimidar o agredir en grupo).
345 *Sudestada*: Viento fuerte del sureste acompañado de humedad y lluvias (que causan inundaciones en el litoral del Río de la Plata).

Fuente de las Nereidas y la ubicaron en el paseo, a la altura de la calle Sarmiento, aunque, tiempo después, la destruyeron a martillazos por la indecencia de los desnudos. El agua avanzó hasta golpear el murallón de bolsas que pusieron en la avenida Madero. Era raro ver el río desde la Recova. Por suerte, no siguió subiendo; el puerto quedó tapado de barro y camalotes y, a los pocos días, ya crecía el pajonal entre la zona de grúas y restaurantes de moda. Tuvieron que levantar nuevos muelles que se alejaban lo más posible de la costa, para facilitar el embarque de la gente que se seguía yendo. Las multitudes subían a remolcadores de poco calado[346] que los llevaban hasta los grandes barcos que fondeaban río adentro para no quedar varados[347].

***

En el Ocean seguí pasando ratos extraños, como decía un tango que cantaba Anabel:

> Te hiciste tonadillera,
> pasaste ratos extraños
> y a fuerza de desengaños
> se te secó el corazón[348].

Me empezaron a llamar «Molly» por la canción que cantaba. De día, a partir de las once, trabajábamos mucho, barriendo, repasando, lavando las sábanas, los calzones enormes del Obispo, ordenando los cuartos, baldeando las letrinas asquerosas. Benedicta era la más floja; nos miraba trabajar y hablaba mal de las que no estaban presentes.

—Hay cada mosquita muerta[349]... –decía y empezaba las

---

346 *Calado*: Profundidad que alcanza en el agua la parte sumergida de un barco (DRAE).

347 *Grandes barcos...*: Antes de la construcción de Puerto Madero (comenzada en 1887) y el dragado del río, la poca profundidad del río frente a Buenos Aires impedía el acceso de barcos de gran calado. Los pasajeros y las cargas debían ser colocados en lanchones y / o en carros, para ser transportados a tierra (y viceversa).

348 *Se te secó el corazón*: Fragmento de la letra de «Flor de fango», tango de 1919 con música de Augusto Gentile y letra de Pascual Contursi. El último verso está ligeramente modificado con respecto a la versión original. El tema del tango (anunciado en la metáfora del título) es una prostituta.

349 *Mosquita muerta*: Persona que finge docilidad o dulzura para después atacar o lograr, de manera oscura, una meta.

frases siempre igual–. ¿Yo estoy loca o esa blusa antes era más oscura? ¿Yo estoy loca o son las dos de la tarde?

Contaba situaciones en otros bares del Bajo o de Reconquista, como el Nelson, el Signor, el Atlantic, el Japan Bar. Estaba siempre celosa de las que venían a sacarle trabajo.

—Algunas lo hacen de gusto –decía–, hace un tiempo entró una al Ancor como si nada y se llevó a un rubio de uniforme para una de las piezas. Nadie la conocía, parecía un fantasma. Al rato, ya se había ido. Cuando entré con otro tipo a la misma pieza, ¿no voy y me encuentro con los billetes rotos en la mesa de luz? Ni por la plata lo había hecho la muy dañina. Hay cada mosquita muerta...[350].

El Obispo se ponía impaciente cuando Benedicta hablaba. Mientras hacía los pedidos con los proveedores de bebidas, la chistaba para hacerla callar. Anotaba todo en libretitas, sin que se le escapara una moneda. Nos daba apenas lo suficiente para comprar los víveres. Y cuando le llorábamos que no alcanzaba, decía que pidiéramos rebaja. Las cosas se pudrían tan rápido que los vendedores ambulantes traían gallinas ponedoras y pollos vivos en jaulas, los verduleros tenían escalones de almácigos[351] armados sobre el carro; arrancaban la verdura en el acto y había que comerla en menos de tres horas. Pasaban chicos con pescados vivos dentro de un tonel[352] de agua barrosa sobre una carretilla. Y otros con liebres cazadas en los baldíos, que chillaban atadas al palo, con martinetas[353] y perdices que aleteaban bamboleándose cabeza abajo, dejando detrás un plumerío. Vi varias veces al vendedor de escobas que me había hablado esa tarde cuando yo trataba en vano de entrar de vuelta al edificio. Los tamberos pasaban temprano con un par de vacas para ordeñar ahí mismo los pedidos. Escuchábamos los cencerros y los mugidos cuando estábamos recién empezando a dormirnos.

---

350   *Cuando entré...*: Alusión a «Emma Zunz» cuento de Jorge Luis Borges recogido en *El Aleph* (1949). El cuento narra la venganza de Emma Zunz, que mata a Aaron Loewenthal, responsable del exilio y la muerte de su padre. Como parte de esta venganza Emma debe obtener una coartada que la obliga a prostituirse con un marinero noruego, en un hotel del Bajo.
351   *Almácigo*: Recipiente, bolsa de plástico o caja donde se realiza la germinación y crecimiento de algunas semillas hasta lograr una planta pequeña, la que luego puede ser trasplantada a suelo firme.
352   *Tonel*: Recipiente grande de madera para almacenar líquidos, barril.
353   *Martineta*: Ave típica de Argentina, Paraguay y Uruguay.

Una sola vez le compramos fiado al tambero un gran balde lleno porque nos agarró un ataque de dulce de leche. Mientras el Obispo dormía, pusimos el balde a hervir con varios kilos de azúcar que consiguió Luma. Hicimos un dulce de leche oscuro, riquísimo, que nos duró sólo dos días. Fue de las pocas cosas ricas que comí en el Ocean. Sólo sabíamos echar papas a la olla. Almorzábamos tarde unos pucheros[354] terrosos y, cuando se podía, dormíamos una siesta de cinco a siete, más o menos, porque nadie tenía la hora exacta, no había dónde preguntar la hora oficial.

Las noches las tengo menos claras en la cabeza, en olas confusas de colores chillones y violentos. Las tengo mezcladas y un poco borradas por la confusión del alcohol. Aunque algunas cosas las recuerdo a mi pesar. Yo sabía que en algún momento me iba a llegar el turno de ir a las piezas con los hombres.

Una noche Benedicta no quiso irse al fondo con un viejo y el Obispo la llamó aparte y la llevó para afuera. No volvió, así que pensamos que se había ido a otro bar. Al día siguiente, Catalina me dijo que le parecía sospechoso que no hubiera vuelto. Me lo dijo al oído, muy suave. Teníamos que hablar así, porque el Obispo escuchaba todo; no entendíamos cómo sabía cosas que habíamos estado hablando. Creíamos que alguna le hacía de informante.

Antes del atardecer, salimos con Catalina a buscar a Benedicta. Mi perra nos seguía; yo tenía miedo de que la pisaran las bicicletas o los caballos que tiraban del tranvía. Pasamos por los otros bares del Bajo entre cartoneros, oficinistas cansados, apostadores, adivinas pedigüeñas[355], entre lámparas chinas y olor a pescado frito, metiéndonos en distintas músicas, ruidos de pianolas, sevillanas, teatralizaciones de naufragios, enanos... Entrábamos, nos asomábamos un poco y si no la veíamos a Benedicta, volvíamos a salir. Pasamos por 25 de Mayo, por Reconquista, pasamos frente a la Torre Garay, y yo no le dije nada a Catalina que había trabajado ahí. Bajamos por San Martín donde noté que ya no se veía la cúpula de la Estación Retiro al fondo de la calle. Es-

---

354 *Puchero*: Plato popular en Argentina que consiste en verduras hervidas, legumbres y carne (por lo general carne de vaca de baja calidad y rica en grasa) y chorizo colorado.
355 *Pedigüeño*: Que pide cosas con mucha frecuencia.

tuvimos dos horas buscándola a Benedicta. Subimos por donde había estado la plaza San Martín; toda la barranca estaba ocupada por casas. Ya había oscurecido y teníamos que volver. Quisimos hacer un último recorrido para ver si la veíamos caminando por ahí. Nos metimos por Florida, que estaba toda iluminada, era una de las pocas calles donde quedaba alumbrado eléctrico. Los propietarios de los locales colgaban conexiones truchas[356] para iluminar sus negocios. Las disquerías ya no le vendían nada a nadie, pero ponían discos a todo volumen. Caminamos aturdidas por el ruido y todo el movimiento en la luz amarilla; estábamos pasándola bien, casi nos habíamos olvidado de Benedicta. Catalina miraba con atención los grupos de hombres: lo buscaba a Gabriel. Se dio cuenta de que yo lo había notado y trató de disimular.

—¿Qué le habrá pasado a ésta? –dijo, y en ese instante se apagó todo el alumbrado de la calle y se cortó la música.

Nos quedamos totalmente a oscuras y en silencio. La calle Florida había dejado de ser peatonal, se sentían los caballos de los coches pateando el suelo impacientes y los cocheros tranquilizándolos. Se oían diálogos asustados. No se veía nada. Algo me tocó la pierna. Casi grito, pero era la perra que se había echado a mis pies. Nos quedamos todos en el lugar, hasta que empezaron a sacar de las casas algunos farolitos.

Al día siguiente, entre los cadáveres de suicidas y suicidados que aparecían en el río cada mañana, la encontraron a Benedicta, flotando entre los pilotes del muelle de pasajeros. Se llamaba Benedicta Ramírez. Dejó un cepillo para el pelo y una Biblia de tapas verdes que hojeaba sin ganas. Sólo eso. No tenía su propia ropa. Estábamos seguras de que la había matado el Obispo, pero no lo podíamos probar. Si lo denunciábamos, lo más probable era que pagáramos nosotras. Él estaba arreglado con la policía; todas las semanas pasaban a cobrar.

***

---

356 *Trucho*: Fraudulento, falsificado, ilegal.

La muerte de Benedicta era un mensaje de advertencia del Obispo para todas. Quedamos asustadas, susurrando en los rincones. Luma encendía velas, Jackie se santiguaba[357] a cada rato porque veía sombras. Ya venían de antes con historias de fantasmas, decían que el Ocean había sido una casa de computación que se había prendido fuego durante los saqueos de enero. El hijito de los dueños había muerto carbonizado y algunas chicas juraban que a veces se oía una respiración ahogada y gemidos de nene detrás de la pared. Ahora se agregaba el fantasma de Benedicta.

Esa noche el Obispo no pasó revista, y eso fue peor; nos sentimos todavía más amenazadas. Hasta el pianista parecía asustado, aporreando las teclas con algún pifie[358] nervioso. El primero en entrar fue un viejo de anteojos redondos que se quedó conversando con la Paraguaya. Cuando ya se estaba llenando el salón, lo vimos entrar al Obispo sonriente, con una chica rubia de la mano. No parecía tener más de quince años. La llevó para atrás y la llamó a Tanka. Al parecer, esta chica también era polaca[359].

Después hubo un revuelo, un principio de pelea. El barman trataba de hacer entender a unos marineros que el televisor, que todavía estaba colgado en un rincón cerca del techo, no andaba.

—No hay señal —les decía y los tipos insistían en pedir el control remoto.

Me acerqué. Les expliqué lo que pasaba, que no había más emisoras, ni satélite. Se rieron de nosotros y se sentaron de nuevo a tomar sus tragos. Nos invitaron a Luma, a Anabel y a mí. Eran Australianos. Se reían con unas carcajadas afónicas y para adentro, se ponían rosados, parecían a punto de reventar. Uno me miró bien y empezó a decirle a los otros:

—*That's sleeping beauty there.*

---

357   *Santiguar*: Entre los católicos, hacer la señal de la cruz tocando con la punta de los dedos de la mano derecha sucesivamente la frente, el pecho, el hombro izquierdo y el derecho. En la novela la invocación de la Santa Cruz tiene un valor de repeler el mal: «Por la señal de la Santa Cruz, de nuestros enemigos líbranos Señor».
358   *Pifie*: Error, equivocación.
359   *Era polaca*: Entre fines de siglo XIX y principios del siglo XX Argentina fue epicentro de una activa trata de blancas. En su mayoría, se trataba de mujeres de Europa oriental, polacas, rusas, y de las repúblicas bálticas, muchas de ellas judías que eran traídas a Buenos Aires con pretextos engañosos.

Los demás me miraron y asintieron. Otra vez me decían «Bella durmiente». No tenía forma de entender por qué se repetía ese apodo, que venía de gente que no se conocía entre sí.

La Paraguaya llamó al Obispo y le presentó al viejo de anteojos que estaba con ella. Conversaron un rato. El viejo le entregó un puñado de billetes y se dieron la mano. El Obispo nos llamó a todas. Rodeamos la mesa. Al viejo le chispeaban los ojitos mirándonos. Las eligió a la Paraguaya y a Jackie, las dos más rellenitas, y se fue para el fondo caminando despacio con una en cada brazo. Los marineros lo aplaudieron al verlo pasar. El viejo saludaba contento. Después supimos la historia. Tenía un marcapasos[360] y no había podido conseguir las pilas especiales que llevaba. Se le estaban por agotar. Tenía la plata pero había revuelto todas las clínicas y hospitales, había preguntado en todos lados y no había podido conseguirlas; no las traían más al país desde enero. Había decidido que, si se iba a morir, lo haría en medio de dos chicas, en la cama. La plata que le había dado al Obispo era la plata para las pilas.

Los australianos me hicieron tomar whisky, después cerveza, después unos tacos de vodka. Cuando estaba cantando mi canción, me parecía que nadaban los tiburones y las sirenas pintadas en la pared azul. Me equivoqué la letra, repetí la segunda estrofa dos veces, pero casi no se notó. Me llamaron a la mesa. Me decían:

—*Show us your mussel, Molly*.

Yo me reía. En medio de la risa, descubrí que la canción se podía entender como si ella fuera prostituta; Molly Malone no vendía almejas por la calle: era una puta por las calles de Dublin. Así lo entendían ellos, y así lo entendí yo, cuando uno me agarró de la mano para llevarme al fondo. Pasamos entre las mesas; Catalina me miró y le pidió algo al Bombero. El australiano me llevaba de la mano, flameando. Catalina se nos acercó, parecía más borracha que yo. En el pasillo de atrás, le dio un beso al tipo, después me dio un beso a mí, de lengua, después sentí que ella

---

360 *Marcapasos*: Aparato electrónico que se implanta en el corazón para corregir irregularidades en el latido.

misma me levantaba el vestido y me metía el dedo bien hondo. Fue un instante, me miró a los ojos y nos dejó ir. Yo no entendía qué pasaba. ¿Por qué me había besado Catalina? Entramos en una pieza pero estaba ocupada por Luma y un tipo. Entramos en otra medio oscura. Fue todo muy rápido. No me saqué ni el corsé. El tipo bufó[361] encima de mí levantándome el vestido y las enaguas[362]. Yo oí los gemiditos del fantasma del nene que decían las chicas que rondaba por ahí. Quedé atrapada bajo el peso desmayado del australiano. Tuve que deslizarme hacia un costado como si saliera de abajo de un elefante marino. El tipo quedó roncando, tirado. Me quedé sentada al borde de la cama. Todo me daba vueltas. Si volvía al salón, me iban a querer llevar de vuelta al fondo.

Abrieron la puerta de una patada, eran Anabel y un tipo abrazados, tropezando. Tuve que empujarlos y cerrar con traba. Se me dio por pensar que tenía que quedarme sentada derecha para no embarazarme. No tenía que acostarme. No sabía que Catalina me había metido un algodón con vinagre. Para eso había sido su maniobra de besarme en el pasillo. El algodón con vinagre era eficaz para evitar los embarazos. Pero sólo para eso. Las chicas me habían contado que desde mayo no había más revisiones médicas[363]. Si el tipo estaba lo suficientemente borracho, le ponían un «Flor de ceibo», unos preservativos nacionales de goma gruesa, que se lavaban en agua caliente y se volvían a usar. Cuando yo estuve en el Ocean, ya no se conseguían.

Empecé a tomar. Prefería estar aturdida por el alcohol para soportar esa sensación de que se frotaban, se masturbaban con mi cuerpo, me usaban como una gran muñeca, cogiéndome, hurgándome, penetrándome como si cada uno por turno buscara alcanzar algo adentro mío, muy adentro, cada vez más fuerte, más profundo, y se desmayara antes de conseguirlo. La ginebra le sacaba los bordes filosos a las cosas, al dolor, al olor, al asco. Esa

---

361 *Bufar*: Resoplar, dicho de un animal, como por ejemplo un toro o un caballo. En este caso, refiere a la bestialidad del hombre.
362 *Enagua*: Prenda interior femenina que es similar a una falda que se usa por debajo de la falta exterior.
363 *Revisiones médicas...*: Práctica estatal común a fines del siglo XIX y principios del siglo XX (cuando la prostitución era legal, y regulada) de revisar periódicamente la salud de las prostitutas para evitar el contagio de enfermedades de transmisión sexual.

especie de fuego que me bajaba en cada trago me purificaba al menos por dentro. No podíamos bañarnos hasta el día siguiente y tenía que aguantarme las ganas de sacarme de encima todos esos olores superpuestos. No pretendía emborracharme –al Obispo no le gustaba que tomáramos mucho–, buscaba quedar apenas colocada en un estado donde podía mantenerme durante horas con unos pocos tragos espaciados.

Al día siguiente, después del mediodía, cuando ya me había olvidado del viejo del marcapasos, salieron lagrimeando de la pieza la Paraguaya y Jackie. Quince horas después de meterse con ellas en la cama, había muerto este viejito que sólo había querido tenderse entre ellas; los tres desnudos. Le cerraron la boca, lo vistieron con su propia ropa, le pusieron sus anteojitos y lo peinaron con agua. Después, entre el Bombero y todas nosotras lo sacamos en un tablón, cubierto por una sábana blanca. Un carro lo llevó al cementerio del Oeste. Pasaban seguido carros con muertos que no sabíamos de dónde venían.

Había una peste[364]. Tanka y La Paraguaya les echaban la culpa a los soldados negros, desertores del lado brasileño, que escapaban de las guerras del Norte para buscar trabajo en Buenos Aires[365]. Luma, ofendida, decía que la peste la traían las ratas que huían de los barrios que ya no estaban. Pero yo creo que fue el agua. Se había cortado el agua corriente y algunas casas estaban haciendo pozos que llegaban hasta las napas[366] envenenadas, decían que, en los garajes del subsuelo de los edificios del Bajo, estaban rompiendo el piso de cemento para abrir aljibes[367]. Por la calle pasaban aguateros distribuyendo agua potable. Se decía que la traían de río adentro, donde no llegaba la contaminación, pero era un agua dudosa, turbia y con olor a barro. Yo la usaba para bañarme y trataba de no tomarla, sobre todo, si no la hervíamos antes. Aconsejaban guardarla en tachos y ponerle alumbre para que se aclarara, pero el Obispo no quería gastar plata.

---

364 *Peste*: Epidemia. Aquí alude a los brotes de fiebre amarilla en Buenos Aires en el siglo XIX. Aunque los brotes eran recurrentes, el de 1871 fue el más devastador.
365 *Guerras del Norte*: Véase la nota sobre la Guerra de la Triple Alianza más adelante.
366 *Napa*: Depósito natural de agua subterránea.
367 *Aljibe*: Cisterna, pozo para extraer agua.

Todavía teníamos gas, pero se había acabado el querosén. Como estaba haciendo mucho frío, teníamos que salir a juntar cosas para quemar en las estufas. Quemamos escenografías, sillas rotas, tablones que traía el río, diarios viejos de los que todavía tenían fotos a color, cajones de fruta, ramas juntadas en la escarcha de las plazas, guías de teléfono.

«Los fondos», como llamaban a la parte de atrás, quedaron un poco más despejados de porquerías, porque las fuimos quemando. Daba lástima ese patio. Entrábamos de la calle al salón del Ocean con la cabeza en alto y llegábamos al fondo hechas un trapo de piso. Nos habíamos acostumbrado a tener distinta actitud en cada lugar. El frente era donde brillábamos glamorosas y los fondos era donde no se disimulaba la inmundicia humana, era un vaciadero de mugre, el lugar donde se tumbaban los cuerpos y se caía la máscara. Era la espalda del Ocean, donde nosotras puteábamos, donde se borraba la sonrisa a la venta, donde se desgreñaba todo y, a la vez, se podía descansar.

***

Venía mucha gente. Venían al Bajo para sacarse el susto. El campo se estaba comiendo la ciudad. Y todos buscaban el Bajo como si el declive mismo los trajera. Huían por un rato de la oscuridad, del pánico a las epidemias, de la amenaza lenta del desierto. Querían ver el ruido, la luz, la música, las multitudes que partían. Se oían las sirenas de los barcos. Los gritos. Algo parecía rodar hasta ahí, por las calles en barranca, para agotarse en la noche.

Venían tipos oscuros, llenos de sombra, que me abrazaban sin sacarse el sobretodo, tipos que apenas se desbraguetaban y lloraban al momento de acabar[368]. Algunos eran tangueros medio mudos, apagados porque ya casi nadie escuchaba ni cantaba tangos. Uno dejó el bandoneón[369] en el Ocean porque no podía pagar las copas, y ahí quedó el instrumento, dando vueltas, hasta

---

368 *Acabar*: Eyacular, alcanzar el orgasmo.
369 *Bandoneón*: Instrumento musical similar al acordeón utilizado en las orquestas de tango.

que se lo vendieron a un carpintero alemán que lo quería para su hermano que tocaba música sacra en las iglesias de Heidelberg[370].

Venían soldados con remiendos en la ropa y en la piel; mostraban orgullosos sus cicatrices rosadas como cierres de chicle. Uno me mostró una foto de cuando defendieron el cerco de la Capital; aparecía abrazado con otros soldados flacos.

—¿A ver si adivinás cuál de estos dos murió? –me dijo.

Había uno de mirada triste y otro de sonrisa confiada.

—Éste –le dije, señalando al de sonrisa confiada.

—Sí –me dijo– ése murió. Todos eligen al otro.

Detrás de ellos se veía la barricada de libros. Podían leerse los títulos de algunos lomos. Miré bien. Uno de los lomos decía *Orlando* con letras blancas sobre fondo negro, parecía la misma edición que me habían quitado en el departamento, pero no podía estar segura de que fuera el mío.

También venían grupos de tipos ricos, vestidos de *smoking*, que querían entregarse a la nostalgia del barro del Bajo después de la altura lírica de los conciertos que había por esos días. Sin cine ni electricidad, la gente que tenía plata se distraía con programas de ópera, música clásica y teatro. Algunos hombres venían después al Bajo a tomar y a exagerar las groserías.

Me gustaba escuchar algunas conversaciones de los hombres, porque me enteraba de cosas que estaban pasando, a veces mentían para sorprender a los otros. Los locales hablaban mucho del desierto. No podían hablar de otra cosa. A mí me tenía cansada el tema. Unos tipos contaban que la avenida Rivadavia, que había sido la más larga de la ciudad y –según decían– del mundo, ahora llegaba hasta avenida La Plata, después ya era campo. Parque Centenario había quedado confundido en el pastizal; el trazado de canteros y caminos, perdido en la maleza.

Un soldado jetón[371], de barbita rala, al que le faltaban todos los dientes menos uno, contó que en la provincia había grandes

---

370 *Tocaba música sacra...*: Alusión (invertida) al origen del bandoneón, instrumento icónico del tango como género musical. El bandoneón fue importado de Alemania, donde se utilizaba como sucedáneo del órgano. En la novela ocurre lo opuesto: el bandoneón es exportado a Alemania.
371 *Jetón*: De boca grande (como la jeta de los caballos o el hocico del cerdo).

batallas que no salían en el diario, y que había mucha gente viviendo tierra adentro, acampando, acercándose cada vez más a la Capital, gente totalmente «al margen de la autoridad», agrupados en grandes bandas que vivían de lo poco que sembraban y, sobre todo, de las vacas que robaban. Mencionó las bandas de los «braucos», los «guatos», los «turíes»[372].

—En un par de meses, van a andar por acá. Nos van a comer a todos en puchero. Van a ver –decía y se reía con la boca desdentada.

Me impresionó verle la boca así, porque alguien me había dicho que, de la bronca, uno puede perder los dientes, y yo, a veces, soñaba que me pasaba eso.

Otro tipo le decía al soldado que era un exagerado, pero él aseguraba que había participado en una excursión militar que no había podido expulsar a las bandas hacia el sur del Río Negro[373].

—Yo venía a la retaguardia y, cuando nos íbamos retirando, salían de la nada, haciéndonos burlas. Y eso que habíamos matado a una cantidad. Están por todos lados, se crían como piojos.

Contó que al día siguiente tenía que alistarse otra vez para ir a la provincia a cavar un pozo. El gobierno quería hacer una zanja de casi cuatrocientos kilómetros, desde Bahía Blanca hasta el sur de Córdoba, para detener la invasión y para proteger a los agricultores y a los ganaderos. Habían pensado levantar un alambrado perimetral, pero había que importarlo y se oxidaría demasiado rápido. La idea de la zanja fue la que terminó prosperando[374].

Baby se enfermó por esos días. El Obispo nos dijo que la pu-

---

372 *Brauco...*: Alusión ficticia a los pueblos indígenas (principalmente mapuche y tehuelche) que ocupaban las zonas australes de Argentina. Con la *Conquista del Desierto* en 1879 muchos de los indígenas fueron eliminados o empujados a zonas menos pobladas No obstante ello, como se notará más adelante, los guatos, braucos y turíes son habitantes urbanos que han «retrocedido» a la vida rural seminómada, y a una versión apenas reconocible del castellano.

373 *Río Negro*: Río más importante de la provincia homónima en el sur de Argentina. Hasta el Río Negro llegó la Conquista del Desierto mencionada en la nota anterior.

374 *La zanja...*: Alusión a la *Zanja de Alsina*, sistema de zanjas y mangrullos (torres) que se construyó en el centro y el sur de la provincia de Buenos Aires para defender los territorios del gobierno federal de los malones de los indígenas. El sistema toma su nombre de Adolfo Alsina, Ministro de Guerra bajo la presidencia de Nicolás Avellanada que fue responsable de la planificación e implementación de dicho sistema.

siéramos en la última pieza de arriba. Tenía fiebre. Estaba demacrada y casi no hablaba. Cada vez que íbamos a hacerle compañía, tenía peor cara. Yo le preparaba un té de quinina molida, para que le bajara la fiebre, pero le hacía muy poco efecto. No teníamos nada para darle. Tras los arcos, veíamos pasar a mucha gente con todos sus muebles en carros y carretillas. Decían que Barrio Norte se estaba viniendo abajo y la gente se mudaba al sur. Tuvimos que conseguir otro gato para que ayudara a espantar las ratas al que ya teníamos; las veíamos caminando por la pared medianera.

El Obispo se puso más violento y controlador. Para lograr su obsesión por la «cinturita de avispa», se encargaba él mismo de ajustarnos los corsés a un punto que no podíamos respirar. Yo tenía cada vez más ganas de matarlo. Cuando tomaba, se me cruzaban por la cabeza imágenes de peleas y linchamientos. Ya ni la ginebra ni el aguardiente me hacían arrugar la cara. La borrachera más fuerte me la agarré una noche en que vinieron unos marineros irlandeses. Fue mi penúltima noche en el Ocean.

***

Un tipo en la barra nos estaba contando de los prodigios de la tierra.

—Ustedes, chicas, tienen que irse a Luján. Arriendan tierra por unos pesos. Se puede vivir bien. Tiran dos semillas y a la mañana siguiente ya asoma el tallo. Se ve la caña del maíz subir y crecer. En unos días, tienen tomates, lechuga, papas... No hay que obedecer a un patrón y con remover la tierra un poco cada día y regar, ya está.

Yo hacía tiempo que quería irme tierra adentro, salir de todo el aturdimiento, cultivar y estar tranquila. Pero sola no me animaba. Empezamos a hablar de irnos todas a hacer una granja. Estábamos hablando de eso, cuando vimos entrar a tres marineros, medio tímidos. Uno muy buen mozo, con una cara fuerte y ojos claros.

Después de que cantara mis canciones, ese mismo marinero me llamó y me sentó en su rodilla. Se llamaba Frank. Me miraba y me sonreía. Casi no hablaba. Me pidió que me soltara el pelo y tomamos ginebra. Se había acabado la cerveza. Uno de sus amigos ponía su brazo blanco pegado al brazo negro de Luma y señalaba divertido el contraste en el color de piel. No fallaba. Siempre le hacían lo mismo a Luma, y ella aparentaba divertirse con el tema. Era parte de la comunicación gestual que había que hacer cuando no entendíamos el idioma. Con los que hablaban inglés, yo me ponía de traductora sólo si me lo pedían. Si no, dejaba pasar los equívocos. Al principio había querido explicar todo, quería sacar esa especie de pared de vidrio que se levantaba entre las dos personas que intentaban en vano decirse algo. Después descubrí que se entendían igual. No necesitábamos contarnos nuestras vidas. Todo era bastante más rudimentario. Se trataba básicamente de permitir o de frenar el avance de las manos apuradas.

A Frank no tuve que pararlo. Me tomaba de la cintura y me palmeaba el muslo al ritmo de la música pero no trataba de meter mano ni de besarme. De vez en cuando, lo sorprendía mirándome. Le pregunté qué miraba y me dijo que me parecía a la «Bella durmiente» de las máquinas.

—*You look like that sleeping beauty in the kinetoscope.*

Le pregunté de qué me estaba hablando y me contó que, en una de esas maquinitas que pasaban imágenes eróticas, había una chica igual a mí. Le pedí que me mostrara dónde.

Pero llegó otro irlandés con el mismo uniforme y les dijo que lo acompañaran: en otro bar habían acuchillado a un compañero. Se levantaron para irse. Frank me miraba sin saber qué hacer. Le pregunté dónde estaba esa máquina y me dijo:

—*Meet you tomorrow round the corner at five. I'll show you.*

Le dije que sí, ahí estaría, a las cinco en la esquina al día siguiente. Y se fue.

Catalina me vio la cara y me empezó a advertir que no me enganchara con nadie, que no aceptara propuestas afuera del bar, porque todos se iban al final y se sufría más. No pude evitar quedarme pensando en el día siguiente y tomé más ginebra que nunca. Un loco, que decía que se había ganado la lotería, invitaba rondas y rondas para todos hasta que el Bombero le mandó la cuenta y el tipo no tenía un peso. Se me subieron los vapores y suspiré, imaginándome cosas lindas. Catalina siguió con sus consejos, y yo me harté, la mandé al carajo. Le dije que, si ella quería pudrirse tomando mate en esas piezas con olor a pata, era cosa suya, pero que me dejara tranquila.

—Cerrá el pico, María. Sos una chetita nariz parada.
—Y vos sos una negra metida[375].

Casi nos arrancamos las mechas. Tuvieron que separarnos y sentarnos lejos, antes de que nos viera el Obispo.

La cosa se mantuvo tensa. Cada tanto, nos cruzábamos unas miradas veloces, y yo me reía fuerte, desafiante, para que se oyera. Tengo que haber estado insoportable. El Obispo me llamó aparte. Salimos al patio. Empezó a preguntarme qué me pasaba. Me dijo que no le gustaba que tomara tanto. A mí me dieron ganas de llorar. El Obispo me abrazó y lloré mucho, un llanto triste donde todo se desmoronaba. El Obispo me abrazaba, me sostenía la cabeza, y me hacía mirarlo. Yo lo veía borroso a través de las lágrimas.

—Mirame –me decía–, mirame. Ustedes saben bien que yo las quiero. Les doy todo. Son mis hijas. Tienen casa, comida... ¿eh? Están cómodas, protegidas... ¿Qué más quieren? Yo no entiendo qué más quieren. Mirame, linda.

Me sostenía el cráneo para que lo mirara y parecía que podía matarme de un solo apretón. Me dijo que me tranquilizara, me mandó a que me lavara la cara y volviera después al salón.

Tuve que estar un rato en los piletones poniéndome agua fría y respirando hondo para que se me pasara. No se podía retirar lo dicho. Nunca se puede. El insulto a Catalina me había salido del fondo de la infancia en los patios de mi colegio inglés. Era como

---

375 *Metido*: (Argentina) Que tiene la costumbre de inmiscuirse en asuntos ajenos, entrometido.

si nada hubiera cambiado. El mundo se caía a pedazos pero los prejuicios se mantenían intactos. Todos nos creemos normales, parados en el justo medio, y nos duele que nos saquen de esa ilusión de neutralidad. Nadie se cree afectado ni vulgar, nadie se cree ni cheto ni negro. Pero siempre vamos a ser afectados para unos y vulgares para otros. En el grupo de Suárez & Baitos, yo había sido la no-cheta, incluso, para algunos *rugbiers* economistas, yo era «picado grueso»[376], como los oí describir una vez a una chica. Pero para Catalina yo era cheta, «nariz parada». Catalina, según me contó, había sido considerada la cheta entre sus amigas de colegio y yo la había ofendido tratándola de negra. Negra para ella era la Paraguaya, que a su vez trataba de «negra sucia» a Luma. Y así seguía la infinita cadena del desprecio. Un desprecio que asomaba cuando había roces, pero que no nos impedía ser amigas. Supongo. Todas estábamos igual de perdidas en ese fondo. Sabíamos que nuestro oficio, ya fuera fijo o casual, nos igualaba.

***

Al día siguiente, el Obispo se despertó diciendo que quería comer carne.
—Estoy harto de la verdurita. Quiero carne gorda. De vaca.
A las once, nos mandó a Jackie y a mí al matadero del norte[377]. Le preguntamos dónde era y nos dijo:
—Pregunten.
Nos dio plata y salimos caminando por el Bajo con una bolsa cada una. La perra me seguía como siempre, a unos diez metros. Le preguntamos a un hombre que estaba descargando algo de un carro lleno de moscas. Nos dijo que ése era el matadero nuevo, en Las Heras y Pueyrredón.

---

376 *Picado grueso...*: En Argentina, es una variedad común de salame donde la carne (de vaca y cerdo) que compone el salame no ha sido muy molida, por lo en su interior se ven pedazos de grasa animal, y su exterior es irregular. Dicho de una persona, como en este caso, se refiere a alguien basto, no pulido.

377 *Matadero...*: Lugares donde se matan a los animales para consumo de su carne y/o procesamiento de sus partes. Hoy en día los mataderos están integrados a los frigoríficos, por lo que no son espacios (ni productivos ni sociales) distinguibles. Esto no era así el siglo XIX. Como espacio simbólico ocupa un lugar importante en la cultura argentina eminentemente en *El Matadero* de Esteban Echeverría donde el matadero es una metáfora del régimen de Juan Manuel de Rosas (1829-1852).

—No vayan al de Plaza Once porque no les va a llegar la carne. Yo vengo de ahí y miren lo que es esto. Todo podrido. Y no hace cuatro horas que salí.
Le agradecimos y desde el carro nos dijo:
—Vayan con cuidado. Está jodida la zona.
Seguimos por el Bajo. Se veía el río cerca de la avenida; cruzaban mujeres con canastas en la cabeza llenas de ropa. Iban a lavar a la orilla. Se veían más mujeres lejos, detrás de las vías, entre los sauces de la costa, desplegando la ropa blanca. Pasó un cortejo fúnebre, un carro negro tirado por caballos negros. Tuvimos que taparnos los ojos porque levantaban una polvareda insoportable. No se veía ya el asfalto debajo de la capa de tierra. Yo no entendía dónde podía estar el matadero. El departamento de mi abuela donde habíamos vivido con papá de febrero a mayo estaba a pocas cuadras de ahí y era una zona elegante, de edificios y negocios caros.
Empecé a entender cuando estábamos llegando a Pueyrredón. Se veía demasiado cielo ahí, un cielo que llegaba hasta cerca del horizonte. Ya no estaban los edificios ni las torres distinguidas.
—¡Mirá! –decía Jackie espantada.
A mí no me sorprendía tanto porque ya había visto el descampado en Beccar. Estábamos a unas treinta cuadras del centro. El último edificio alto, en pie, estaba en la esquina de Schiaffino y Libertador, donde soplaba un viento abandonado y barroso; después, era campo abierto y algunas quintas.
Bordeamos la barranca de La Recoleta, sólo había árboles y unos carros desatados. En la parte de atrás de la barranca, donde había estado Plaza Francia, había un basural. Un volcadero de desperdicios donde se pudrían osamentas[378] entre los escombros. Había gente revolviendo y llevándose chapas para hacer sus casas. Un poco más lejos, había un hervidero de chimangos y caranchos comiéndose la carcasa de algo que parecía un animal, pero me pareció ver un brazo y no quise mirar más.
Pasamos cerca de unos chicos de menos de diez años que pi-

---

378 Osamenta: Esqueleto completo de un animal o de un humano (o su cabeza o cadera), cuando se encuentran despojados de carne.

caban la basura con un alambre. Nos empezaron a chistar, y otros tipos más grandes nos hacían como un chiflido mojado, como si chuparan algo. La perra se puso a olfatear la basura y le pegaron un cascotazo. Caminamos rápido, siguiendo por ese valle que se formaba entre las dos alturas, la del cementerio y la de la zona donde habían estado las calles con nombres de astrónomos. Se adivinaba todavía contra la barranca, la escalera de Guido medio tapada por el pasto. Supimos cuál era Las Heras porque en la esquina seguía estando el pedestal de un monumento dedicado a algún prócer que ya no estaba. Miré para el lado del edificio de mi abuela. No había nada, sólo unos ranchos y algunas arboledas en fila, donde habían estado las calles. ¿Dónde estaba toda esa gente asustada, toda esa organización vertical de manzanas y edificios y escaleras y puentes?

Oímos gritos furiosos y unos mugidos. El matadero estaba en la plaza, junto a una catedral de estilo gótico; la habían rodeado con un cerco de carteles viejos y rejas de balcón. Se veía dentro el movimiento de animales. Todavía estaban la calesita y algunos juegos. Unos hombres de a pie enlazaban un ternero grande por el cuello. Le pusieron otro lazo en la pata de atrás y pasaron la punta sobre el travesaño de las hamacas. Un jinete del otro lado lo ató a su caballo y arrastró el ternero hasta que quedó colgando cabeza abajo. Ahí le clavaron una cuchilla larga y juntaron la sangre en un fuentón. Antes de que se apagara ese mugido horrible con gárgaras de sangre, lo empezaron a carnear.

La perra gemía de hambre. Jackie no quería mirar. Me decía que fuera a ver si nos vendían un pedazo. Yo no pensaba meterme entre los animales. En la otra esquina de la plaza, cerca del arenero, hacían los cortes sobre las mesitas de piedra donde solían jugar al ajedrez los jubilados. Había gente haciendo cola. Compramos cinco kilos de carne para puchero. Le di un pedazo a la perra; desde que me había empezado a seguir en el ombú, nunca le había dado nada; se las había arreglado sola rebuscando algún bocado en los pozos del Bajo.

A la vuelta, no quisimos pasar por el basural y caminamos por el medio de Las Heras. El lugar no había cambiado tanto. Otras veces había sentido lo mismo al cruzar esa avenida. Incluso, estando todavía los edificios altos, había tenido una sensación de intemperie. Era algo físico, cuando cortaba el semáforo y no pasaban autos ni colectivos, y yo cruzaba mal, por la mitad. Durante un instante, había mucho cielo ahí en medio del asfalto y un viento raso me arremolinaba el pelo... Debajo de la ciudad, siempre había estado latente el descampado.

Subimos por una callecita de tierra que tiene que haber sido Ayacucho, pero no estoy segura. Nos seguían las moscas. Jackie no paraba de horrorizarse, se había traído los anteojos negros y cada tanto se los sacaba para mirar bien, tratando de ubicar dónde habían estado las casas de ropa y los bares de trampa de La Recoleta que conocía de sus tiempos de puta vip. Me agarraba el brazo.

—Acá estaba Black y allá estaba Senses –decía–. ¿Esta esquina no era Kenzo o era la otra cuadra?

Cada tanto había que sortear unos zanjones profundos, dejados por túneles que se habían desmoronado. En algunos había tablones para cruzar al otro lado. En la zona de restaurantes, lo único que no había cambiado era el olor a pis de gato; quedaban unas pocas casas en pie y casillas nuevas de lata, desvencijadas. Varias puertas tenían una gran «F» amarilla[379], pintada de tres brochazos. Lo poco que quedaba en pie estaba abandonado a los yuyos, al pastizal, a unos árboles torcidos como higueras venenosas. Daba miedo el lugar.

De lejos, vimos que había unos tipos acampando a la sombra de un gran gomero. Tenían unos toldos colgados de las ramas y, al lado, un rancho de palos y de paja.

—Ahí estaba La Biela –dijo Jackie–, estoy segura.

Yo había pasado por ahí a principio de año, por ese bar supuestamente sofisticado, una tarde de domingo en que no había nadie en la calle.

---

379 «F»...: Fiebre amarilla.

—No mires –le dije.

Los tipos nos habían visto y nos gritaban algo. Escuchamos un galope y enseguida nos cerró el paso un tipo con un caballito blanco.

—¿Dónde van?

—Para allá –dije yo.

—No se puede pasar por acá.

—Ya nos vamos, disculpe.

—¿Qué llevan en la bolsa?

—Carne.

El tipo le arrebató la bolsa a Jackie y miró dentro. Después levantó la bolsa y les pegó un chiflido a los del árbol que le contestaron algo que no se entendió.

—Por acá no se pasa sin pagar peaje[380] –dijo y se alejó al galope.

El caballito saltaba entre los matorrales y los pozos. Nos quedamos con la mitad de la carne y seguimos caminando. Más adelante, por Alvear, se veían algunos palacios antiguos en pie, rodeados por cercos espesos.

A mí no me importaba el robo, quería llegar y arreglarme para ver a Frank a las cinco.

—El Obispo nos va a matar –repetía Jackie.

Le dije que teníamos que engañarlo y decirle que la carne estaba al doble de precio. Pero no se quedaba tranquila, movía la cabeza con ese tic de acomodarse el pelo, un tic que se le exageraba cuando se asustaba. Hacía sólo una semana que Jackie no se podía hacer el teñido en el pelo y ya su color negro azabache[381] le llegaba a las orejas, de ahí para abajo hasta las puntas estaba todavía rubia platinada.

Llegamos casi a la una y media de vuelta al Ocean, y eso porque subimos a un carro que nos ofreció llevarnos cuando bajábamos por avenida Callao. Echamos la carne a la olla justo cuando empezaba a oler mal. Tuvimos que sacar un pedazo violeta. Al Obispo no le sorprendió que la carne valiera el doble.

---

380   *Peaje*: Derecho de pasaje o tránsito.
381   *Azabache*: Color negro oscuro brilloso.

Al rato, la polaquita nueva le llevó la bandeja al cuarto donde él dormía, el último de la planta baja.

Baby estaba peor. Le sangraban las encías y la nariz. Las chicas decían que estaba muy amarilla. Catalina buscó un médico, que le dijo que recién podría venir a la noche o a la mañana siguiente. Le advirtió que había una epidemia, que la gente se estaba muriendo como moscas y no se podía hacer demasiado. Muchos de los carros que veíamos pasar por la ventana iban repletos de cadáveres hacia el cementerio del Oeste.

***

Parecía que las cinco de la tarde no iban a llegar más, pero llegaron. Me había puesto un vestido verde y un saco grueso de hombre que me quedaba bien, me había atado el pelo con dos trenzas recogidas. En la puerta vi que la Negra andaba con otros perros del otro lado de la calle. Salí sin que me viera porque no quería que estuviera siguiéndome. Caminé hasta la esquina pensando que quizá él no aparecería, un marinero debe dejar promesas incumplidas en cada puerto, además, no había sido ni siquiera una promesa, sólo una propuesta... Pero ahí estaba Frank. Lo vi hacer ese gesto que siempre me gustó en los hombres, ese gesto de girar el torso sin mover los pies, dándole la espalda al viento para prender el cigarrillo. La forma en que lo hizo y volvió a girar, como un amague de boxeador. Después me vio y me sonrió. Temí haberme arreglado demasiado; él sólo me había propuesto mostrarme dónde estaba ese kinetoscopio. Lo vi con un uniforme azul, de salida.

Nos saludamos con vergüenza, contentos y casi sin decir nada, y caminamos por la Recova que parecía un largo zaguán[382]. En los tramos donde habían cubierto los arcos con unas lonas, la Recova se volvía íntima, como el pasillo de una casa; y en los tramos donde dejaban los arcos descubiertos, soplaba la sudestada y se volvía un lugar inhóspito, barrido por un viento cansado, de

---

382 *Zaguán*: Espacio cubierto situado dentro de una casa, que sirve de entrada a ella y está inmediato a la puerta de la calle (DRAE).

largas distancias, de cielo abierto, donde tenía que agarrarme el vestido para que no se me levantara y las palabras se arremolinaban y se confundían. Tenía que pedirle a Frank que me repitiera lo que me acababa de decir y él tenía que acercarse a mí como si me fuera a besar. Caminamos entre kioscos de diarios y revistas descoloridas, puestos de relojes, de garrapiñada[383], de enchufes triples que de tan innecesarios se habían vuelto raros. Algunos negocios sacaban la mercadería a la vereda, como si se les rebasara del interior, y colgaban la ropa oscilante de las paredes y del techo. Nos cruzamos con el amigo de Gabriel que habíamos conocido en el parque de diversiones. Le pregunté dónde estaba Gabriel y me dijo que en el edificio del Archivo, que estaba tomado. Cuando seguimos caminando, le expliqué a Frank que ese chico era un amigo del novio de una amiga. No pareció importarle mucho, y yo me sentí como una idiota por estar aclarándole tanto. Sonaba desesperadamente disponible.

Antes de cruzar Mitre, me mostró un kinetoscopio que estaba al lado del bar Mercante; tenía un papelito que decía «*Sleeping beauty*». Él sacó una moneda de veinte centavos y la metió en la ranura.

—*Look* —me dijo y giró la manivela.

Miré por el visor. Era una imagen en blanco y negro de una chica dormida, parecida a mí, desnuda en una *chaise longue*; de fondo se veía un cartón pintado con unos cisnes y un lago. ¿Dónde había visto eso? La chica se movía. Miré bien. Era yo. Se me veía todo. Era yo. El fotógrafo alemán me había sacado fotos cuando estaba enferma, delirando en su casa. El muy hijo de puta. Sacudí la máquina con rabia, estaba furiosa, no tanto por estar ahí desnuda, sino porque el tipo se había aprovechado de mi invalidez. Frank me agarró del brazo y me apartó hacia la esquina. Le expliqué lo que había pasado. Se quedó callado y me dijo que lo esperara ahí. Miró dentro de uno de los carros que estaban estacionados frente a la Recova y sacó una cuerda; se acercó al kinetoscopio y la ató a la pata. Vino rápido hacia donde yo

---

383 *Garrapiñada*: (Argentina y Uruguay) Maníes o almendras tostadas con almíbar (DRAE).

estaba y no tuve ni tiempo de preguntarle qué había hecho. Se oyó el ruido. El carro arrancaba[384], arrastrando la máquina que se azotó contra una de las columnas, con un ruido desastroso, y se desarmó. El caballo se espantó al galope, con los pedazos a la rastra. Frank me agarró del brazo y nos acercamos disimulando, sumándonos a los curiosos que miraban el carro que se alejaba. Yo aproveché la distracción para juntar las fotos, eran varias tarjetas, como postales. Las junté todas y nos fuimos rápido, cómplices.

En la barranca le di las gracias y le pedí que me acompañara a lo del alemán. Pero ya no estaba la casa de fotos; en su lugar había una talabartería[385], con un caballo embalsamado en la puerta. Fue mejor así, porque quizá Frank se hubiese visto obligado a defenderme si yo enfrentaba al fotógrafo. Ahí, contra una ventana clausurada, nos sentamos y miré otra vez las fotos y me acordé de la frase que repetía el tipo mirándome cuando me traía esas sopas: «*Es ist ein Engel in mein Haus gefallen*». El carpintero alemán, que se había llevado del Ocean el bandoneón para su hermano, me había dicho que eso quería decir «Cayó un ángel en mi casa». Me acordé cómo lloraba el tipo cuando me fui. Yo parecía un ángel en esas fotos. Frank quiso mirar y yo no lo dejé, quiso agarrarlas pero se las sacudí en el aire burlándolo un poco, me paré y escondí la mano detrás de la espalda. Él se acercó y, queriendo alcanzarlas, me rodeó con el brazo y me besó. Un beso largo. Yo me le colgué del cuello. Era tan buen mozo. Se empinaba la gorra un poco hacia atrás, y el pelo le caía sobre la cara.

Me desató las trenzas y me empezó a soltar el pelo. Le dije que en la calle no. Besarse o soltarse el pelo en la vía pública estaba considerado como «exhibiciones obscenas» y era penado con dos días de cárcel. Todavía me acordaba del policía que me había mandado atarme el pelo mi primera noche en el centro. Frank me preguntó al oído dónde podíamos estar solos y yo preferí no llevarlo al Ocean. Nos metimos en el Ancor, que estaba casi vacío. Le dio dos pesos al barman y entramos por una puerta y después

---

384   *Arrancar*: Dicho de un vehículo, iniciar su movimiento de traslación (DRAE).
385   *Talabartería*: Tienda o taller donde se elaboran artículos de cuero (por lo general, ni zapatos ni ropa, sino correas, monturas, arneses o accesorios).

a un zaguán y después a una escalera y después a un vestíbulo que tenía una ventana con rombos de vidrio rojos y amarillos, y después a un pasillo y después a una puerta que cerramos para estar de una vez solos.[386]

Más tarde, en la penumbra, Frank me contó historias de sus viajes. Había empezado limpiando cubiertas, por una libra al mes, en un barco que iba a Canadá. Había cruzado el Estrecho de Magallanes y el Mar Báltico. Me habló de su familia en Irlanda. Me preguntó cosas sobre mí y yo le conté lo que me había pasado. Al rato sentíamos que nos conocíamos hacía mucho tiempo. Me preguntó qué pensaba hacer y si pensaba algún día tener hijos. No sabía qué decirle. Yo estaba tratando de sobrevivir cada día. No tenía idea de lo que iba hacer la semana siguiente. Él interpretó mi silencio como si yo le estuviera poniendo un freno y sacó unos billetes de su uniforme que estaba tirado en el piso. Nos pusimos incómodos los dos. Me dolió que me pagara pero acepté la plata; no quería confundir más las cosas. Nos vestimos y él se quedó un rato callado. Después me pidió que le mostrara un poco la ciudad. Su barco zarpaba a la noche.

Le mostré Plaza de Mayo. Habían levantado una recova en medio[387], para poder cruzar sin embarrarse, porque era todo un barrial surcado por las ruedas de los carros. Cruzamos la plaza por ahí, entre puestitos que ya estaban cerrando por el día y que vendían verdura o baratijas contrabandeadas, como calculadoras a energía solar o despertadores de plástico. Habían cerrado la Avenida de Mayo. Traté de explicarle que antes había una avenida en ese lugar, pero no me entendió. No insistí, no tenía sentido. Parecía que la avenida nunca había estado ahí porque el hueco estaba tapado por la prolongación de los arcos del Ca-

---

386   Este párrafo es un eco, tanto es el encadenamiento de las acciones, como en la estructura sintáctica, de un párrafo de «Emma Zunz» (cuento recogido en *El Aleph*, 1949). Desde luego, la imitación es deliberada. Comparar: «El hombre la condujo a una puerta y después a un vestíbulo (en la que había una vidriera con losanges idénticos a los de la casa en Lanús) y después a un pasillo y después a una puerta que se cerró» (605).

387   *Habían levantado una recova...*: Alusión a la antigua Plaza de Mayo que estaba separaba en dos (la Plaza de la Victoria y la Plaza del Fuerte) por una recova. Esta división se hizo en el siglo XVIII para acomodar el comercio que dominaba la plaza. La recova se demolió en 1884 quedando conformada la actual Plaza de Mayo.

bildo[388]. Daba claustrofobia la Plaza así cerrada. No sabía muy bien qué mostrarle a Frank. Me di cuenta de que yo avanzaba por las calles con cautela, casi sin querer mirar, porque me daba miedo seguir recorriendo y toparme otra vez con el descampado en la otra punta. Prefería pensar que la ciudad llegaba al menos hasta la Boca del Riachuelo. Cada cosa que no encontraba o que encontraba cambiada me pesaba un poco más, como si me cambiaran el cuerpo.

De la plaza hacia el sur, nos cruzábamos a cada rato con gente que se apretaba un pañuelo contra la cara. Pasamos por el Panal. Estaba cerrado, derruido. Era cierto que la madre de Catalina y el tío se habían ido. Los marcos y las puertas de la fachada estaban apuntalados con tacos de madera. Las paredes estaban descascaradas, había helechos brotando de las rajaduras, yuyos saliendo de los zócalos, de las molduras, del balconcito donde doña Justa solía sentarse los domingos a tejer. Estaba clausurado de manera improvisada, con tablones y con chapas. Había mal olor. No tenía muchas ganas de seguir caminando por ahí. Un grupo de perros cruzó la avenida Belgrano al trote largo, con rumbo fijo, hacia el sur. Vimos muchas puertas con efes amarillas; era una advertencia por la fiebre. Por eso la gente se tapaba con un pañuelo. Le dije a Frank que mejor saliéramos de ahí. Y debe haber notado mi cara, porque me dijo que fuéramos a tomar algo.

Tomamos vino y comimos en una posada del Paseo Solís. Había que recibir los platos en el mostrador y llevárselos a una mesa. Frank pareció ponerse nervioso. Se rascó la ceja varias veces y dejó de comer. Miró el reloj. Yo me puse incómoda. De pronto me preguntó si no quería irme con él a Irlanda.

—*What?*

Estaban dejando subir a su barco a gente de la comunidad inglesa que quería irse a Europa. La propuesta me sacudió. Me quedé callada.

---

388   *Cabildo*: Edificio ubicado frente a la actual Playa de Mayo que en la época colonial servía de sede administrativa para la ciudad. El edificio actual es sólo una fracción del original, dado que sus alas exteriores fueron derrumbadas para dar lugar al tendido de la avenida de Mayo. En la novela, la Avenida de Mayo ha desaparecido y el Cabildo ha recuperado su magnitud original. El Cabido es un edificio icónico en el imaginario argentino, porque frente a él (y en su interior) se desarrolló el movimiento político por el cual se creó la primera Junta en 1810.

—*Come with me* –me dijo.

Quería que me fuera con él. Que me fuera a vivir con él. Me reí nerviosa pensando «Qué hombre más dulce» y le dije que no tenía plata para el pasaje. Me dijo que podía hacerme pasar sin problemas. Le dije que yo no era de la comunidad inglesa, que era bisnieta de irlandeses. Me dijo que no importaba[389]. Me rebatió todos los «peros». Me dio una alegría inmensa. Empecé a lagrimear como una idiota y él me secó las lágrimas y me preguntó si quería, y le dije que sí, que sí quería. Entonces pagó la comida y nos fuimos caminando apurados. Nos separamos a una cuadra del Ocean y quedamos en encontrarnos en el muelle de pasajeros a las diez. Faltaban cuarenta minutos.

***

El Obispo me miró mal porque llegué tarde. Ya había gente en el salón. ¿Cómo iba a hacer para irme? Simulé que me iba al fondo a prepararme para mi número. Catalina no estaba. No nos habíamos vuelto a cruzar desde la noche anterior. Las cosas habían quedado mal entre nosotras. Iba a tener que partir sin despedirme de nadie, esconder mi bolso y pasar lo más rápido posible por el salón hacia la calle y de ahí correr al muelle.

Me senté en la cama y miré el cuarto: el cepillo y la Biblia de Benedicta que habían puesto en el marco de la ventana; un hueco en la pared donde Luma tenía su caracol marino entre dos velas que encendía cantando canciones bahianas; el rincón detrás de la puerta donde yo me había escondido del Obispo; unos peluches de la Paraguaya; una cartera de hule[390] y una muñeca de piernas largas de Anabel; unas cintas de colores colgadas del respiradero que había en la pared... Eran unas habitaciones medio cortas, apenas entraban las camas a lo largo. No se entendía por qué las habían hecho así.

Abrí la salamandra[391] donde quedaban algunas brasas y tiré

---

[389] *Me dijo que...*: Dado que la novela ha «retrocedido» al siglo XIX, Irlanda no existe aún como estado independiente (la República de Irlanda obtendría su independencia en 1922). Por eso «la comunidad inglesa» puede incluir a un marinero irlandés (y a una descendiente de irlandeses como María).

[390] *Hule*: Tela pintada al óleo y barnizada por un solo lado, que por su impermeabilidad tiene muchos usos (DRAE).

[391] *Salamandra*: Estufa de leña o carbón.

las tarjetas del kinetoscopio. Antes de que se quemaran, me arrepentí y saqué una. Una sola. Y la guardé en mi bolso, con mis otras fotos. Las demás tarjetas se encendieron con una llama de colores raros. Saqué del placar del frasco con las cenizas de papá. No podía dejarlo ahí. Lo guardé también en mi bolso.

Cuando el Obispo pasó para su cuarto, esperé unos segundos y salí disimulando. No sé si alguien me vio. Sólo me fui. Atravesé el salón y salí a la calle sin decir nada.

Estaba cansada. En el muelle, la multitud llegaba hasta la calle Bouchard. Me empecé a meter entre la gente. Vi a Frank entre las cabezas. Logró agarrarme de la mano y hacerme avanzar, abriéndose paso a los empujones. Era como un mundo de abrigos y de gritos. Frank me daba indicaciones de lo que tenía que decirle al oficial al embarcar, trataba de escucharlo pero estaba aturdida. Se oyó una sirena larga, enorme. Primero había que subir al remolcador y, de ahí, al carguero inglés. Había gente que saltaba del muelle a unas carretas altas que entraban en el río hasta los barcos. El remolcador era el último que podíamos tomar. Frank estaba apurado. De a ratos nos quedábamos inmóviles, atrapados en la masa, y lo oía gritarle a alguien que él era de la tripulación del barco que estaba por zarpar. Sentía que me tiraban, me llevaban. Me dolían la mano y el brazo. Unas nenas jugaban a las palmas, como si no pasara nada, cantando cada vez más rápido:

> A sailor went to sea sea sea
> to see what he could see see see
> but all that he could see see see
> was the bottom of the deep blue sea sea sea.

Era una canción que me había enseñado en castellano una amiga del colegio y que cantábamos juntas a veces en el patio:

> Un marino fue al mar mar mar
> a ver quién lo iba a amar mar mar
> y quien lo quiso amar mar mar
> fue el fondo azul del mar mar mar.

Si me embarcaba, estaría al día siguiente en el océano, navegando hacia Dublin, donde no conocía a nadie. Conocía a Frank. ¿Lo conocía? Lo miré. Él insultaba a alguien en un inglés incomprensible. No sabía quién era ese tipo. Si lo seguía me iba a ahogar. Sonaba una campana para embarcar. ¿Qué iba a hacer? ¿Qué tenía que hacer? ¿Para qué me iba a quedar en un lugar donde todo se deshacía? Pero el cuerpo parecía querer quedarse, la desintegración era algo mío, el desierto era algo mío. Tenía náuseas. Frank me seguía tirando del brazo. Por un agujero en las tablas se veía el agua negra entre los pilotes donde se había ahogado Benedicta. Yo me iba a ahogar también si me subía, ahí estaba toda el agua negra del mar inmenso para ahogarme. Frank estaba por saltar a bordo. Me agarré de una soga gruesa de la baranda y se le escapó mi mano. Él ya estaba a bordo.

—*Come on! Jump!* –me gritaba–. *Jump!*

Me agarré fuerte de la soga. No. No me iba a subir. No me iba a subir. Le vi la cara de desesperado y me pareció que yo ya había vivido ese momento, exactamente eso, ya había sucedido, la cara de Frank, el barco alejándose, y él que gritó:

—*Eveline! Evvy*[392]!

Y siguió llamándome así cuando el bote estaba lejos, y ya no se veía, y yo todavía aferrada a la soga sintiendo que no lo amaba, que tenía que quedarme, y me fui doblando hasta quedar sentada de rodillas en el muelle entre las piernas enojadas de la gente que no había podido subir.

***

Caminé de vuelta al Ocean, anestesiada, sin siquiera prestarle atención a las miradas y los comentarios de los tipos que se me venían encima. Entré en el salón. Anabel estaba cantando una canción española. El Obispo hablaba con alguien en el fondo. Me

---

[392] *Eveline...*: Toda esta escena es una alusión a «Evelyn», el cuento de James Joyce recogido en *Dubliners*. En el cuento, Evelyn es una joven sin madre (como María) que debe mantener a su padre (otra vez, como María). Conoce a Frank un marinero que le ofrece llevarla a Buenos Aires. A último momento, al escuchar una melodía que escuchó el día de la muerte de su madre, Evelyn decide no embarcarse con él (como en la novela) debido al recuerdo de una promesa que hizo a su madre de siempre cuidar la casa.

vio entrar pero no se acercó. Dejé mi bolso y mi saco detrás de la barra y le pedí al Bombero que me los cuidara. Quise pasar derecho hacia el fondo para maquillarme un poco, pero alguien me agarró la mano. Lo miré. Tuve una sensación desagradable. Era un tipo muy bien vestido, con las piernas cruzadas y medio echado para atrás, displicente. Esa cara, ese pelo rizado, mal aplastado por la gomina... Estaba con otros tipos, todos de *smoking*.

—No me reconoce —les dijo a los otros.

Tuve que hacer un esfuerzo. No estaba para andar reconociendo a nadie.

—María, soy Pablo, tu jefe.

Era Suárez, mi jefe en la Torre Garay. Yo había pensado que eso algún día podía llegar a pasar porque la torre estaba a pocas cuadras. ¿Pero por qué tenía que pasar justo esa noche? Suárez se reía de su hallazgo. Estaba borracho.

—¿Qué les parece el bombón[393] que tenía de secretaria?

Me solté de su mano.

—Dale, flaca, cambiá la cara —decía—, ¿o me vas a denunciar por acoso?

Esa frase les causó a los otros mucha gracia. Suárez me agarró del brazo, me quiso sentar en sus rodillas; me solté.

—Estás arisca[394], María —decía y miraba a los otros a quienes yo no conocía.

Los tipos se reían, la situación les encantaba, era lo mejor que les había pasado en la vida: que un amigo descubra a la secretaria trabajando de puta. Un drama en primera fila.

—Dale, divertite un poco.

El muy baboso siempre me había tenido ganas[395] y creía que hoy finalmente se le iba a dar. Yo no quería que me tocara un pelo. Se acercó el Obispo y me preguntó qué pasaba. Suárez puso varios billetes sobre la mesa y dijo:

—Me gusta esta chica y se hace la difícil, jefe, ¿qué clase de boliche de cuarta[396] es éste, donde las putas se hacen las estrechas?

---

393 *Bombón*: Joven y atractivo (DRAE).
394 *Arisco*: Difícil de dominar (dicho de una animal). Por extensión, una mujer rebelde.
395 *Siempre me había tenido ganas*: Siempre había querido acostarse con la protagonista.
396 *De cuarta*: De cuarta categoría, de muy mala calidad.

Era todo un gran *show* para sus amigos. El Obispo me preguntó qué me pasaba, y yo, sin mirar a ninguno de los dos, dije:
—Hay otras chicas.
—Sentate un rato acá –insistió Suárez, palmeándose el muslo:
No me moví. Pensé en pasar al fondo con él y castrarlo con mi Tramontina en cuando se distrajera. Suárez me agarró de las caderas y me sentó sobre él, apretándome. Me levanté y le crucé un cachetazo de revés que me dolió en los nudillos así que a él le tiene que haber dolido también. El Obispo me agarró y me llevó para el fondo. Mientras me arrastraban, le levanté un dedo a Suárez, cosa que pareció divertirle mucho; él y sus amigos saltaban en la silla con cada carcajada, desarticulándose como títeres a los que les tiraran de golpe de los hilos.
El Obispo no esperó ni a cerrar bien la puerta para pegarme. Me agarró del pelo con la izquierda y dando un gemido extraño me pegó con la derecha un bofetón que me hizo zumbar la oreja. Lo insulté, tratando de cubrirme con los brazos. Quise patearlo pero no pude. Me pegó otra vez en la otra oreja y me caí. Me arrastró del pelo hasta su cuarto, al fondo; yo me colgué de su brazo para que no me arrancara las mechas. No oía nada. Grité. En su cuarto me tiró al piso y me empezó a patear las piernas y la panza. Era como si me pateara un caballo rabioso.
—¡Por favor, pará! –le decía–. ¡Por favor!
Cada patada me sacudía entera. Me pateaba las costillas, los antebrazos. No me pateaba la cara, quizá para que pudiera seguir trabajando (los moretones en el cuerpo no se verían en la penumbra). De pronto paró. Espié entre los brazos: se había desabrochado el cinturón y se estaba desabotonando la braqueta. Vi una sombra. Alguien detrás. El Obispo dio un paso, trastabilló. Miré bien. Catalina le dio el segundo golpe con el fierro de hacernos los bucles. Le pegó en la nuca con toda su fuerza, con las dos manos, cuando ya se venía cayendo. El Obispo se desplomó boca abajo sobre la cama, quedó doblado con las rodillas en el suelo. Catalina me ayudó a levantarme, no me podía mover. Nos

habíamos peleado la noche anterior. Ahora, ella me defendía. Sentí vergüenza. Me incorporé de a poco, tratando de respirar; la patada en la panza me había dejado sin aire. Me dolían mucho el brazo y el costado. Casi no podía apoyar una pierna. Nos sentamos en la cama.

—¿Qué hacemos?

Catalina cerró la puerta.

El Obispo gruñó algo y yo le hundí la cara en la cama. Me arrodillé arriba de los rollos blancos de su nuca.

—¡Mataste a Benedicta, hijo de puta! –le dije mientras le ponía todo mi peso encima.

Catalina también me ayudaba a asfixiarlo, las dos puteándolo para darnos coraje. El Obispo movió un poco los brazos como un insecto, hasta que se quedó quieto. Lo habíamos matado.

Nos quedamos en silencio paradas, mirándolo. Le sacamos la llave del bolsillo, salimos y cerramos la puerta. Yo tuve que tirarme en la cama porque me dolía todo. Catalina me dijo:

—Nos vemos en un rato.

Acostada a oscuras en la pieza, no podía dejar de pensar qué íbamos a hacer con el cuerpo, qué íbamos a inventar, qué le íbamos a decir al pianista y al Bombero. Podíamos decir que el Obispo se había ido de viaje... ¿y después? Quizá podíamos manejar el negocio nosotras, poner un restorán, un hotel. Pero se iban a dar cuenta. Me imaginaba que a cada uno que se daba cuenta lo matábamos, íbamos apilando cadáveres y seguíamos con el restorán. Me dormí y me desperté varias veces cuando Catalina venía a verme.

—¿Cómo estás?

—Mal, me duele mucho.

—Hay dos canas –me dijo–, son los amigos del Obispo que pasan a cobrar. Querían verlo y les dije «El señor se disculpa, pero está en su cuarto, con mucho dolor de espalda». Les ofrecí algo de tomar, ya se van a ir...

Se sentó en la cama.

—¿Y si hacemos un pozo y lo enterramos? –dijo.
—No. Se van a dar cuenta; tenemos que irnos, no nos queda otra.

Me ayudó a sentarme.

—Hoy me lo crucé al amigo de Gabriel, el petiso que estaba en la feria –le dije.

—¿A Juan?

—Sí, ése. Me contó que Gabriel está viviendo en el edificio del Archivo.

—¿Ah, sí? –se hacía la que no le interesaba.

—¿Sabés cuál es el edificio, uno que está antes de cruzar Mitre?

—¿Cuál Mitre?

—No te hagas la tarada[397], una cuadra antes de Rivadavia.

—Ésa se llama Calle de la Piedad –me dijo.

—Bueno, ahí en el edificio del Archivo está Gabriel. ¿Por qué no vas a buscarlo y así nos ayuda?

—No, ¿cómo voy a ir a buscarlo?

—Tenemos que escaparnos, ¿no entendés? Nos van a meter presas. Tragate el orgullo y buscalo a Gabriel.

Movía la cabeza diciendo que no.

—Mirá, Catalina, yo a mi novio no lo encuentro...

—No sabía que tenías novio.

—Sí, se llama Alejandro y no sé dónde está. Si supiera, me iría a buscarlo. Vos tenés la suerte de saber dónde está Gabriel, lo tenés a tres cuadras.

No me miraba.

—Andá a buscarlo porque se va a ir, o se va a enganchar con otra y no lo vas a ver nunca más y te vas a morir sola.

—Es mi vida –me dijo y se fue.

Me paré de a poco y caminé hasta los piletones. Tenía que hacer pasitos cortos. Me dolía todo el lado derecho cuando pisaba, cuando respiraba hondo, cuando movía el brazo. Puse la cabeza bajo el chorro para ver si me despejaba y el agua fría no hizo más que

---

397 *Tarado*: Estúpido, ignorante, bobo.

volver más nítidas y ruidosas todas esas cosas que habían pasado en una sola noche. «*Eveline!*» me había gritado Frank cuando se alejaba; era el nombre de mi bisabuela. Podía ser que se hubiera confundido. Y no terminaba de pensar en eso cuando se me aparecía el cuerpo del Obispo boca abajo. Debía estar ahí, inmóvil. Lo habíamos matado. Era cierto. Lo habíamos matado entre las dos. Sin embargo, su presencia vigilante parecía sobrevivirlo, como si estuviera a punto de salir del cuarto para controlarnos.

Me asomé al salón. Los policías se habían ido. Pasó la Paraguaya con un tipo, para el fondo.

—¿Qué pasó?

—Después hablamos –le dije.

Pasó Tanka y me preguntó lo mismo. Se notaba que había pasado algo, pero no sólo por mi aspecto. Estaba la muerte ahí flotando. Me metí en el cuarto y me tiré en la cama con una frazada.

Me despertó Catalina.

—Lo vi –me dijo.

—¿Viste a Gabriel?

—Sí.

—¿Y?

—Dice que va a ver.

—¿Qué va a ver qué?

—Eso me dijo.

—¿Va a venir o no?

—No sé, quizá no.

—¿Y dónde estaba? –le pregunté, porque no sabía si creerlo.

—Ahí, en el edificio del Archivo. Está todo lleno de gente durmiendo. Pregunté por todos lados hasta que me llevaron a una oficina. Adentro había una riña de gallos.

—¿Una riña ahí?

—Sí, en el tercer piso. Y ahí estaba Gabriel. Está más flaco.

—Tenemos que hacer algo –dije–, contárselo a las chicas, irnos.

Catalina parecía hipnotizada.

—Hay que esperar a que se vayan el narigón y el Bombero –dijo.

A las tres de la mañana, cuando nos quedamos solas, cerramos la puerta de adelante. Nos fuimos todas para atrás y les dijimos a las otras lo que había pasado. La Paraguaya se fue arriba a cuidar a Baby. Entramos al cuarto y ahí estaba el Obispo arrodillado con la cara hundida en la cama. La polaquita gritó de la impresión y tuvimos que taparle la boca. Nos quedamos alrededor del cuerpo enorme. Había que disimular el crimen. Entre todas le levantamos las piernas y tratamos de acomodarlo en la cama. Ya estaba frío. Menos mal que lo más pesado, el torso, había quedado arriba de la cama. Había que acostarlo. Era como tratar de mover un caballo. La llamamos a La Paraguaya para que bajara a ayudarnos. Éramos ocho. Yo sólo podía hacer fuerza con una mano. Nos organizamos: dos lo tironeaban de cada brazo y dos lo levantaban de cada muslo. Pesaba una tonelada.

—A la cuenta de tres...

No se movía. Parecía que se derramaba; lo mofletudo[398] se nos escapaba de las manos, lo agarrábamos de un lado y se nos patinaba por otro. Era difícil encontrarle el esqueleto. Logramos acostarlo en la cama boca abajo. Intentamos girarlo y no se movía hasta que de pronto giró y le vimos la cara con la boca abierta y los ojos a medio cerrar. La Paraguaya se acercó despacio al cuerpo, desconfiando, y le dio una bofetada, una y después otra. Tuvimos que frenarla.

A Anabel se le ocurrió hacerlo pasar por fiebre amarilla. Entonces Tanka molió una barrita de azufre dentro de un trapo, mientras las otras buscábamos el dinero que tenía que estar en algún lugar. Revolvimos todo, su aparador[399], el placard, los tarros. Nunca habíamos estado mucho tiempo en ese cuarto, sólo para dejar una bandeja; el Obispo no nos dejaba ni barrer ahí. Pero no aparecían los billetes. No podía ser. Encontramos sus documentos y supimos su verdadero nombre. Tenía algunas fotos donde estaba con pelo, junto a algunos sobrinos y parientes.

---

398 *Mofletudo*: Cachetón, con las mejillas hinchadas o prominentes. Aquí, por extensión, «moflete» se refiere a los volúmenes blandos y protuberantes de grasa que el Obispo tiene por todo el cuerpo, dada su obesidad.
399 *Aparador*: Mueble para guardar platos, vasos y utensilios de cocina.

Poco antes del amanecer, volvimos a revisar el placard y, cuando Luma se apoyó en el fondo para mirar hacia uno de los costados, la tabla cedió. Un fondo falso se abrió hacia la oscuridad. Nos acercamos a ver. Ninguna se animaba a entrar. Catalina se asomó con un papel encendido.

—Es un pasillo[400] –dijo y se metió.

Caminó hacia adentro y al rato dijo:

—Qué hijo de puta.

Era un pasillo alfombrado que no llevaba a ningún lado. Estaba hecho para espiarnos por las rendijas de los respiraderos de cada cuarto. Por eso los cuartos eran tan cortos; ese pasillo les había quitado lugar. Y los gemiditos que oíamos no eran del fantasma del niño muerto sino del Obispo que se masturbaba espiándonos ahí detrás, escondido en su pasadizo secreto.

Encontramos dentro una lata con billetes y algunas monedas grandes. Calculamos que era suficiente para un pasaje en barco. Podíamos sortearlo entre todas. Pero, habiendo un crimen en medio, decidimos dividirlo en partes iguales para que nadie hablara. Lo dividimos en nueve y después en ocho, porque Baby murió esa mañana. Si el Obispo decía que éramos sus hijas, entonces esa plata nos correspondía por herencia.

Le abrimos la camisa y le embadurnamos el cuerpo blanco con polvo de azufre. De pies a cabeza. La cara, los párpados. Quedó todo amarillo. Cuando le estábamos coloreando la panza, sonaba dentro; se reacomodaban los jugos, el aire se desplazaba y se asentaba, provocando unos ruidos cavernosos y líquidos. Luma dijo:

—Cinturita de Obispo, ¿a ver la cinturita de Obispo?

Nos tentamos todas, más por los nervios de la situación que por el chiste. Ya estaba muerto y todavía lo odiábamos.

Se oyeron golpes. Nos quedamos mudas. Venían de la calle. Alguien aporreaba la puerta.

—Gabriel –dijo Catalina y salió corriendo a ver.

Dejamos un farol con la llama baja en el cuarto del Obispo y salimos al patio.

---

400 *Pasillo*: Corredor largo y angosto, que permite ir de una sección de una casa o edificio a otra.

Catalina apareció con un tipo de bastón y bigotito, un poco desconcertado. Era el médico que había llamado el día anterior. Lo llevaron al piso de arriba a ver a Baby. Susurramos entre nosotras para ver qué hacíamos. Cuando bajó, dijo que Baby había muerto. «Lamentablemente, la señorita falleció.» Le dijimos que nos parecía que «el señor» también había muerto. El médico no se animó a pasar del umbral, abrió un poco más la puerta con el bastón y miró dentro. El Obispo tenía un color amarillo que casi brillaba, parecía un gran buda de oro. El médico se tapó la nariz y la boca con un pañuelo y dijo:

—Esta semana vi varios cientos de casos iguales.

En el salón, nos informó que él daría parte a las autoridades que pasarían ese mismo día a retirar los cuerpos. Nos pidió que abandonáramos el lugar porque el riesgo de contagio era muy alto, y que pintáramos una efe amarilla en la puerta.

Por fin nos relajamos. Algunas, por los nervios, seguían con los vestidos ajustados. Con un cuchillo de cocina se cortaron unas a otras los cordones del corsé.

No pintamos la efe en la puerta porque no teníamos pintura. Tuvieron que ayudarme a subir la escalera hasta el balconcito y entre todas rezamos un Padrenuestro por Baby. Luma trazó, alrededor del cuerpo, un círculo de ginebra, la bebida que a Baby más le gustaba. Luma hacía cosas así. Cuando el Obispo dejaba sus zapatos en la puerta para que se los lustráramos, Luma se los cambiaba de lugar; los ponía cruzados, o apuntando en direcciones opuestas porque decía que eso le hacía mal al dueño. Y de hecho el Obispo se despertaba a la mañana siguiente con unos dolores de espalda que lo dejaban tumbado. Era rara Luma; la mirada de su ojo de vidrio daba la impresión de que una parte de ella siempre estaba pensando en otra cosa.

Bajamos y juntamos lo que íbamos a llevarnos. Catalina agarró la Biblia de Benedicta, yo agarré mi bolso. No sabía dónde nos íbamos a ir. Sabíamos que queríamos ir hacia el campo, pero no sabíamos cómo. Gabriel no había pasado. Tanka, Olga y la Paraguaya querían irse a Brasil. Pero habíamos oído que la zona estaba en guerra[401]. Decidieron arreglárselas por el centro hasta que se pudiera viajar a la triple frontera. Luma les pidió que la esperaran, decía que también quería irse a Brasil, pero antes quería venir con nosotras y buscar a un hermano en la ciudad de Mercedes. Le dijimos que quizá Mercedes ya no estaba en pie, y que además no llegaríamos hasta ahí, pero quería buscarlo igual.

—Las acompaño hasta donde lleguen, yo sin mi hermano no me puedo volver –dijo.

Jackie se iba a buscar a su hijo que estaba con su tía por el barrio de Congreso. Anabel se hacía la indiferente, quizá porque no le gustaba que nos separáramos; dijo que se iba a meter en otro bar, que le daba lo mismo. Repartimos la comida seca. Nosotras nos llevamos mantas y algunas cosas de cocina.

Nos despedimos en la puerta y caminamos las tres hacia la avenida Córdoba. Luma y Catalina me tenían que esperar porque me dolía mucho. ¿Cómo iba a hacer?, ¿hasta dónde íbamos a caminar? No podía. La Recova parecía infinita, un pasillo de arcos hasta el horizonte. Cada tanto paraba y hacía como que llamaba a la perra:

—¡Negra, Negrita!

Pero en realidad necesitaba descansar. Catalina y Luma me ayudaron, agarrándome una de cada lado. Avanzábamos despacio. Teníamos todas las cosas sueltas; las cacerolas sonaban dentro del atado que habíamos hecho con las mantas. El único bolso que teníamos era el mío. Daban ganas de llorar. Por suerte apareció Gabriel.

A principio creíamos que era un tipo cualquiera que nos gritaba desde un carro con un caballo de pelaje sucio. Después nos dimos cuenta de que era él. Catalina se acercó, Gabriel se bajó, y hablaron apartados, sin tocarse. No sé qué se dijeron. Pero enseguida arrimaron el carro, Gabriel nos saludó y nos ayudó a subir. Nos íbamos todos juntos.

El caballo era chico, pero tiraba bien del carro por la subida

---

401 *La zona estaba en guerra*: Alusión a la Guerra de la Triple Alianza (1864-1870) donde Brasil, Argentina y Uruguay (la Triple Alianza) se aliaron contra Paraguay. La guerra fue devastadora para Paraguay: perdió territorio y el 90% de su población masculina adulta.

de Córdoba. El Bajo, por fin, se fue quedando atrás con todas sus ratas y su música. A medida que subíamos la barranca, se iba agrandando la vista del río que brillaba con el sol. Todavía era temprano. Unos chicos habían entrado al río con sus caballos y, parados sobre el lomo, arrojaban unas redes que rompían en círculos el reflejo del agua.

La Peregrina

La idea era ir hacia la zona de Luján, donde nos habían dicho que prestaban tierra para cultivar. Catalina y Gabriel iban sentados adelante, envueltos en una misma manta. Cada tanto, Gabriel se daba vuelta para mirarnos a Luma y a mí, y nos preguntaba cómo veníamos. Parecía contento, era la primera vez en su vida que manejaba un carro a caballo. Lo había conseguido en el playón del Hotel de Emigrantes con la plata de sus apuestas. Los emigrantes prácticamente regalaban las cosas que no podían llevarse en los barcos. Catalina también nos miraba cada tanto como si quisiera constatar que era cierto y, al mirarnos, sonreíamos porque sí, porque era cierto, nos estábamos yendo de una vez por todas, y ella estaba con Gabriel. Luma y yo íbamos sentadas sobre las cosas, sacudidas por el traqueteo de las ruedas. En cada pozo, mi cuerpo se acordaba de un golpe distinto del día anterior. Pensaba en el Obispo. A las once iba a llegar el Bombero, se iba a sorprender por el lugar vacío y al buscarnos por los cuartos iba a encontrar los cuerpos llenos de ratas.

Yo tenía tantas ganas de alejarme del Bajo que el movimiento mismo, por más lento y torpe que fuera, me alegraba. Tenía el centro de la ciudad en la cabeza. Me agobiaban todas sus esquinas y rincones. Quería salir de ahí, alejarme de la maraña[402] de nombres de calles y salir al campo abierto de una vez. Cruzamos Carlos Pellegrini, cruzamos Callao y, casi una hora después de haber salido, llegamos a la avenida Pueyrredón. Antes, en la moto de Alejandro, yendo para su casa con la onda verde de los semá-

---

402 *Maraña*: Enredo de hilos o cabello (DRAE). Por extensión, enredo o laberinto de las calles del centro de Buenos Aires (enredo al que se agregan, en la novela, los cambios de nombres, a medida que retrocede el tiempo).

foros, nos llevaba dos o tres minutos recorrer esa distancia, en el colectivo 132 me llevaba diez minutos; ahora estábamos metidos en otra velocidad. En esas cuadras, la gente parecía asustada y salía de los edificios, llevándose sus cosas. Cuando cruzamos Pueyrredón y tomamos la curva que en esa parte hacía la avenida Córdoba, entendimos. Gabriel detuvo el caballo. Ahí se acababa la ciudad. Ahí estaba el campo.

Nos paramos con Luma para ver, apoyadas en los hombros de Catalina y de Gabriel. No podían creer que el campo hubiera llegado hasta ahí. A mí no me sorprendió tanto, lo había visto el día anterior en el matadero del norte.

—Nos vamos a morir todos –dijo Catalina.

—No nos vamos a morir nada –dijo Gabriel y apuró el caballo.

A partir de esa zona, el camino era de tierra pisada y tenía parches de asfalto que sobresalían en desniveles que había que esquivar porque las ruedas de madera se podían partir.

Ver el campo abierto así de golpe y empezar a meterse daba miedo. Era como entrar en el mar, como alejarse de la costa sin salvavidas. Luma no decía nada, pero era la que estaba más asustada. Después de pasarse meses dentro de las piecitas mínimas, no soportaba entrar en los kilómetros de cielo abierto y se escondía bajo la manta.

A mí también me asustaba, pero a la vez me libraba de una especie de mandato que me había impuesto sin darme cuenta. El avance de la intemperie me había hecho sentir que toda la ciudad, a medida que se borraba de la realidad, debía quedar grabada en mi cabeza. Yo tenía la obligación (nadie me lo había pedido) de memorizar cada rincón, cada calle, cada fachada, y no dejar que los nuevos terrenos baldíos se superpusieran sobre la nitidez de mi recuerdo y lo borraran. Entrar en el campo me libraba de ese mandato, lo borraba todo de una vez, al menos, en mi cabeza.

Avanzamos por el camino de tierra que había sido la avenida Córdoba, entre ranchos y potreros desordenados donde la gente vivía como si hubiera estado siempre así. Pudimos reconocer dónde había estado la avenida Juan B. Justo, quedaban todavía algunas columnas de hormigón del puente y había un puentecito de madera enclenque para cruzar el arroyo Maldonado.

Anduvimos como una hora más, sin saber bien dónde estábamos. Había muy mal olor. Detrás de nosotros venían otros carros y de vez en cuando nos pasaban hombres a caballo, apenas con un «Buen día».

No sabíamos cuánto tardaríamos hasta Luján. Tal vez llegaríamos al día siguiente. Empezamos a preguntarnos dónde pasaríamos la noche y cuánto aguantaría el caballo. Catalina decía que había que parar cada dos horas para que el animal descansara; Gabriel decía que podía estar todo el día atado; yo opiné que quizá había que darle agua. No teníamos ni idea.

Ni siquiera estábamos seguros de si ese camino era la continuación de la avenida Córdoba, porque ya estábamos en el campo raso[403]. A Luma la asustaban unas lechucitas que chillaban entre los escombros al vernos pasar. Le parecían de mala suerte. Cuando mirábamos para atrás, se veían muy lejos los edificios del centro. Desde ahí todavía podía distinguir, entre las construcciones altas, el perfil de la Torre Garay.

***

—¿Y estos músculos? –le preguntó Catalina a Gabriel, tocándole los brazos.

—Estuve remando mucho.

—¿Remando?

—Sí, con otros tipos. Bajábamos mercadería de los barcos y la llevábamos en bote de noche hasta unos depósitos en Barracas.

—¿Para qué hacían eso?

Gabriel se reía.

—¿Estaban robando?

—No. Era contrabando –dijo.

---

403   *Campo raso*: En pleno campo, al aire libre, fuera de la ciudad.

—¿Y no los agarró la policía?

—No, al contrario, nos protegían.

Siguiendo a los otros carros, llegamos al cementerio del oeste. Entonces nos dimos cuenta de que eran carros de cadáveres. Nos tapamos la boca y la nariz, con un gesto común por esos días, que parecía ser no sólo una manera de evitar los vapores infectos, sino también, de atajar el alma propia.

Miré a mi alrededor. Ahí cerca tenía que estar el cementerio donde estaba mamá. Se me ocurrió dejar sobre su tumba las cenizas de papá. El frasco era una dureza en mi bolso, algo que me pesaba; no sabía qué hacer con eso, se me podía romper, aunque era de vidrio grueso. Le pedí a Gabriel que bordeara las vías, que hacían una curva junto a los árboles, para ir hasta el cementerio.

El pórtico ya no estaba, pero se adivinaban, entre los cardos[404], algunas lápidas. Me bajé del carro y traté de ubicarme. Ya no estaban los senderos y, en partes, el pasto me llegaba a la cintura. Los chicos me notaron perdida y vinieron a ayudarme. Gabriel dejó el carro atado. Les dije que buscaran una piedra con el apellido Neylan y les mostré más o menos por adónde creía que podía estar.

Hacía muchos años que no volvía a ese lugar. Había ido con mi abuela Rose y después cuando ella murió; ésa fue la única vez que papá volvió a ver la tumba de mamá. Me acordaba de los senderos prolijos de grava blanca, con árboles florecidos y canteros. El pastizal se lo había comido todo, los árboles parecían secos. Algunas lápidas estaban tapadas por enredaderas y zarzas. Las inscripciones casi no se leían. Había que esquivar cardales que rasguñaban la piel.

Luma gritó y fuimos para allá. Era la lápida. Estaba borrosa pero era ésa. Decía «Margaret Neylan de Valdés» y, al lado, estaba la tumba de la abuela y de mi abuelo Charles Neylan, a quien no conocí. Los chicos me ayudaron a limpiar un poco. Sacamos el pasto y los yuyos más altos con el Tramontina. Hice un pocito y volqué dentro las cenizas de papá. Estaban juntos otra

---

404 *Cardo*: Planta con espinas común en la pampa.

vez, la chica de sangre irlandesa que había sido mamá y el español que papá llevaba dentro. Se habían querido mucho, y sentí que otra vez se abrazaban. Nos quedamos callados. Por suerte no habían vivido para verme. Yo que había sido la esperanza de ellos dos, la esperanza de la familia entera en realidad. Porque mi bisabuela había llegado al país sin un peso, y quién sabe cómo habría sobrevivido; mi abuela había logrado ser enfermera; mamá había sido maestra; papá no había logrado recibirse; y todo ese esfuerzo parecía haber sido hecho para mí, para que me convirtiera, por fin, en la abogada o la médica, la Dra. María Valdés Neylan (anotada así con el segundo apellido para «levantar» el primero), y yo había terminado trabajando de puta en el puerto.

Me sequé las lágrimas y puse el frasco vacío junto a la lápida, por si alguna vez regresaba al lugar a ponerles flores.

El caballo se había soltado y pastaba a la sombra, a un costado de la calle, arrastrando un poco el carro en cada mordisco.

Más allá del cementerio, se veían sólo potreros. Había algunos hornos de ladrillos y quintas de frutales donde compramos naranjas y mandarinas. Gabriel le preguntó al quintero qué camino había que tomar para ir a Luján.

—Tiene que seguir por acá hasta el camino de Las Torres...
—¿Cuál es ése?
—Lo que era Rivadavia. Después bordea la vía para el oeste y la vía lo lleva solo. No le puede errar.

Seguimos andando, no tenía ni idea para dónde quedaba el oeste; como íbamos lento, no parecía que estuviéramos perdidos. Luma apoyó la cabeza sobre una bolsa y cerró los ojos. El sol estaba alto y nos calentaba un poco (el sol es el poncho del pobre, le oí decir a un viejo días después). En algún momento, hamacada por el andar del carro, yo también me dormí.

***

Cuando me desperté, bordeábamos una vía del tren. Había

otros carros cerca, donde viajaban familias, con sus muebles y sus canarios. Todos estaban huyendo de las pestes. Busqué a mi perra y no la pude encontrar hasta que la encontramos caminando bajo el carro, entre las dos ruedas, aprovechando la sombra. La ciudad ya no se veía.

A la tarde llegamos a un arroyo donde el puente se había desmoronado. Nos bajamos en la orilla. Las huellas entraban en el agua y aparecían del otro lado. Mucha gente trataba de cruzar. Un hombre en una canoa cruzaba a los viejitos y a los chicos que hacían una cola larguísima. No era muy ancho el arroyo, pero en la parte más honda, el agua tapaba los carros. Gabriel habló con unos tipos y se pusieron de acuerdo. Nos pidió que lo ayudáramos a desatar el caballo. Lo soltamos, tratando de ver cómo iba cada parte del arnés, después tendríamos que volver a ponerlo.

—¿Cómo cruzamos? —le preguntó Catalina.

—Nadando —dijo Gabriel.

Le dijimos que estaba loco. Vimos que ya había gente del otro lado y otros que se largaban a cruzar a nado. Luma no sabía nadar. Había crecido en Salvador de Bahía, a orillas del mar, y no sabía nadar. Gabriel le dijo que él la iba a cruzar. Tenía pánico. Hubo que hablarle, convencerla de que no le iba a pasar nada. Nos sacamos los sueters de lana y nos quedamos descalzas y con los vestidos de algodón. Un hombre gritó:

—¡Los que no saben nadar se agarran de la cola del caballo!

Una mujer cruzó así. Salió boqueando del otro lado. La parte en que los caballos no hacían pie era apenas de un par de metros. Gabriel fue metiendo en el arroyo nuestro caballo, que resoplaba desconfiado. Cuando el agua le llegó a las ancas, la llevamos a Luma y la hicimos agarrarse de la cola del caballo.

—No te sueltes —le dijo Gabriel.

Nos largamos los tres. Catalina se quedó atrás con nuestras cosas. El agua estaba helada. En la mitad, el cauce tenía fuerza y me arrastraba. Tuve que bracear fuerte, cometí el error de querer nadar en diagonal contra la corriente. Gabriel y Luma ya salían del otro lado con el caballo. Eso me desesperó más. Nadé pecho, apurada, pero no avanzaba, metí la cabeza debajo del agua, aunque no quería porque parecía sucia. En una de las brazadas, cuando ya me estaba asustando, se me salió el anillo y dejé de nadar. Era el anillo de plata con una piedra aguamarina ovalada, que me había regalado Alejandro para mi cumpleaños. Manoteé para recuperarlo, buscándolo a él, buscándolo a Alejandro. No lo pude agarrar. Moví las manos, desesperada. Se había ido al fondo y el agua estaba turbia. Catalina me gritó algo. El arroyo me empujó y me sacó más adelante. Si hubiese seguido nadando contra la corriente, me habría ahogado, me salvé al dejarme llevar buscando el anillo. Pisé la otra orilla unos cincuenta metros más abajo.

Gabriel y otros tipos empezaron a cruzar los carros vacíos tirándolos con tres caballos y sogas largas. Los carros entraban en el agua y desaparecían por un momento hasta emerger del otro lado. Catalina empezó a cruzar parada en el carro. A medida que avanzaba, el agua le trepaba por el cuerpo.

—¡Arrodillate en el pescante, nena! –le gritó alguien.

—¿Qué carajo es el pescante? –dijo ella, desesperada.

—¡El asiento!

Se trepó para quedar un poco más alta, sosteniendo los bultos que habíamos hecho con las mantas para que no se mojaran. Mi bolso estaba ahí dentro, y dentro de mi bolso el sobre con las fotos de toda mi vida. Era lo único que me quedaba y no se podía mojar. A Catalina le llegó el agua a la cintura y, por momentos, con los tirones, perdía el equilibrio. Pero cruzó bien. Estábamos todos ya del otro lado. Luma y yo tiritábamos de frío. Nos cubrimos con las mantas y nos cambiamos de ropa. Ahí me vi los moretones en todo el cuerpo. Cada mancha violeta era una patada del Obispo.

Nuestro caballo ayudó a cruzar otros carros y después lo dejamos pastar y tomar agua. Decidimos seguir un poco y hacer noche más adelante, quizá en una casa, si encontrábamos alguna, o bajo un toldo que podíamos armar debajo del carro. Parecía que no iba a llover. El cielo estaba limpio. No había nubes.

Entre los grupos, había unos tipos asando carne. Gabriel se acercó para ver si nos vendían un pedazo. Le dio la mano a uno de ellos, como mostrándole que no iba a sacar el cuchillo. Les ofreció algunos billetes pero le hacían «no» con la cabeza, como si hablaran otro idioma.

Cuando volvió nos dijo que no le aceptaban el dinero. Teníamos una moneda que parecía de plata, probablemente podríamos comprar una vaca entera con eso. Catalina le preguntó preocupada qué iba a pasar más adelante cuando llegáramos a Luján y quisiéramos alquilar una chacra[405]; como si Gabriel lo supiera. Al final les cambiamos una cacerola que teníamos de más, por un pedazo de carne.

Después de comer, atamos otra vez el caballo. Tuvimos que pedir ayuda porque no sabíamos si las cadenas que unían el carro al arnés iban por fuera o por dentro de las varas.

—Estos son los tiros —nos dijo un viejo de patillas blancas—, esto es la pechera, esto va acá, esto se engancha acá.

El viejo nos dijo que, si seguíamos por ese camino, encontraríamos un lugar al que llamaban el Resuello, donde se podía hacer noche.

Me senté adelante con Catalina y tuve un rato las riendas, mientras Gabriel ataba algo atrás. Nuestro carro no tenía techo, era sólo una caja de madera con varas y dos ruedas enormes. El viento frío nos hacía doler los oídos, la cara y las manos. Me até un pañuelo en la cabeza pero las manos, por tenerlas sujetando las riendas, se me helaban.

Pasamos por un basural del que parecía que no íbamos a salir nunca, eran montañas interminables sobrevoladas por chimangos. Pasamos por un cementerio de autos. Pasamos por cardales. Más adelante, sólo hubo campos vacíos.

Al atardecer, nos fuimos acercando a una carreta muy lenta, tirada por bueyes. Iban dos hombres en el pescante, los vimos

---

405 *Chacra*: Granja, parcela de tierra de reducida o mediana extensión. Usualmente es utilizada para el cultivo (no para la cría de ganado) y es de propiedad familiar (y no corporativa).

primero de espaldas. Llevaban unos cueros apilados. Catalina me codeó y me señaló algo: entre los cueros resecos asomaba una mano de mujer, muerta. Los pasamos. Yo no los quise ni mirar pero los miré. Eran dos tipos altos de melena[406] rojiza, parecían hermanos. Un rato después de haberlos pasado, miramos para atrás. Estaban tomando un camino lateral[407].

De lejos, vimos un enjambre de personas. Era el Resuello. Ya estaba todo ocupado. Eran apenas dos casitas blancas que se usaban como posta. Estaban desbordadas. Los carros y carretas estaban uno junto al otro. Pasamos un poco más lejos y nos detuvimos, el caballo estaba cansado. Un viejo nos dijo que podíamos desatarlo ahí. Era un campo pelado, no había un solo árbol. Nos contó que el lugar había sido un barrio cerrado, pero ya no estaban las casas.

—Tengan cuidado con los pozos de las piletas— nos dijo.

Desatamos el caballo y lo dejamos con el bozal, atado con una de las riendas largas, para que pudiera pastar. Había familias cocinando con fuego de postes y varillas de alambrado. Nosotros quemamos unos palitos. Juntamos cardos secos, pero ardían muy rápido y hubo que juntar muchos para lograr una llama que hiciera hervir el agua. Teníamos papas que había traído Gabriel. Catalina dio unas vueltas por ahí, cambió dos papas por unas zanahorias para hacer un puchero sin carne.

—Escuché que están robando en los caminos —dijo cuando volvió—, hay que viajar con otros carros cerca. Hay bandas que pasan y confiscan los caballos y la comida.

A la noche dormimos muy poco. El frío apretaba. Estábamos en agosto y probablemente íbamos a tener frío hasta fines de septiembre. Luma me pidió que la abrazara, no entraba en calor. Nos quedamos así, en cucharita, oyéndolos a Catalina y Gabriel que aprovechaban la oscuridad para ponerse al día. Después se oyeron sólo las ranitas. Luma no dejaba de moverse. Cuando yo pensaba

---

406 *Melena*: cabello, dicho de alguien que tiene un cabello abundante.
407 Esta es una alusión al cuento «La intrusa» de Jorge Luis Borges. En el cuento, dos hermanos (los Nilsen) están enamorados de la misma mujer, Juliana, a la que por un tiempo disputan (tácitamente) y por un tiempo comparten. Ante la amenaza de la que mujer destruya la relación fraternal, Cristián, el mayor de los hermanos, mata a Juliana. La novela recoge la escena final del cuento, donde los hermanos llevan el cadáver de Juliana, escondida entre los cueros que transporta la carreta, para enterrarla clandestinamente.

que me había dormido, me despertaba porque ella se movía. Las gotas empezaron a caer sobre el toldito que habíamos hecho. La manta coló agua en seguida. Nos quedamos los cuatro apichonados[408], en cuclillas, debajo del carro, sintiendo la miseria de la lluvia que no paró hasta la madrugada.

—Se escapó el caballo –dijo Gabriel cuando hubo luz.

Se había desatado o nos lo habían robado. No se veía por ninguna parte. Catalina le echó la culpa a Gabriel por haberlo atado mal, Gabriel me tiró bronca[409] a mí por haber tapado mal la leña; no podíamos prender fuego para tomar algo caliente. Nos empezamos a pelear. Las sonrisas del día anterior se habían borrado y ahora nos odiábamos en el frío horrible de la mañana, tratando de culpar al otro por la situación. Luma preguntaba:

—¿Qué vamos *fazer*[410]?

Yo había armado todo eso. Era mi culpa. Los había juntado a Catalina y a Gabriel, había tenido la idea de meternos tierra adentro...

Me levanté y empecé a caminar.

—¿Dónde vas?

—A buscar nuestro caballo.

Me siguieron y empezamos a preguntar si alguien lo había visto.

—¿Un tordillo[411]? –nos preguntaban–. ¿Un moro[412]?

—Gris –repetíamos nosotros.

No sabíamos nada de pelajes. La gente meneaba la cabeza. Fuimos de fuego en fuego. Nos mojamos los pies en el agua encharcada. Por el camino, vimos que pasaban arreando animales, una mezcla de vacas y de caballos.

—Ahí está –dijo Gabriel y corrió, decía que entre los caballos que se llevaban estaba el nuestro.

Nosotras corrimos detrás de él. Cuando llegamos, estaba discutiendo con uno de los jinetes. Los tipos nos miraban, habían sujetado los animales.

---

408   *Apichonado*: (Argentina) amedrentado, amilanado (DHA).
409   *Tirar la bronca*: Expresar malestar o disgusto hacia alguien, a quien se culpa por una acción determinada.
410   *Qué vamos fazer*: Del portugués, «qué vamos a hacer».
411   *Tordillo*: Caballo cuyo pelaje es una mezcla de negro y blanco.
412   *Moro*: Caballo cuyo pelaje es negro con una mancha blanca en la frente.

—Ese caballo que se están llevando es nuestro –insistió Gabriel.
—¿Cuál?
—El gris aquel, el chiquito.
—¿El moro?
—Sí –dijo Gabriel–, ése. Tiene un lunar blanco abajo del ojo derecho.
—¡Que va a ser suyo!, si estos caballos se los sacamos ayer a Pereira –le contestó el tipo.
En ese momento, el caballito se arremolinó con otros y yo pensé en Alejandro que se llamaba Pereira de apellido, pero no podía ser, había muchos Pereira, y el caballito se dio vuelta, y entonces se le vio claramente el lunar en la quijada. El tipo nos miró. Casi a la vez, los cuatro dijimos:
—Es nuestro.
El tipo les gritó algo a los otros jinetes y los otros contestaron que no.
—¿Tienen con qué atarlo? –nos preguntó.
Gabriel se sacó el cinturón y dijo:
—Con esto.
—Agarreló entonces –dijo el tipo, desafiante.
Gabriel se acercaba al caballo y el caballo se alejaba, trataba de atajarlo de adelante pero el caballo lo eludía, se ocultaba en el montón de animales. A Gabriel, por andar sin cinturón y con las botamangas[413] empapadas, se le caían los pantalones; se los tenía que andar sujetando. Los jinetes se reían.
—¡Le tiene miedo el animalito! –decían entre carcajadas–. ¿Qué le habrá hecho el desgraciado?
Al final tuvieron que ayudarlo para que lo pudiera agarrar. Desde entonces lo llamamos «el moro».

***

Toda la mañana anduvimos por el camino embarrado,

---

413 *Botamangas*: Extremo de la pierna de los pantalones, doblado hacia arriba, en el interior o exterior de la misma.

pesado; era un mazacote[414] que se pegaba a las patas del caballo. Las ruedas iban cortando el barro como un cuchillo, partiendo el agua de los charcos, hundiéndose. De vez en cuando, salpicaban grandes pedazos de barro que nos caían en la espalda. Avanzábamos con una lentitud de pesadilla. Había partes del camino muy angostas, comidas por las lluvias y las cuevas de los animales.

En un lugar que llamaban Paso del Rey[415], vimos cientos de puertas trampa hechas con hojas y ramas en la tierra. Algunas se abrían, se asomaba una cabeza curiosa y se volvían a cerrar. Había gente viviendo en esos pozos. Nos cruzamos con un grupo de cincuenta hombres en una larga fila de a uno. Caminaban despacio, moribundos. El líder se detuvo para hablarnos y todos los demás se detuvieron. Cada uno tenía la mano sobre el hombro del que iba adelante. El líder nos pidió algo. Frenamos. Era tuerto[416]. Nos pidió un poco de agua, y algo de comida. Les dimos unas papas y les pasamos agua en un jarro. No teníamos para todos. Preguntó cuánto faltaba para llegar al primer poblado. Hacía cinco días que venían caminando. Nos despedimos y, cuando fueron pasando por delante de nosotros, notamos que no tenían ojos.

—Son rebeldes ajusticiados –dijo Gabriel, cuando quedaron atrás–. Las partidas militares los ciegan a todos con hierros calientes y dejan a uno solo tuerto.

Yo me di vuelta para mirarlos. Todavía me acuerdo del ojo desesperado de ese tipo que tenía que ver por todos los demás [417].

Paramos y encendimos un gran fuego a un costado. Luma lloraba de frío. Odiaba el frío, no paraba de temblar, tenía los pies

---

414 *Mazacote*: Masa espesa y pegajosa (DRAE).
415 *Paso del Rey*: La protagonista y su grupo van en la dirección oeste/suroeste, por el acceso oeste que se convierte eventualmente en la ruta provincial 7. Llegan a Luján y después toman la ruta provincial 5 (lo que queda de esta ruta) hasta Mercedes.
416 *Tuerto*: Dicho de alguien a quien le falta la visión en un ojo.
417 *Nos cruzamos con un grupo de cincuenta hombres*: Todo el episodio del tuerto guiando a los ciegos alude un episodio ocurrido en la Edad Media. En el año 1014 de la era cristiana, el emperador Basilio II de Constantinopla toma prisioneros a quince mil búlgaros. El Reino de Bulgaria y el Imperio Bizantino estaban en guerra desde hacía más de una década. Como medida ejemplar, decide cegar a 99 de cada cien prisioneros, dejando a uno (en número cien) tuerto, para que guiara al resto en su camino de regreso a Sofía, la capital de Bulgaria. Se dice que el espectáculo de sus súbditos así incapacitados causó la muerte del rey búlgaro Samuel. El evento es quizás legendario, o exagerado, pero le valió a Basilio (que lideró una etapa de expansión del Imperio Bizantino, a expensas de los estados vecinos), el mote de «Bulgaróctonos» («matador de búlgaros»).

mojados y decía que se le había enfriado el ojo de vidrio y le hacía doler toda la cabeza. Hicimos fuego con unas tablas y descansamos. El encendedor de Gabriel empezaba a fallar. Si dejaba de funcionar, íbamos a tener que conseguir alguna otra cosa para encender fuego. Tomamos mate con agua encharcada, de lluvia, medio meada por las vacas. Luma se durmió. Catalina también. Nos fuimos durmiendo todos. Siempre había alguno despierto, haciendo guardia. El moro pastaba, bien atado.

Pasaron, en dirección a la ciudad, una carreta y varios hombres a caballo. Dos de ellos se acercaron. Eran militares. Nos miraron con desprecio. Estábamos desarrapados[418], sucios, con las crenchas enmarañadas; Gabriel, con una barba que en un día ya se le había tupido. Echaron pie a tierra y nos pidieron las libretas[419]. Nos ordenaron que despertáramos a los que dormían. Les dijimos que necesitaban descansar, pero insistieron. Las despertamos a Catalina y a Luma. Yo busqué mi libreta cívica.

—¿Para dónde van?

—Vamos a Luján, a las chacras.

Miraban las libretas. Luma no tenía ningún documento. La hicieron ponerse de pie, la miraron de arriba a abajo, le preguntaron por qué no tenía documentos. Ella dijo que los tenía su hermano, en Mercedes, que estaba en camino a encontrarse con él. Le dijeron que no podía andar sin papeles.

—Hay que tomarle los datos.

Se la llevaron de un brazo a la carreta. Gabriel trató de convencerlos de que la dejaran pero no lo escucharon. Vimos que la subían a la carreta. Se oyó un grito de un tipo y unas risas. Yo pensé ofrecerles la moneda de plata, pero Catalina nos dijo que nos quedáramos ahí, que disimuláramos. Se acercó, se asomó a la carreta. En seguida apareció Luma y vinieron juntas hasta el fuego. Los tipos se fueron. Había cinco hombres dentro de la carreta, y le habían dicho a Luma que se sacara la ropa para una revisión de rutina. Catalina había irrumpido y le había dicho a

---

418 *Desarrapado*: Con la ropa rota y hecha harapos, andrajoso. También se escribe *desharrapado*.

419 *Nos pidieron las libretas*: Alusión a las antiguas libretas o papeletas de conchabo (que comprobaban que una persona pobre trabajaba por un propietario) o libretas donde se certifica el servicio militar. En el siglo XIX era necesario portarlas constantemente para evitar la conscripción forzada.

Luma que se tapara la boca al toser, no fuera a ser que les contagiara la fiebre a los oficiales. La hicieron bajar inmediatamente.

Llegamos casi de noche a Luján.[420] De lejos vimos las torres de la basílica[421]. Dos veces tuvimos que hacernos a un lado; pasaron batallones al trote largo, picando y amasando aún más la arcilla negra del camino. Pasaban en silencio, aunque algunos silbaban al vernos. Todas las caras de todos esos hombres. Miles. Me acordé de Juan Ayala, el soldado fusilado que habíamos salvado con la jefa en el hospital. Los batallones tardaban más de diez minutos en pasar.

***

De la ciudad de Luján quedaban unas casas alrededor de la basílica; el resto eran chacras. Hicimos noche en una casilla con piso de tierra, junto a otra gente que también estaba de paso. El lugar daba lástima. Había piojos y pulgas. Al amanecer nos dio gusto salir de ahí. Luma consiguió que la llevaran para Mercedes. Se llevó una manta en la que envolvió sus cosas. Le deseamos suerte y nos despedimos de ella. Se fue en una carreta en la que viajaba una familia numerosa. Cuando se alejaba, se tapó con la mano la sonrisa blanca, se le estaba transformando en una mueca de llanto. Nos saludó como diciendo «Voy a estar bien» y miró para adelante. Quería encontrar a su hermano. Había perdido su rastro hacía meses. Lo último que había sabido de él era que trabajaba en Mercedes en un desarmadero[422]. El perfume que le gustaba usar a Luma quedó en el aire un rato, flotando entre nosotros.

Dimos vueltas en torno a la basílica, preguntando dónde había

---

420   Dada la presencia (ver infra) del dictador ficcional Celestes (Juan Manuel de Rosas) es posible que la mención a Luján sea una alusión a uno de los primeros escritores argentinos en escribir sobre el Desierto: Esteban Echeverría, quien hizo del desierto el tema central de su poema «La cautiva» (1837) y escribió su obra maestra, «El matadero» publicada póstumamente en 1871) en el exilio interno (como María) en una pequeña estancia de su propiedad cerca de Luján. La protagonista de «La cautiva» se llama María, como la protagonista de la novela.

421   *Basílica*: Iglesia notable por su antigüedad, extensión o magnificencia, o que goza de ciertos privilegios, por imitación de las basílicas romanas (DRAE). La Basílica de Nuestra Señora de Luján es notable porque la Virgen del Lujan es la patrona de la Argentina. La construcción de la Basílica que la novela menciona empezó a fines del siglo XIX, aunque la primera capilla en el sitio data de 1685.

422   *Desarmadero*: (Argentina) lugar en el que se desarman vehículos usados y se acumulan sus partes para la venta (DHA).

chacras para arrendar. Nos mandaron a un lugar que no lográbamos encontrar. Cada vez que preguntábamos dónde quedaba, nos ofrecían arrendamiento. Al parecer, todos eran dueños de tierras. Finalmente, después de golpear las manos frente a una casilla de tablas, salió un tipo flaco que nos mostró unos potreros medio inundados, donde la tierra parecía una esponja. Pisábamos y se hacía un charco alrededor del pie. El tipo parecía no saber nada del asunto. Fumaba temblando de frío, vestido sólo con una camisita que el viento le pegaba al esqueleto. Habíamos escuchado decir que había mucha tierra abandonada, y en muchas partes no había alambrados, se habían caído o la gente había usado los postes para hacer fuego. Cuando le preguntábamos hasta dónde llegaba lo que se arrendaba, el tipo, sin sacar las manos de los bolsillos, decía:

—Hasta allá.

Daba lo mismo, acá, allá... Parecía que nos quería alquilar un pedazo de viento. No había ni un rancho donde empezar a armar una casa. No teníamos herramientas, ni semilla, ni conocimientos. Nos miramos entre nosotros. Gabriel le preguntó si unos arbolitos que había lejos estaban dentro del límite y el tipo dijo que sí. Fuimos a ver. Eran unos árboles bajos y espinosos. Al lado había un arroyo que se podía sortear de una zancada. Pero el agua parecía limpia.

—Ésta era una chacra mía. Tierra fértil –dijo el tipo–. La tuve que dejar por falta de gente.

—¿Cuánto es por mes?

—Lo que se está cobrando: cuatro pesos la hectárea. Pueden sembrar trigo o maíz y a los dos años, cuando se van, tienen que dejar sembrada alfalfa.

No teníamos ni idea de lo que significaba todo eso. Catalina le decía a Gabriel que no aceptara, yo decía lo mismo, pero Gabriel se apuró y aceptó. Le pagó un mes por adelantado. El tipo contó los billetes y prometió volver a la tarde con algunas herramientas para labrar y unas lonas para empezar un refugio.

Ahí nos quedamos. No se parecía en nada a la idea que habíamos tenido. No había casa donde dormir, ni corral donde encerrar el caballo, ni huerta para cultivar. Era una desilusión total. ¿Qué íbamos a hacer ahí, más que pasar frío y hambre? Era un páramo. Si alguna vez en el lugar había habido potreros, ya no quedaban ni los postes. El terreno era un cardal con arbolitos duros. Gabriel se hacía el entusiasmado, decía:

—Acá vamos a levantar la casa, los corrales tendrían que estar allá...

La perra escarbaba contenta unas cuevas de animales. Catalina y yo nos mirábamos y no teníamos ganas ni de hacer fuego. Sin Luma, me sentía más sola, la tercera en discordia, atrapada entre ellos dos que no se ponían de acuerdo y ya empezaban a arrepentirse de haberse reconciliado.

Después del mediodía, cuando ya habíamos comido algo y el caballo pastaba tranquilo, apareció un perro marrón que nos empezó a ladrar. Aparecieron dos tipos a caballo con gorras de visera naranja.

—¿Qué hacen acá? –dijo uno.
—Estamos arrendando. Acabamos de llegar.
—¿Quién les arrendó?
—El Pelado... algo. No me acuerdo el apellido –dijo Gabriel.
—Se me mandan mudar.
—Pero tenemos derecho, le pagamos a este tipo –dijo Catalina.
—El Pelado Bicco no es dueño de nada. Reclámenle a él. Dentro de una hora vuelvo y, si los veo, los saco a escopetazos.

En cuanto se fueron, juntamos todo. Yo me sentí aliviada porque el lugar era horrible. Catalina no paraba de insultar a Gabriel. Y Gabriel se quedaba callado. A mí me daba miedo que no dijera nada. Tenía como unos colores raros en las mejillas, una irrigación despareja con zonas pálidas y otras medio rojas.

Atamos el caballo al carro y, cuando estábamos llegando a la calle, vimos una tranquera[423] que no abría ni cerraba nada, no

---

423   *Tranquera*: Puerta rústica hecha con maderas o troncos que separa un campo de otro o un campo del camino.

tenía alambres a los costados, tenía un cartel que decía: «Estas tierras pertenecen a los municipales de la ciudad de Luján, prohibida la entrada a toda persona ajena a la municipalidad de la misma.» Gabriel enfiló para la casilla del arrendador. Cuando llegamos no había nadie. Le preguntamos por él a un hombre que pasaba con una chancha y nos dijo que el Pelado debía estar en el boliche[424]. Nos indicó cómo llegar. Estaba cerca.

El boliche era un puestito de adobe. Había unos caballos atados en la puerta. Gabriel se bajó.

—Quédense acá –dijo.

Catalina le advirtió que tuviera cuidado. Se oyó un alboroto dentro. Gabriel salió por la puerta reculando[425] y el Pelado apareció con un cuchillo largo y gastado con una curva en medio de la hoja[426].

—¿Qué plata ni plata? –decía el tipo.

Estaba borracho. Le dijimos a Gabriel que se subiera al carro. El tipo golpeaba el cuchillo contra un tacho de lata, desafiándolo. Salieron otros tipos harapientos, con botas, barbudos, con ganas de ver sangre. Gabriel se subió al carro.

—No te vayás –gritó uno–, hacelo cagar al pelado croto este, no le tengás miedo.

El Pelado resoplaba con cara de alucinado, dio unos pasos hacia nosotros, como ladrando. Gabriel castigó al moro y nos fuimos.

Enfilamos derecho a la casilla del tipo. Lo saqueamos. Nos llevamos un arado, unas lonas, yerba, pan, dos azadas, una pala y hasta un chanchito gritón que parecía contento de que lo rescatáramos del barril adonde estaba encerrado. Partimos victoriosos; en la primera bifurcación, Gabriel tomó el camino hacia el norte y antes de hacer cien metros subió el carro al pasto del costado y dimos la vuelta. Borró con una tabla las huellas del giro. Nuestras huellas quedaron mezcladas con las otras. Retomamos el camino que iba hacia el oeste, y avanzamos un par de kilómetros por el

---

424 *Boliche*: Establecimiento rural o semi-rural donde se despachan bebidas y comestibles, para llevar o para consumir allí mismo.
425 *Recular*: Retroceder.
426 *El Pelado apareció...*: Alusión a las peleas de cuchillos de gauchos en el campo, o de malevos en las orillas de la ciudad. Este es un tema recurrente en la literatura argentina, desde el *Martín Fierro* de José Hernández a los cuentos de Jorge Luis Borges.

pasto para disimular el rastro. El tipo no podría seguirnos ni estando sobrio.

* * *

Tardamos un día más en llegar a la ciudad de Mercedes. Hicimos noche tranquilos, bajo un cielo estrellado, sin que nada salvo el frío nos molestara; no pudimos prender fuego, el encendedor de Gabriel no funcionaba. Cruzamos varios arroyos, anduvimos horas y horas por caminos rotos, que a veces eran apenas una huella y otras una rastrillada en el pasto. Vimos molinos deshojados, tanques australianos[427] con animales muertos dentro, cosechadoras enterradas, sembradoras varadas, trompas de tractores que asomaban del suelo, como naufragando en el barro. Ya sin combustible, esas máquinas no servían para nada. Las habían dejado morir ahí mismo donde se habían apagado.

La tierra parecía abandonada. Daba la sensación de que uno podía meterse en cualquier lado y armar su casa. Pero no había tierra sin dueño. Vimos otros carteles clavados junto al camino, pintados a mano, que decían cosas como: «7 etáreas de Galíndez, de Calle Larga. Proibido colonos», o «Propiedad privada de Familia Balaccini. Atención, custodia armada», o «A la redonda, todo de López». Algunos tenían directamente un arma dibujada como advertencia. La tierra ya no era ni del que la pudiera comprar ni del que la pudiera sembrar, la tierra era del que la pudiera defender.

Íbamos espantando liebres. La perra intentaba alcanzarlas, pero al rato volvía con la lengua afuera después de haberlas perseguido hasta el horizonte.

Poco antes de llegar a Mercedes, había gente en el camino. Una barricada puesta justo en un tramo de varios kilómetros donde todavía estaban los alambrados. Nos acercamos despacio. Habían puesto una barrera con unas tablas y había gente acampando en unas carpas. No nos dejaban pasar.

---

427 *Tanques australianos*: Tanques circulares de gran tamaño de cemento o metal, usados en el campo para acumular agua para el ganado.

—Está cerrado –decían.
—¿Cómo va a estar cerrado? El camino es de todos –dijo Gabriel.
—El camino es del Estado –dijo Catalina.
—¿Qué estado? –le gritó un tipo.
—¡Estado de sitio, nena! –gritó un mujer y se rieron.
—¡Estado físico! –gritó alguien desde adentro de una carpa.
—¡Estado civil, compadre!
—¡Estado de ebriedad! –dijo una voz llena de vino.
Las carcajadas se apilaban. Tuvimos que darles casi todas las papas para que levantaran la barrera. Querían sacarnos el chancho pero yo lo abracé como a un hijo y no se atrevieron a sacármelo.
—Al Capi no se lo llevan –los desafié.
Les debo haber parecido medio loca, por eso no me tocaron. «Capi» era el nombre del cerdo; el sobrenombre en realidad. Gabriel, después de un largo debate, había decidido llamarlo «Capitalista», el cerdo Capitalista. Y era nuestro.

***

Después de dar muchas vueltas por los alrededores de lo que ya no era la ciudad sino el pueblo de Mercedes, fuimos a parar a una estancia grande, llamada «La Peregrina», donde decían que había trabajo y se podía hacer huerta. Entramos por una arboleda hasta unas casas bajas donde nos recibieron los perros. Salió un viejo mulato que nos mandó esperar detrás, cerca de los galpones, donde había otra gente esperando. Ahí estuvimos hasta que apareció el encargado. Le dijo a Gabriel que podía trabajar en las esquilas. Le preguntó si sabía trabajar con ovejas y él dijo que sí (nunca había tocado una oveja en su vida).
—Las señoritas pueden trabajar en la huerta y se les da verdura como forma de pago –le dijo a Gabriel.
Lo dijo sin mirarnos a pesar de que estábamos delante de él.

El único requisito para quedarnos fue entregarle los documentos y las libretas.

Las primeras noches dormimos en un galpón con otra gente. Más tarde nos dejaron vivir en una escuelita abandonada que había a medio kilómetro. Era un solo ambiente con piso de tierra y paredes de ladrillos emparchados con adobe, pero lo manteníamos limpio. Lo dividimos al medio con una cortina de arpillera. De a poco le arreglamos los agujeros que tenía en el techo. Nos hicimos catres con cajones. Cocinábamos afuera con leña, contra una de las paredes que quedaba caliente durante unas horas (yo dormía de ese lado). Con Catalina logramos que el lugar estuviera decente. Afuera Gabriel hizo un pozo hondo con una pala de puntear y nosotras levantamos encima una casillita de trapos y tablas. Era nuestro baño.

Gabriel llegaba de noche y se caía agotado en la cama. Catalina lo obligaba a cambiarse la ropa, le quedaba brillante y dura por el aceite de la lana; una costra imposible de sacar. No podía mover la mano derecha por haber estado todo el día manejando las tijeras. Al principio lo querían echar, no sabía esquilar y les hacía tajos a las ovejas, pero después fue aprendiendo.

Catalina y yo estábamos bajo el mando de Doña Raimunda, una mujer flaca que casi no hablaba. Le decíamos «La Osamenta», un apodo que se acortó después en «La Osa». La Osa mandaba casi sin hablar. Era medio muda. Se acercaba y nos mostraba cómo se hacía el trabajo. Nos sacaba la azada de la mano y la clavaba en la tierra con un giro exacto que iba levantando los terrones; entonces nos la devolvía para que lo hiciéramos así. Cuando amasábamos en la cocina, de golpe nos hacía a un lado, agarraba la masa que teníamos y la empezaba a aporrear ella misma con habilidad. No se entendía de dónde sacaba la fuerza, con ese esqueleto sin músculos ni carne. Catalina, yo y otras chicas trabajábamos dobladas en la huerta, al sol, y quedábamos quemadas, rojas, en el cuello, la nariz y las manos, aunque fuera invierno. Teníamos que ayudar a hacer queso y pan, a fabricar con grasa velas y jabón, a armar cigarros, a coser ropa. Cuando se tuvieron que ir muchos de los hombres, también les dábamos de comer a los animales, picábamos leña, ayudábamos con el tambo[428]. Nunca jamás habíamos tocado una vaca. Había que agarrar con cada mano un pezón largo de la ubre, apretar el índice y después el resto de los dedos, en orden, hasta el meñique, y además lograr que el chorro cayera en el balde. Catalina aprendió más rápido. A mí me costó soportar las salpicaduras de bosta caliente y aprender a evitar los movimientos bruscos que las asustaban. Apenas se movía la vaca, yo saltaba hasta el techo. Algunas tenían cuernos. Yo siempre había pensado que sólo los toros tenían cuernos.

No había siesta, ni domingo, ni feriado. Había que encerrar las lecheras pisando la escarcha. La primera semana fue difícil, sentíamos que estorbábamos, nos parábamos mal en la puerta del corral y los animales se escapaban por nuestra culpa, o arrancábamos cultivos buenos pensando que eran yuyos. Había que desmalezar[429] todos los días, tuvimos que aprender a distinguir ortigas, biznagas, cardos, cardillas; había que arrancarlas de raíz, rebrotaban constantemente. Así fuimos aprendiendo a hacer fuego con un yesquero[430], a saber que eran las cuatro de la tarde cuando la sombra de la casa llegaba al pie del árbol, a arrancar las ortigas sin respirar para que no picaran la mano desnuda.

La huerta se abonaba con grandes carradas de bosta traída de los corrales y se tapaba de noche con arpilleras para protegerla de la helada. Las semillas de lechuga, sembradas antes del anochecer, daban hojitas mínimas al día siguiente y al mediodía eran una planta de cinco centímetros y a la tarde ya casi se podían arrancar. Crecían zanahorias, batatas, papas y cebollas ocultas dentro de los surcos. Y unas plantas de zapallo que estiraban las hojas y daban una gran calabaza mofletuda que, si no se cortaba el día exacto, amanecía podrida, llena de agua. Daba un poco de miedo la huerta. Parecía que respiraba. Las guías de los tomates se me en-

---

428   *Tambo*: (Argentina y Uruguay) establecimiento ganadero destinado al ordeño de vacas y a la venta, generalmente al por mayor, de su leche (DRAE).
429   *Desmalezar*: Sacar las malezas que crecen entre las plantas de cultivo (acto seguido, la novela enumera algunas variedades comunes de malezas pampeanas).
430   *Yesquero*: Encendedor que utiliza la yesca como materia combustible. Viene de *yesca*: materia muy seca, comúnmente de trapo quemado, cardo u hongos secos, y preparada de suerte que cualquier chispa prenda en ella (DRAE).

redaban en el pelo, como agarrándome, cuando las acomodaba. Y veía caras negras en la tierra cuando estaba de rodillas y tenía que apurarme a deshacer esos terrones y volver a mirar para asegurarme de que no fuera así. Toda esa oscuridad tan viva, las lombrices[431], la humedad, ese olor dulce, descompuesto. Siempre había algo escabulléndose entre los tallos, algo que acababa de estar ahí.

***

Una mañana vino un escuadrón de Camisas Azules[432]. Fue la primera vez que los vimos. Mandaron llamar a todos los hombres, los revisaron en el galpón y enrolaron a los que tenían entre diecisiete y cuarenta años. El nuevo gobernador de la provincia estaba formando ejércitos para aplacar revueltas y levantamientos. Gabriel tenía que presentarse al día siguiente en el Regimiento del pueblo de Mercedes.

Esa noche, antes de irse, decía que no estaba asustado, pero se le exageraron todos los tics de rascarse la ceja, toser y rebotar el pie. Decía que era mejor así, no aguantaba más el trabajo con la lana y las ovejas. Yo hubiera preferido que dijera que tenía miedo.

A la mañana siguiente, se despidió de nosotras y lo vimos alejarse pálido, apretado entre los demás en un carro enclenque. A otros, como no alcanzaban los caballos mansos, los hicieron subir a potros sin domar. Durante un rato hubo un revuelo de corcovos, patadas, tirones y jinetes volteados, pero a las dos horas ya estaban en camino, apretados entre los caballos mansos, los soldados nuevos arriba de los potrillos temblorosos.

Catalina no habló más de Gabriel pero yo sabía exactamente cuándo se estaba acordando de él. Alguien hablaba sobre los batallones, o aparecía su gorra dando vueltas entre nuestra ropa, o no teníamos fuerza para levantar un tronco para la leña al lado de la casa, y entonces surgía su ausencia. A la noche escuchábamos

---

431 *Lombriz*: Gusano de tierra común.
432 *Camisas Azules...*: Alusión (invertida) a la Sociedad Popular Restauradora (más comúnmente conocida con el Mazorca) formada en 1833. Era una suerte de «policía personal» de Juan Manuel de Rosas, y devino un emblema de la violencia política de la época. Este grupo perseguía a la oposición política (los unitarios) y su método preferido del asesinato era el degüello de sus víctimas. El color federal por excelencia era el punzó mientras que el color unitario era el celeste.

pisadas, la perra ladraba sin parar, trancábamos la puerta; era la ausencia de él que andaba dando vueltas y que llenaba todo. Teníamos miedo. Nos habían dicho que entraban a robar las bandas de Pereira, nos habían aconsejado cavar un pozo para escondernos si venían. Pero nunca lo hicimos. Los quinientos metros que nos separaban de la casa grande parecían un océano. Estábamos solas. Nos habían hablado también de los malones[433]. La frontera se estaba acercando. Primero habían dicho que estaba en Laguna Redonda, después en Peguajó, después en 9 de Julio. Cada vez más cerca. Decían que los braucos y los huelches secuestraban a las mujeres[434] y las tenían de esclavas, les despellejaban las plantas de los pies para que no se pudieran ir, o les dislocaban una pierna. Todo ese miedo surgía con los ruidos que oíamos de noche, afuera de la casa.

Los domingos, después de hacer el tambo, teníamos que ir a misa. La primera vez dijimos que nosotras no íbamos y, al rato, el encargado nos mandó llamar. Nos hicieron pasar a la galería donde estaba la mujer del patrón a quien llamaban «la señora». Por un momento me pareció que era Irene, la mujer mayor que había alquilado con su hermano el living de nuestro departamento. Pero no era, se parecía un poco, nomás. Con sonrisa bondadosa, nos dijo que ir a misa no era optativo y nos preguntó por nuestras religiones. Catalina y yo éramos católicas bautizadas pero no éramos practicantes.

—Entonces ésta es una buena oportunidad para volver a encaminarse en la fe —dijo cerrando la conversación.

Al parecer su marido había muerto. Ella le había dejado al encargado la administración de la estancia, y se había reservado para sí la administración de las almas y las conciencias puras.

---

433   *Malón*: Irrupción o ataque inesperado de indígenas (DRAE). El malón consistía en una multitudinaria carga de caballería, donde los indígenas iban armados de lanzas, con finalidades de saqueo o rapto de mujeres.
434   *Secuestraban a las mujeres*: Las cautivas (mujeres secuestradas por los indígenas, mantenidas en cautiverio y explotadas sexual o laboralmente) dieron origen a numerosas obras literarias y artísticas. Su primera instancia en la literatura argentina es el poema *La cautiva* (1837) de Esteban Echeverría, obra que también inaugura el tópico del desierto en la literatura argentina. Cautivas también aparecen en las muchas versiones de la leyenda de *Lucía Miranda* (desde Eduarda Mansilla o Rosa Guerra en el siglo XIX a Hugo Wast en el siglo), el *Martín Fierro* de José Hernández, los cuentos de Jorge Luis Borges (en *particular «La noche de los dones» e* «Historia del guerrero y la cautiva» –a la que la novela alude más tarde) hasta *Ema, la cautiva*, la novela inaugural de César Aira.

Así fue que los domingos empezamos a ir a misa. Nos llevaban en dos carros, con chicos, viejos y señoras culonas que al subirse inclinaban el asiento y hacían chirriar los flejes. Viajábamos cuarenta minutos hasta una capilla donde un cura improvisaba su sermón en base a cualquier cosa que lo hubiera entusiasmado o indignado esa semana. Hablaba siempre bien del gobernador Juan Martín Celestes[435], elogiaba las nuevas leyes. Festejaba que se prohibiera difundir la teoría darwinista.

—Por fin hemos dejado detrás esa infamia –decía–. El que quiera descender del mono, pues que descienda del mono. Yo personalmente prefiero descender de la humanidad de mi madre que en paz descanse, del espíritu de la Santa Madre Iglesia y del amor de la Virgen de Luján.

También celebraba que el voto ya no fuera ni universal, ni secreto, ni en un cuarto oscuro, sino cantado y restringido[436]:

—Nada bueno para la sociedad podía venir de algo que se hacía a oscuras y en secreto. A oscuras y en secreto los seres humanos hacemos las cosas más inmundas –decía–. Gracias al Gobernador se está ganando una larga batalla en favor de Dios y en contra del capitalismo herético.

Así podía estar durante horas. Los sermones terminaban pasado el mediodía cuando ya los estómagos parecían estar hablando entre sí, con los ruidos y las torsiones del hambre. Uno de los monaguillos anotaba rencoroso en un cuaderno a todos aquellos que no comulgaban. Al tercer o cuarto domingo, vimos un retrato del Gobernador junto al altar y a la salida nos dieron unas cintas azules. Había que llevarlas en algún lugar visible.

Mientras cocinábamos a la noche, Catalina se ponía a leer con una vela la Biblia que había sido de Benedicta. Me hablaba de las cosas que había dicho el cura. Parecían estar haciéndole efecto. Las buscaba en el índice, me las leía en voz alta. Me hablaba de Dios y me hacía preguntas, me preguntaba si yo creía, si yo rezaba. Yo le decía que me sentía un poco pagana, como si creyera en un dios de la fertilidad, de la tierra, en otro de la respiración

---

435 *Juan Martín Celestes*: Alusión (invertida) a Juan Manuel de Rosas.
436 *El voto ya no fuera ni universal, ni secreto*: La ley Sáenz Peña en 1912 estableció el voto secreto, universal y obligatorio. Esta fue una reivindicación largamente disputada en Argentina, y marcó el inicio de una nueva era en la historia electoral y política de Argentina.

o de la salud. No lo tenía muy claro pero lo sentía así, como una fuerza a la cual había que entregarse, un misterio. Ella me hablaba mucho de la fe, me planteaba situaciones para saber si a mí me parecían o no pecado.

—¿Si vos estás en una isla desierta con un hombre y no podés casarte, sería pecado tener hijos con él?

Cosas así, simples y aburridas. La escuchaba rezar antes de dormirse. Apenas un murmullo. Había puesto un crucifijo hecho con dos maderitas en la cabecera de su cama.

A mí, los domingos cada vez me gustaban menos. Esos sermones políticos y la fila obligatoria que había que hacer para confesarse, y la confesión...

—Tuve pensamientos impuros, dije groserías, padre –le decía y él me daba tres rosarios para rezar en la semana.

Tenía ganas de decirle: «Fui puta y asesiné a mi cafisho, padre, y me recago en el cornudo[437] del Gobernador Celestes.» Pero no decía nada y, al salir, la patrona, que controlaba que todos se confesaran, me decía con desconfianza:

—Vos siempre veloz, María, se ve que tenés muy limpia la conciencia.

Una mañana en Mercedes, después de confesarnos, la vimos pasar a Luma. Llevaba una gran canasta. La llamamos. Nos pidió que disimuláramos y nos llevó a un costado. Estaba asustada. Había encontrado a su hermano. Trabajaban los dos para una gran familia en una quinta. Nos contó que al principio la trataban bien pero que ahora el «señor» por cualquier cosa le cruzaba la espalda de un rebencazo.

—¿Por qué no te venís con nosotras a trabajar al campo?

—No puedo, les debo plata a los patrones. Me dicen que les debo por la ropa, los zapatos, la cama, la comida[438]...

—¿Cuánto les debés?

—Dicen que mucho... Me tengo que ir.

---

437 *Cornudo*: Hombre cuya mujer ha faltado a la fidelidad conyugal (DRAE). En este caso, es un insulto genérico.

438 *Me dicen que les debo...*: La esclavitud fue definitivamente abolida en Argentina en 1853 (en la provincia de Buenos Aires en 1861) aunque la libertad de vientres fue declarada en 1813. No obstante, Luma está atrapada en otra institución, el peonaje por deudas, común en toda América Latina hasta el siglo XX, sobre todo en las zonas de plantación (como el nordeste, donde se localizan las plantaciones de yerba mate).

Antes de despedirnos quedamos en encontrarnos el domingo siguiente en el mismo lugar.

En el viaje de vuelta al campo, veníamos comiendo pastelitos entre los cimbronazos[439] del camino. Unos chicos hablaban de asesinatos y de caudillos[440], cosas que habían oído por ahí. Hablaban de un famoso caballo overo rosado, el overo de Pereira, el camaleón, un caballo al que, según decían, las manchas le iban cambiando, moviéndose por el pelaje. Los escuché decir que el caudillo Pereira se llamaba Alejandro de nombre; «Alejo Pereira», dijeron. Casi me atraganto con el salto que me dio el corazón. Ése podía ser Alejandro. Se llamaba igual. Yo me hacía la que estaba en otra cosa y los escuchaba atentamente.

—Pereira le cortó la cabeza a todo un batallón de prisioneros. Uno por uno. Los hizo poner en fila y pasó al galope con la espada.

—Mi papá dice que el Gobernador lo va a agarrar y lo va a cuerear para hacerse una silla.

—No lo van a agarrar porque tiene muchos soldados porque él reparte todo lo que roba y además puede curar con las manos y no duerme nunca.

A partir de entonces, cada vez que oíamos un galope en la noche, cada vez que la perra ladraba, yo sentía en el miedo un fondo de esperanza; quería que entraran los hombres de Pereira, que me llevaran hasta él. Si estábamos trabajando en la huerta y se oía algún alboroto, yo me enderezaba para mirar por encima del maíz, pero eran los chicos que venían a los gritos arreando[441] los toros. Buscaba en el horizonte grupos de jinetes, bandas o polvaredas.

***

---

439 *Cimbronazo*: Sacudimiento, vibración fuerte.
440 *Caudillo*: Líder político y/o militar informal, característico (pero no exclusivo) del siglo XIX argentino, en particular del período de las guerras civiles. El caudillo no ascendía a su posición de liderazgo por mecanismos formales (ej. elecciones), sino más bien por carisma, por capacidad militar, o por preeminencia económica.
441 *Arrear*: La figura del *arriero* es importante en el imaginario nacional argentino como ícono del campo y la vida rural. El ejemplo más importante es el de Don Segundo Sombra, co-protagonista de la novela homónima de 1926 de Ricardo Güiraldes.

Pasaron muchos días iguales, con pequeños cambios en las plantas y los animales, con unas lecheras que tuvieron sus crías de hocico rosado, o la chancha, que se apareó con nuestro chancho ya crecido, y tuvo una lechigada numerosa repleta de gruñidos, orejas y saltitos. Sólo eso variaba. Lo demás era trabajo y más trabajo; no se terminaba nunca. Y a cambio nos daban la verdura picada, a la que había que sacarle partes. Nuestra propia huerta junto a la casa no prosperaba; durante el día, cuando no estábamos, se metían los pájaros y los animales que arrancaban y pisaban los brotes.

En la cocina, en la huerta y en el tambo, trabajábamos calladas. No se hablaba. Era lo opuesto al griterío del Ocean. Se bajaba la mirada y se hacía lo que se tenía que hacer. Había dos chicas braucas, de piel oscura y pelo negro y lacio. No decían una palabra. Las habían traído en una de las avanzadas de Celestes sobre la frontera y ahí estaban, sin hablar, sin ser nombradas. Sólo obedecían las órdenes gestuales de la Osa.

Una tarde estábamos en la cocina grande haciendo pan, cuando oímos los perros. Sentimos que retumbaba el piso. Las dos chicas braucas se abrazaron asustadas. Vimos pasar por el patio a un hombre a caballo entre la ropa colgada. Los cascos sonaron violentos contra las baldosas. No se podía pasar a caballo por ahí. Era la policía del Gobernador. Los conocimos por las camisas y los gorros azules. Todas en la cocina se ubicaron el cintillo azul en un lugar visible del peinado. Yo hice lo mismo. Uno de ellos entró a pie en la cocina, era petiso, de patillas y bigote tupido, tenía un hacha en la mano. Nos arrinconamos todas contra un aparador. El tipo miró alrededor como sin vernos y se fijó en una gran picadora de carne. La arrastró hasta afuera y la rompió de tres hachazos en el suelo. Había otros en el galpón. Rompieron todo lo que pareciera una máquina. Se oían golpes de metales, chapas secas, aceros tintineantes, cosas que se arrancaban de cuajo, se desarmaban, se caían. Ahora entendía lo que el cura había dicho en uno de sus sermones:

—Lo que se llamó tecnología y progreso no fue más que la mano siniestra del capitalismo salvaje. Hay que volver a la tierra y a las manos. Las máquinas les quitan el trabajo a los hombres, la ciencia nos quita el pan de las manos, la ciencia todo lo pudre.

Ahí estaban entonces las milicias celestistas matando máquinas muertas, rompiendo todo lo que tuviera poleas o engranajes o manijas giratorias; todo lo que fuera más allá del carro y el arado de mansera. Desencajaron motores que ya eran obsoletos, inutilizaron los tractores inútiles (hasta un tractorcito para cortar el pasto), las prensas de lana, las afiladoras, las tolvas[442], la balanza, la bomba de agua, la motosierra.

—Si el país sale adelante, será a pulso, con la fuerza de los brazos, no de las máquinas. Sólo a partir de la simpleza podremos volver a comenzar un país más justo. Sin armas de fuego que vuelven cobardes a los hombres. Sólo desde esa lucha cuerpo a cuerpo y con la gracia de Dios podremos defender valientemente nuestra dignidad.

Lo extraño fue que para romper algunas máquinas usaron un criquet[443], un aparato bastante más complejo que muchas de las cosas que destruyeron. Volcaron, por las dudas, los tachos de gasoil aunque estuvieran vacíos, revolvieron las habitaciones buscando armas o municiones.

—La desaparición de nuestras ciudades no es más que la gracia de Dios manifestándose, mostrándonos el camino verdadero, extirpando los cánceres de corrupción de las urbes pecaminosas. Dios nos ama y nos bendice y nos ha enviado a Juan Martín Celestes como un instrumento de su salvación[444].

Finalmente se fueron. Se llevaron un tonel azul que estuvieron a punto de volcar hasta que olieron lo que había dentro: un vino que estaba recién fermentándose, hacía poco habíamos

---

442 *Tolva:* Caja en forma de tronco de pirámide o de cono invertido y abierta por abajo, dentro de la cual se echan granos u otros cuerpos para que caigan poco a poco entre las piezas del mecanismo destinado a triturarlos, molerlos, limpiarlos, clasificarlos o para facilitar su descarga (DRAE).

443 *Criquet*: Herramienta de trabajo pesado que permite realizar operaciones de elevación, empuje, remolque y compresión de cargas.

444 *La desaparición...*: Esta sección de la novela hace allusion a «El Matadero» de Esteban Echeverría (un unitario letrado de la oposición a Rosas) escrito entre 1838 y 1840 y publicado póstumamente en 1871. El cuento comienza con una crítica de la colaboración de la iglesia católica con el régimen rosista, y en particular, del carácter de «enviado de la Providencia» que la Iglesia asignaba a Rosas en la versión paródica de Echeverría.

pisado la uva. Cuando volvimos a nuestra casa, encontramos la puerta pateada y, dentro, todo revuelto, la Biblia en el suelo, la ropa, los cacharros. Arreglamos las cosas sin hablar. No habían encontrado la plata que estaba bien escondida entre la paja del techo.

A la salida de misa el domingo siguiente, cuando la estábamos esperando a Luma, que nunca apareció, repartieron unos panfletos que decían «¡Mueran los salvajes capitalistas! ¡Viva la Gobernación y la Santa Provincia de Buenos Aires!»[445], y seguía un texto donde se advertía que cualquier persona que fuera vista arreglando o usando una máquina sería declarada traidora y ejecutada en el acto. Celestes quería fomentar la producción de cuero y carne salada. El pasto, las vacas y los hombres a caballo bastaban para eso. La carne sería la prioridad, sería el eje desde el cual se regirían las costumbres y las leyes. No les deberíamos nada a los trenes, ni a las máquinas, ni a ninguna cosa que tuviera que ver con la civilización. Se decía que él mismo abominaba de la ciudad y que, para dar el ejemplo, se había hecho levantar una casa en las afueras de la capital, en lo que quedaba de los bosques de Palermo[446]. Muchos hablaban de él con admiración, parecían tener esperanzas en que por fin íbamos a salir adelante. Sabían que los panfletos hablaban del Gobernador, pero no los leían.

Se decía que el retrato de Celestes era falso. Que nadie sabía bien cómo era su aspecto y que él mismo andaba de incógnito por las estancias haciendo changas, para saber de primera fuente cómo estaban las cosas. Era muy hábil con el lazo y con el caballo, y soportaba el hambre y el frío. Por eso a los forasteros que llegaban al campo se los trataba con perfecta hospitalidad, porque podían ser el Gobernador mismo de visita. Cualquier hombre hábil, más o menos desconocido, podía ser el Gobernador. Su presencia se sentía en todas partes y la gente cada vez tenía más miedo y, a la vez, lo quería más.

***

---

445 *Mueran...*: Alusión al lema rosista «¡Viva el Restaurador de las Leyes! ¡Mueran los salvajes unitarios!».
446 *Bosques de Palermo*: La casa de Juan Manuel de Rosas, desde donde despachaba, estaba en el espacio hoy ocupado por los bosques de Palermo.

—¿Quién sabe escribir? —preguntó la mujer de uno de los peones, parada en la puerta de la cocina—. Tengo el nene enfermo.

—Yo sé —dije y fui la única.

Catalina también sabía escribir pero no dijo nada. Había temor hasta de esas cosas. Quizá pensaban que saber escribir estaba tan prohibido como manejar una máquina. Yo dije que sabía, pensé que querían que le escribiera una carta al médico. Pero la madre me pidió que fuera a ver al chico; estaba en la cama, le había salido un sarpullido alrededor del torso.

—Es culebrilla[447] —me susurró—, si se le juntan las dos puntas en la pancita se me muere.

Me pidió que le escribiera en cada extremo de la culebrilla «Jesús, María y José», cruzado, para cortar el avance del sarpullido[448]. Le escribí con una birome tal como me dijo, una vez hacia arriba y la otra hacia abajo.

A los dos días, la culebrilla se le fue y la madre vino a agradecerme como si yo hubiera actuado de sanadora. El chico se me acercaba cuando estábamos en la cocina y yo le hacía vocales de masa para enseñarle a leer. Hacía tiempo que no había clases en la zona y los chicos no sabían leer ni escribir. Muchos adultos apenas recordaban las letras.

Por medio del encargado, le preguntamos a la señora si Catalina y yo podíamos reabrir la escuelita. Nos hizo llamar y hablamos con ella en la galería mientras bordaba sin mirarnos. Era una tarde de mucho viento. Dos días atrás se había levantado un ventarrón del este que se llevaba las moscas y ahora hacía flamear las puntillas del vestido de la señora.

—Tienen que darle prioridad al catecismo —nos dijo.

A Catalina le pareció bien. Yo no dije nada.

—Tenemos una Biblia —dijo Catalina.

—¿Una Biblia? —se sorprendió la señora—. No, no, no, m'hijita[449]. Eso de tener la Biblia en casa no corresponde a un buen

---

[447] *Culebrilla*: Enfermedad viral que se manifiesta por un exantema (erupción de la piel, de color rojo más o menos subido) en el que las vesículas se disponen a lo largo de los nervios, por lo cual son muy dolorosas (DRAE).

[448] *Sarpullido*: Enfermedad que se presenta con una erupción leve y pasajera en el cutis, formada por muchos granitos y ronchas (DRAE).

[449] *M'hijita*: Contracción de *mi* hijita. Es una forma cariñosa (de origen rural) de dirigirle la palabra a alguien.

cristiano; es cosa de protestantes que malinterpretan las escrituras. Mañana me traen la Biblia y la donamos a la capilla.

Nos dijo que ella nos daría un catecismo y una lista de temas. El horario podría ser de once de la mañana a tres de la tarde, cuando los varones terminaban con sus tareas en el campo. Le aconsejó a Catalina fajarse bien «de arriba» y a las dos nos dijo que usáramos ropa que disimulara el cuerpo para no provocar a los chicos. Las mujeres no podrían venir a clases. Ella les iba a enseñar bordado en la casa grande. Nos dijo que volveríamos a hablar y nos fuimos.

A mí, todas esas directivas y condiciones me sacaron las ganas de enseñar. Acortamos camino entre los árboles. Se acercaba una tormenta y el viento silbaba entre las ramas. Parecía que iba a granizar, algo zumbaba en el aire, como una energía acumulada. Caminamos hacia nuestra casa. Pasaban rápido unos nubarrones cargados de rayos. Catalina venía hablando sobre cómo íbamos a organizar la escuelita; no parecía difícil, eran sólo siete chicos. El viento en contra nos adhería los vestidos al cuerpo y le noté a Catalina una pancita. Se lo señalé y se rio. Estaba embarazada de Gabriel.

—Esta vez lo voy a tener —me dijo—. Dios me lo mandó. Yo había pensado ponerme gunia y al final no me puse.

La hoja de gunia verde, según habíamos escuchado decir a las mujeres de la estancia, evitaba el embarazo. Era medio asqueroso; había que mascar varias hojas y meterse el bollo bien al fondo de la vagina.

Seguimos caminando con el viento en contra.

—¿Y cuándo nacerá? –dije.

—Si sigue creciendo así, puede ser a fin de año. Viene muy rápido.

—Mirá si nace el dos de enero, el día de mi cumpleaños.

—¿Te animás a ser la madrina? –me preguntó.

Yo le estaba diciendo que sí, que me animaba, y vimos una nube negra y baja, demasiado negra.

—¿Qué es eso?

Pensamos que podía ser humo, o una de esas bandadas de pajaritos que se comían el trigo. Se nos venía encima. Empezamos a correr hacia la casa para refugiarnos y entonces nos pegaron en el cuerpo las primeras langostas. Era una manga gigante[450]. Llovían langostas, se nos enredaban en el pelo. Corrimos tapándonos la cara, sintiendo el repiqueteo de los bichos contra el cuerpo. El ruido era como estar metida dentro de una usina. Yo tropecé y me pinché las manos al caer; el suelo era una alfombra ondulante y viva. Crujían bajo los pies, volaban enceguecidas. Llegamos por fin y cerramos la puerta. Se metían por las rendijas y los huecos. La perra lloraba afuera y tuvimos que dejarla entrar. Toda la noche estuvimos matándolas a zapatazos. Era en vano. Yo barría los cadáveres y seguían entrando. Lo que daba miedo no era cada insecto en sí, sino la suma, el infinito, algo que se parecía a la locura, parecía un mar donde uno podía llegar a ahogarse. La sensación de algo general, que no se iba a ir, que amenazaba con suplantar el aire mismo. Catalina me leía la Biblia:

—«Porque Yo enviaré esta vez todas Mis plagas sobre ti, sobre tus servidores y sobre tu pueblo, para que entiendas que no hay otro como Yo en toda la tierra.»

Me decía que la langosta era un castigo contra los que no creían en un solo Dios, como yo. Ahora yo tenía la culpa. La perra se quejó toda la noche. Casi no dormimos. No habíamos comido. Cuando paró el zumbido, antes del amanecer, oímos unos chilliditos; la Negra había tenido ahí mismo, en un rincón, cinco cachorros negros y mojados.

Abrimos la puerta y vimos la tierra gris. Las langostas ya no estaban. Con sus millones de dientes, se habían devorado hasta la última brizna de pasto, no había una sola hoja en los árboles, ni una fruta. Nada. Nunca había visto algo así. Habían hecho un trabajo minucioso, absoluto, habían arrasado con todo lo tierno, sólo quedaban los rastrojos secos.

Hubo que volver a hacer la huerta desde el principio. Pasaron

---

[450] Hasta su erradicación a mediados del siglo XX, las invasiones de langostas eran comunes en las zonas rurales (e incluso en las urbanas) de Argentina.

días en los que parecíamos estar viviendo en la Luna o en algún planeta muerto. Algunos tubérculos se salvaron porque estaban bajo tierra. Pero lo que había estado sobre la superficie parecía no haber existido nunca. Tuvieron que encerrar la hacienda y mantenerla sólo con agua por varios días para que no se comieran los brotes tiernos que irían saliendo. En los corrales, mugían débiles las vacas hambrientas. Se les veían las costillas y las puntas de los huesos de las caderas.

El domingo el cura coincidió plenamente con Catalina. Nos llenó de faltas y de culpas y de castigos bíblicos. Pero ya no habló bien del Gobernador Celestes, a quien, según contaban, se le estaban complicando las cosas, había muchas alianzas de capitalistas, provincias y países en su contra. Poco faltaba para que sus retratos y sus cintas azules fueran a parar al pozo de las basuras, junto a los pedazos de alambre y las máquinas rotas.

Afuera volvimos a ver a Luma. Le ofrecimos darle la plata para que pagara su deuda, pero no aceptó.

—No me dejan –susurró–, van a pensar que la robé.

Casi no frenó para hablarnos. Bajaba la cabeza y, a cada rato, miraba hacia un costado. Pasó su hermano por el otro lado de la calle, llevando al hombro un atado de leña, y sin detenerse dijo con tono severo:

—¡Temba!

Luma nos dijo adiós con la mano y lo siguió. Sólo entonces supimos que se llamaba Temba; «Luma» era el nombre que se le habría pegado en los prostíbulos del Bajo. No la volvimos a ver.

Subimos todos al carro y, en una de las calles, un policía nos hizo desviar junto con los demás sulkys y carretas. Había que pasar obligatoriamente por una cuadra cerca de la plaza. Seguimos a la fila, doblamos en una esquina. En el carro de adelante se oyó a una mujer dar un grito ahogado, de impresión.

Tratamos de ver qué pasaba y, cuando vi, le tapé los ojos a una de las nenas, pero me sacó la mano para mirar bien. En las lanzas de una reja había cabezas clavadas. Eran de cinco chicos ajusticiados. Habían encontrado un bidón de nafta y habían dado una vuelta al pueblo en un auto abandonado.

***

Pasaron varios días de sequía, cielos enormes con nubes que se deshacían hacia el sur, vientos cada vez menos fríos, madrugadas sin escarcha, remolinos de tierra, hasta que llovió mucho de golpe y crecieron los cardales, crecieron los cachorros de la Negra, las plantas de la huerta echaron hojas verdes como manos buscando algo en el aire, y una mañana sentí el final exacto del invierno en el perfume de un melón barroso.

Al día siguiente llegó a «La Peregrina» un arreo grande de casi quinientos animales. El encargado apareció en la cocina para anunciar que habría yerra[451]. Yo no sabía bien qué era la yerra, pero supuse que era algún tipo de fiesta, teníamos que preparar mucha comida. Se notaba un ambiente un poco menos severo; la patrona se había ido a Buenos Aires, la casa grande se estaba desmoronando. La Osa nos hizo hacer un despliegue de masas y hojaldres y embutidos y tortas fritas y arroz con leche. Los chicos se acercaban a picar algo y ella les pegaba en la mano un chicotazo con los dedos flacos. Trabajamos hasta tarde, y el día de la yerra, de madrugada ya estábamos acomodando unas mesas y limpiando el galpón. Tuvimos que cambiar las mesas de lugar cuatro veces en torno a los corrales. El viento cambiaba y había que evitar que, cuando empezaran a trabajar, la polvareda se viniera sobre la comida. Era un lindo día de principios de septiembre.

Las tareas se frenaron de golpe, cuando vimos tres jinetes de camisa azul que se acercaban. Otra vez problemas, pensé. Detrás venían más. Nos quedamos en silencio mirando. Las madres mandaron a los chicos a meterse en las casas. Yo me preguntaba si habríamos hecho algo mal, si habríamos usado alguna máquina. Uno de los tipos gritó algo todavía de lejos. No se entendía qué pasaba. Parecía un grito largo, de alegría.

---

451 *Yerra* (hierra): Acción de marcar al ganado con un hierro para determinar su pertenencia.

—Es Horacio –dijo alguien.
   Eran los peones de la estancia, los enrolados. Estaban volviendo. Catalina lo buscaba a Gabriel. ¿Cuál podía ser? No sabíamos si habría sobrevivido. Fueron llegando sin galopar, y la familia de cada uno los recibía. En el último grupo lo vimos a Gabriel. Una manga le flameaba demasiado flaca, vacía... Había perdido el brazo izquierdo. Sonrió avergonzado y desmontó. Catalina lo abrazó tapándose el llanto.
   De los once que se habían ido, habían muerto cinco: dos chicos de diecisiete años, dos de veinte y un hombre de cuarenta, padre de dos nenas que estaban ahí y que no querían dejar de jugar cuando les dieron la noticia.
   También habían venido otros soldados que se quedarían un par de noches. Les habían dado franco[452] hasta nuevo aviso. Algunos estaban vendados. Cada uno tenía un caballo ensillado, un uniforme más o menos entero, un par de botas, un machete horrible de hoja mellada[453] y un poncho grueso que Catalina notó que era inglés. Algunos caballos tenían media oreja cortada. El de Gabriel era un colorado flaco, de cabeza gacha, que se espantaba con cada movimiento que él hacía, como si no le tuviera confianza. Catalina se fue con Gabriel a la casa y volvieron una hora después riéndose y arrastrando nuestro chancho con una cadena.
   En una mezcla de festejo por los sobrevivientes y de duelo por los caídos, se hizo la yerra. Querían terminarla en un solo día. Había gente de campos vecinos y arrieros ayudando en los corrales, de donde venía un olor a pelo chamuscado y un ruido de mugidos amontonados como bocinas. Tenían que castrar y marcar a todos los animales nuevos. Los hombres sudados y polvorientos desmontaban cerca de las mesas y se arrimaban a tomar caña[454], haciendo grandes alardes de virilidad. Hablaban fuerte, apostaban a la taba[455], exageraban su criollismo, por motivos que

---

452 *Franco*: Licencia, vacaciones, asueto.
453 *Mellado*: Sin filo y en mal estado.
454 *Caña*: Bebida dulce de alto tenor alcohólico hecha a base de caña de azúcar. Era una bebida típica de los gauchos y de la gente de campo.
455 *Taba*: Juego tradicional del campo. Se juega con una vértebra de vaca que se tira al aire, a cierta distancia. Se gana o se pierde según la posición en la que cae el hueso.

yo no terminaba de entender. Parecían extras de una película. Algunas mujeres se habían puesto vestidos rojos a lunares blancos y se habían hecho trenzas[456].

Un soldado amigo de Gabriel pasó un caño entre las horquetas de dos árboles, cerca de donde estábamos. Gabriel arrastró nuestro chancho, que se empezó a quejar.

—Te vamos a cantar una canción –le dijo.

Ahí nomás pasó la cadena por encima del caño y se colgó haciéndola repiquetear en el metal. Con su único brazo se fue colgando de la cadena y afirmándola con el pie, hasta que el chancho quedó colgado cabeza abajo, dando patadas cortas y chillando de una manera horrible.

—Mirá cómo pide clemencia el salvajón –le dijo Gabriel a su amigo.

Se reían. Parecían acordarse de algo. Gabriel le clavó las uñas en los jamones para ver si estaba gordo, y lo besó en la cabeza. El chancho gritaba y él hacía como que le contestaba diciéndole:

—Yo también, mi amor, yo también[457].

Sacó el cuchillo de la cintura y le abrió la garganta de un solo tajo. Me sorprendió cómo manejaba el cuchillo. La sangre saltó en un chorro espeso. Los perros y los chicos se arrimaron. Mientras el animal se desangraba, Gabriel le pasó el brazo por encima del hombro al amigo y le dijo:

—¿Te lo había prometido o no?

En una espera de hambre y frío antes de una batalla, Gabriel le había prometido al amigo que, si sobrevivían, él iba a asar un chancho para los dos. Estaban eufóricos.

Yo atendía una de las mesas que hacía de mostrador. Servíamos vino en sangría, caña y ginebra. Un tipo recibió una cornada en la pantorrilla y le tiraron un chorro de ginebra en la herida abierta para que no se le infectara. El tipo no gritó pero se puso blanco. Al parecer los animales eran bastante bravos. Ya casi no había ejemplares de razas inglesas; mansas y descornadas, habían sido las más fáciles de alcanzar por los ladrones de ganado.

---

456 *Algunas mujeres...*: Esta (vestido a lunares, trenza larga) es la apariencia clásica de la «china» (mujer) del campo argentino.

457 *Yo también...*: Alusión a «La refalosa», poema gauchesco de Hilario Ascasubi, donde se describe la tortura y degüello de un unitario.

La mayoría de los animales que habían sobrevivido a los saqueos eran toritos y vaquillas medio salvajes, de largos cuernos, que corrían como liebres por los campos desalambrados y eran capaces de saltar limpio cualquier cerco de la altura de un hombre.

Había un tipo sonriente que se acercó varias veces, convidado por otros, para celebrar alguna hazaña que decían que había hecho con el lazo en los corrales.

—Enlaza casi tan bien como el gobernador –decían.

Ese tipo de frases eran siempre un gran elogio.

—El calzado ayuda –dijo él.

Tenía puestos unos botines de fútbol para poder clavar los talones al enlazar y que no lo arrastraran los animales.

La Osa pasaba cada tanto, fijándose que no faltara nada. Las botellas se vaciaban. Gabriel y algunos soldados amigos vinieron a buscar sangría. Los chicos más chicos de vez en cuando se robaban algún vaso. Dos o tres veces se arrimó uno de los arrieros, un tipo de unos veinte años que me observaba curioso, con una mirada clara y triste. Aunque era algo tímido, se animó a preguntarme cómo me llamaba y de dónde era. Cruzamos algunas palabras. Por suerte yo estaba del otro lado de la mesa para esconder unas botitas toscas y terrosas que había empezado a usar. Era lo único que tenía para ponerme en los pies. Catalina me había prestado un suéter sin agujeros, que ya era bastante. El arriero me contó que iban a seguir viaje hacia el norte, hacia la zona de Luján. Parecía un tipo amable y sereno. Vi que cambiaba caballo y volvía a trabajar dentro del corral. Había venido con un paisano mayor que él, un tipo aindiado[458] y grandote. Eran los únicos que no gritaban[459].

También estuvo un viejito dándome charla un rato largo, hablándome de sus problemas con la dentadura postiza.

—El pegamento no se consigue por ningún lado. «Fixaden» se llama. Pero no traen ya... Sírvame otra que tengo que tener la boca mojada. Se me cae, si no.

---

458 *Aindiado*: Con rasgos de indígena.
459 *Eran los únicos...*: Este párrafo es una alusión a *Don Segundo Sombra* (véase la nota anterior). Sin nombrarlos, *El año del desierto* alude a Don Segundo Sombra, antiguo hombre de avería y mentor de Fabio, huérfano a quien Don Segundo introduce en las faenas y la cultura rural durante un largo arreo de ganado por la provincia de Buenos Aires.

Así fue pidiendo copa tras copa hasta que se lo llevaron para el lado del fogón.

El encargado trataba de controlar que nadie se emborrachara. Había sido portero en la capital y todavía conservaba su escepticismo, su uniforme gastado, de loneta celeste, y un manojo de llaves de un edificio que ya no debía existir más. Se puso a hablar con otro ahí cerca. A mí me había parecido extraña la actitud de algunos hombres que, para hacer las tareas más toscas, habían adornado sus caballos con toda la platería disponible. Parecía una gran puesta en escena. Entonces lo oí al encargado quejándose; el personal original de la estancia estaba haciendo muy mal papel. Eran los peores. Dejaban la marca borrosa y estaban capando mal, dejando animales castrados a medias. Al parecer, hasta el mes de enero, «La Peregrina» había estado recibiendo turistas. La patrona había sobrevivido durante un tiempo gracias a los grupos de extranjeros que pasaban dos o tres noches en el lugar. Los peones habían sido los encargados de montarles un *show*, una simulación de yerra y doma, donde sólo enlazaban terneros chicos y jineteaban caballos saltarines.

***

A la tarde Gabriel y su amigo quedaron echados al pie del árbol durmiendo una siesta; sus cuerpos habían tenido que anular cualquier otra función vital que no fuera digerir medio lechón asado y varios litros de sangría. Catalina estaba contenta de que Gabriel hubiera vuelto. No estaba entero, pero estaba vivo y parecía arreglárselas[460] bien con su único brazo. Había otros soldados también tumbados en la blandura de los pocos días de paz que les habían concedido. Todos roncando, las botas desparramadas, las moscas. Parecían tranquilos. Daba miedo pensar que venían de matar a otra gente.

Más tarde uno de ellos los despertó a todos. A algunos tuvo que sacudirlos hasta que abrieran los ojos. Con miedo y a los apu-

---

460 *Arreglarse*: Poder manipular una situación dada de manera tal que todo resulte como deseado.

rones, se sacaron las camisas azules y todo lo que evidenciara que eran del ejército. Escondieron las cosas dentro del hueco de un árbol, y se metieron así como estaban, en cuero y medio dormidos, en los corrales, a simular que ayudaban. Gabriel todavía tenía un vendaje tapándole el corte en el hombro.

Al rato cayeron unos militares con un uniforme distinto, eran de la Guardia de Luján. (Las fuerzas armadas tuvieron ese año muchísimos cambios de vestuario. Los sastres militares estaban inspirados y hacían uniformes cada vez más coloridos y teatrales.) Venían con una carreta cubierta. Hablaron con el encargado. Se metieron en el corral y sacaron esposado a Benito, el viejo mulato que cuidaba el parque. Lo subieron a la carreta sin dar explicaciones.

Benito era un viejo amable que no molestaba a nadie y que, después de cuidar el jardín, se sentaba a fumar su cigarro mirando el cielo de la tarde. Había sido domador en el Uruguay; los más chicos se le acercaban y lo hacían hablar de caballos, de pelajes, de carreras. Escuchando pedazos de esas conversaciones, yo aprendí los nombres de los pelajes; palabras como «zaino», «alazán», «gateado», «overo», fueron diferenciando a los caballos que antes para mí simplemente eran de distintos colores. Y se lo estaban llevando a Benito. Dijeron que la República del Brasil le había declarado la guerra al gobierno de Buenos Aires, por lo tanto se consideraba enemigo a cualquier persona brasileña[461]. Se llevaban presos —supuestamente para deportarlos— a todos los negros y mulatos por considerarlos enemigos de las Provincias Unidas. No importaba ni siquiera que fueran oriundos de otros países como el Paraguay o el Uruguay, como era el caso de Benito. Quizá la misma medida, y otras peores que la siguieron, hayan perjudicado a Luma y a su hermano.

La carreta se fue. Dos militares se quedaron un rato dándole instrucciones al encargado. Antes de irse, uno de ellos dijo en voz alta hacia los corrales:

---

461 *A cualquiera persona brasilera*: Alusión a la guerra entre las Provincias Unidas del Río del a Plata (el nombre de Argentina en esta época) y Brasil. La guerra duró de 1825-1828 y fue originada por disputas territoriales (principalmente sobre el estatus de la Banda Oriental, lo que sería después Uruguay) y por la supremacía en la región del Río de la Plata, zona sobre la cual la corona portuguesa (luego el Imperio del Brasil) siempre tuvo aspiraciones que contradecían las aspiraciones de las Provincias Unidas.

—¡A partir de ahora, para terminar con los enfrentamientos, rige la nueva Ley de Olvido[462]! ¡Los soldados del ex Gobernador no serán perseguidos, pero tienen prohibido armarse o usar el uniforme! ¡Queda también prohibido para todos el uso de divisas y distintivos!

Todo quedó detenido unos minutos en los que se susurraron miedos y sorpresas; después siguieron trabajando. Así son las cosas siempre. Cuando pasa algo así, como lo de Benito, cuando encierran injustamente a alguien o cuando alguien muere, entonces los demás se sorprenden –más por el temor de que eso les pueda pasar a ellos que por el hecho de que le haya pasado al otro– y casi inmediatamente siguen con lo suyo porque les pica, se rascan, tienen hambre, están vivos y preocupados y necesitan muchas cosas para seguir estándolo.

Al atardecer el movimiento en los corrales se fue apagando, la gente estaba cansada, se encendieron fuegos, soltaron los caballos y el baile en el galpón, programado para la noche, se suspendió por respeto a los muertos. Los chicos seguían corriendo detrás de un gallo al que le habían enredado un hilo y una lata. Con Catalina, una vez que terminamos el trabajo del día, nos arrimamos al fogón donde estaba Gabriel.

Estuvimos un rato sentadas a su lado. No podíamos quedarnos mucho, al día siguiente íbamos a reabrir la escuela. Cruzaban noticias de fogón en fogón. El rompecabezas político se fue armando y deformando. No se sabía qué iba a pasar. Al parecer, por lo que el encargado pudo averiguar, el puerto había estado bloqueado por la flota brasileña. Los capitalistas habían atrapado al ex gobernador Celestes y habían permitido su extradición a España para que fuera juzgado allá. Gabriel y los soldados amigos se negaban a creerlo. Decían que seguramente habrían atrapado a otro, algún doble.

---

462 *Ley de Olvido*: Este es el nombre de una ley promulgada en 1821, luego de la batalla de Cepeda de 1820, donde los caudillos federales del interior derrotan al ejército de Buenos Aires, erigido en ejército nacional. Por esa batalla, cae el Directorio y se disuelve el estado nacional (o toda aspiración a un estado nacional). La ley de Olvido fue promulgada para evitar venganzas y represalias entre partidos políticos (federales y unitarios) y caudillos dominantes . Sin embargo, también puede aludir a las leyes de Obediencia Debida y Punto Final, por las cuales Raúl Alfonsín, en la década del ochenta, intentó infructuosamente dar un término a los procesos judiciales relacionados con el terrorismo de estado de los años 70.

—Ahora se va a armar entre las provincias –decían.
—Sí, «Provincias Unidas», pero unidas en combate.
Se reían, circulaba una damajuana de vino. Escuché que hablaban de la Capital. Algunos habían estado ahí días atrás. Gabriel nos contó que el campo se había detenido a la altura de San Telmo, al sur de la ciudad, y a la altura del barrio de Congreso, al oeste. Hacia el norte todavía las calles llegaban hasta Retiro. Pensé en esos lugares. ¿Se vería todavía la Torre de los Ingleses al fondo de la calle Reconquista? Quizá no estaba más.

—Las calles que quedan son lo que era el centro antes, y se ve poca gente, andan pasando hambre. Es como un pueblo –dijo uno–. Hay cantidad de perros dando vueltas de madrugada, tenés que andar con cuidado. Y si llueve se hace un barrial que los caballos se hunden hasta la panza. Los otros días se murió una familia entera ahogada en el barro.

Todos se rieron. Empezaron a exagerar y a contar anécdotas horribles del ejército como recordándolas entre ellos, pero en realidad lo hacían para impresionarnos a Catalina y a mí. Algunas anécdotas no eran demasiado distintas de las que contaba papá cuando lo visitaba algún amigo de la conscripción: humillaciones a soldados nuevos, burlas a superiores, robos, desgracias. Pero otras eran más extrañas. Habían hecho primero una breve instrucción en la sede central del ejército de Celestes, que quedaba en Villa O'Gorman[463]. Gabriel no sabía ni andar a caballo; como a muchos otros, las cabalgatas de ejercicio lo habían dejado en carne viva.

—¿Y te acordás de ese tucumano puto cómo lloraba? En el simulacro de batalla le sacaron un ojo con una espada de palo.

—«Me pincharon, me pincharon» gritaba, y el sargento le decía «Por fin se dio el gusto, soldado».

Se descostillaban de risa. El vino se les estaba juntando con la sangría del mediodía. Se pusieron a cantar desafiantes «La Pro-

---

463 *Villa O'Gorman*: El cuartel general de Rosas estaba en Santos Lugares (hoy partido de San Martín). El nombre Villa O'Gorman para el cuartel general de Celestes es así una velada referencia / homenaje a Camila O'Gorman, joven de la sociedad porteña que fue fusilada por Rosas junto con su amante, el sacerdote Ladislao Gutiérrez, en 1848 (Camila y Ladislao habían escapado juntos a Corrientes, pero luego fueron arrestados). Camila estaba en su último trimestre de embarazo, y su fusilamiento fue una *cause célèbre* durante el período final del gobiero de Rosas. Camila O'Gorman y Ladislao fueron fusilados en Santos Lugares.

vincial», las mismas estrofas que yo había escuchado cuando vivíamos en el departamento. Del otro lado del fuego, cuando tiraban cardillas secas para hacer crecer la llama, le veía la cara a un soldado que siempre estaba mirándome. No cantaba. Era un tipo jetón, de barbita rala[464]; me sonaba conocido pero no sabía de dónde.

Cuando terminaron de cantar, se pusieron medio serios.

—¿Viste que el Chino lo vio a Galván en la carga de Puesto Álvarez? Dice que lo vio clarito peleando al lado de él.

—Igual que le pasó al Rengo con Barreto. Varios lo vieron. Hacía una semana que se había muerto y ahí estaba, con ellos en medio del quilombo, destripando a un salvajón.

—El viejo Varela dijo que a veces pasa. Que los ves. Pero no hablan. No hay que hablarles. Después no los hallás ni aunque los busqués entre los muertos.

Hablaban de «salvajones» o «salvajes» y yo al principio creí que hablaban de los braucos o de los huelches, pero no, se referían a los capitalistas. En vez de decir que a tal lo habían degollado, decían «lo dejamos sonriendo».

—A Pereira lo hicieron recular hasta Laguna Redonda –dijo uno.

—Yo lo vi montado en el Camaleón, estaba medio gateado el caballo.

—Eso del Camaleón es bolazo[465]. Lo que pasa es que él anda siempre en caballos robados y cuando lo acusan –ponele que va montado en un oscuro–, él dice «Este caballo es mío», «¿Pero su caballo no es overo?» le preguntan. «Sí, es este mismo que a veces le crecen las manchas.» Es una joda que hace siempre.

—A mí me dijeron que es el mismo caballo que tiene un pelaje raro, que le va cambiando. Va siempre montado en el mismo, salvo que consiga nafta, ahí va montado en una moto negra que tiene.

No tuve más dudas: Pereira era Alejandro, era su moto. Otra vez volvieron todos esos sentimientos cruzados, amontonados,

---

464 *Barbita rala*: Una barba con poco pelo.
465 *Bolazo*: (Argentina) mentira, disparate, despropósito (DHA).

embarullándose dentro de mí. Escuché que decían eso y fue como quedar de golpe sola en los cardales de la noche inmensa. Recé para volver a verlo.

Cuando logré rearmarme, le dije a Catalina que me iba y caminé guiándome en la oscuridad por los distintos fuegos. Alguien me agarró del brazo:

—Vení, rubia –dijo y me quiso apretar agarrándome del culo.

Le puse la mano en la cara y le clavé los dedos en los ojos. Era el tipo del fogón, que me había estado mirando. Logré zafarme y corrí. No paré hasta la casa, y una vez adentro, trabé la puerta y me senté en la cama, empuñando mi cuchillo. Lo solté recién cuando llegaron Catalina y Gabriel.

***

Nos despertamos antes de que amaneciera. Gabriel tenía resaca y tuvo que meter la cabeza en un balde de agua helada para despabilarse[466]. Cuando salió el sol, se fue a ver en qué podía ayudar en el corral. Nosotras, sólo por esa vez, teníamos hasta las once libre, para preparar la llegada de los chicos al primer día de clase. Habíamos puesto, como pizarrón, una tabla pintada donde se podía anotar cosas con ladrillos porosos. Y teníamos papel de unos cuadernos contables de la estancia y pedacitos de carbón para escribir. Teníamos letras de barro cocido, pintadas de colores, y frascos llenos de botones para enseñarles a contar. En el medio pusimos una mesa baja, hecha con una puerta, rodeada de banquitos de troncos. Catalina se iba a encargar del catecismo y yo del alfabeto.

A las once y cuarto no había venido ninguno. Estábamos en la puerta mirando a ver si llegaban. Once y media, nadie. Doce, nadie. Fuimos caminando hacia la estancia, quizá se habían olvidado.

Cuando llegamos, un grupo de ex soldados se estaba despidiendo para irse. Gabriel estaba en los corrales. En una de las

---

466 *Despabilarse*: Disiparse los efectos del sueño o (como en este caso) del alcohol.

casas, la madre del chico al que yo supuestamente había curado de culebrilla nos cerró la puerta en la cara. Todos se ponían serios cuando nos veían. Hacían entrar a los chicos y nos daban la espalda.

—¿Qué pasa? –pregunté yo.

No sospeché nada hasta que vi al soldado que me había querido agarrar la noche anterior, lo vi riéndose al despedirse de otro, le vi la boca vacía, con un solo diente. Entonces supe de dónde lo conocía: el tipo había estado en el Ocean. Lo vi dar vuelta su caballo y ponerse serio. Había estado en el Ocean contando anécdotas sobre la retirada del ejército frente a las bandas del desierto en Río Negro. Era él. Nos miró apenas, a Catalina y a mí, con una última ojeadita de delator, y se alejó con los otros.

La agarré del brazo a Catalina que no entendió lo que pasaba hasta que oímos, cuando nos estábamos alejando, una voz de mujer oculta y cobarde, que nos gritó algo que lo dejó todo muy claro. Se habían enterado.

Me sentí tan mal que fue como si me lo hubieran hecho saber a mí también, como si me lo hubieran recordado y yo misma no lo hubiera sabido. Me volvió toda esa sensación de vergüenza, como si me hubieran delatado frente a toda mi familia.

Nos cruzamos con la Osa que ni nos miró. Bordeamos la arboleda hacia la casa. El chico que hacía la huerta, a quien creían que yo había curado, venía con el carro vacío. Tampoco nos miró. Nos habían tirado en la puerta una carrada[467] de bosta[468].

Catalina no paraba de llorar. Estaba más sensible que yo por su embarazo.

—¿Y ahora qué hacemos? –decía.

No nos quedaba más remedio que irnos. La nueva Ley de Olvido parecía haber obrado para los degüellos y los fusilamientos, pero no para nuestro pasado de prostitutas.

Gabriel llegó al rato, pálido y callado. No lo sorprendió la montaña de bosta. La desparramó con la pierna y dijo:

—Agarren sus cosas que nos vamos.

---

467 *Carrada*: Carretada, carga que lleva una carreta o un carro (DRAE).
468 *Bosta*: Excremento del ganado vacuno o del caballar (DRAE).

Buscó el moro, lo ató a nuestro carrito y a las dos de la tarde nos fuimos sin siquiera buscar nuestras libretas que estarían todavía en manos del encargado. Dejamos la casa así, con todo intacto, preparado para los chicos. Rumbeamos hacia Chivilcoy, pero nunca llegamos. Cuando estábamos cruzando Mercedes, nos sorprendió un malón.

Chacal mai

Lo primero que vimos fue el humo de un gran incendio. No parecía ser en Mercedes sino un poco más al norte. Estábamos pisando las primeras cuadras bordeadas de casas, cuando oímos, todavía lejos, unos tiros. La perra y el único cachorro que la había seguido se pusieron a ladrar. Una campana repiqueteó dando la alarma. Las pocas personas que andaban por la calle corrían y se encerraban en sus casas. No entendíamos qué pasaba. Otra vez nos hacían lo mismo. Huían de nosotras. La noticia de nuestro pasado había llegado al pueblo y nos rechazaban como si cargáramos una peste mortal. Por un momento me pareció posible que no nos aceptaran en ningún lugar; nuestro estigma se esparcía como el viento, todos sabían y nos señalarían con el dedo en cualquier rincón de la provincia. Oímos gritos, golpes. Vimos gente a caballo, al fondo de la calle. Una nube de tierra. Alaridos[469].
—Son braucos –dijo Gabriel.
Bajamos del carro. Agarré mi bolso, me sentía segura con mi bolso cruzado en bandolera. Gabriel empezó a tocar la puerta en una casa. No nos abrían. Fuimos a otra, nos trepamos a un alambradito que tenía delante. Azotábamos las puertas y las ventanas tapiadas, pero no nos abrían. Habíamos escuchado movimientos dentro. Les pedíamos por favor que abrieran. Catalina se agarraba la panza, asustada. Yo me fui hacia atrás para ver si había una puerta y entonces vi a un brauco en un caballo enorme acercándose al trote por el patio del fondo. Corrí. Escuché que Catalina me llamaba; a ella y a Gabriel los habían dejado entrar. Vi

---

469 *Alarido*: Grito provocado por el dolor o (como en este caso) por el miedo.

la sombra que se me acercaba por atrás, y me hice un ovillo en el piso, como queriendo achicarme al tamaño de un insecto, pero el tipo me agarró del pelo y me levantó en el aire. Grité, me arrastró hacia adelante, para el lado de la calle. Los dueños de casa cerraron la puerta. El tipo pateó la puerta desde el caballo, pero era sólida y no cedió. El caballo casi me aplasta contra la pared. La oí a Catalina gritar mi nombre. Yo grité su nombre, varias veces, llamándola. Ella me había salvado del Obispo pegándole un fierrazo en la nuca y yo sentía que podía volver a hacer algo así. Pero el brauco me llevó. No volví a verlos nunca más. Espero que hayan sobrevivido y que estén juntos con su hijo. Ella se llamaba Catalina Ocaña. Fue mi amiga y hermana protectora. No recuerdo el apellido de Gabriel.

Cuando el tipo me quiso levantar por la cintura, en la desesperación, lo único que atiné a hacer fue tironearle las riendas del caballo y hacerlo girar, entonces sentí el golpe en la cabeza y todo se oscureció.

Veía luces extrañas, luces azules, rojas, amarillas, violeta, la luz entrando desde arriba, muy calma. Me estaba muriendo, estaba entrando en una gran flor de luz hermosa, un círculo, donde podía flotar hacia arriba y dejar atrás algo malo que ya no recordaba, podía desprenderme, subir hacia lo blando de esa irradiación, un parpadeo. Era fácil. La luz giraba, o yo giraba, los colores se movían en un remolino lento... Los gritos me trajeron de vuelta. Eran vitrales. Estábamos dentro de la catedral. Me tenían sujeta sobre un caballo. Había otros jinetes dentro, rapiñando cosas de la iglesia. El eco de los cascos sonaba como si hubiera cien caballos pisando el piso ajedrezado. Estábamos cerca del altar. Gritaban, descolgaban cosas con las lanzas. Hasta que empezó a haber humo, habían prendido fuego. Salimos a la calle y el sol me cegó. Quise pelear de nuevo y otra vez me golpearon.

***

Sonaba el agua rompiéndose. El galope sobre los charcos. Era un movimiento lleno de sacudidas y tirones. Íbamos dentro de un río de cabezas de caballos, cabezas macizas de ojos espantados, cabezas con cuernos de vacas enceguecidas, jinetes con lanzas, pelilargos, desnudos, revoleando incensarios de plata, escapularios, enarbolando cirios pascuales, pendones[470], cruces, cálices, abrazando barriles, bidones, uno llevaba un santo vestido, me pareció que otro llevaba una virgen pero era una chica vestida de novia, embarrada, otro llevaba la gran torta de casamiento, varios llevaban cabezas humanas, artefactos que se habían salvado de la destrucción de Celestes, televisores rotos, baldes de plástico, bolsas de comida... Yo era una cosa más que se estaban llevando; no importaba que gritara. Íbamos dentro de una estampida, entre alaridos y caballos sueltos, desbocados. El brauco me llevaba sentada por delante y atada con un cuero por si yo quería soltarme. Sentía el terror como una claustrofobia por tenerlo tan encima, pegado, apretándome. Cuando le hablaba, cuando le suplicaba que no volviera a pegarme o que me dejara ir, no me contestaba. Tenía un tatuaje azul de la Virgen de Luján que le cubría todo el pecho. Tenía puesto un *short* de fútbol y ojotas de vestuario.[471]

Pasamos por un frente de humo, por un pasillo de charcos entre pastizales en llamas. Después de los campos incendiados, la columna del malón se dispersó un poco. Dejamos de galopar y avanzamos con un trote largo que me zarandeaba[472] y me hacía doler los golpes en la cabeza. El brauco me sacó el bolso y empezó a revisar lo que llevaba dentro. Miraba las cosas y las iba tirando. Yo ya no podía pelear. Tiró mi ropa, mi cepillo y se guardó el Tramontina. Tiró la plata, no le servía. También tiró mis fotos. Las fue mirando y tirando. La foto del kinetoscopio; unas fotos en blanco y negro que yo le saqué a Alejandro; otra a color en la que estábamos abrazados y que sacamos en automático; autorretratos de mi perfil repetido hasta el infinito que me hice en los espejos

---

470 *Pendón*: Insignia o divisa militar.
471 Varios elementos de esta escena aluden al célebre cuadro «La vuelta del malón» de Angel Della Valle: el galope sobre la tierra llena de charcos, el botín en el que figuran de manera prominente los elementos de culto (incensarios de plata, pendones, cruces, cálices) producto del saqueo de la Catedral, y la cautiva blanca acarreada inconsciente o semi consciente.
472 *Zarandear*: Sacudir, hacer mover de manera violenta.

del baño de casa (el brauco miraba la foto y me miraba a mí para ver si era yo); una fiesta de disfraces donde yo estaba vestida de bruja; fotos de ramas y de árboles de una quinta en Escobar; fotos bailando con amigas y amigos que dejaron de llamarme; la foto grupal de quinto año del colegio; la mía individual con blazer y aparatos en los dientes; una con mi abuela Rose en la resolana[473] de una pileta que no sé dónde sería; papá fumando en Lago Frío; un perro salchicha llamado Flipo que supuestamente se escapó pero del que yo siempre sospeché que lo había pisado un auto; unas polaroids que le saqué a mamá en la ruta camino al sur; mamá y papá saliendo de la iglesia; mamá teniéndome en brazos en la clínica San Juan; mi abuela a los veinte años riéndose en una terraza con el pelo suelto al sol; y muchas otras que no me acuerdo y que fueron quedando atrás, tiradas en el barro.

Parecía un sueño largo. Quería pensar que no era cierto. Cerraba los ojos y volvía a abrirlos. Veía el cielo enorme, las nubes oscuras. Íbamos para el lado donde se había puesto el sol; ya estaba anocheciendo. Tenía que obedecer todo lo que me dijeran, no hacerlos enojar, que no me rompieran las piernas, ni me despellejaran los pies[474]. Después me escaparía de alguna forma.

De vez en cuando hablaban entre ellos en la oscuridad. No se entendía.

—*Bajamcá* –decían.

Al final paramos ya de noche en medio de un pastizal seco. El tipo me tiró al suelo y las piernas no me respondieron. Las tenía dormidas y había perdido una bota. Se me había llagado el muslo y un cachete del culo. En cuanto pude pararme me juntaron con la novia, dos chicas adolescentes que parecían hermanas y un chico de unos once años que lloraba. No se veía nada. Nos daban indicaciones que no se entendían. Nos hicieron sentar en el suelo todos juntos. Ellos se pusieron a tomar la bebida robada y a comerse la torta de casamiento. La novia se lamentaba en voz baja:

—Ahora nos van a matar, nos van a matar a todos.

Yo no tenía miedo de morirme, sino de sufrir. Tenía miedo de

---

473 *Resolana*: Sitio donde se toma el sol sin que moleste el viento (DRAE).
474 *Despellejaran los pies:* Quitar la piel de la planta de los pies. Esta tortura / castigo incapacita de manera duradera, y era utilizado por los indígenas para evitar que los cautivos escaparan.

que me lastimaran mucho. Sentía los dos chichones en la cabeza que me latían con puntadas de dolor. De pronto apareció la Negra, jadeando[475]. Su cachorro no estaba, pero ella me había seguido. Aunque no pudiera ayudarme, fue como ver un familiar. Lloré abrazada a mi perra. Así estuvimos horas en la oscuridad.

Se oían los gritos incomprensibles. Se acercaron. Uno me arrastró del brazo. Era el tipo que me había secuestrado. Me tumbó y me quiso violar, pero estaba tan borracho que no llegó a hacerme nada, sólo me babeó la cara y el cuello, y quedó desmayado, resoplando boca abajo. Me lo saqué de encima, me paré y corrí en la oscuridad. Corrí entre las matas, tropezando. Pensé que el ruido que me seguía era la perra, pero no, era uno de ellos que estaba más sobrio. Por suerte no me pegó cuando me alcanzó.

—*Cate pío laguach* –me dijo varias veces.

Yo no entendía, pero me quedé quieta. A los empujones, me llevaron hasta donde estaban las chicas. No nos dieron agua ni comida. Traté de dormir para no estar más ahí. La perra me daba un poco de calor pero el frío húmedo en la espalda me hacía abrir los ojos. No se veía nada. Sentía la ropa mojada por la oscuridad, como si el miedo se condensara en un rocío negro. Toda la noche se oyeron los gemidos. Una de las chicas hacía un ruido como si golpeara la cabeza contra el suelo.

Al alba nos hicieron caminar. Yo trataba de pisar sólo con el pie que llevaba calzado, apoyando apenas el pie desnudo, pero era agotador. Tenían un carro. Un jinete lo llevaba de tiro. Era el nuestro. Se lo habían robado. Ahí estaba nuestro caballito moro. Seguramente seguía atado desde el día anterior. Y lo llevaban cargado a tope lleno de cosas del botín: botellas, sillas, una bañadera, una bolsa de palos de golf, una bicicleta rosa, valijas, platos, machetes, un teclado eléctrico. Avanzamos despacio. A la hora ya me sangraba el pie descalzo. Quise cambiar de pie la bota pero, cuando paré, un brauco de a caballo me dio una patada que me desmayó.

Durante un rato estuve despierta y vi que estaba rodeada de

---

475 *Jadear*: Respirar fuerte o de manera agitada debido al ejercicio o al movimiento rápido.

cosas. Me habían tirado sobre el carro. Me desperté en el pasto. No sé cuánto tiempo habrá pasado, si horas o días. Nos hicieron levantar y seguir la marcha. Había tanta niebla que sólo se veía unos metros delante. Parecía que las nubes se habían caído sobre esas tierras bajas ocultándonos completamente de cualquier intento que hubiera por rescatarnos. ¿Vendría alguien a rescatarnos? ¿Hasta dónde nos harían caminar? Caía una llovizna fina, como un viento mojado. El chico de once años se empezó a caer cada vez más seguido, hasta que uno de ellos lo golpeó y lo siguió golpeando incluso cuando ya no se defendía, después lo subió en ancas. La novia de a ratos alucinaba, y decía incoherencias, repetía el nombre de su novio, le hablaba. Yo tenía ganas de morirme. Si hubiese tenido alguna forma de suicidio rápido, una pastilla de cianuro o algo así, la habría tomado.

De golpe entre la niebla apareció un edificio como una escenografía art-decó, gigante, demasiado grande. Lo vimos cuando ya lo teníamos encima, era siniestro, levantado en medio de la nada. Enorme. Parecía hecho sólo para desafiar y vencer el avance de la intemperie. En la fachada tenía unas letras mayúsculas y cuadradas que decían «Matadero» y torres en punta que se perdían en la niebla. ¿Qué hacía eso ahí? Estaba construido en cemento, en una escala monstruosa y autoritaria, como un templo para celebrar las matanzas de un poder oscuro. ¿Nos iban a matar ahí?[476]

Por suerte seguimos de largo. A cada rato nos arreaban repitiendo:

—*Áaaleguach, áaaleguach*.

La perra venía a mi lado. Yo tenía miedo de que la mataran pero, para los braucos, los perros eran prácticamente invisibles. No los alimentaban ni los maltrataban. Sólo los pateaban si se ponían en su camino. Caminé abriendo la boca hacia la llovizna para que me entrara algo de agua. Por momentos me perdía en un estado de irrealidad absoluta. Fueron horas y horas interminables.

---

[476] *Apareció un edificio...*: Este edificio art decó es uno de los construidos por Francisco Salamone (1897–1959), arquitecto argentino de origen italiano que entre 1936 y 1940 construyó más de sesenta edificios en localidades rurales de la provincia de Buenos Aires (muchas de ellas en la antigua línea de fortines contra los indios). El edificio mencionado en la novela es probablemente el matadero de Carhué, aunque Salamone construyó varios mataderos en diversos lugares de la provincia.

No sé cómo se orientaron en la niebla, pero antes de la caída del sol llegamos a unos toldos y casillas de un metro y medio de altura, hechos con lonas, junco[477], chapas de carteles, ramas, barro, cueros... Nos recibieron mujeres y chicos, algunos con camisetas de fútbol, pisando descalzos el barro y la mierda de gallina[478]. Los hombres discutieron. Hubo una larga explicación bajo la lluvia. Yo tenía tierra en los coágulos de sangre que se me habían formado en el pie.

Tres viejas nos llevaron a una enramada[479].

—*Bocataí nomá* –nos dijeron.

Entonces nos mechearon[480] un poco, como mostrando quién mandaba. Mi pelo les gustaba mucho, me lo agarraban en grandes mechones y me sacudían la cabeza. Nos dieron de comer zapallo hervido y un agua turbia a la que le decían *ita*. Eso me tranquilizó un poco. Cuando no nos miraban, yo usé un poco de *ita* para lavarme las heridas del pie. Hice una venda con el dobladillo del vestido y me lo envolví. Por fin nos dejaron dormir en una carpa con olor a podrido.

***

A la mañana siguiente nos hicieron salir y nos llevaron a una canchita de fútbol. La niebla se había disipado, el campamento era enorme. Había miles de carpas, algunas de alta montaña, otras de camping, había casillas improvisadas, casas rodantes sin ruedas, incluso se veía un chasis de colectivo allá más lejos. Ahora entendía dónde se había ido la gente en todos esos meses. Muchos se habían ido en los barcos, pero muchos otros se habían escapado tierra adentro. Hasta ese momento no había entendido del todo dónde ni cómo era que vivían. Ahí estaba la respuesta. Miles y miles de personas acampando. El Estado ya no llegaba hasta ahí. Poco a poco habían ido avanzando hacia Buenos Aires, ocupando unos kilómetros más sobre la frontera con las estancias y los terrenos de pastoreo.

---

477 *Junco*: Planta acuática flexible y resistente.
478 *Llegamos a unos toldos...*: La descripción corresponde (laxamente) a la apariencia de una villa miseria argentina.
479 *Enramada*: Estructura hecha con ramas entrelazadas.
480 *Mechear*: Tirar del pelo de manera violenta.

En la canchita se formó un círculo de curiosos. Lo primero que hicieron fue revisarnos los dientes. A la novia la apartaron y después escuchamos los gritos. Le estaban arrancando un diente en el que tenía un arreglo de oro. Se armó una especie de subasta. Algunos hombres se acercaban, nos caminaban alrededor y nos palpaban las tetas y el culo. Enumeraban con los dedos las cantidades y las ofertas. El que me había secuestrado a mí me cambió por algo que eran cinco o diez, no sé (lo indicaba con la mano abierta). Pero no sé qué sería, si cueros, ovejas, comida o alguna otra cosa. Un tipo me levantó y me puso sobre su hombro como una bolsa. No me bajaba. No entendía qué me querían hacer. Me rodearon unas mujeres. Se reían, me agarraban el pelo. Se turnaban y se ponían bajo mi cabellera como probándose una peluca, para ver cómo les quedaba. La sangre se me iba a la cabeza. Se turnaron muchas, como quince. Tenía miedo de que quisieran sacarme el cuero cabelludo. El brauco que me compró me llevó a una carpa y quedé a cargo de sus esposas, de su madre y de su tía, unas viejas ladinas y ponzoñosas[481]. Las demás cautivas fueron a parar a otras carpas, con familias de otros jefes.[482]

Me hicieron traer agua del pozo en unas bolsas de cuero y buscar leña. Yo entendí que tenía que mostrarme útil rápidamente.

Tuve que arreglar las enramadas y las carpas que la intemperie debilitaba. No las volteaba, pero las estropeaba un poco. La intemperie parecía ensañarse más con las construcciones sólidas.

A la siesta vino mi dueño, el hijo de la vieja, un brauco llamado Carlauch. Tenía grandes dientes que le hacían una cara arratonada. Entró como para matarme. Apartó la cortina de la carpa de un manotazo.

—*Biníguach* –dijo y las demás salieron.

Me quedé inmóvil. Parecía un tipo despiadado, fibroso. Se me acercó, se me tiró encima y, antes de los treinta segundos, largó como un gruñido, puso cara de ratón en éxtasis, y se quedó aver-

---

[481] *Ponzoñoso*: Venenoso. Por extensión alguien con malas intenciones, o con mal carácter.

[482] Muchos elementos de las páginas subsiguientes, como el ambiente de la toldería de los braucos, la vida de las cautivas, las negociaciones para los rescates, etc, aluden a (o son rescrituras de) *Una excursión a los indios ranqueles*, un híbrido de relato de viajes y memoria publicado por Lucio V. Mansilla (1831-1913), en 1870. En particular al capítulo 41 de esa obra.

gonzado, blando, dormido. Tenía eyaculación precoz. A partir de ese día, yo fui su esclava sexual durante medio minuto diario. Pobre Carlauch. Él realmente no fue problema; a quien tuve que padecer fue a sus esposas y a las viejas.

Al principio me costaba entenderles, hasta que descubrí que hablaban un castellano muy cortado y cerrado. Por ejemplo: *Biníguach* era «Vení, guacho» o «Vení, guacha» (usaban el «guacho» para dirigirse a cualquiera). *Bocataí nomá* era «Vos quedate ahí nomás». *Áaaleguach* era «Dale, guacho». *Bajamcá*, «Bajamos acá». *Cate pío laguach*, «Quedate piola, guacho». *Ita*, agüita. Carlauch, «Cara de laucha». Era cuestión de hacerse el oído.

Una de las primeras mañanas, la tía me puso delante de un mortero y me dijo:

—*Chacal mai*.

Yo no entendía.

—¡*Chacal mai*! –me tiraba del pelo, me pegaba en los tobillos con una vara de mimbre.

Lo que tenía que hacer era machacar el maíz, golpeando dentro del mortero durante horas con un palo pesadísimo que me pelaba las manos, me rompía los brazos, los hombros, el cuello, la espalda. Me hacía llorar. También tuve que aprender a carnear. Nunca había tenido que matar un animal. Y tuve que aprender a retorcerle el cogote a las gallinas, a desplumarlas, a matar y cuerear ovejas, terneros y yeguas gordas. Las mujeres hacíamos todo el trabajo. Los hombres domaban sus caballos y se preparaban para pelear. Me volví bastante hábil. Yo, que unos meses atrás atendía teléfonos en una oficina con piso de *moquette*, que traducía cartas al inglés vestida con mi *tailleur* azul y mis sandalias, ahora hundía las manos en la sangre caliente, separaba vísceras, abría al medio los animales, despellejaba, buscaba coyunturas con el filo.

Me dieron para vestirme un mantel de plástico floreado. Me lo puse sobre las hilachas[483] de mi vestido. Le hice un agujero en

---

483   *Hilacha*: Pedazo de hilo o fragmento que se desprende de la tela. Este caso quiere decir que su vestido está en tan mal estado que parece ser de hilos o pedazos solamente.

medio para pasar la cabeza y me lo até a la cintura con un tiento[484]. Me dejaron hacerme unas ojotas[485] de llanta[486] de auto. Cuando iba a buscar leña, aunque tenía ya formados callos, me pinchaba con una zarza que tenía como alfileres que se me quebraban dentro de la planta del pie y me impedían caminar por el dolor. Traté de estar limpia. Aprendí a hacerme en el pelo una sola trenza de cuatro, chata, que me enseñaron las braucas; la empezaba a ciegas con las manos detrás de la nuca, me la pasaba sobre el hombro y la iba siguiendo hasta las puntas. Los braucos le daban mucha importancia al pelo. Lo usaban largo, suelto o con una colita. A las mujeres les gustaba llevarlo a la altura de los hombros.

Las esposas de Carlauch me odiaban porque él me prefería a mí. Por mi culpa, él ahora ni siquiera les brindaba su brevedad. Me hablaban una en cada oído mientras yo trabajaba. No querían que las mirara a los ojos. Una tendría quince años y la otra dieciséis, no más que eso. Me amenazaban con quemarme el pelo. Me decían:

—¿*Busaé loquit ivamuacé?*

—¿Qué me van a hacer? –preguntaba yo.

—¡*Llate laoc*!

Siempre querían que me callara la boca. Incluso cuando yo no hablaba. Una tarde me hicieron caminar delante de ellas y me llevaron a la laguna que estaba cerca, a diez minutos yendo a pie.[487] Espantaron a cascotazos a la perra que me venía siguiendo. No había nadie en el lugar. Un alambrado entraba en el agua y se perdía bajo la superficie. Me obligaron a meterme y me ataron con un alambre a uno de los postes. Les rogué que me soltaran pero me volvieron a ladrar:

—¡*Llate laoc*! *Vasaé loquiti vapasá* –me dijeron–. *Ti va garral cruque.*

Envalentonadas porque no me podía defender, me dieron un cachetazo cada una y me dejaron ahí dentro de ese agua medio roja que me llegaba a la cintura.

---

484 *Tiento*: (Argentina, Chile, Paraguay y Uruguay) tira delgada de cuero sin curtir que sirve para hacer lazos, trenzas, pasadores, etcétera (DRAE).

485   *Ojota*: Calzado a manera de sandalia hecho de cuero o de filamento vegetal (DRAE).

486 *Llanta*: Neumático; pieza de caucho con cámara de aire o sin ella, que se monta sobre una rueda (DRAE).

487 Posiblemente, la laguna Epecuén.

Me pelé las muñecas tratando de zafarme del alambre. Grité, pidiendo ayuda. Al rato vi a otras mujeres que buscaban agua, un poco más lejos. Me oyeron y me vieron, pero no hicieron nada. Se fue poniendo el sol. Yo temblaba de frío. Traté de treparme al poste para sacar las piernas del agua, pero no podía. ¿Qué habían querido decir con que me iba a agarrar el *cruque*? ¿Qué era «el cruque»? Intenté flotar con los brazos levantados, pero me lastimaba más las manos al quedar colgada. Grité desesperada. Se estaba poniendo oscuro. Nadie me oía. Traté de retorcer el alambre para cortarlo, me agaché y giré el cuerpo varias veces con las manos encima de la cabeza. Pero sólo conseguí que el alambre, en lugar de cortarse, se me encarnara horriblemente. Las manos se me pusieron azules, hinchadas, como si me hubieran injertado las manos de una muerta. En la orilla, apareció una especie de foca. Me agaché, para esconderme. No se veía bien. Quedaba muy poca luz. Se impulsaba con los miembros delanteros y arrastraba la cola por el barro. Frenó, olfateó hacia donde yo estaba y entró en el agua. Yo casi me amputo las manos tirando del alambre. Se me acercaba nadando, asomándose para respirar de vez en cuando. Se me venía desde abajo por el agua oscura. Aullé de terror, traté de espantarlo o de patearlo, haciendo mucho ruido con el agua. Se detuvo a un metro. Vi la cabeza redonda. Me quedé inmóvil.

—*No sustes* —me dijo de golpe una voz.

—¿Quién sos? —no respondía—. ¿Quién sos?

—Cruque —me dijo.[488]

—¿Podés ayudarme? —le pregunté.

Se sumergió sin contestar. Me quedé sola en la oscuridad. El cuerpo se me sacudía entero con el temblor. Recé y le pedí a Dios que por favor no me dejara morirme ahí, y que ese cruque, fuera lo que fuese, no me hiciera nada. No sabía si había hablado con un animal o con una persona.

Pensé que ya no volvería, cuando apareció. Traía un fierrito con el que cortó el alambre. Cuando la sangre me volvió a fluir

---

488 *Cruque*: Versión fonética, laxa y castellanizada, de *crooked*.

por las manos, fue como si me las metieran en agua hirviendo. El Cruque me escuchaba llorar. Salimos de la laguna. Me tiré en el pasto. Él se me pegó de atrás, se acurrucó contra mi cuerpo. Se oyó un galope y el Cruque se escabulló en el pajonal. Casi me pisan unos hombres a caballo. Hablé. Eran braucos. Me llevaron de vuelta al campamento.

* * *

Desde ese día empecé una guerra oculta contra las dos esposas y las viejas lechuzas. Les tendía minitrampas: les ponía una hoja de ombú picada en el mate para que les diera diarrea, les aflojaba un poco las piedras de la entrada para que se patinaran en el barro, les sumaba pulgas a los cueros y jergones[489] donde dormían. Podían maltratarme todo lo que quisieran pero al verlas rascarse o caer al barro o salir corriendo al pozo de la enramada, me daba una satisfacción que de tan secreta se me hacía enorme.

Las cuatro fueron conmigo bichas malas y ponzoñosas, hasta que Carlauch se trajo cautiva a otra mujer que fue su preferida. A mí me dejó porque veía que no me quedaba embarazada. Yo me ponía hojas de gunia verde para evitarlo (a una mujer la mataron al descubrirla). Recién entonces, se amansaron todas conmigo y empezaron a atormentar a la nueva. La pobrecita se fue enloqueciendo.

No me dejaban ayudarla. Me espantaban con la varilla cada vez que la ayudaba a levantarse. Primero querían dejarla sufrir sola. Carlauch la hacía usar cosas que había rapiñado: un tapado de piel, aros, maquillaje. Eso era peor. Las otras, envidiosas por las baratijas, se ensañaban tanto con ella que empezó a delirar y a hablarle a su pie, o a algo que estaba a sus pies. Entre los braucos esto no era visto como locura. Era habitual encontrar a alguien hablando solo y no era motivo de vergüenza. Se decía que en esos estados, uno hablaba con los muertos, los interrogaba, les preguntaba qué debía hacer y contestaba preguntas sobre los fami-

---

489 *Jergón*: Colchón de paja, esparto o hierba y sin basta (cada una de las puntadas o ataduras que suele tener a trechos el colchón de lana para mantener ésta en su lugar) (DRAE).

liares vivos. Si alguien estaba hablando solo, no había que interrumpirlo. Era importante.

Pero la cautiva nueva no parecía poder volver de esos estados. La veía, caminando perdida, con las peladuras en la cabeza que le acababan de hacer las esposas de Carlauch en una riña. La dejaban deambular un rato así, con una bolsa llena de manuales de electrodomésticos. Esa bolsa era lo único que le había quedado de su vida anterior y no la soltaba nunca, como una nena con su muñeca. Leía en voz alta los manuales, sentada con su tapado sobre la tierra piojosa. El secarropa centrífugo, como cualquier otro aparato de Clase I, decía, debe ser conectado a una red provista de disyuntor diferencial[490]. Se paraba, caminaba entre las gallinas y los chanchos sueltos. Revolvía en la bolsa, sacaba otro manual. Estimado cliente: lo felicitamos; usted acaba de adquirir un producto de alta tecnología. Pasaba entre nosotras que estábamos carneando, y teníamos los brazos ensangrentados hasta los codos. Gire la palanca interruptora hacia atrás, en dirección contraria a las agujas del reloj. Bordeaba una osamenta donde los perros tironeaban los pellejos secos. Si usted observa que cualquiera de los electrodomésticos que posee en su hogar comienza a generar ruidos extraños... Atravesaba el picado de «ful» en la canchita, los chicos la hacían torear por los perritos falderos. Acople el cuerpo del motor A con la varilla de la cuchilla C y gire hasta que oiga el clic. Pisaba los tortones de bosta, bordeaba el zanjón, iba cortándose con latas tiradas. Apretar los botones del menú en el control remoto hacia arriba o hacia abajo. Atravesaba el pastizal levantando nubes de mosquitos, alborotaba los cuises, las culebritas verdes, los tábanos. No coloque objetos pesados sobre la unidad. La salpicaban con un baldazo de mugre, tropezaba con los cueros estaqueados. Las viejas encorvadas y clinudas[491] la miraban pasar. Haga un click sobre el ícono celeste... Al final las esposas de Carlauch le arrancaban los papeles de las manos y la traían de vuelta de las mechas.

Yo sentía un poco de libertad cuando me mandaban a buscar

---

490 *Disyuntor*: Dispositivo electromecánico que se coloca en las instalaciones eléctricas para proteger a las personas de descargas eléctricas provocadas por ausencia de aislación o cortocircuitos en instalaciones eléctricas o aparatos eléctricos.
491 *Clinudo*: Con mucho pelo, grueso y desordenado como las crines de un caballo.

las ovejas. Podía alejarme del campamento hasta dejarlo chiquitito en el horizonte. Muchas veces pensé en fugarme. Pero lo más probable era que, huyendo a pie, los hombres a caballo me encontraran rápido. El castigo, si me descubrían, era la muerte. Caminaba por la planicie amarilla. No había ni una sola quebrada en el terreno. No había escalera, ni árbol donde treparse. Se vivía a nivel del pasto. La tierra ahogaba como un océano. Era yo la única cosa vertical en kilómetros a la redonda. Lo vertical era excepción, casi soberbia. Toda la tierra alrededor era una gran convocatoria al descanso. Entonces me tendía de espalda en el pasto, me entregaba a esa fuerza, esa fiaca horizontal que me tumbaba, llamándome; y me quedaba así, de espalda, sin hacer otra cosa que mirar los cielos cambiantes, cerrar los ojos, abrirlos, ver las flechas de bandadas migratorias volviendo al Sur.

Varias tardes, cuando las ovejas se me perdían por el lado de la laguna, volví a verlo al Cruque. Quería agradecerle por haberme salvado. Le llevaba escondido un choclo[492] o algo de carne. Me metía en el pajonal y lo llamaba hasta que aparecía. Vivía ahí, hacía nidos entre los juncos y se escondía de todos para que no lo molestaran. Como había tenido polio, caminaba sobre las manos, arrastrando como una cola las piernas atrofiadas. Nadaba muy bien, comía peces que agarraba en la laguna y unos caracoles de agua dulce que llamaban *charalau* (quizá por «cuchara del agua»). No hacía fuego para que no lo encontraran. Las cuatro o cinco veces que lo visité siempre me hacía lo mismo: antes de que me fuera quería verme desnuda. Yo le decía que no y él insistía hasta que yo me sacaba el vestido y me quedaba así de pie. Entonces él me miraba enfantasmado, inmóvil, y en cuanto yo me cubría, empezaba a revolcarse en la arcilla gris. Se embarraba todo, dando vueltas una y otra vez, con mucho placer, girando sobre su propio cuerpo, hasta que se quedaba quieto, camuflado en el barro. Cuando le decía «Adiós», sin contestarme se metía muy triste en la laguna.

---

492 *Choclo*: Mazorca de maíz.

***

En las carpas teníamos que hacer grandes pucheros. Mucho zapallo, papa, batata, cebolla, carne de yegua gorda. Servíamos a los hombres que comían hasta llenarse y fumaban unos cigarros armados que llamaban *fas*[493]. Era una mezcla de marihuana y bosta seca de pequirití. Les daba mucha risa. El cáñamo crecía como yuyo malo por todas partes, no había ni que sembrarlo. Cada carpa tenía una o dos plantas secándose en el techo.

Lo que sí se sembraba era coca. Se mascaba, se hacía en té y se acumulaba en grandes tambores de cuero por si llegaban a conseguir los *quimi*. Los *quimi* eran los químicos necesarios para refinarla. Para eso usaban las bañaderas arrancadas de las casas que traían en los malones. Ponían las hojas dentro con el *quimi* (creo que querosén o algún solvente). Le ponían agua, cal y por último le vaciaban dentro unos bidones que no sé qué tendrían. Nosotras teníamos que machacar todo. El olor me mareaba. Se dejaba secar hasta que quedaba una pasta color crema. Una pasta que se comían, o la dejaban secar del todo para agregarla en piedras secas al *fas*. También se untaban la pasta en las heridas, como anestesia. Una vez, cuando consiguieron *quimi*, vi a los más adictos meterse el bollo de hojas todavía verdes en la boca y bajarlo con varios tragos de *quimi*, tomando del pico del bidón. Repetían esto varias veces hasta que les quedaba la panza hinchada. Dentro del estómago se aceleraba el proceso de depuración. Al rato, si no caían muertos, quedaban duros, locos, echando unos eructos azules y hablando rápido, planeando invasiones, emboscadas, dando órdenes, haciendo traer espías, caballos, lanzas, cuencos de agua.

Cuando se juntaban en la carpa de Carlauch, teníamos que servirlos y quedarnos calladas y sentadas cerca, por si nos necesitaban. Si querían algo, Carlauch hacía un silbidito entre los dientes para llamarnos. Las conversaciones de los braucos duraban horas. Oyéndolos pude saber que la coca había motivado la ruptura con los huelches, con quienes habían formado antes un solo grupo. Al

---

[493] *Fas*: Abreviatura de *faso* (del lunfardo), cigarrillo (DHA).

parecer, los huelches no habían querido compartir un gran cargamento de *quimi* que habían conseguido. Entonces ellos no les dieron las hojas que tenían y desde entonces estaban guerreando.

La denominación de braucos para todo el grupo era en realidad incorrecta. No todos eran braucos. Los braucos eran un grupo de diecinueve hombres líderes. El jefe de todos era el *braucomá*. Vivía en ese chasis de colectivo 79 que yo había visto. Había sido chofer de esa línea por la zona de Florencio Varela. Nunca me dirigió la palabra. Tenía el pelo largo, anteojos negros y una panza como de embarazado. Hablaba muy bajito y sin girar la cabeza. Nunca se enojaba con nadie. Decían que tenía tatuada en el pene la palabra *patculna*, que prefiero no traducir[494].

Los braucos se hacían bañar todas las mañanas. Llenábamos las bañaderas —cuando no las ocupaban fermentando coca— con agua tibia y hojas perfumadas. Estaban las diecinueve bañaderas una al lado de la otra mirando al este. Al amanecer teníamos que tener listo el baño. Yo lo bañaba a Carlauch. Aparecían bastante puntuales, somnolientos, muchas veces con resaca. Teníamos una esponja de sisal para frotarles el cuerpo. Cantaban, haciendo coros, no siempre muy afinados. Había que lavarles el pelo largo con huevos de bandurria negra. Algunos tenían unas rayas azules tatuadas en el cráneo bajo la mata de pelo. Después del baño había que untarles los tatuajes del cuerpo con aceite de espinillo blanco. Carlauch tenía tatuada una tortuga en el hombro, como si le hiciera honores al dios de la lentitud para durar más en sus encuentros a la siesta. Otros tenían en el pecho un San la Muerte[495] para que les frenara las balas y las lanzas, o dibujos de motos, o los cinco puntos[496], o la Virgen de Luján, como el que tenía el Tol, el brauco que me había llevado hasta ahí.

Una noche se reunieron en consejo los diecinueve braucos. No hubo comilona ni fumaron *fas*. Sólo hablaron. Escuché que decían:

—*Sunpuutloc, suntrol, suncaone*.

---

494 *Patculna*: «Para tu culo, nena».
495 *San La Muerte*: Figura religiosa (cuyo culto la Iglesia Católica oficialmente rechaza) venerada en Paraguay, el nordeste de Argentina y el sur de Brasil. En los últimos años la celebración de esta figura (representada como un esqueleto masculino que lleva una guadaña en la mano) ha migrado al resto de Argentina.
496 *Los cinco puntos:* El tatuaje de los cinco puntos es un tatuaje carcelario, cinco puntos dispuestos como en un dado, representan el odio hacia los uniformados: el convicto rodeado por cuatro policías, o viceversa.

(«Son putos, loco, son trolos[497], son cagones[498].»)
—*Liamo fanal tol chaón.*
(«Le vamos a afanar[499] todo al chabón[500].»)[501]
Nos mandaron afuera. Algo estaba pasando. Tuvimos que juntar agua, rápido, y meter carne salada en bolsas hechas de piel de gato. Había un gran revuelo. Se oían gritos y galopes. A eso de las tres de la mañana formaron un ejército. Todos a caballo, con su bolsa de agua y su gato, desnudos, en ojotas y *chor*, como le decían al *short*. Usar algún tipo de armadura era visto como una cobardía digna de los chalecos antibalas de la policía. Cuanto más desnudos iban a la guerra, más valientes. Serían cerca de mil. Fueron saliendo de la oscuridad, pasando al galope frente a nuestra carpa. No volvieron hasta cinco días después.

***

Mientras se ausentaron los guerreros, algunas personas que habían estado medio ocultas en las carpas empezaron a dejarse ver. Los había visto de pasada pero no les había hablado ni ellos se habían sentido muy libres para deambular. Había todo un grupo de braucos travestis que vivían sin que nadie las molestara en tres carpas prolijas. Una estaba remendando algo en la puerta y me saludó al pasar.

Había otras cautivas como yo, sumisas y asustadas. La novia y las dos hermanas que habían sido secuestradas conmigo estaban embarazadas. Algunas cautivas tenían varios hijos y ya no querían volver[502]. Cuando me contaban su historia, se tapaban la

---

497 *Son putos...trolos*: Formas despectivas de referirse a los homosexuales, y por extensión, a los cobardes.
498 *Cagón*: Cobarde.
499 *Afanar*: (Argentina) robar.
500 *Chabón*: (Argentina, lunfardo) muchacho, persona.
501 El habla de los braucos es una exageración de la pronunciación del castellano cerrado de la clase más baja en el conurbano bonaerense en la actualidad. La exageración está llevada al extremo, ya que resulta incomprensible, o casi. Pero sigue la lógica de la aceleración temporal de la novela. En un hipotético caso de aislamiento de muchos años, el habla de esa zona podría transformarse de ese modo.
502 *Ya no querían volver*: Posible alusión a «Historia del guerrero y la cautiva» cuento de Jorge Luis Borges recogido en *El Aleph* (1949). El cuento narra dos historias. La segunda es la historia referida –según Borges– por su abuela inglesa, Frances. Ella cuenta que conoció a una descendiente de ingleses, de Yorkshire, que había sido capturada por los indios, y que se había habituado a la vida de cautiva: era

cara. Muchas veces durante ese año hice o vi el mismo gesto: tapar, por vergüenza, esa mueca[503] de chimpancé que nos aflora cuando empezamos a llorar. En enero la gente se encerraba a llorar en el baño de la oficina, o se abrazaba para llorar en el hombro del otro. A la intemperie, la única intimidad posible era taparse la cara. Llorar detrás de las manos. Sólo eso.

—¿Cómo te llamas? –me preguntó una mujer con una mancha violeta en la cara.

Yo dudé, hacía mucho que no pensaba en mi nombre. La pregunta me molestó. Creo que, ese año, al ir pasando por el hospital primero, después por el inquilinato y más tarde por el Ocean, me había alejado de mí hacia zonas desconocidas. Ahora, tierra adentro, estaba terminando de alejarme, de deshacerme. Sentía que me atravesaba el viento.

—María –dije, por fin, y me costó mucho decirlo.

Entre los braucos no me decían ningún nombre; cuando me llamaba una mujer, me decía «Che[504]» y cuando me llamaba un hombre pegaba un silbidito.

—En algún momento, los españoles nos van a rescatar –dijo.

—¿Qué españoles?

Me contó que, por un pedido de apoyo a España por parte del gobierno, los españoles habían enviado veedores, después interventores, después delegaciones, después tropas para poner orden. No se habían querido ir. El ejército de las Provincias Unidas había tratado de expulsarlos, pero seguían estando. Los intentos por recuperar la independencia habían fracasado. Las Provincias Unidas del Sur dependían de España, al menos hasta que mejorara la situación[505]. No sé por qué me cansaba tanto lo que me estaban contando. Me sonaba irreal, lejano. Había perdido la noción del tiempo. En la estancia había sentido el paso de las semanas por la llegada de los domingos, pero entre los braucos ya

---

feliz y no quería «volver». La historia de esta cautiva aparece aquí, pero también probablemente está aludida más tarde, cuando María es feliz entre los «ú», y no quiere volver a la ciudad.

503   *Mueca*: Contorsión del rostro.
504   *Che*: (Argentina) tratamiento que se usa para llamar, pedir atención o dirigirle a alguien la palabra. A veces se usa como para manifestar asombro o sorpresa (DHA).
505   *Las Provincias...dependían de España*: Alusión (inversa) a la independencia argentina de España, proceso que abarcó de 1810 a 1816.

no sabía ni el mes en el que estaba. Sólo sabía que empezaba a hacer un poco de calor. Aunque no quería enterarme, supe que estábamos en octubre. No me gustó darme cuenta de eso. Octubre siempre fue para mí el peor mes; el día de la madre en el colegio: mientras las chicas hacían poemas o tarjetas o regalos de cartulina[506], yo me sentaba en el escritorio con la maestra a hacer otra cosa, simulando que me divertía.

Se me acercó un nene rubio cautivo, de grandes ojos celestes. Le pregunté si estaba con su mamá. No me contestaba; él sólo quería saber dónde estaba su barco. Yo no sabía si me hablaba de un barco del puerto o de un barquito para jugar en los charcos. No supe qué decirle[507].

***

Los hombres volvieron una tarde. Algunos muy mal heridos. Varios habían muerto; entre ellos, Carlauch. Sus dos esposas, su madre y su tía lloraban arrancándose el pelo y se tiraban tierra en la cabeza. Los pocos cadáveres que habían podido traer de vuelta fueron quemados a la noche en una gran hoguera junto a las pertenencias de los muertos. Arrojaron al fuego un televisor roto que tenía Carlauch en su carpa (tener un televisor en la carpa, aunque ninguno funcionara, era un signo de poder y distinción), arrojaron a las llamas su lanza, sus cobijas, algunos adornos de hueso. Me empezaron a mirar y temí que también me quemaran en la hoguera. Después de todo, yo le pertenecía a Carlauch. Pero no.

---

506 *Cartulina*: Cartón delgado, generalmente terso, que se usa para tarjetas, diplomas, artesanías y labores escolares.

507 *Se me acercó...*: Este párrafo alude a una escena del *Martín Fierro* (1872-1879), poema gauchesco de José Hernández, que narra las desventuras de un gaucho que, maltratado por las autoridades, se convierte en un fuera de la ley. El poema fue publicado en dos partes, *El Gaucho Martín Fierro* (1872) y *La Vuelta de Martín Fierro* (1879), y es una de las obras más importantes de la literatura argentina. La escena a la que alude la novela ocurre en *La vuelta*. Fierro ha escapado para vivir entre los indios. Allí, una epidema de viruela se desata. Los indios culpan a un niño cautivo, posiblemente italiano, de causar la peste, y lo matan. Dice el poema: «Había un gringuito cautivo/ que siempre hablaba del barco, / y lo augaron en un charco / por causante de la peste; / tenía los ojos celestes / como potrillo zarco». Esta es, sin embargo, una referencia a Hernández vía Borges: Borges menciona repetidamente esta escena del poema, como uno de los momentos más memorables de la obra, y un ejemplo de la pericia narrativa de Hernández. Ver, por ejemplo, «La poesía gauchesca», ensayo recogido en *Discusión* (1932).

El Tol estaba discutiendo con alguien. Resultó que todas las mujeres de Carlauch quedamos unidas a la familia del Tol.

El fuego de los funerales era un gran exorcismo. Cualquiera podía quemar lo que quisiera. Los muertos se lo llevaban. Cosas de mal agüero[508], ropa ensangrentada, objetos rotos. A la cautiva que había enloquecido la hicieron tirar su bolsa llena de manuales y al tiempo se mejoró. Cuando vivíamos en el departamento, tapados de cosas, nos hubiese venido bien una fogata así. Quemar todos esos objetos y electrodomésticos que se acumulaban en placares, alacenas, estantes, rincones, abajo de la cama de papá, arriba de su cama, en el pasillo, en el baño. Esa manía de acumular se nos hubiera curado con un buen fuego de vez en cuando.

Después de las exequias, hubo una gran fiesta. Nunca supe si habían ganado o perdido esa batalla contra los huelches. Pero hicieron grandes ruedas de percusión y canto. Y bailaban en medio. Yo también hubiera podido bailar de haberlo querido, pero me limité a mirar y a escuchar. Las canciones eran loas al coraje, a sus caballos, al sexo, a las armas, a la pasta de coca, al *fas*, y también insultos a los huelches y a la *yut*[509], como llamaban a la policía y al ejército. Bailaron hasta que desaparecieron las estrellas, y algunos siguieron bailando bajo el sol.

Hubo repartija de caña. Fueron quedando los tipos desparramados alrededor de los círculos de ceniza. Forajidos, soldados desertores, que andaban refugiados entre los braucos. Un tipo cantaba solo, con guitarra; ya no lo soportaba nadie[510].

El Tol me agarró del brazo y me llevó a su carpa. La noche del secuestro estaba tan borracho que no había conseguido nada, pero esta vez sí lo consiguió. El Tol era un morocho de nariz boxeada, lampiño y preñador. Tenía muchos hijos. La Virgen azul tatuada en su pecho se pegaba al mío y me daba casi más impresión que sus insistencias pélvicas. Esa noche fue la primera vez de muchas otras. Tuvimos que quedarnos despiertas sirviéndolos. Eran un grupo de diez braucos, tirados sobre cueros de oveja, fumando. Contaban

---

508   *Mal agüero*: Presagio funesto, algo que indica o trae mala suerte.
509   *Yut*: (Argentina) abreviación del lunfardo «yuta», nombre despectivo para la policía.
510   *Hubo repartija...*: Esta última escena es una referencia a la segunda parte del *Martín Fierro*. El hombre que canta solo con la su guitarra, es de hecho, Martín Fierro, que huyó con su amigo Cruz de las poblaciones cristianas y se unió a los indios. Cruz muere durante una epidemia, y Fierro permanece solo el resto de su estancia entre los pampas.

cosas o tenían repentinos entusiasmos verbales, improvisaban frases encadenadas, con los mismos temas que las canciones.

El Tol no entendía cómo yo no me embarazaba. Me cogía repitiendo «*eña, eña*» (preña). Me obligaba a quedarme quieta después. Si hubiera sabido que yo usaba la hoja gunia verde me hubiera cortado en pedazos.

Un día llegó un brauco a caballo, casi desmayado de cansancio. Lo bajaron, lo sentaron en el piso y con un cuchillo filoso lo empezaron a rapar. Él se quedó dormido mientras lo hacían. En el cráneo tenía un mapa tatuado. Debe haber sido información sobre los enemigos. Era un mensajero de un grupo de braucos que vivían más al Sur. Entonces raparon a un brauco local, le tatuaron algo en la cabeza y lo encerraron en una carpa hasta que el pelo le volviera a crecer y tapara la contestación secreta. Le crecía rápido, como a todos. Una vez que el mensaje no se veía ya bajo la mata negra, lo mandaban a todo galope al otro campamento brauco. Los mensajeros podían ser usados una sola vez[511].

Al parecer venían tiempos de guerra. Por unos días se acabaron los bailes. Había que guardar energías. Los braucos guerreaban con felicidad, pero sin distracciones. Sólo se podía beber, fumar y echar largas puteadas coloridas contra los huelches. Estaban enceguecidos de odio. En las grandes fumatas[512], de golpe uno se paraba y decía unas palabras que traducidas serían algo así: «Huelche de madre podrida hijo del pedo del perro cuando comió potrillo muerto culo de oveja cagón recagón enfermo lengua de pija en el fuego las llamas del cielo rojo quemamos todo quemamos sólo carbón tu casa tus vacas en nuestra panza tu sangre escupo y todos escupen la sangre huelche la mean la sangre seca caída en la tierra seca...»

Todos los preparativos eran contra los huelches. El ejército nacional y las guerras de independencia no parecían ser para ellos una gran amenaza. Los braucos se alegraban de que los ejércitos nacionales e invasores se mataran entre sí, siempre y cuando lo hicieran fuera de sus límites. Se afilaban las armas, se mantenía

---

511 Esta estrategia para enviar mensajes evitando el riesgo de detección era utilizada por los mongoles. Herodoto también menciona que fue utilizada por Histieo y Aristágoras, de Mileto, en Asia Menor, para conspirar a larga distancia contra el emperador persa Darío I.
512 *Fumata*: Acción de fumar droga en grupo (DRAE).

los caballos livianos, se cortaba caña para nuevas lanzas, se entrenaba a los adolescentes. El ambiente estaba serio y callado. Llegaban mensajeros. Corrían rumores. Se armaban reuniones. En una de las carpas se hacían ritos de iniciación que no sé de qué se trataban, pero los chicos salían sangrando por la nariz. El chico de once años que había sido raptado conmigo también había pasado por el mismo ritual. Casi no lo reconocí; ya hablaba en brauco y andaba desnudo.

Siguieron los preparativos. Alguien venía. Escuché que había que preparar puchero para el capitán Lejo. La miré a la brauca vieja que lo había dicho.

—¿«Lejo»? –pregunté, aunque no fuera costumbre de cautiva hablar ni hacer preguntas.

—Capitán Pereira –dijo, y nos metieron en una carpa para cocinar.

***

Se me resbalaban las papas de las manos pensando que venía Alejandro. ¿Podía ser cierto? Al rato se oyó un griterío, se golpeaban la boca recibiendo a alguien con entusiasmo. Yo quería ver pero no podía.

—¡Capitán Pereira brauco! –se escuchaba.

—¡Capitán Pereira toro! –gritaban.

Me volvió el nombre al cuerpo. El mío y el suyo. Alejandro y María. Yo había estado caída dentro de mí y ahora me ponía de pie. ¿Cómo iba a hacer para verlo?

Seguimos cocinando. Me ofrecí para servir, pero no me eligieron. Tuve que quedarme ahí. Se fue haciendo de noche. Había venido una comitiva de alrededor de treinta hombres. Servimos mucha comida, incluso postre, un dulce de leche oscuro, hecho con el azúcar robado en el último malón. Enrollamos algunos cigarros de *fas*, mandamos aguardiente. Se estaba terminando y todavía las viejas no nos dejaban salir. Escuchamos que pasaban de una carpa a otra. Yo aparté un cuero y miré, pero sólo vi a unos hombres de espalda entrando por una abertura en la lona. A eso de las dos de la mañana, nos mandaron a dormir.

Salimos al aire fresco. Sabía que estaban en la carpa grande, junto al chasis del colectivo. Me rezagué[513] un poco de las demás, disimulando, para desviarme, pero la tía vieja me hizo apurar. Tuve que meterme con las otras y hacerme la dormida. Esperé en la oscuridad, tendida sobre mis cueros. ¿Qué le iba a decir a Alejandro? Era probable que ya no me quisiera pero, de todos modos, podía ayudarme a salir de ahí. ¿Dónde me iba a llevar? ¿A lo que quedaba de la ciudad? ¿Para qué ir a la ciudad?

El viento azotaba los toldos de la carpa y entraba en chifletes[514]. Escuché la respiración de las otras. Alguna todavía se revolvía despierta. No podía esperar. Daban ganas de dormirlas de un palo en la cabeza. Estaba nerviosa, oía mis propios latidos. ¿Qué pasaría si no me aceptaba? Aunque me ignorara, tenía que intentar verlo de todas formas. Le podía traer problemas aceptar que me conocía, quizá se haría el disimulado, como si no supiera quién era yo. Al fin y al cabo, él no había vuelto a buscarme. Pero me había dicho que lo esperara hasta agosto. Y si aceptaba llevarme, ¿cómo lo haría?, ¿tendría que pagar mi rescate?

Cuando me pareció que por fin se habían dormido, salí a tientas. Afuera le pisé la cola a un perro y largó un gemido-ladrido-tarascón, todo en un solo movimiento rápido y circular.

—¡*Juira*! –gritó una vieja desde adentro.

Me quedé callada y caminé sobre la tierra fría.

Tuve que esquivar borrachos tirados y simular que llevaba unas ramas. Nada me iba a detener. Me paré al lado de la carpa grande. Se oían dentro unas risas, una conversación.

Entré. Estaban sentados en círculo. Me miraron todos riéndose. No lo veía. Vi un tipo medio pelado, no era. ¿Dónde estaba? Un brauco se paró y me agarró del pelo de la nuca. No pude mirar más. Me tiró la cabeza hacia atrás y quedé mirando el techo.

—Soy María, Alejandro, soy María –dije fuerte, al montón.

---

513 *Rezagarse*: Quedarse atrás en una marcha, y por este acto, separarse del grupo principal.
514 *Chiflete*: Corriente fuerte de aire que penetra por una hendidura o abertura (DHA).

Hubo unos segundos en que podían haberme degollado ahí mismo, quedé como ofreciendo la yugular. Una cara se me acercó para mirarme a los ojos. No era Alejandro, ¿pero quién era? Era Víctor Rojas, el mejor amigo de Alejandro. No dije nada. Él le pidió al brauco que me soltara y me miró. Pidió disculpas y me sacó a la noche. Me agarró del brazo, apartándome.

—¿Dónde está Ale? –le pregunté y me tapó la boca.

—¿Qué hacés acá? –me preguntó cuando estuvimos lo suficientemente lejos.

—Me tomaron cautiva en Mercedes. ¿Dónde está Ale?

No me contestaba.

—¿Dónde está Ale?

De golpe me dijo:

—Yo soy Alejandro Pereira, María. A Ale lo mataron.

No entendía. Creí que me estaba mintiendo.

—Lo mataron en mayo.

—¿Quiénes lo mataron?

—Los milicos.

No sé si me caí o me senté en el piso. De todas las muertes de personas conocidas que sucedieron ese año, la de Alejandro fue para mí la más increíble. Era el más fuerte, el más vivo, el más hermoso de todos.

Yo tenía mucho frío. Víctor me hizo levantar. Me envolvió en un poncho pesado. Después me llevó a una enramada, donde estaban acampando ellos, y me contó. Alejandro había matado al cabo que había matado a su hermano. Por eso los militares lo habían buscado por todos lados hasta encontrarlo.

Lo fusilaron a quemarropa[515] en el sótano de un edificio. Pero decían que había sido en un enfrentamiento. Todos los amigos de Alejandro formaron una facción rebelde llamada Alejandro Pereira. Y eso fue llevando a equívocos que ellos aprovecharon y fueron alimentando. Así surgió el mito de que Alejandro estaba vivo. Al meterse tierra adentro, Víctor decidió decir que él era Alejandro Pereira. Desde entonces todos creían que era así.

---

515   *A quemarropa*: Disparar un arma de fuego a muy corta distancia del blanco.

—Yo soy Alejandro ahora, María. Soy mi amigo –me dijo–. Soy Alejandro Pereira. Vos tenés que llamarme así. Olvidate de Víctor Rojas, no existe más. El que quedó en pie es Alejandro. Nadie puede matarlo. Si me matan a mí, entonces mi segundo se convierte en él. ¿Cómo me llamo?, María, contestame.

Yo lo miraba como si estuviera a cincuenta metros y lo tenía al lado.

—¿Cómo me llamo?
—Alejandro –le dije.
—¿Alejandro qué?
—Alejandro Pereira.

Cuando me calmé del llanto, quedamos en que yo iba a volver a mi carpa y a obedecer sumisamente a los braucos. Él se iba a encargar de negociar mi rescate con el Tol. No era tan fácil el asunto.

Pasé tres días casi sin poder comer. Los nervios no me dejaban. Me cruzaba con alguno de los mensajeros de Pereira (voy a llamarlo así, al final me terminé acostumbrando), y me decían que no, con la cabeza. Las negociaciones iban mal. El Tol no me quería dejar ir; me miraba desconfiado.

El día anterior a que se fueran, cuando seguía sin ninguna certeza, se jugó un gran partido de *ful* de visitantes contra locales. Me dijeron que si ganaban los visitantes yo podría irme. Mi libertad era una cosa entre muchas que se habían apostado: había también vaquillas gordas en juego, bolsas de sal, cuestiones territoriales, derechos de paso, alianzas.

El *ful* era un fútbol que se jugaba a las patadas y donde valía todo: trompear, taclear, mechear, quebrar al otro. Yo nunca supe mucho de fútbol pero me parecía que en el *ful* la pelota casi no rodaba. Los espectadores se podían meter en la cancha, patotear a los jugadores, incluso cascotearlos desde afuera. A cada rato había peleas por las jugadas. Gritos. La mayor parte de las tres horas que duraba el juego eran discusiones, amenazas, tirones. No había afuera, se corría la pelota hasta que se alcanzaba y el gol se podía hacer de cualquiera de los dos lados del arco.

Me fui para no mirar, no lo aguantaba. Del resultado dependía mi liberación. Tenía que juntar las ovejas. Caminé hacia la laguna. Pensé en ir a verlo al Cruque. Quería despedirme de él, aunque no estuviera segura de si me iría. ¿Irme adónde? «A casa», pensaba. ¿Pero qué casa? Ya no tenía más casa. ¿Dónde era mi casa? ¿Dónde estaba mi familia? Seguía dentro de mí la sensación de mi familia, como si pudiera viajar hacia un lugar real donde estarían mi abuela, mis padres. Parecía que con sólo alejarme de ese páramo los encontraría.

Llegué hasta la orilla del pajal. Lo llamé al Cruque. No aparecía. Lo busqué. De golpe me topé con una carpita hecha con dos cueros. No era el nido del Cruque. Estaba vacía, pero había por ahí cacharros y cosas. La Negra se metió a olfatear y la chisté para que saliera. Quién sabe de quién sería la carpa. Quizá de alguno de los desertores que andaban rotosos, orillando el campamento.

Me alejé un poco más y me acosté en la tierra. Le pedí a Dios que los visitantes ganaran el partido, que me sacaran de ahí. Era cierto que no tenía una casa donde ir, pero no quería ser esclava. No había otra cosa que yo pudiera hacer más que rezar. Rogar a los braucos para que me liberaran hubiera sido peor. Cerré los ojos. Me quedé así largo rato, entregada a esa voluntad que me era ajena y que me seguía arrastrando de acá para allá, esa fuerza que era algo parecido a Dios, pero también era la desintegración, y lo invisible, y también la intemperie y el viento, la soledad de ese lugar vacío, el dios del mundo sin gente. No sé cómo explicarlo. Un yuyo seco doblándose en el viento, algo que nadie ve, un lugar igual a cualquier otro en ese desierto donde hasta los bichos ciegos escarbaban sus cuevas para huir del desamparo del cielo.

Abrí los ojos, escuché un ruido. Era el moro. El caballito que había sido nuestro y ahora era, como yo, de mi captor. Se me había acercado, curioso con la cabeza gacha. Me arrimé despacio. Se dejó palmear la tabla del pescuezo y la quijada donde tenía el lunar blanco. Cerraba los ojos, casi dormido. Le sangraba apenas una pata. Se estaba haciendo tarde. Tenía que regresar al campamento a pesar de mis malos presagios. El sol ya había bajado detrás del horizonte y arrastraba unas nubes rojas.

***

Empecé a volver. La perra y el caballo me siguieron. Caminé despacio a recibir la noticia. Pasé entre las primeras carpas. Los cantitos victoriosos de unos braucos ya me anticiparon el resultado. Los visitantes habían perdido. Pereira estaba en la enramada, todo sucio y lastimado. Bajó la mirada cuando me vio. No me podía ir. Me iba a morir ahí, siendo esclava. Me iba a morir ahí. Eso es lo único que podía pensar. Se había terminado. El Tol no me dejaba ir. Me miró pasar, seguida por el moro. Esquivé los grupos que saltaban abrazados, contentos y sudados, y me metí en la carpa.

Tuve que cocinar para la cena de despedida. A la mañana siguiente se irían. Era como si otra persona hiciera las cosas por mí. Como llevar dentro a una muerta. Afuera sonaron los gritos de alegría toda la noche. El caballo se quedó junto a la carpa, como velándome. Me preguntaba qué les agarra a veces a los animales que hacen esas cosas impredecibles. A la madrugada, cuando todavía estaba oscuro lo oí resoplar y quejarse afuera, incluso parecía haberse echado. Cuando salí de la carpa, al alba, estaba en el suelo, muerto, recostado contra una chapa. Dijeron que lo había picado una víbora venenosa; alguien señaló la sangre de la pata de atrás.

Tuve que ir a juntar leña. Calentamos agua para las bañaderas. Pereira y su tropa estaban haciendo los últimos preparativos para irse. Los braucos se fueron arrimando. Tuve que bañarlo al Tol, fregarle la espalda, los sobacos, el pecho con la Virgen del tatuaje. Estaba más gordo y el bulto de la panza hacía que la Virgen de Luján pareciera embarazada. Empezó a salir el sol. Uno de los hombres de Pereira traía los caballos. Creo que en ese momento se me ocurrió la idea. Cuando volvía a la carpa, le dije a Pereira, casi de pasada:

—Ofrecele una yegua preñada al Tol; se le acaba de morir un caballo.

Seguí con mis cosas. Estaba machacando maíz (nunca me voy a olvidar), cuando apareció Pereira y me dijo:

—Juntá tus cosas.

Largué el mortero y él me advirtió:

—Tranquila. No corras y no te despidas de nadie.

Caminé al lado de él. No tenía nada que juntar. Me llevó hasta su grupo y me subieron a una mula carguera. Salimos en punta con los baqueanos[516]. Yo no podía creer que me estaba yendo. No quería ni darme vuelta para mirar atrás. Pereira se quedó despidiéndose, después nos alcanzaría. Bordeamos por el norte la laguna, siguiendo una rastrillada[517]. Me di vuelta justo para ver de lejos el campamento brauco que se perdió de vista detrás del pajonal. Fue el alivio más absoluto. Cuando volví a mirar al frente, estaba el Tol cortándonos el paso con otros dos braucos.

Fue como verlo el día que me raptó. El resto de la tropa siguió sin mí. El Tol agarró las riendas de la mula.

—¿*Acéguach*? –me dijo.

No dije nada. Me dijo que me iban a atrapar los huelches allá afuera, que me iban a atar viva a un palo y me iban a cortar primero un brazo para comerlo y otro día el otro, y otro día me iban a comer una pierna y otro día la otra, y otro día una teta y otro día la otra, y por último me iban a matar. No lo miré. Entonces soltó las riendas, le pegó una palmada a la mula y se fue. La mula retomó lenta la marcha.

---

516 *Baqueano*: Paisano que actuaba como guía en la pampa, cuando no existían carreteras o siquiera caminos claramente demarcados. Como figura emblemática del «saber local» ha sido y es importante en el imaginario nacional argentino. Figura de manera prominente, por ejemplo, en *Facundo* (1845), de Domingo F. Sarmiento.

517 *Rastrillada*: (Argentina y Uruguay) surco o huellas que en el suelo firme o sobre el pasto dejan las cascos de tropas de animales (DRAE).

Ú

Pereira me iba a llevar a Buenos Aires, pero sólo podíamos hacerlo desde el norte, había tropas extranjeras del lado sur. El recorrido era sinuoso, íbamos buscando lagunas, buscando los campamentos amigos y esquivando los enemigos. En algunos lugares no hicimos fuego para no llamar la atención con el humo. Estábamos obligados a avanzar según las fuentes de agua. No sé cuántas leguas o kilómetros nos movíamos cada día. Era agotador, pero no me importaba. Sólo quería alejarme de ahí. Iba callada, entrando de a poco en la realidad de la muerte de Alejandro.

—¿Dónde está enterrado? –le pregunté a Pereira.

—No está enterrado. Cremaron el cuerpo y esparcimos las cenizas en Plaza San Martín, donde ahora está la plaza de toros.

—¿Hay una plaza de toros?

—Sí. Se llena de gente. Los domingos se pasean todos por los alrededores. Es muy colorido.

—¿Quién controla las cosas en Buenos Aires?

—Hay un interventor[518] español. Ya es el cuarto o quinto que viene. Tienen que cambiarlos casi cada semana; se deprimen o se vuelven. A uno lo fusilaron en Liniers. Ahora está todo bastante tranquilo. Hubo unas escaramuzas[519] con ingleses, pero ya pasaron[520].

---

518 *Interventor*: Funcionario impuesto a una entidad (política o corporativa) desde una instancia más alta, para normalizar o modificar una situación dada.
519 *Escaramuza*: Refriega de poca importancia sostenida especialmente por las avanzadas de los ejércitos (DRAE).
520 *Con ingleses...*: Alusión a las fracasadas invasiones inglesas de 1806 y 1807. Las expediciones inglesas fueron más que escaramuzas, en particular la segunda, que contaba con un ejército de once mil hombres, y veintitrés naves. La exitosa defensa de Buenos Aires, para la cual fue clave la participación de la población de la ciudad, sin asistencia de las fuerzas regulares españolas, fue la condición de posibilidad del movimiento emancipatorio que se iniciaría tres años después. El héroe de la defensa de Buenos Aires fue Santiago de Liniers (mencionado indi-

Yo le conté algunas cosas que me habían sucedido. Le conté de mi trabajo en el hospital, en el Hotel y en la estancia, pero no le dije nada del Ocean, tuve miedo de que me juzgara mal.

—¿Vos me tiraste la carta en el balcón de mi edificio?

—¿Te llegó?

—Sí, pero te pasaste un piso. Me la dio la vecina de arriba.

La conversación siempre se arremolinaba hacia el recuerdo de Alejandro y eso nos silenciaba a los dos. Pereira tenía gestos de Alejandro. Un modo de perderse, de quedarse mirando lejos, metido en sí mismo, introvertido. Pereira iba montado en su overo rosado, al que él no llamaba «el Camaleón», como se creía que lo llamaba, sino simplemente «el overo». Me contó que se lo había comprado en Bragado a un paisano viejo[521]. Era un caballo con manchas como mapas que se desplazaban imperceptiblemente. A veces amanecían medio borrosas y a veces más oscuras y definidas. Yo iba a pie cuando el camino estaba limpio, y cuando me cansaba iba montada a su lado, sobre la mula zaina. Me acostumbré a ver las orejotas de la mula delante de mis ojos, el pescuezo fino, la crin rala, que se sacudía para espantar las moscas. De vez en cuando, si el sol estaba tibio y hacía horas que andábamos sin parar, me sorprendía cabeceando de sueño. Yo sólo había andado a caballo dos o tres veces, de vacaciones, en caballos mansos, de alquiler. Ni en la estancia ni entre los braucos me había subido a un caballo. Tuve que acostumbrarme a andar de costado y habituarme al ritmo, a los vaivenes de la mula, a su trote seco y sus mañas.

***

---

rectamente en la novela), nombrado Virrey y Conde de Buenos Aires. En 1810 fue fusilado por decisión de miembros de la Junta patriota en Cabeza de Tigre, cuando Liniers lideró un levantamiento pro monárquico en Córdoba.

521 *Me contó...*: Alusión indirecta al *Fausto* de Estanislao del Campo, poema gauchesco que cuenta la experiencia de un gaucho que asiste a la representación de la ópera *Fausto* de Charles Gounod. La novela alude a la apertura del poema: «En un overo rosao, / Flete nuevo y parejito, / Caía al bajo, al trotecito, / Y lindamente sentao, / Un paisano del Bragao, / De apelativo Laguna:/ Mozo jinetazo ¡ahijuna!, /Como creo que no hay otro, /Capaz de llevar un potro / A sofrenarlo en la luna.» Sin embargo, esta es tanto una alusión a Estanislao del Campo como a Borges, quien gustaba del epíteto «overo rosao», y escribe sobre él en diversas oportunidades.

Nos cruzamos con algunas tribus aliadas a Pereira, que nos fueron dando salvoconductos para seguir avanzando hacia el norte. Pasamos varios días sin ver a nadie. Siempre había que cuidar bien los caballos. Entre los pueblos dispersos en la planicie no existía el concepto de robar. Existía solamente la posibilidad de descuidarse. No se decía «le robaron», se decía «se descuidó». El error era del poseedor. Porque tampoco se podía hablar de dueño o propietario. El poseedor era transitorio. Las cosas se defendían con la vida, pero una vez quitadas ya no le pertenecían al dueño anterior y no se disputaban. Si alguien se descuidaba, perdía, y sólo le quedaba esperar que el nuevo poseedor se descuidara. Por eso no se robaba, se juntaban vacas descuidadas. Y no se podía acopiar, no existía ese concepto. Los bienes se usaban, se disgregaban, nunca sobraban. Lo consumible desaparecía rápido, terminaba repartiéndose inevitablemente. Lo que sobrepasaba las capacidades abarcadoras de uno era recogido por otros.

Por eso los caballos no podían alejarse demasiado y los hombres tenían que andar buscándolos a cada rato. Se mezclaban con caballos sueltos que andaban por ahí en manadas. Los padrillos[522] clinudos y petisos se acercaban nerviosos a las yeguas. Los hombres los espantaban y los veíamos caracolear, y uno empezaba a huir, y huían todos, las yeguas líderes delante, a todo galope, los potrillos detrás, los pelajes manchados, mezclándose, como si fueran renovándose en el movimiento mismo, dejando detrás las osamentas blancas, y engendrándose en potrilladas[523] nuevas, todos de aire y resoplidos y ollares, galopando, una nube de zainos, overos, gateados, malacaras, daban una larga vuelta y se paraban lejos, atentos, con la cabeza en alto, y volvían a seguirnos, curiosos, por kilómetros.

Pereira me contó que había tenido que darle tres yeguas preñadas al Tol para que me dejara ir. Me impresionó mucho cuando me lo dijo y es algo que sigo recordando con un fondo de alegría. Eso es lo que valgo: tres yeguas preñadas. Era mucho más que los miserables treinta pesos que pagaban por nosotras los marineros

---

522 *Padrillo*: Caballo semental.
523 *Potrilladas*: Grupo de potrillos (caballos jóvenes).

del Bajo. Tres yeguas preñadas. Seis caballos corriendo, al cabo de unos meses. Siempre me pareció mucho.

Cuando llevábamos más de una semana de marcha, entramos en una zona dominada por la tribu de los turíes, que vivían bajo tierra en cuevas redondas. Habían olvidado por completo el castellano. Domesticaban ñandúes y arrastraban las cosas con sogas, como si hubiesen olvidado también la rueda. Pereira les cambió unas pistolas por mandioca y pescado seco. Nos despidieron con un griterío al que se sumaron sus ñandúes. El ruido se seguía oyendo cuando ya los habíamos perdido de vista.

* * *

De noche dormíamos bajo las estrellas. Yo buscaba las Tres Marías[524] y armaba a partir de ahí una constelación inventada, un gran círculo al que llamaba las Diez Marías. No me alcanzaba con tres. Sentía que yo, sólo en ese año, había sido más que tres Marías. No porque hubiera envejecido, sino porque me había ido acumulando, sumando Marías. Tantas estrellas me hacían cerrar los ojos y me quedaba dormida, entregada a la intemperie.

Una tarde quedamos atrapados en una tormenta de tierra. Primero sopló un viento seco y eléctrico que me alborotaba el pelo como una medusa. Empezó a volar arena y tuvimos que parar. Nos pusimos como los caballos, dándole el anca al viento. Tuvimos que taparnos con mantas, el aire era irrespirable y no se veía nada. Pensábamos que iba a durar un rato pero duró un día y medio. Nos dividimos en seis grupos de cinco en una formación que iba rotando: tres hacían como una muralla sentados de espalda al viento mientras los otros dos quedaban protegidos en medio. A mí me mantuvieron todo el tiempo protegida, pero igual sentía el viento en los oídos, enloqueciéndome. La tuve abrazada a la Negra, y de a ratos dormí. La arena se acumulaba contra los cuerpos. Apenas pude masticar algo de carne seca y tomar agua de una cantimplora por debajo de la manta. Trataba

---

524 *Las Tres Marías*: Las tres estrellas que forman el cinturón de la constelación de Orión. Es una de las formaciones estelares más fácilmente reconocibles en el hemisferio sur, sobre todo para aquellos no entrenados en el conocimiento de las constelaciones.

de sacarme la tierra de la cara. Al mediodía siguiente el viento amainó y pudimos levantarnos. Habían muerto dos perros y un caballo ahogados en la arena.

Seguimos viaje y en el camino encontramos varias vaquillas que también habían muerto por la tormenta y que Pereira decidió carnear para reabastecernos. Yo ayudé y los hombres se asombraron con mi habilidad para manejar el cuchillo. La convivencia con los braucos me había enseñado algunas cosas.

Este grupo de treinta hombres me miraba con distancia y respeto. Pero yo sabía que era más por ser la protegida de Pereira que por otra cosa. Mi presencia los alarmaba un poco. Tenía que irme lejos a hacer pis y cuidarme de estar bien tapada. Si me asomaba media pantorrilla cuando iba montada en la mula, enseguida sorprendía a alguno mordiéndome con los ojos. Me acuerdo de sus nombres, puedo decirlos de corrido como decía Alejandro las formaciones de su cuadro de fútbol: Salazar, Vedia, Fernández, Albarracín, Gómez, Rojas, Madariaga... A cada uno lo tengo asociado al pelaje de su caballo.

***

Una tarde cuando llegamos a un arroyo profundo, los hombres se pusieron contentos. Yo pensé que era porque estábamos saliendo del desierto y empezando a entrar en tierras más verdes. Pero era otra cosa. Un rato después de atravesar el curso de agua, nos encontramos con una cantidad de gente sentada que nos recibió con alegría. Eran los majoi. Estaban dispersos en el pastizal. Cada familia estaba sentada a cinco metros de la otra, equidistantes, como en una playa. Todos eran obesos. Ninguno se puso de pie. Había gente sola también, hombres arrellanados[525] en sus propias carnes, medio dormidos, o mujeres sentadas en medio de sus enseres y sus carpas de yute[526], desarmadas. Varias mujeres recibieron con carcajadas a los hombres de Pereira. Ya parecían conocerse. Cada una levantó su carpa con un mástil de

---

525 *Arrellanado*: Dicho de una persona, es encontrarse a gusto en un lugar o ensancharse y extenderse con toda comodidad (DRAE).
526 *Yute*: Material textil que se obtiene de la corteza interior de una planta de la familia de las Tiliáceas (DRAE).

caña para hacer entrar a su invitado. Así quedaron ocultos en privado durante un rato.

Me sorprendió la forma en que se pasaban las cosas entre sí, sin mirarse, sin moverse del lugar. Tenían una puntería perfecta. Se arrojaban los cueros llenos de agua, diciendo el nombre del destinatario, y el que lo recibía repetía el nombre y lo seguía pasando con un corto pero certero movimiento de brazo. El pozo de agua estaba en medio. Tenían a mano ganchos de caña y lacitos. Las ovejas pastaban y se reproducían en el pasto que crecía entre ellos. Vi a un hombre tirar un lazo, atrapar un cordero y carnearlo sin ponerse de pie. Lo desmembró muy rápido y con su brazo mofletudo empezó a tirar las partes en distintas direcciones. Una pata del cordero voló de grupo en grupo hasta la otra punta del campamento sin tocar el suelo.

Le pregunté a Pereira si podían caminar y me dijo que sí, que lo hacían muy rara vez y apoyándose sobre los puños. Pero en general si se levantaban era para copular o para matar a otro. No se sabía si la perfecta puntería les había quitado la necesidad de moverse y esto los había hecho engordar, o si, por el contrario, el hecho de haber engordado y no poder moverse los había obligado a afinar la puntería.

Después de hacer noche en ese lugar, empezamos a prepararnos para seguir. Los hombres de Pereira habían perdido las caras hurañas[527] y habían quedado relajados y bien comidos. Se dejaban dar los últimos abrazos y apretones por las gordas cariñosas que los tironeaban como si fueran sus mascotas y no los dejaban ir. Al despedirnos, nos regalaron a cada uno un animalito de madera que cabía en la palma de la mano. Eran mulitas, corderos, caballos, pájaros. Los tallaban muy bien, rechonchos y apetitosos, como imaginados por alguien que se los quiere comer.

***

Seguimos viaje entre pastizales altos, con mucho calor a me-

---

527 *Huraña*: Que huye y se esconde de las gentes (DRAE). En este caso quiere decir malhumorado, refractario a la compañía.

diodía. No sé exactamente por dónde andábamos, en algún lugar al norte de la provincia de Buenos Aires o al sur de Santa Fe. En los días que siguieron no vimos ni una ciudad, ni un pueblo. Atravesamos campos negros de ceniza que habían sido incendiados, y un campo de barro seco, picado y pisoteado que no entendí lo que era hasta que vi la huella de una mano desesperada. Era una confusión de pisadas humanas y pisadas de caballos que no iban a ningún lado. Parecían guardar todavía el ruido de una batalla. Se veían gruesos surcos que los hombres dijeron que eran ruedas de cañón y, a lo lejos, había grupos de caranchos[528], quizá sobre los cadáveres. Seguimos por kilómetros y kilómetros de nada, campo raso, chato. De vez en cuando pasaban altas unas bandadas de loros. Vimos jaurías de perros salvajes, corriendo lejos. Pereira me dijo que mataban terneros, potrillos y caminantes solitarios. Eran miles de perros dejados atrás por toda la gente que se había ido a lo largo del año.[529] Yo estaba abombada por la marcha, por la distancia, por el cielo.

Empezamos a entrar en territorios de monte, entre unos arbolitos dispersos al principio y después cada vez más tupidos y espinosos hasta obligar a los baqueanos a buscar huecos y abras para poder pasar. Había riachos y aguadas, y no se veía a los lejos como antes. Los hombres se empezaron a intranquilizar, estaban más alertas. Secreteaban, tratando de que yo no oyera, señalaban rumbos, enviaban espías a pie; esperábamos en silencio. Al parecer, la rapidez con que crecía la vegetación hacía que se borraran los pasos y las rastrilladas. Los baqueanos estaban confundidos. Seguimos despacio y empezó a llover, no una llovizna fina sino un chaparrón que nos empapó en minutos. No nos detuvimos. El agua me caía por la cara, por el cuello. Al rato paró y salió el sol, el monte se puso fosforescente y nosotros y los ani-

---

528 *Carancho*: (Argentina, Bolivia, Perú y Uruguay) ave del orden de las Falconiformes, de medio metro de longitud y color general pardusco con capucho más oscuro. Se alimenta de animales muertos, insectos, reptiles, etcétera. Vive desde el sur de los Estados Unidos de América hasta Tierra de Fuego (DRAE).
529 *Jaurías de perros salvajes*: Luego de la destrucción de la primera Buenos Aires por los indígenas, (según algunos historiadores como José Luis Busaniche), los perros de los españoles escaparon y se aclimataron rápidamente a la vida en la pampa, formando con el tiempo jaurías enormes de perros cimarrones que atacaban a los caminantes y al ganado. Desde al menos el siglo XVII hay numerosas referencias a este fenómeno, que duraría hasta bien entrado el siglo XIX.

males empezamos a largar como un humo el agua que se nos iba evaporando. Yo me solté el pelo para que se me secara.

El jinete que iba detrás nos hizo notar que las manchas del overo de Pereira se habían reducido casi hasta desaparecer, un ojo se le había puesto zarco; el caballo estaba todo blanco. Esto fue tomado como un muy mal signo. Avanzamos sin hablar, oyendo sólo la vibración eléctrica de las cigarras del monte. Llegamos a un abra redonda entre los árboles. Cuando estábamos justo en medio, frenamos todos de golpe. Había indios delante, escondidos en la vegetación.[530] Pereira miró para atrás. Nos habían rodeado. Indios petisos, desnudos, a menos de veinte metros, sin decir una sola palabra. Los hombres de Pereira prepararon sus armas. Tenían lanzas y pistolas que eran más para asustar que otra cosa, había muy pocas municiones. Pereira le preguntó a uno de sus baqueanos si eran indios guatos. No sabía. Entonces él dijo algo en voz bien alta, en una lengua que no entendí; sólo descifré que entre las palabras decía su propio nombre. Desde la espesura hubo una respuesta y a todos les cambió la cara. Eran un pueblo amigo. No eran los guatos, eran los indios ú.[531]

Se acercaron y saludaron a Pereira. Noté que se mantenían alejados de mí y de mi mula. Le preguntaron a Pereira quién era yo y él les explicó. Creían que yo era una «bruja del fuego» (así dijeron), porque llevaba el pelo suelto. Habían demorado el ataque no porque les tuvieran miedo a los hombres, sino porque me habían tenido miedo a mí. Eso le causó mucha gracia a Pereira y me lo tradujo. Él les dijo que yo estaba muy hermosa porque venía hace varios días durmiendo al sereno bajo las estrellas, por eso enamoraba a los hombres.

Me até el pelo por las dudas. Desmontamos. Encendieron fuego para asar carne y se sentaron a conversar. Yo estaba a un

---

[530] A diferencia de los braucos, guatos y turíes, los ú no son una «degradación» de la sociabilidad moderna / occidental, sino una cultura completamente desvinculada de occidente. No por casualidad, son el lugar donde María encuentra el reposo y la felicidad.

[531] Todo el episodio que sigue, donde se narra la vida de María entre los ú, toma elementos de la novela *El entenado* (1983), de Juan José Saer (1937–2005). La novela ficcionaliza los años pasados entre los guaraníes (la novela habla de los colastiné) por Francisco del Puerto, grumete de la expedición de la desafortunada expedición de Juan Díaz de Solís al Río de la Plata a principios del siglo XVI. Los colastiné viven, como los ú, a orillas del Paraná, comparten aspectos de su moralidad, y, como del Puerto, María es «adoptada» por la tribu.

costado sin entender una palabra. Se explicaban cosas entre sí, dibujaban mapas en el barro, contaban hombres con los dedos una y otra vez, señalaban armas, flechas, lanzas, machetes. A la noche Pereira me explicó: los ú estaban en guerra con los guatos y ellos los iban a ayudar. Les debían ese favor. Me dijo que un grupo de canoeros me llevaría al campamento río abajo y después él me alcanzaría ahí para llevarme a Buenos Aires. Le supliqué que por favor no fueran, no quería separarme de ellos. Le dije que podía acompañarlos a la batalla y esconderme a un costado hasta que terminara. Pero no me hizo caso; ya estaba todo decidido.

A pesar del miedo dormí profundamente y me desperté cuando el sol ya estaba alto. Desayunamos con mate y una galleta redonda que traían los indios. Reunieron los caballos. Algunos ú montaron a pelo en los caballos prestados.

—¿Estás lista? –me preguntó Pereira.

—Sí –le dije.

Entonces me llevó con un grupo de cinco indios y uno que parecía el jefe. Les empezó a hablar señalándome cada dos frases. Era un idioma extraño. Entendí que me estaba encomendando a ellos. Me señalaba a mí, señalaba el cielo o el sol, tal vez, y hacía un gesto a la redonda, con grandes advertencias, como si trazara un escudo protector. Esto se repitió varias veces. No sé qué les habrá dicho de mí, pero parecía casi una descripción geográfica. Ellos escuchaban y asentían. Entonces Pereira me dijo en castellano que fuera valiente y que él me vería en unos días. Sin tocarme, me dijo adiós, dio vuelta su caballo y se fue. Dieron la orden de marcha y desaparecieron entre los árboles. Tuve el presentimiento de que no lo volvería a ver.

***

Caminamos el día entero. Los árboles parecían ser cada vez más altos. O sería la impresión que me daba estar nuevamente a pie.

Los cinco ú caminaban rápido y tenían que esperarme, yo

avanzaba despacio. Las ojotas se me quedaron atrapadas en el barro y tuve que seguir descalza. La perra no se apartaba de mi lado, parecía cansada como yo. Llegamos al atardecer al río. Lo vi de golpe. El río enorme entre las ramas de la orilla. Era el río Paraná. No podía ser otro.

Subimos a dos canoas y navegamos río abajo, bastante rápido. Además de las paladas fuertes y silenciosas de los remeros, íbamos favorecidos por la corriente. La perra se puso en la proa, como si entendiera que debía quedarse quieta. Bajábamos por el agua rosada entre nubes de mosquitos. No era tanto el miedo que tenía sino el hartazgo de estar a merced de los hombres, así fueran *cafishos*, patrones, braucos, revolucionarios o caníbales. Quería poder decidir qué hacer y qué no hacer. Todos estos hombres me estaban llevando y arreando hacía meses. Pereira me había prometido llevarme a la ciudad y me había dejado con los ú. ¿Qué pasaría si me subía sola a una canoa y me iba río abajo? ¿A qué distancia estaría la ciudad?

Se hizo de noche. Giramos y remontamos un afluente[532]; la brisa provocada por nuestro movimiento se sentía más lenta y el agua sonaba contra la proa. Los remeros entonaron un rezo apenas susurrado. No sé cuánto tiempo pasó, pero ya estaba oscuro cuando nos arrimamos a la orilla. Un pájaro delator cantó asustado con un ruido insoportable y constante. Bajamos pisando el barro frío del fondo. No se veía nada. Me llevaron del brazo, hasta que se oyeron unos perros y chicos que se acercaban. Vi fuego y aparecieron unas mujeres. Me dejaron en una enramada. Les dijeron algo a las mujeres y ellas me empezaron a hablar. Yo les decía que no con la cabeza, que no entendía. Pero ese gesto significaba que sí en el idioma de los ú. Me trajeron agua y un puré dulce. Me señalaron una hamaca colgada entre dos troncos. Ahí pasé la noche.

***

---

532 *Afluente*: Arroyo o río secundario que desemboca o desagua en otro principal (DRAE).

Me despertó el chisporroteo y el olor a pelo quemado. Era de día. Las mujeres quemaban un mono amarillo en el fuego. No me dijeron nada. Había más gente en otros cobertizos de troncos y hojas verdes. Nadie me había despertado para hacerme trabajar. Me habían dejado dormir. No sabía si estaba en condición de prisionera, de intrusa o de visita. Cuando noté que me dejaban mover a voluntad, me tranquilicé. Me miraron sin decirme nada durante un rato. Algunos chicos se asustaron al verme.

Un hombre se me acercó y me repitió algo hasta que entendí que quería que lo siguiera. Todos usaban un flequillo recto y tobilleras[533] de madera. Me hizo ir a una enramada donde había tres viejos. Me hicieron sentar y me hablaron. Parecían preguntarme cosas. Yo asentía moviendo la cabeza hacia arriba y hacia abajo. Pero esto no les gustaba. Me repetían la frase y yo asentía. Hasta que se enojaron y entonces me lo volvieron a preguntar y por las dudas dije que no, sacudiendo la cabeza de lado a lado. Sonrieron conformes. Uno de ellos se levantó y se metió tras una cortina que había bajo el gran toldo. Se oyó que le decía algo a alguien, pero no se oyó la respuesta. Era como si consultara un oráculo. Después salió y siguieron hablándome. Respondí de la misma manera las demás preguntas que me hicieron y parecimos establecer un pacto que yo no entendía.

Me dieron de comer una carne hervida con una pasta medio dulce. Mordí algo duro pensando que era un hueso, pero, al mirar bien, noté que era una etiqueta satelital que había estado alrededor de la pata de un ave. En los días siguientes comprobé que varias presas de caza tenían algún tipo de señal o de marca.

Esa tarde las mujeres me invitaron a entrar en la selva con ellas. No dejaron que la perra me siguiera y la ataron a una estaca. Yo las seguí cautelosa. No sabía qué se suponía que debía hacer. Con largas cañas golpearon las ramas de un árbol y recolectamos las semillas que caían.

—*Uruku*[534] –me decían.

---

533 *Tobillera*: Aro de metal, madera o fibras trenzadas que se usa alrededor del tobillo.
534 *Uruku*: Esta historia parece indicar que los indios de los que se trata son los Yawanawa, que no viven en Argentina. Otra posibilidad es que los ú sean una mezcla de diferentes tribus de la etnia tupí-guaraní, o que, siguiendo la lógica de la novela, pueblos originarios del norte hayan descendido al sur.

Así parecía llamarse. Con eso prepararon una pasta roja para pintarse el cuerpo.

También nos arrimamos a un gran árbol seco que estaba solo en un abra del monte. Miraban hacia arriba contando las ramas y golpearon el tronco para comprobar si estaba hueco. Ya de regreso, juntaron hormigas en una vasija metiendo las dos manos en un hormiguero. Las sacaban con manojos de tierra y las metían ahí dentro antes de que les picaran.

Una de las mujeres lo hacía con una sola mano. Se movía con una muleta, tenía la mitad derecha del cuerpo atrofiada y achicharrada como un vegetal muerto. Entre los ú había otro afectado de la misma forma, también en la mitad derecha; pero este hombre, que ya no podía caminar, no sólo tenía el brazo y la pierna de un lado adelgazado y marchito, sino también el torso y casi la mitad del cráneo. Al principio no lo podía mirar; la enfermedad le había comido la mitad de la cara.

Al día siguiente volvimos al árbol con uno de los hombres. El árbol era de una madera oscura y fibrosa que se había secado al sol en ese abra del monte. Primero el hombre hizo varios agujeros en el tronco. En cada agujero metieron un tiento hecho de nervios o tripa de algún animal. Lo metían con un palo que, una vez dentro, quedaba trabado y lo aseguraba como un botón. Cada tiento se ataba a una rama hasta que quedaron varios tientos como los rayos de un paraguas, uniendo la copa al tronco. Entonces las mujeres los mojaron y los empezaron a tensar, retorciéndolos. Hacían un torniquete con un palo y el tiento iba doblando la rama hacia abajo. Eran siete ramas y una no soportó la tensión y se quebró con un sonido de trueno. El árbol parecía quejarse, sonaban los chasquidos de la madera como a punto de estallar. Daba un poco de miedo. Así lo dejaron hasta la noche cuando me invitaron a ir.

Entre los toldos, cuando ya estaba oscuro, se formó el grupo. No iban todos; algunos parecían querer ir pero se quedaban. Caminamos en una fila donde había algunas mujeres, hombres mayores y cinco chicos jóvenes. Un par de ellos se arrepintieron por el camino y se volvieron. Eso me puso muy nerviosa. Pisaba descalza el suelo húmedo y tierno, ya entregada a cualquier cosa que pudiera picarme. Llegamos al abra donde estaba el árbol. Se veía muy poco y, cuando las nubes tapaban la luna, no se veía nada. Yo trataba de adivinar qué pasaba, qué estábamos haciendo. De pronto surgió el sonido. Nunca había oído algo así. Eran como enormes campanadas de terciopelo. Todos los pájaros ocultos parecieron huir a la vez, alborotando la oscuridad de las hojas con aletazos y gritos de espanto. Tres o cuatro hombres alrededor del árbol empezaron a azotar los tientos con una vara, regulando la tensión, buscando darles distintas notas. Parecían estar afinándolo, pero no supe cuándo terminó la afinación y cuándo comenzó la música. Era una música profunda que hacía temblar las entrañas y llenaba toda la selva. Cosquilleaba en los pies, parecía venir de abajo, de las raíces enterradas. Sonaba como un arpa grave, un bajo de cadencia hipnótica y tenebrosa. Los ritmos se aceleraban y se amansaban como un río sobre distintos declives. Me dieron ganas de tocarlo, pero no tuve oportunidad. Esto duró un rato largo durante el cual no pudimos sentarnos.

Cuando terminaron me pareció oír gemidos. Uno de los hombres pasaba apoyándole a cada uno, por turno, una vasija contra el muslo. Los chicos aullaron de dolor. Hasta ese momento todo había sido casi felicidad con los ú. ¿Qué era eso? Traté de que me saltearan pero me agarraron y me apoyaron la vasija en el muslo derecho. Entonces sentí los pinchazos, el ardor, el fuego. Grité. Eran hormigas rojas. Parecía que no me lo iban a sacar nunca. Cuando por fin lo hicieron, me froté con barro como hacían otros, pero no se me calmó. Era un dolor que me trepaba por la pierna y me llegaba hasta los ojos y los dientes. Quedé sumada a esa especie de ronda de locos que caminaban lamentándose. Él último en recibir ese castigo fue el que se lo había aplicado a los demás. Al parecer era la pena que había que sufrir por haber escuchado la música. Caminamos de vuelta a la aldea y, antes de llegar, yo ya sentía la fiebre en todo el cuerpo.

No sé qué cosas de esa noche fueron delirios y qué cosas vi realmente. Vi gente con cabeza de colibrí, de mono y de jaguar, dándome vueltas alrededor. No me dejaban dormir. Yo me arrodillaba en el suelo tratando de irme pero me hacían parar. Las mujeres me dieron de tomar algo fermentado con un poco de olor a podrido y me pintaron la cara con *uruku*. Sentía el aliento del hombre jaguar en la cara[535]. Las náuseas de la bebida. El dolor en el muslo como si me faltara un pedazo de carne, como si me hubieran pegado una dentellada de fuego.

***

Me desperté tirada en el piso de tierra junto a mi hamaca. El sol me castigó cuando quise pararme. Sentía la sangre entera envenenada. Quise ir hacia el río y en el trayecto vomité. Me metí vestida en el agua. Cuando sumergí la cabeza me sonó dentro la música ahogada de la noche anterior. Las mujeres me sacaron del agua, enojadas. Se me había lavado todo el *uruku* y tuvieron que volver a pintarme. Les vi los dedos rojos, como ensangrentados, acercándose a mis ojos. No pude verme, pero creo que me hicieron una raya que me cruzaba la cara en diagonal.

Cuando estaban terminando de hacerlo, se oyeron gritos y vimos primero unos caballos sueltos que atravesaron los toldos al galope, atrás venían unos pocos guerreros ú cabalgando a pelo. Vi el overo de Pereira sin jinete y el resto de los caballos, que fueron entrando en un corral de sogas. Me acerqué.

—¿Dónde está Pereira? —les pregunté, sabiendo ya la respuesta.

No me entendían, no me decían nada. Había muerto. Pensé que ellos mismos lo habían matado a él y a toda su tropa. Me dejaron sola mirando los animales. Tanto me había acostumbrado a ver siempre a esos hombres montados como centauros que, al ver sólo a sus caballos, me parecía que habían vuelto vivos, demediados pero vivos, y de algún modo también purificados, librados

---

[535] *Sentía...*: El jaguar está extinto desde hace mucho en la región de Argentina donde transcurre la acción (norte de la Provincia de Buenos Aires). La nueva presencia del jaguar (y de culturas basadas en la presencia del jaguar) en esa región tiene dos posibles explicaciones: (1) el retroceso significa también un retorno de especies desaparecidas, o; (2) los ú son un compuesto de diferentes culturas originarias.

de su humanidad, sumidos en el alma de sus bestias. Ahí parecían estar el Zaino Gómez, el Colorado Salazar, el Bayo Albarracín, el Negro Rojas, el Tobiano Vedia, el Alazán Fernández, el Tordillo Madariaga... Ahí estaba cada uno como hechizado para siempre en el silencio santo de su caballo.

De vuelta en los toldos, vi a varios heridos, todos eran ú. Había uno con una flecha atravesada en la pierna. Me llevaron a un toldo donde había un moribundo con un tajo horrible en el pecho. Parecía que querían que yo lo curara. Tenía todavía a su fiel papagayo en el hombro que se comía las moscas que querían posarse sobre la carne abierta. Pensé en los enfermos que había visto en el hospital con su papagayo de plástico para vaciar la vejiga. Nunca antes había pensado que lo llamaban así porque parecía un papagayo verdadero con el pico y la manija parecida al ojo. Pensé todo esto de golpe, dándome cuenta de que quizá Pereira les había dicho que yo sabía curar, refiriéndose a mi trabajo de enfermera. ¿Cómo iba a curar a este tipo, si se le veían las costillas blancas y el latido del corazón?

Hice lo que pude. Herví agua y le lavé las heridas. Tuvieron que agarrar al papagayo, me quería picotear. Defendía a su dueño. Les pedí un hilo que había visto que usaban, hecho de la fibra de una palmera, y busqué una espina de tilca. Después de lavarlo bien, le cosí la herida por capas. Estaba tan mal que no se quejó. El machetazo no había logrado cortarle el corazón gracias a la jaula de costillas. Había perdido mucha sangre. No supe cómo decirles que probablemente no viviría. La sutura que le hice le recorría todo el pecho, como un frunce. Tenía el torso ancho y fuerte como todos los ú, las piernas cortas y los pies grandes por haberse pasado la vida descalzo. Lo abrigué con mi poncho y lo dejé así, sin poder hacer nada más. Me senté a su lado junto al fuego. Dos mujeres se mecían sentadas, salmodiando[536] y durmiendo de a ratos a su lado. Al día siguiente abrió los ojos.

Se fueron acercando para saludarlo como a un recién nacido, como si acabara de parirse a sí mismo. Alrededor de él, los otros

---

536 *Salmodiar*: Cantar algo con cadencia monótona (DRAE).

sobrevivientes hablaron de la batalla con mímicas del combate y se sirvió una carne blanda que resultó ser el hígado de sus enemigos, los indios guatos. Por suerte, ése era un honor sólo reservado a los hombres.

Intenté hablar con los tres viejos, los *taita guasú*[537], como les decían. Quería preguntarles si me dejaban ir, aprovechando la ventaja que parecía haberme dado la curación del guerrero. Quería decirles que yo había estado esperándolo a Pereira y ahora tras su muerte tenía que irme. Pero no había manera de comunicarme, me repetían la palabra *arahaku*[538] y yo no sabía si eso era al día siguiente, al mes siguiente, en un año. Me desesperaba explicándoles por señas que yo me tenía que ir, les señalaba el Sur, río abajo.

—*Arahaku* –me decían, señalando el cielo alrededor como una cuestión climática. Una mañana les mostré que me iba caminando, me tenía que ir, pero me atajaron y me llevaron de vuelta al toldo, diciéndome:

—*Ñorairó, ñorairó*[539].

No había forma de entenderse.

***

Seguí viviendo con ellos, tratando de adaptarme. Cuando creía haber aprendido sus nombres, me corregían. Hasta que entendí que lo que yo había pensado que eran los nombres resultaron ser los oficios. Pero como los oficios rotaban, cada uno se llamaba de forma distinta cada cuatro días. No había nombres propios; eran cazadores cuatro días, cuatro días constructores de canoas, cuatro días pescadores, o reparadores de toldos, o labradores, o recolectores de leña... Así cada uno practicaba todos los oficios y asumía el nombre del oficio. Lo que me mareaba era que no rotaban todos a la vez, sino cada uno a su tiempo. Y esto les funcionaba bien porque trabajaban con buen humor, sin fastidiarse. Los ú tenían como capas de nombres y de apodos, como

---

537 *Taita guasú*: (Guaraní) abuelo.
538 *Arahaku*: (Guaraní) verano.
539 *Ñorairó*: (Guaraní) guerra.

si el nombre se les resbalara y recibieran otro. O quizá tenían un nombre secreto cubierto por un nombre cambiante.

Cuando había un conflicto, se consultaba a los tres *taita guasú* y éstos consultaban el oráculo. Yo no sabía si el oráculo era una persona o alguna otra cosa que escondían siempre detrás de una cortina. Una de las mujeres, que estaba embarazada, me enseñó a torcer las fibras de palma contra el muslo para fabricar hilos y a anudarlos para hacer una hamaca. En una mañana y un rato de la tarde, hicimos una hamaca, que llamaban *kyha*. Con esta mujer nos comunicábamos un poco. A ella le pregunté algunas palabras. Le pregunté qué había detrás de la cortina.

—*Asúpe-akatú* –me dijo, señalándome cada lado de su cuerpo. Me pareció entender que significaba «izquierda y derecha»[540].

Una tarde, un grupo que vivía río arriba y que nos visitaba cada tanto, trajo a un hombre que no podía caminar. Tenía la enfermedad hemitrófica. Le había desaparecido todo el lado izquierdo del cuerpo y de la cara. Sus familiares lo bajaron y lo ayudaron a ir saltando sobre su única pierna hasta el toldo donde estaba el otro enfermo que a mí me había dado tanta impresión. Al hombre de nuestra aldea se le había consumido la otra mitad, la mitad derecha. Los pusieron frente a frente y los familiares cruzaron algunas palabras. Ellos no podían hablar, la enfermedad les había consumido la lengua. Los de la aldea vecina habían traído fruta y una red como obsequio. Una vez que parecieron ponerse de acuerdo, acercaron a los dos hombres, que parecían asustados. Los pusieron de pie, lado a lado, y los unieron por el costado enfermo, sosteniéndolos. Tenían la misma altura. Para mantenerlos pegados, les pusieron un cinturón, un collar y una vincha[541] de cuero. Entre los dos formaban un cuerpo sano y bípedo. Así pudieron recuperar su simetría. Sólo sus cabezas en la zona del cráneo quedaban un poco más grandes que una cabeza normal.

Los soltaron para ver si podían mantener el equilibrio, pero se caían. Intentaron hacerlos caminar. Como no se animaban, les dieron un empujón y los hombres recién unidos dieron dos o tres

---

540 *Me pareció entender...*: En efecto, Asúpe-akatú significan «izquierda y derecha» respectivamente en guaraní.
541 *Vincha*: Cinta gruesa con que se sujeta el pelo sobre la frente (DRAE).

grandes pasos, o más bien saltos descontrolados y a destiempo hasta que se derrumbaron. Hubo una aprobación general. Y estos dos hombres vivieron así pegados, a partir de entonces. Si no se ayudaban el uno al otro, probablemente los dejarían morir dentro del monte; no se podían ocupar de ellos. Los vi esforzándose solos y pegados, poniéndose de acuerdo para realizar las tareas que haría una sola persona. Lo que más les costó fue caminar, hasta que lograron mantener un paso regular, un poco torpe y rengo, pero constante. Los vi construir una choza, manejar dos machetes a la vez, orinar con doble chorro. Si una de las dos mitades no conocía algún oficio que la otra sí sabía, aprendía primero observando y luego ensayaba la tarea hasta poder realizarla. Se tenían entre sí mucha paciencia.

Al mes ya eran como un solo ser que podía resolver muchas dificultades. Parecían un solo hombre hábil pero medio loco que se detenía y dialogaba con sí mismo por medio de señas que realizaba cada mano. Cada mano expresaba algo delante del ojo del otro, a lo cual el otro parecía contestarle a su vez en un diálogo rápido de palabras dibujadas en el aire. Terminada esta charla muda, seguían con su trabajo, ya estando de acuerdo.

***

Así estuvieron las cosas, hasta que empezó a sonar en el aire la palabra *ñorairó*; era la palabra que me habían dicho al advertirme de que no me fuera. Cuando vi que preparaban los arcos entendí lo que significaba. Era la guerra. Toda la aldea se dedicó a la fabricación de flechas de punta envenenada. Las ponían dentro de un carcaj[542], con mucho cuidado.

El cacique y otros hombres me vinieron a buscar. Me puse de pie. Me desnudaron. Les pregunté qué me iban a hacer, pero no me entendían ni me decían nada. Pusieron a mi lado una taza con *uruku* y cada individuo de la aldea pasó, mojó un dedo dentro de la taza y me pintó un punto rojo en el cuerpo, incluso los niños.

---

542 *Carcaj*: Tubo o funda que cuelga del hombro y que se usa para llevar flechas.

Me llevaron hasta los tres *taita guasú* y cada viejo, sin levantarse, me marcó con su dedo. Me acercaron a la cortina donde ellos consultaban el oráculo y de adentro salió primero una mano lenta que mojó el dedo en el *uruku* y me marcó la palma de una mano; se asomó una mano flaca e hizo lo mismo en mi otra mano. Quedé con todo el cuerpo cubierto de pintas rojas como si tuviera una espantosa enfermedad eruptiva. Me soltaron el pelo y me subieron al caballo overo, sólo con unas riendas, sin montura.

Los guerreros pasaron cada uno por dentro de su propio arco y montaron. Me hicieron ir delante, castigando a mi caballo. Tuve que largar las riendas y agarrarme con las dos manos de las crines. Marchamos entre túneles verdes abiertos en la vegetación. Había que agacharse para esquivar ramas y hojas. Anduvimos toda la mañana así. Al overo se le desplazaban las manchas como la sombra de las nubes sobre la tierra, cambiaba de humor, se ponía blanco, se oscurecía como un tordillo desde las patas hacia arriba, cada vez más zaino. Parecía tener miedo, me miraba de reojo. Tenía ganas de explicarle que yo tampoco sabía qué nos iba a pasar.

Cuando llegamos a un abra, nos detuvimos. Se dividieron en dos. Un grupo rodeó el abra y apareció del otro lado, entre las hojas. Era un pastizal circular, de unos doscientos metros de diámetro. Esperamos en silencio absoluto. Cuando un caballo impaciente parecía estar por piafar[543] o relinchar[544], le ponían miel en la lengua para que se distrajera y no hiciera ruido. Hubo un silbido. Hacia el costado derecho del círculo vimos gente que salía de entre los árboles. Los ú se entusiasmaron, eran los enemigos. Sujetaron mi caballo por las riendas y me señalaron a los ú que estaban del lado opuesto. Me hicieron cerrar los puños apretando las crines. No entendí hasta que le cruzaron un latigazo al overo y salió al galope, como un relámpago, al sol. Vi, con terror, cómo me encendí de color rojo por la luz, como si la sangre me circulara por fuera del cuerpo, tuve miedo casi de mí misma, de lo que me iba a pasar, estaba cruzando frente a los enemigos, en la línea de

---

543 *Piafar*: Dicho del caballo, alzar ya una mano, ya otra, dejándolas caer con fuerza y rapidez casi en el mismo sitio de donde las levantó (DRAE).
544 *Relinchar*: Dicho del caballo, emitir con fuerza su voz (DRAE).

fuego, grité, los vi detenerse, mirarme espantados. Cuando llegué al otro lado, los ú dieron vuelta mi caballo y me hicieron cruzar otra vez. Los guatos no se animaron ni a disparar una flecha. Me vieron reaparecer y huyeron a los gritos. Habrán creído que yo era una bruja de fuego, la gran bruja de la viruela roja. El truco funcionó, los ú mantuvieron lejos a sus enemigos.

Cuando estábamos volviendo, nos detuvimos al cruzar un arroyo. Me dieron una orden que no entendí, hasta que me tiraron del caballo de un empujón y caí al agua. Querían que me sacara las pintas. El ú a quien yo había cosido el pecho me lavó todo el *uruku*. Tomaba arena blanca del fondo y me frotaba los brazos, las tetas, me hacía girar, me lavaba los muslos, las caderas. Lo hizo rápido, sin lastimarme ni manosearme, como si lavara a un chico o a un animal. Cuando terminó, hizo entrar su caballo al arroyo hasta que el agua le tapó el lomo y me subió en ancas. A él le conocía varios nombres como Mainumbí[545], Kavuré[546] y también Py'aguasú[547].

Al llegar, cada guerrero volvió a pasar por dentro de su propio arco en sentido inverso. Hacían eso antes y después de guerrear y de cazar. Parecía meterlos en otra dimensión, una zona más violenta, donde eran capaces de matar de un zarpazo. Al volver a cruzar el arco en sentido inverso, dejaban esa violencia atrás.

* * *

A la mañana siguiente me habían dejado junto a la hamaca dos peces dorados sobre una gran hoja verde. Pensé que era un tributo por haberlos ayudado a espantar a los guatos. Me ayudó a cocinarlos la mujer embarazada a quien yo por un equívoco llamaba Apo (*apo* significaba hacer o fabricar algo; cuando yo le pregunté su nombre ella estaba haciendo hamacas y me dijo su oficio, es decir su nombre en ese momento). Al día siguiente amanecieron a mi lado dos gallinetas recién cazadas, que eran muy sabrosas y los ú cocinaban envueltas en cáscaras de naranja. Así

---

545 *Mainumbí*: (Guaraní) picaflor.
546 *Kavuré*: (Guaraní) pájaro de buena suerte, atractivo.
547 *Py'aguasu*: (Guaraní) valiente.

durante una semana encontré regalos junto a mi hamaca al despertar, siempre de a par: dos mangos, dos chipás[548], dos cuencos de miel...

Apo se ausentó una tarde y apareció al día siguiente; la vimos salir del monte con el hijo en brazos. Se había internado a parir sola en la espesura. Cuando mostró que el bebé era varón, las mujeres hicieron un gran escándalo contra los hombres. Parecían culparlos de algo, y ellos bajaban la cabeza arrepentidos. Era una vieja creencia de la que supe después: en los tiempos antiguos las mujeres parían mujeres y los hombres parían hombres. Así fue siempre hasta que un grupo de hombres descuidó a sus recién nacidos para ir de caza durante varios días. Al regresar encontraron a sus hijos muertos.

Entonces los dioses decidieron que los varones no eran capaces de gestar a sus hijos. A partir de ese momento las mujeres debieron gestar tanto mujeres como varones. Por eso, cada vez que nacía un varón, se les recordaba esa creencia a los hombres, reprochándoles que esa mujer había tenido que hacer el trabajo de ellos.

Todos los mediodías aparecía Mainumbí, el ú de la gran cicatriz en el pecho. Saludaba nervioso y miraba al recién nacido. Yo supuse que era hijo de él y por eso venía todos los días. Apo casi no le hablaba y él al rato se iba triste. Estaba flaco.

***

Pasaron días cada vez más calurosos y una temporada de lluvias en la que no quedaba más que mirar el aguacero desde las hamacas. De vez en cuando, si amainaba[549], había que agregar hojas tiernas al techo. El humo de la leña húmeda nos hacía lagrimear. Se sentía la alegría secreta de la selva bajo los grandes chubascos[550]. Movimos el campamento varios kilómetros río abajo. Vimos pasar barcos que no nos vieron. Yo empecé a balbucear algo de ú. Entendía y podía decir palabras sueltas, me

---

548 *Chipá*: Pan hecho a base de almidón de mandioca tradicional del nordeste de Argentina, Paraguay y Brasil.
549 *Amainar*: Dicho del viento, aflojar, perder su fuerza (DRAE). En este caso, se aplica a una tormenta, con el mismo sentido.
550 *Chubasco*: Chaparrón o aguacero de corta duración.

costaba conjugar los verbos. Con algunos sustantivos me pasaba igual que con los nombres. Los ú tenían alrededor de quince palabras para decir *barro*: barro de la orilla, barro negro y fértil, barro gris y arcilloso para la alfarería, barro seco, barro fresco del fondo del río para calmar golpes, barro de ciénaga tragadora de caballos... Y había más y cada uno se decía con una palabra distinta.

Cuando apretaba mucho el calor, nos metíamos en el río varias veces por día. La perra también se metía conmigo, ya estaba vieja y huesuda. A los chicos les gustaba verme nadar *crawl*, les hacía gracia. Ellos nadaban bajo el agua como capibaras[551]; se sumergían cerca de la orilla y al rato asomaban la cabeza lejos para respirar. Yo abandoné mis ideas de alfabetizarlos. No le encontraba sentido. Los *taita guasú* y las abuelas *jaryi* contaban sus historias a su manera y después los hijos, siendo viejos, las contarían a su vez a su manera. ¿Para qué enseñarles a fosilizar su conocimiento, si les iba cayendo como el agua de generación en generación? Aprendí las cualidades de las plantas: el matico para frenar hemorragias y para soñar con los muertos (pude ver la cara de mamá, nítida y cerca), la guayaba para curar los problemas estomacales y evitar las pesadillas del ahogado, el cedrón para calmar los nervios y el miedo, la tusca para depurar la sangre y alejar del horizonte los días de tristeza.

***

Una madrugada oí muy cerca un graznido de papagayo que dijo *pyta* que significaba rojo y que fue mi apodo durante algún tiempo. Abrí apenas los ojos y lo vi a Mainumbí, dejando a mi lado dos palmitos en una hoja. Era él quien me dejaba los regalos. Me había estado cortejando todo ese tiempo. Cuando un hombre le dejaba una ofrenda al alba a una mujer, ella podía invitarlo a comer la ofrenda a mediodía. Apo me lo explicó. Por eso él aparecía todos los mediodías. Venía para ver si yo lo invitaba a comer

---

551   *Capibara*: Roedor americano de hábitos acuáticos, que alcanza el metro y medio de longitud y llega a pesar más de ochenta kilos. Tiene la cabeza cuadrada, el hocico romo y las orejas y los ojos pequeños. Su piel se utiliza en peletería. Significativamente, en Argentina (al menos en la zona donde transcurre la novela) se lo llama carpincho, no capibara.

su regalo y, como yo no le decía nada, pensaba que lo estaba rechazando.

Un mediodía le indiqué que se sentara y comimos su ofrenda de dos peces pacúes bajo la sombra verde del toldo, sin decir nada. A la noche aparecieron los hombres con cabeza de pájaro, los hombres con cabeza de jaguar, los hombres con cabeza de mono. Nos dieron chicha[552], nos emborracharon. Hicieron un concurso de cerbatana[553] usando como blanco un chancho suelto pintado de azul. Hubo simulacros a lo largo de toda la noche, batallas con palos entre hombres y mujeres, carreras y persecuciones indicadas por un *taita guasú* que estaba en trance; había que correr hacia un lado y hacia otro huyendo del hombre jaguar. Nos hicieron beber a Mainumbí y a mí un cuenco entero de chicha, me hicieron pegarle a él con una vara lo más fuerte posible en el culo (le quedó varios días la marca), nos hicieron levantar cada uno en peso al otro, nos unieron cadera con cadera y nos pintaron con *uruku* una diagonal roja que empezaba en la cicatriz de su pecho y caía atravesándome el ombligo, nos hicieron escupir dentro de una rana amarilla que tenía cuatro ojos, y por último nos acostaron a dormir en una misma canoa que flotaba sujeta a unas raíces de la orilla.

Sin embargo no fue hasta tres días después, durante el zumbido de la siesta, que Mainumbí me hizo entrar con él en el monte. Hizo una cama de hojas grandes. No me forzó. Me besaba y se detenía, invitándome, con una mezcla de timidez y valentía. Tenía diecisiete años y yo le sacaba casi una cabeza de altura. Esas siestas a la sombra se repitieron y se fueron alargando. En los descansos nos quedábamos tendidos boca arriba mirando pasar los monos sobre las cúpulas verdes, hablando poco, sin mirarnos, haciendo la «rana de cuatro ojos» que era simplemente mirar pasar la vida de a dos. Esa felicidad quedó oculta tras la espesura del monte.

Estoy casi segura de haber estado embarazada de Mainumbí, pero tuve al poco tiempo un aborto espontáneo. Sólo Apo se dio

---

552 *Chicha*: Bebida alcohólica hecha de maíz fermentado.
553 *Cerbatana*: Arma en forma de tubo, donde se introducen dardos, piedras u otros proyectiles. Luego se sopla por uno de sus extremos, de modo tal que el proyectil salga del otro lado.

cuenta al verme llorar y sangrar. Me hubiese gustado tener una hija o un hijo de Mainumbí. Estuve varios días sin moverme de la hamaca y nadie me molestó. La Negra, echada a mi lado, miraba todo con los ojos tristes.

***

Al comienzo de una semana de lluvia, estábamos recolectando fruta en el monte cuando escuchamos una voz. Nos agazapamos entre las hojas y vimos pasar al lado nuestro a un hombre harapiento con barba y melena de náufrago. Hablaba solo y llevaba un esqueleto a la espalda: la calavera junto a la suya, cada húmero atado a su húmero, cada fémur atado a su fémur, la cadera atada a su cintura. Lo dejamos pasar sin que nos viera, para que siguiera de largo, pero se topó con uno de los ú que venía inadvertido y hubo un revuelo, y quedó inmediatamente rodeado de seis arqueros tensos.

En el suelo, con los brazos en alto, pedía clemencia. Hablaba en castellano. Dijo que se llamaba Ñuflo, que venía caminando hacía muchos meses, bordeando el Río Paraná hacia el sur. Quería llegar a Buenos Aires. Yo hice de intérprete y, recién cuando explicó algunas cosas, lo dejaron ponerse de pie. El esqueleto que llevaba era de su amigo Gonzalo[554] que había partido con él y había enfermado durante el viaje. Antes de morir, Gonzalo le había pedido que no dejara su cuerpo en la selva y que le diera santa sepultura. En una tarde las hormigas le habían comido toda la carne al cuerpo. Esto tranquilizó a los ú que habían creído que este hombre se había sacado su propio esqueleto y lo llevaba por fuera.

Tras consultar a los *taita guasú*, y éstos al oráculo, le dieron de comer a Ñuflo, y lo dejaron hacerse un cobertizo a un costado del campamento. Se quedó ahí casi una semana. No lo dejaban hablar en voz alta como él quería hacer constantemente. Lo obligaban a callarse (una vez hasta lo amordazaron) y entonces él se internaba un rato en el monte a largar sus lamentos intermi-

---

554 *En el suelo...*: Ñuflo y Gonzalo son nombres típicos de conquistadores españoles. En el caso de Ñuflo, puede referir a Ñuflo de Chaves, fundador de la ciudad de Santa Cruz de la Sierra en Bolivia (su travesía de «muchos meses» bajando el Paraná parece ubicarlo en la zona por la que en efecto incursionó Ñuflo de Chaves: Paraguay, Matto Grosso, y el este de Bolivia).

nables. Contaba cosas. Unos navegantes que habían pasado río arriba hacia la ciudad de Asunción le habían dicho que en Buenos Aires quedaban apenas algunos edificios. Cuando escuché eso, pensé que yo ya no tenía nada que ir a buscar ahí. Había encontrado un lugar donde quería quedarme. Ñuflo me preguntaba mi historia y yo no quería contársela. Le contaba apenas algunas cosas. Mainumbí empezó a actuar extraño: volvió a dejarme ofrendas o se sumergía en un trance con bebida fermentada. Le daba celos que yo hablara con Ñuflo y que hablara otra vez en castellano. Fue en esa época que empecé a hablar poco.

Una tarde lo vi a Ñuflo metido en el monte, vagando solo bajo la lluvia, calado hasta los huesos. Decía que estábamos en Navidad, que había ido marcando los días en el fémur de Gonzalo y sabía que al día siguiente sería Navidad. Me sorprendió, yo me había perdido en el tiempo, me había dejado arrastrar por la correntada tibia de los días, había visto pasar los cielos cambiantes, las tormentas rosadas, el viento que quebraba las ramas; todo sin pensar en fechas. «Estamos en diciembre» pensé, pero casi no tenía significado. Ñuflo caminaba entre los charcos. Yo le decía que volviera al campamento pero él se ponía de rodillas y de cara al aguacero me preguntaba si no me daba cuenta de que todo aquello era una infinita catedral, un alto templo verde donde todo era Cristo, los árboles eran Cristo y todos éramos Cristo y cada animal y cada gota de la lluvia eran el Cristo Rey que bajaba con el agua hasta abrazarnos. Cerró los ojos y se quedó así de rodillas, con los brazos abiertos. Comprendí que era mejor dejarlo solo.

El día de Navidad, temprano a la mañana, Ñuflo siguió viaje hacia Buenos Aires. Me había ofrecido ir con él hacia la ciudad. Le dije que quería quedarme entre los ú y respetó mi decisión. Se alejó, ya más tranquilo, bordeando el río, con el esqueleto de su amigo atado a la espalda.

En esos días el calor se volvió casi un elemento sólido por el que había que abrirse paso. Entraba en los pulmones, rodeaba la cabeza como un fuego. La perra ya vieja, se dejaba morder por un cachorro de aguaraguazú, un zorro alto que habíamos criado guacho cuando mataron a su madre. Yo volví a fumar. Me armaba unos cigarros de hoja que se quemaban lentos, los prendía a la caída del sol, me sentaba en la hamaca y veía a través del humo los cielos de ese color que los ú llamaban «color flamenco». La perra me apoyaba la cabeza sobre el pie, pidiéndome un bocado. Yo le decía «No hay nada, Negra» y la acariciaba. Iba cayendo la noche. Nadie me molestaba. Nadie me quería mal. Si un trabajo me resultaba difícil, bastaba con esperar dos o tres días para que me tocara rotar. El tiempo se dejaba habitar. El pasado no dolía. Podía vivir en esa especie de eternidad.

***

 Así fueron las cosas hasta que una mañana, sin que nada lo anunciara, los *taita guasú* me llamaron para hablar con ellos en el gran toldo. Me dijeron que tenía que acompañar a una excursión de guerreros que querían ir a ver qué quedaba de la ciudad. Querían saber si se podía seguir avanzando hacia el sur. Habían oído sobre el avance de la intemperie y estaban esperando que se pudiera pasar hacia el sur sin alejarse mucho de la costa. No les gustaba estar lejos del agua. Me dijeron que si yo quería, podía quedarme allá. Yo les dije que no quería ir. Hablaron entre ellos, susurrando y uno se metió detrás de la cortina para consultar el oráculo. Cuando salió me hizo pasar. Tuve miedo. No sabía con qué iba a encontrarme ahí dentro.
 Aparté la cortina despacio. Estaba oscuro. Me quedé parada y me pareció ver en la sombra a alguien sentado, una mujer quizá. No me decía nada. Oí su respiración dificultosa, como bifurcada y a destiempo. Me quedé quieta y me senté en el piso. Entre las hojas del toldo, apenas entraba un rayito blanco de luz. Cuando se me acostumbró la vista, noté que la mujer tenía un solo pecho y una especie de cicatriz profunda, como un canal, que la surcaba[555] a lo largo. Su mirada me enfocaba y por momentos se

---

555 *Surcar*: Hacer en algo rayas parecidas a los surcos que se hacen en la tierra (DRAE). Por extensión, marcar o recorrer una superficie.

volvía bizca. Me quedé callada. Se palmeaba el muslo derecho con el brazo izquierdo, con un ritmo entrecortado. Después se palmeaba el muslo izquierdo con el brazo derecho. Parecía un código. Podía no ser una sola persona, sino dos personas hemitróficas unidas al medio, formando un solo cuerpo. Un hombre y una mujer. Pero no estoy del todo segura. Me quedé un rato así, hasta que una de las manos me indicó que me retirara.

Salí yo y entró un *taita guasú*. Afuera me dijeron que podía quedarme con ellos, pero que debía ir de todos modos con la expedición. Les dije que a la gente de la ciudad no le asustaría mi presencia, ni siquiera con mi cuerpo pintado de viruela. No me dejaron seguir. Querían que fuera intérprete en caso de tener que hablar con la gente de la ciudad.

***

Partimos al día siguiente, temprano, río abajo en seis canoas. Otros iban por tierra llevando los caballos. Éramos dieciocho en total. Cuando pasábamos frente a un pastizal sin árboles, podía verlo a Mainumbí que iba llevando los caballos, montado en el overo. La selva se fue reduciendo a medida que bajábamos hacia el sur, se fue volviendo un monte ralo, de arbolitos petisos. Viajamos todo el día sin ver a una sola persona.

Llegamos esa noche a una zona de islas donde encontramos ciruelos abandonados. Casi toda la fruta estaba picada por los pájaros, pero pudimos juntar algunas. No dormí, estuve despierta matándome los mosquitos, pensando cosas horribles. Quizá algo en mí intuía que ya estábamos en las Islas del Tigre. Pero yo, por todos los medios, quería convencerme de que estábamos mucho más lejos.

Al día siguiente, cuando llegamos a la desembocadura del río y se abrió la orilla izquierda hasta perderse en el cielo hacia el oeste, me di cuenta de que estábamos en el Río de la Plata. Y no habíamos visto una sola casa. Había estado todo ese tiempo a sólo dos días de viaje de la ciudad. Miré hacia donde estaba la tierra, era imposible saber exactamente dónde nos encontrábamos o cuáles eran los antiguos nombres de esas costas. Todo era igual. Vi un ombú, solo, a un par de kilómetros hacia adentro. Puede haber sido el de la plaza de Beccar, pero cómo saberlo.

Los remos tocaban la arena del fondo y sin embargo estábamos muy alejados de la orilla. El río en esa parte era tan playo que no había ni suficiente profundidad para ahogarse. Frente a unas barrancas, nos unimos con los que venían por tierra. Sólo los remeros siguieron en las canoas.

Me hicieron subir a un caballo. La perra se había venido con ellos. No me alegró verla. Siempre siguiéndome, estorbando, pensé. Estaba renga. Avanzamos al galope cerca de la orilla, entre los sauces, trotando de a ratos, esquivando los arenales y las partes de toscas[556]. El monte se fue quedando atrás.

Estábamos en algún lugar cercano del recorrido que yo solía hacer en tren rumbo al trabajo. Al mediodía, cuando nuestra sombra quedó bajo el caballo, el jinete que iba delante pegó un chiflido y paramos. Se veía un edificio en el horizonte. Sentí una náusea violenta, venenosa.

***

Seguimos galopando por la tierra plana y encharcada. Quería sujetar el caballo y dar la vuelta. El edificio crecía. Ahora cortábamos camino entre medio del pajonal. No había un árbol donde colgarse. Era todo un lugar sin nombre, un lugar para morirse simplemente de tristeza. Me tranquilizaba sentir que todavía estábamos lejos, hasta que estuvimos cerca. Faltaban unos kilómetros. El edificio parecía una gran lápida en medio del pastizal. Se veían algunas ruinas alrededor.

Cruzamos un arroyo, el agua les llegaba a la panza a los caballos. No se veía a nadie. Nos detuvimos. Hablaron los guerreros. Prepararon flechas con fuego. Mainumbí me subió en

---

556 *Tosca*: (Argentina) roca caliza muy porosa.

ancas con él sobre el overo. En ocho caballos fuimos acercándonos. Los demás se quedaron a la distancia esperando una señal. De lejos, cuando vi la superficie de ventanas espejadas, me di cuenta de que el edificio podía ser la Torre Garay. Cada metro que avanzábamos estaba más segura. Le dije a Mainumbí que nos fuéramos, que no había nadie ahí. Pero no me hizo caso. Dejamos de galopar y avanzamos al trote.

La construcción se nos vino encima. Cruzamos un segundo arroyo, ya muy cerca. Esquivamos un cerco de adobe derrumbado, pisoteamos unas huertas secas y bordeamos un corral de palos, donde sólo había huesos de animales, cráneos de perro y caparazones secos de tatú mulitas[557]. Vi algunas ruinas de la calle Reconquista, hundidas en la tierra. Estábamos casi al pie de la torre. Quedaban algunas letras sobre la puerta de entrada, la tierra había tapado la escalinata. Nos acercamos despacio. Los caballos caminaban desconfiados. No se veía a nadie con vida. Había una tranquilidad total que envalentonó a todos y empezamos a galopar en torno al edificio. Vi que nos reflejábamos en los paneles espejados. Me vi apoyada contra la espalda de Mainumbí, mi pelo volando hacia atrás. Entonces se oyó el primer disparo. Fue como una enorme tos. Los gritos. Después otro y lo escuché quejarse a Mainumbí y nos caímos. Sentí el golpazo contra el suelo. Mi pierna. Mainumbí cayó sobre mí. Todos los otros jinetes huyeron. El overo quedó a nuestro lado. Mainumbí se quejaba agarrándose la panza. Yo no sentía la pierna derecha. Se oyeron más disparos. El caballo, de pie junto a nosotros, apenas levantaba un poco la cabeza con cada tiro, las manchas se le habían puesto casi azules. Estuvimos un rato así, bajo el sol. Escuché insultos que venían de adentro. No me moví, deseando dormirme y que se olvidaran de nosotros, que nos dejaran ahí. Si no movía un músculo, podía lograr que nos dejaran. Quise que el overo se fuera, que huyera, pero estaba adiestrado para quedarse inmóvil junto al jinete. Me iban a matar. No sé por qué nos tuvieron tanto tiempo así, pero me pareció un rato largo. Supongo

---

557 *Tatú mulitas*: (Argentina, Bolivia, Paraguay y Uruguay) nombre para denominar diversas especies de armadillo (DRAE).

que estarían recargando las armas o esperando que termináramos de morirnos. Cerré los ojos, «Me voy a morir a los veintitrés», pensé, y tuve la intuición de que ese mismo día era mi cumpleaños. Un disparo le pegó en el cuello al overo y otro en el costado. Largó un quejido y se le doblaron las patas como una araña. No los vi venir. Sólo sentí el tirón en el pelo y ya me estaban arrastrando hacia adentro de la torre.

En silencio

Vi piernas con pantalones rotos. Muchas piernas. Estaba en medio de un revuelo de gritos de triunfo. Vi caras de dientes podridos y sentí el olor inmundo que había ahí dentro. El lugar era un hormiguero de tipos hambrientos, hablando en castellano. Seguramente nos habían visto de lejos, desde los pisos altos. Me agarraron de la pierna y ahí pegué el grito por el dolor. Varios me palparon las tetas y uno me dijo al oído:

—Te vamos a comer, hija de puta.

Se llevaron para otro lado a Mainumbí, que parecía estar inconsciente. Vi cómo descuartizaron al overo entre los molinetes de acero inoxidable. No lo cuerearon[558] sino que lo trozaron en pocos minutos. Vi a tres tipos alzando al hombro una pata trasera; las manchas del anca se habían detenido. Los curiosos se acercaban a mirarme. Me iban a hacer lo mismo a mí. Me iban a cortar en pedazos. Sus palabras me sonaban enormes, tajantes; las palabras y el dolor que me retorcía los huesos de la pierna eran una sola cosa. Las punzadas me subían cada vez que intentaba acomodarme. Se me había quebrado algo a la altura de la rodilla.

Lo pusieron a Mainumbí en una tabla sobre los molinetes. Un tipo se paró arriba de él con un pie bajo cada axila. Vi la espada negra, curva, como una cimitarra. Se escucharon aplausos y silbidos. El tipo hizo un *swing* de golf, un *swing* de práctica, arrimándole el filo al cuello. Por suerte Mainumbí no estaba despierto. Quizás hasta estuviera ya muerto. Vi al hombre levantar la espada detrás de su cabeza. Oí el silencio y no miré más. Pero

---

558 *Cuerear*: Sacar el cuero de un animal muerto.

el estallido de la gente me hizo saber lo que había pasado. Muchos vinieron a mirarme de cerca. Veía las caras chupadas, los pómulos salientes, las barbas, las bocas como podridas, que me hacían preguntas, y yo no contestaba. No podía. El miedo me hacía escucharlos como si estuvieran dentro del agua. No entendía los sonidos que articulaban, no podía pensar en palabras. Se me había borrado la capacidad de hablar cualquier lengua. Ni las palabras ú estaban ahí. Alguna conexión se había cortado, no podía mandar la orden de hablar, ni la orden de mandar la orden. Me habían espantado del cuerpo la paloma profunda del lenguaje. Sólo veía cosas y oía un murmullo. Veía filos. Veía cada espada, cada cuchillo, cada brillo metálico.

 El barbudo que había degollado a Mainumbí se me acercó. Me miró a los ojos. Tenía la barba negra, cerdosa, y una oreja medio machucada. Me agarró la cara y me giró la cabeza para mirarme de perfil. Me repetía algo. Un mismo ruido, como un ladrido. Supongo que estaría diciendo mi nombre. Era Baitos, el socio de mi jefe. Yo supe que era alguien conocido. No le tuve miedo, pero no fue hasta mucho después que asocié la cara con el nombre. Baitos se fue y al rato volvió y me tiró encima un vestido azul, inmundo, probablemente de alguna mujer que habría muerto de hambre. Me lo puso por la cabeza. Quería taparme el cuerpo. Yo sólo tenía puesto un trapo de algodón alrededor de la cintura. Me agarró de las axilas para levantarme con otro tipo, pero yo no podía estar de pie. Me levantaban y yo volvía a caerme. Me buscaban la mirada con los ojos, y me decían cosas pero yo me dejaba caer. Al final se dieron por vencidos y me dejaron ahí sobre el piso, en un rincón cerca de la entrada, contra un panel de vidrio. El hecho de estar vestida y de que Baitos me hubiera reconocido hizo que los otros dejaran de atacarme. Me miraban susurrando entre sí. Hacía un calor sofocante.

✳✳✳

Estas cosas sucedieron sin palabras, fueron sólo sensaciones en espiral, confusas, como estar bajo el zumbido del dolor estridente, el ruido de un moscardón gigante. Y ese infierno de gente comiéndose la carne del overo rosado que, por sus caras, parecía sabroso. Cada uno en cuclillas con su bocado, cuidándose de que no se lo manoteara otro.

Baitos me hizo levantar por dos tipos. Me subieron varios pisos por la escalera. Parecíamos estar siguiendo un rastro de sangre. Llevaban a la cintura esas espadas curvas con un agujerito en la punta de la hoja. Eran los filos de las guillotinas de papel. Me llevaron por un pasillo lleno de cosas tiradas. Abrieron una puerta. Había gente en una sala. Hombres sentados en sillones, con las piernas cruzadas, afeitados. Vi los pantalones rotos, un zapato agujereado por donde se veían asomar las uñas amarillas del pie. Me hablaban. Baitos les decía algo. Me miraban. Tipos canosos con anteojos rotos. Detrás, los grandes pedazos del caballo, colgados de los rieles donde antes se colgaban cuadros. Eran los jefes y estaban custodiando la única comida disponible, el tesoro más preciado.[559] Sentados en sus sillones con un vaso en la mano. Miraba las manos huesudas, los brazos sobre los apoyabrazos. Miraba los sillones como sin comprenderlos, como monstruos que se ahuecaban cobijando los cuerpos. La entrega displicente de los cuerpos sobre lo mullido del monstruo. Lo cómodo. Veía a la gente por partes, por detalles que no se juntaban ni se armaban en mi cabeza. A uno le faltaba una manga del saco. Vi las corbatas marchitas. Creo que había uno descalzo. ¿Qué decía Baitos? ¿Me estaban dando la bienvenida? ¿Estaban presentándome viva a quienes me iban a comer, como una especie exótica? Parecían muy amables. La pierna sana, sobre la que estaba parada, empezaba a debilitarse. Uno me señalaba la ventana por donde se veía el río. Yo no reconocía a nadie. Baitos me miraba y parecía repetirme lo que los otros decían. Se suponía que yo tenía que contestar. Había olor a colonia. La cabeza del overo colgando sobre sus cabezas peinadas. Un costillar entero.

---

559 La imagen de los «jefes» custodiando los pedazos de carne colgados de la pared remite a cuadros del pintor argentino Carlos Alonso (1929-) como «Hay que comer» (1977) o «Carne de primera» (1977).

El modo en que ellos cruzaban la pierna con una rodilla sobre la otra, el gesto un poco femenino, el pie hamacándose en el aire.

No les entendía. Bajé la mirada hacia mi pierna rota, quería ver la fuente del dolor para evitarlo. Me miré el vestido azul que me habían puesto. Vi que tenía algo verde, cosido al bretel, como una mosca. La toqué; era de género y estaba fruncida. La abrí con la punta de los dedos. Era una mariposa, como la que tenía el vestido que yo me había querido comprar. ¿Sería el mismo? Estaba casi irreconocible, mugriento, hecho harapos.

Me sacaron de ahí y me llevaron hasta un *box*, en la otra punta de ese piso; me pusieron bajo un escritorio. Había otra gente tirada entre sus cosas. Cada oficina era un nido humano, con bolsas y trapos y basura. Al rato vino una mujer, me dio agua y me entablilló[560] la pierna con dos estantes de madera aglomerada. Tuvieron que sostenerme. Cada vez que ella me tocaba, era como si me clavaran un cuchillo en la rodilla, no podía evitar sacarle las manos. Me habló. Yo quería que me dejaran tranquila. Cuando se fue, enseguida me dormí.

***

Me desperté de noche. Sólo había un candil en el pasillo. Me arrastré por la alfombra, entre la gente dormida, hasta los ascensores. Sabía muy bien dónde quería ir. Nadie me vio en la oscuridad. Empujé la puerta de emergencia y empecé a subir las escaleras, a tientas. Sólo quería subir, no tenía claro cuántos pisos eran. Creía que, si llegaba muy arriba hasta ese piso, si llegaba a mi escritorio en recepción, a mis cosas, mis jeans doblados en el último cajón, si llegaba a mi silla, al amanecer la ciudad volvería a estar en su lugar, toda la ciudad vista desde los ventanales, y yo podría trabajar un rato y volver en tren a casa y encontrarme con papá. Sólo tenía que subir. Era difícil arrastrarme apoyando los codos y la cadera. Me iba sentando en cada escalón, me ayudaba con la pierna sana. De a ratos paraba a descansar y seguía. Tenía fiebre.

---

560 *Entablillar*: Asegurar con tablillas y vendaje un hueso roto (DRAE).

No sé en qué piso me encontraron unas personas que bajaban con una antorcha. Quizá yo sólo había subido un piso. Me arrastraron hacia abajo. La escalera se llenó de gente. El edificio entero parecía vibrar. Gritaban cosas. Bajamos como en los simulacros de evacuación. Me llevaron hasta las cocheras[561] donde ya se estaba reuniendo más gente y me dejaron contra una puerta. La abrí para escaparme. Parecía la caldera. Adentro vi pies a la altura de mis ojos. Gente ahorcada, colgando de los caños del techo. Tres muertos. A uno de pelo rizado le faltaban pedazos de los muslos. Le miré la cara morada. Era Suárez, mi jefe. De las sombras apareció Baitos, envolviendo algo en un trapo[562]. Me miró y se limpió la boca. Pareció dudar hasta que me gritó y me sacó del brazo hacia donde estaba saliendo la gente. Empujó a unos tipos para que me agarraran y me hicieron pasar con los demás por un agujero en la pared de la cochera que daba a un túnel. Había que agachar la cabeza para no golpearse contra los cascotes de tierra del techo. Íbamos a tientas por la oscuridad hasta que aparecieron las antorchas. El entablillado se me aflojó y se me fue cayendo. Tenían que ayudarme a caminar.

Salimos a la barranca del río cuando estaba apenas empezando a clarear. Avanzamos un rato por la arena dura que había dejado la bajante, hasta que nos mojamos los pies. Se fueron acercando varios botes, cada uno con un remero. Me subieron a uno con otras mujeres, de caras extraviadas, enfermas, flacas, como si les quedaran grandes los dientes. Parecían tenerme miedo. Avanzamos hacia atrás mirando la orilla. Oí el ladrido y la vi a la Negra ladrándome, mi sombra, mi perra vieja. Se perdió en la costa. Se habrá sumado a las jaurías que corrían por el campo o se la habrán comido los hombres que se quedaron.

Quise tirarme al agua pero me agarraron antes. Casi perdemos el equilibrio. Quedé acostada, con la cabeza colgando del borde del bote. Una ola me mojó la cara, después otra. Vi mi propio pelo ondulando en el agua, entre las últimas ramitas que

---

561 *Cochera*: Sitio donde se encierran los coches y autobuses (DRAE).
562 *Era Suárez...*: Todo este episodio es una rescritura de un pasaje de Ulrico Schimidl, quien narró la crónica de la primera fundación de Buenos Aires y el período posterior. Schmidl, sin embargo, no da nombres a los personajes de este episodio. Quien sí los da es Manuel Mujica Láinez, en el cuento «Hambre», primera pieza de su colección de relatos *Misteriosa Buenos Aires* (1950).

flotaban en los remolinos del remo, pedacitos de junco que giraban y quedaban atrás.

Nos subieron a un barco que fondeaba río adentro. Me dejaron sentada en la cubierta, atada, por si volvía a intentar tirarme al agua. Terminaron de subir los demás, todos esos barbudos[563] que habían festejado el degüello de Mainumbí. Vi velas desplegadas y banderas en los mástiles. Zarpamos. Había viento. La línea de la costa fue quedando cada vez más lejos, las barrancas todas iguales. Algunos empezaron a señalar la orilla, buscando algo, asustados. No se veía la torre por ningún lado, sólo se veía una franja de tierra en el horizonte, sin puntos de referencia, cada vez más delgada. El río empezó a tener olas de mar. Nadie habló. Cuando volví a mirar, ya no se veía la tierra. Sólo el agua alrededor.

---

563 *Barbudo*: Que tiene muchas barbas (DRAE). En este contexto, es una referencia a la imagen estereotipada de los conquistadores españoles del siglo XVI.

Thank you for acquiring

El Año del Desierto

from the
Stockcero collection of Spanish and Latin American significant books of the past and present.

This book is one of a large and ever-expanding list of titles Stockcero regards as classics of Spanish and Latin American literature, history, economics, and cultural studies. A series of important books are being brought back into print with modern readers and students in mind, and thus including updated footnotes, prefaces, and bibliographies.

We invite you to look for more complete information on our website, **www.stockcero.com**, where you can view a list of titles currently available, as well as those in preparation. On this website, you may register to receive desk copies, view additional information about the books, and suggest titles you would like to see brought back into print. We are most eager to receive these suggestions, and if possible, to discuss them with you. Any comments you wish to make about Stockcero books would be most helpful.

The Stockcero website will also provide access to an increasing number of links to critical articles, libraries, databanks, bibliographies and other materials relating to the texts we are publishing.

By registering on our website, you will allow us to inform you of services and connections that will enhance your reading and teaching of an expanding list of important books.

You may additionally help us improve the way we serve your needs by registering your purchase at:
http://www.stockcero.com/bookregister.htm

CPSIA information can be obtained
at www.ICGtesting.com
Printed in the USA
LVHW031526030722
722679LV00002B/117